I0562619

BIBLIOTHÈQUE
DE L'ÉCOLE FRANÇAISE D'EXTRÊME-ORIENT

ÉLÉMENTS
DE
SANSCRIT CLASSIQUE

PAR

VICTOR HENRY
PROFESSEUR DE SANSCRIT
ET GRAMMAIRE COMPARÉE DES LANGUES INDO-EUROPÉENNES
À L'UNIVERSITÉ DE PARIS

PARIS
IMPRIMERIE NATIONALE

ERNEST LEROUX, ÉDITEUR, RUE BONAPARTE, 28

MDCCCCII

177129

BIBLIOTHÈQUE

DE

L'ÉCOLE FRANÇAISE D'EXTRÊME-ORIENT

BIBLIOTHÈQUE NATIONALE
R.F.
IMPRIMÉS.

VOLUME I

ÉLÉMENTS

DE

SANSCRIT CLASSIQUE

1834

1119

8° Z
15729
(1)

ÉLÉMENTS

DE

SANSCRIT CLASSIQUE

PAR

VICTOR HENRY

PROFESSEUR DE SANSCRIT ET GRAMMAIRE COMPARÉE DES LANGUES INDO-EUROPÉENNES
À L'UNIVERSITÉ DE PARIS

BIBLIOTHÈQUE NATIONALE R.F. IMPRIMÉS

DÉPOT LÉGAL Seine N° 2194 1902

PARIS
IMPRIMERIE NATIONALE

ERNEST LEROUX, ÉDITEUR, RUE BONAPARTE, 28

MDCCCCII

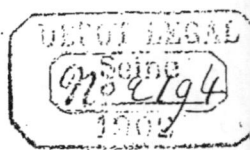

BIBLIOTHÈQUE NATIONALE R.F. IMPRIMÉS

PRÉFACE.

Le *Manuel Sanscrit* de mon cher maître et ami Abel Bergaigne remonte à près de vingt ans déjà, mais n'a point vieilli. Ai-je besoin de dire qu'il n'entre nullement dans mes intentions de le remplacer? Les étudiants quelque peu avancés y trouveront amplement de quoi satisfaire leur curiosité littéraire ou scientifique et activer leurs progrès. Mais peut-être les débutants me sauront-ils gré de leur avoir ménagé en ces modestes pages, qui m'ont coûté un dur travail, une initiation plus aisée, quoique infiniment moins attrayante.

Sur la méthode à suivre pour en tirer le meilleur parti possible, j'ai semé dans le corps de l'ouvrage les avertissements et les conseils en assez grand nombre pour pouvoir ici me borner à une indication d'ensemble. Bien que la grammaire sanscrite n'y soit point morcelée en menus fragments, mais rangée sous trente rubriques de chapitres, de longueur sensiblement égale, conformément à ses divisions naturelles, on s'est efforcé néanmoins d'en présenter les matières dans l'ordre qui a paru offrir le plus de facilités pédagogiques. Mais ce n'est point à dire que cet ordre soit le moins du monde obligatoire pour ceux qui se serviront du livre. Il leur est loisible, s'ils le préfèrent, de s'y égarer parfois pour s'y mieux retrouver dans la suite, de donner le pas à tel sujet sur tel autre qui le précède dans mon exposition; et même parfois mes références les y invitent. Bien mieux, je ne verrais qu'avantage à ce qu'un élève réfléchi eût commencé par lire rapidement ces *Éléments* d'un bout à l'autre, et se fût ainsi formé une idée sommaire et générale de la structure du sanscrit, avant de s'y attacher par une étude approfondie et de pratiquer les nombreux exercices qui les accompagnent. Quant à ceux-ci, il va de soi qu'ils sont gradués et qu'en conséquence l'ordre en est rigoureusement déterminé; mais, partout ailleurs, j'engage le lecteur, surtout l'autodidacte, à se donner toute liberté.

Parmi les exercices j'ai fait une très large place au thème, non pas, bien entendu, en tant qu'exercice de style, mais à titre de récapitulation constante des préceptes de la grammaire. Je suis convaincu que, du moins pour la majorité des intelligences, et dans l'étude des langues à grammaire quelque peu compliquée, le thème est un auxiliaire indispensable de l'enseignement grammatical. Une phrase de version, à moins qu'elle ne soit difficile, — et alors elle n'est pas une phrase de manuel, — n'incite pas l'étudiant à analyser grammaticalement chacun des mots qu'elle contient: si la simple recherche dans le lexique la lui a fait comprendre, il se tient pour satisfait et remarque à peine les formes au moyen desquelles le sens est obtenu. Au contraire, même à défaut d'un sens grammatical toujours en éveil, une phrase de thème le contraint pour chaque mot à rappeler ses souvenirs ou à consulter son rudiment; et ainsi, à force de passer sous ses yeux, chaque fois avec leur application propre et exclusive, les formes grammaticales ne peuvent manquer de se fixer dans sa mémoire et d'y graver leurs fonctions.

Dans les phrases détachées qui composent ces thèmes, j'ai nécessairement mis beaucoup de banalités; mais j'y ai pourtant dispersé, au hasard de la rencontre, nombre d'informations sur les idées, les mœurs, la mythologie, la religion et le culte de l'Inde, tout ce qui m'a paru de nature à orienter un futur indianiste dans le domaine qu'il serait appelé plus tard à parcourir. Si, dans cette orientation d'ailleurs tout élémentaire, j'ai englobé quelques renseignements sur l'époque et les croyances védiques, je ne pense pas qu'aucun m'en veuille faire un reproche. Le Véda ou tout au moins la pensée du Véda domine toute l'histoire intellectuelle de l'Inde : même à qui n'a pas l'intention d'apprendre le védique, le védisme ne saurait demeurer absolument lettre close. Il n'est pas probable, peut-être n'est-il pas à souhaiter que tous ceux qui liront ce livre deviennent, à proprement parler, des védisants; mais je n'ai pas voulu m'interdire l'espoir qu'il s'y en puisse trouver quelques-uns, ni le droit de diriger vers une voie à mon sens trop peu fréquentée encore en France les jeunes curiosités ou les vocations qui s'ignorent.

Mais, pour tout ce qui touche à la grammaire, mon livre est nettement, résolument et exclusivement sanscrit, et sanscrit classique. S'il ignore les prâcrits, si de parti pris il exclut le védique, à plus forte raison n'y rencontrera-t-on pas l'ombre d'une comparaison avec le latin, le grec ou toute autre des langues indo-européennes. Il ne sera point sans usage pour les futurs linguistes, qui y trouveront, sous une forme très condensée, à peu près toute la quantité de sanscrit qui leur est indispensable pour suivre les méthodes et les applications de la grammaire comparée; mais ils sont avertis qu'ils n'y doivent rien chercher au delà. Ainsi l'ai-je voulu, pour ne pas encombrer d'accessoires étrangers une étude déjà par elle-même assez ardue, afin que pas une ligne de cet ouvrage ne demeurât incomprise d'aucun étudiant de bonne volonté, ne sût-il que le français.

Un dernier conseil. L'ouvrage a été divisé en 400 numéros, éventuellement subdivisés à leur tour par sous-chiffres. D'un numéro à l'autre, les références sont nombreuses et se croisent en tous sens; l'exactitude en a été contrôlée avec tout le soin possible. Je ne saurais assez inviter le lecteur à suivre ponctuellement ces références, à se reporter toujours, au moins d'un coup d'œil, aux passages qu'elles visent. C'est la seule façon de saisir dans la diversité des matières la similitude des phénomènes, de grouper et de bien retenir les faits connexes, de se former enfin une vue d'ensemble d'une grammaire très logique et très cohérente, qu'aucune pédagogie cependant ne dispense de présenter sous forme de notions parcellaires et éparses.

Sceaux, 17 avril 1902.

V. H.

BIBLIOTHÈQUE NATIONALE
R.F.
IMPRIMÉS

ABRÉVIATIONS ET SIGNES CONVENTIONNELS.

A. . . . . accusatif.
Ab., abl. . . . . . ablatif.
abs. . . . . absolu.
acc. . . . . accusatif.
act. . . . . actif.
adj. . . . . adjectif.
adv. . . . . adverbe, adverbial.
aor. . . . . aoriste.
caus. . . . . causatif.
cf. . . . . comparer.
cp. . . . . composé.
cpar. . . . . comparatif.
D., dat. . . . . . . datif.
décl. . . . . déclinable.
dénom. . . . . dénominatif.
désid. . . . . désidératif.
du. . . . . duel.
(du. 1, 2, 3 = 1re, 2e, 3e personne du du.)
f., fm. . . . . féminin.
fut. . . . . futur.
gér. . . . . gérondif.
I. . . . . instrumental.
imp. . . . . impératif.
impf. . . . . imparfait.
indécl. . . . . indéclinable.
inf. . . . . infinitif.
instr. . . . . instrumental.
invar. . . . . invariable.
L. . . . . locatif.
litt. . . . . littéralement.
loc. . . . . locatif.
m. . . . . masculin.
métaph. . . . . . . métaphorique.
moy. . . . . moyen.
msc. . . . . masculin.
N., nom. . . . . . nominatif.
n. pr. . . . . nom propre.
nt. . . . . neutre.
opt. . . . . optatif.
pass. . . . . passif.
pf. . . . . parfait.
pl. . . . . pluriel.
(pl. 1, 2, 3 = 1re, 2e, 3e personne du pl.)
poét. . . . . poétique.
ppe. . . . . participe.
pr. . . . . présent.
préf. . . . . préfixe.
rac. . . . . racine.
resp. . . . . respectivement.
sg. . . . . singulier.
(sg. 1, 2, 3 = 1re, 2e, 3e personne du sg.)
sk. . . . . sanscrit.
subst. . . . . substantif,
suff. . . . . suffixe.
superl. . . . . superlatif.
th. . . . . thème.
V. . . . . voir, vocatif.
vb. . . . . verbe.
vbl. . . . . verbal.
véd. . . . . védique.
v. g. . . . . par exemple.
voc. . . . . vocatif.

Le signe > se lira «donne, devient, devenu, d'où», etc. : il indique que la forme ou le sens qui le suit a procédé de la forme ou du sens qui le précède. — Le signe < se lira «issu de, venu de, de», etc. : il indique que la forme ou le sens qui le précède a procédé de la forme ou du sens qui le suit. — Ne pas les confondre : observer que la pointe de la flèche est toujours tournée vers la forme ou le sens postérieur et issu[1].

L'astérisque devant une forme indique que celle-ci n'est que théoriquement restituée et n'appartient pas à la langue réelle, telle du moins qu'elle nous est parvenue.

[1] Exemples : — lat. *cameram* > fr. *chambre*; — fr. *chambre* < lat. *cameram*.

BIBLIOTHÈQUE NATIONALE R.F. IMPRIMÉS

TABLE DES MATIÈRES.

LEXIQUES.

[1] N. B. — En tête de ce lexique se trouve une liste des principaux suffixes dérivatifs et grammaticaux, qui se recommande tout spécialement à l'attention de l'élève.

BIBLIOTHÈQUE NATIONALE R.F. IMPRIMÉS.

BIBLIOTHÈQUE NATIONALE
RF
IMPRIMÉS

TABLE LITTÉRAIRE.

Nota. — Aux élèves qui désireraient traduire des textes plus difficiles et, en même temps, se familiariser avec les ressources qu'offrent à cet effet les commentaires indigènes, je signale un opuscule composé dans cette intention et sous les auspices de Bergaigne : V. Henry, *Trente Stances du Bhāminī-Vilāsa accompagnées du commentaire de Maṇirāma*, Paris, Maisonneuve, 1885.

ADDENDA ET CORRIGENDA.

P. 85 (n° 181, 18, l. 2), lire : त्रीण्ये°.

P. 168 (n° 375, 23, l. 2), lire : ते°.

P. 176, l. 10 du bas, lire : hṛṣṭamanāḥ.

P. 188, après ahó, insérer : (pragṛhya).

P. 189, l. 14 du bas, après (397), insérer : « vbl, trouvé, etc., ayant acquis, etc. (376), étant venu, arrivé (375, 20) ».

P. 204, lire comme suit la l. 9 : « parfois avec un sens approchant de celui de « car » ; aussi ; avec ».

P. 238, à la fin de l'article ya, ajouter : « nt. adv., si, etc. (400), cf. n° 159 in fine ».

P. 249, après l'article vināça, insérer l'article :

vindhya, m., n. pr. de la chaîne de montagnes transversale à l'Inde, qui forme la terrasse septentrionale du plateau du Dekkhan (125, 5).

ÉLÉMENTS

DE

SANSCRIT CLASSIQUE.

BIBLIOTHÈQUE NATIONALE R.F. IMPRIMÉS

CHAPITRE PREMIER.

ALPHABET ET PRONONCIATION.

1. Le mot *saṃ-skṛta*, dont les Occidentaux ont fait « sanscrit » (cf. infra n° 4, 3), équivaut comme sens au latin *con-fectus* « achevé, bien ordonné ». Il désigne, par opposition à tout ce qui est *prākṛta* « vulgaire », la plus ancienne langue de l'Inde civilisée, de bonne heure analysée dans sa structure et fixée dans ses règles, et conservée ainsi à peu près intacte, depuis trente siècles ou davantage, par le double effort des grammairiens et des littérateurs.

Il y a 2000 ans au moins que le sanscrit a cessé de vivre, supplanté dans l'usage courant par les « prâcrits » ou dialectes vulgaires ; mais, bien que certains prâcrits aient eu, eux aussi, leurs écrivains ou leurs philologues, le sanscrit n'en est pas moins resté, par excellence, l'idiome littéraire de l'Inde et de la plupart des pays sur lesquels elle a étendu son influence de façon quelque peu durable.

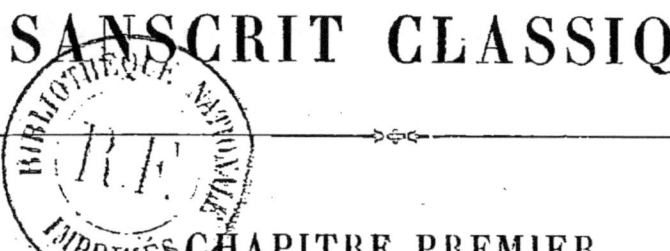

2. L'histoire de la langue sanscrite comporte trois grandes époques : 1° védique, où se place la composition des quatre grands recueils poétiques et religieux connus sous le nom de *Védas*, et des traités sacerdotaux qui en dépendent ; 2° épique, avec les deux immenses poèmes du *Mahābhārata* et du *Rāmāyaṇa*, de date incertaine ; 3° classique, embrassant toutes les autres œuvres de la littérature. — Le sanscrit védique, de beaucoup le plus important au point de vue du développement original de la pensée de l'Inde, est extrêmement riche en formes, et les débutants ne sauraient l'aborder sans connaître à fond le sanscrit classique, qui n'est en quelque sorte que du védique simplifié et qui fait seul l'objet du présent livre.

La période védique (soit de 1500 à 600 av. J.-C.) est la seule où l'on puisse affirmer à coup sûr que le sanscrit fût une langue vraiment vivante, Quant au sanscrit épique, quelques particularités grammaticales à peine le différencient du classique : à qui connaît l'un, l'autre n'offre aucune difficulté.

3. Le système des sons du sanscrit, admirablement servi par l'alphabet le plus complet qui existe au monde, comprend 49 phonèmes, savoir : 9 voyelles, 4 diphtongues, 3 sons accessoires, et 33 consonnes, dont suit la classification.

4. Voyelles : 5 brèves, 4 longues.

Brèves : *a*, *i*, *u*, *ṛ*, *ḷ*.
Longues : *ā*, *ī*, *ū*, *ṝ*.

1. On s'appliquera, avant tout, à bien remarquer le signe de longueur et à donner à la voyelle longue environ le double de la durée de la brève.

2. L'*u* se prononce comme l'*u* allemand ou italien, soit donc comme *ou* en français ; et de même pour l'*ū*.

3. Aujourd'hui et depuis des siècles, les Hindous prononcent l'*ṛ* comme un *r* consonne suivi d'un *i* très bref, et les sanscritistes européens ont suivi ce fâcheux exemple. Par bien des raisons, il est infiniment préférable de faire rouler l'*r*, de manière à lui donner la valeur d'une voyelle, comme, par exemple, dans les finales allemandes en *-er*. On prononcera donc *saṃskṛta* « sanscrit », *ghṛta* « beurre fondu », etc., à peu près comme *ker*, *ger*, dans *Anker*, *mager*, etc., mais de la pointe de la langue.

4. Cette observation s'applique également à l'*ṝ*, qui ne doit être qu'un roulement plus prolongé, et à l'*ḷ*, voyelles d'ailleurs fort rares : *pitṝṇām* « des pères », *kḷpta* « bien arrangé ». Il n'y a pas d'*ḷ* long.

5. Diphtongues : toutes longues.

Simples : *e*, *o*. Doubles : *ai*, *au*.

1. Les diphtongues *e* et *o* sont ainsi dites, parce qu'elles procèdent, au moins théoriquement, de la contraction respective de *a* + *i* et *a* + *u* (cf. infra nos 19, 21, 79, etc.) ; mais, dans la pratique, ce sont de simples voyelles, *e* et *o* fermés, dont on observera avec soin la longueur constante.

2. Les diphtongues doubles procèdent théoriquement de la nouvelle addition d'un *a* devant les précédentes, soit *a* + *e* et *a* + *o* (cf. infra nos 19, 21 et 79). On les prononcera en détachant les deux voyelles qui les composent : *ai*, *au*, mais en une seule syllabe.

3. L'ordre alphabétique des voyelles et diphtongues dans les lexiques est toujours: *a*, *ā*, *i*, *ī*, *u*, *ū*, *ṛ*, *ṝ*, *ḷ*, *e*, *ai*, *o*, *au*.

6. Sons accessoires : — anusvāra *ṃ*, — anunāsika *n̐*, — visarga *ḥ*.

1. L'anusvāra «son subséquent» et l'anunāsika «nasalité subséquente», dont la distinction est flottante, sont dus à la présence d'une consonne nasale qui, dans certaines conditions (infra nos 37, 39, 40 et 55), modifie le timbre de la voyelle qui la précède. Le plus simple est d'articuler alors celle-ci comme une nasale française, mais en la faisant suivre de la résonnance nasale qui l'accompagne souvent dans la bouche des méridionaux: ainsi, *tam abharat* «il le portait», avec le premier *a* sonnant pur comme les trois autres; mais *taṃ bharati* «il le porte», le premier *a* nasalisé. Cf. pourtant n° 40, 1.

2. Le visarga «pause», simple variété de prononciation d'un *s* final (infra nos 42-43), n'est autre chose qu'un arrêt brusque du courant d'air dans l'émission de la voyelle précédente: il donne ainsi à l'oreille l'impression d'une *h* sourde et brève, d'où sa notation européenne *ḥ*. Il est essentiel de ne pas l'omettre.

3. Les trois sons accessoires comptent pour consonnes dans la prosodie (cf. infra n° 14).

7. Consonnes : 25 muettes, 4 semi-voyelles, 3 sifflantes, 1 aspirée.

8. Les 25 muettes se classent en cinq ordres, selon l'organe qui les émet, savoir : la racine de la langue appliquée respectivement, 1° contre l'entrée de la gorge, 2° contre le fond du palais dur; la pointe de la langue respectivement appliquée, 3° contre le sommet du palais, 4° contre les alvéoles ou les dents; 5° les lèvres sans intervention de la langue. — Chaque ordre, à son tour, comprend cinq consonnes, dont quatre explosives (momentanées) et une continue, qui est la nasale corrélative.

	SOURDES.		SONORES.		NASALES.
	Non asp.	Asp.	Non asp.	Asp.	
Gutturales....	*k*	*kh*	*g*	*gh*	*ṅ*
Palatales.....	*c*	*ch*	*j*	*jh*	*ñ*
Linguales....	*ṭ*	*ṭh*	*ḍ*	*ḍh*	*ṇ*
Dentales.....	*t*	*th*	*d*	*dh*	*n*
Labiales.....	*p*	*ph*	*b*	*bh*	*m*

1. Les aspirées de chaque ordre se prononcent comme les non-aspirées

correspondantes avec l'addition d'un léger son d'*h*. On néglige souvent cette distinction, qui offre à nos organes quelque difficulté, surtout pour les sonores. On le peut sans grand inconvénient, et en tout cas il vaut mieux l'effacer que la forcer. On évitera surtout d'articuler le *ph* à la façon d'un *f* français.

2. L'*ṅ* est la consonne finale de l'allemand *Klang*, *Ding*. Il ne se rencontre d'ailleurs presque jamais que devant une des autres gutturales. La prononciation uniforme de celles-ci n'offre aucune difficulté.

3. Les palatales sont d'anciennes gutturales atténuées qui ont abouti (en toute position!) à la prononciation respective du *c* et du *g* italiens devant *e* et *i*, soit donc *cakāra* «il a fait» et *jagāma* «il est allé», à peu près comme *tchacâra* et *djagâma* en valeur française. L'*ñ*, qui n'apparaît que devant ou après une autre palatale, est l'*ñ* espagnole (*n* mouillé ou *gn* du fr. *signe*).

4. Les linguales ont été et sont encore parfois dénommées «cérébrales», appellation qui est un pur non-sens. Le seul terme adéquat, s'il n'était quelque peu insolite, serait «cacuminales». Le type de la cacuminale, c'est le *t* anglais correctement prononcé, la pointe de la langue en deçà du renflement osseux très marqué qui surmonte les alvéoles supérieures; mais, dans la pratique, on confond souvent, même sans le vouloir, les linguales avec les dentales.

5. Celles-ci, non plus que les labiales, ne requièrent aucune explication.

9. Semi-voyelles : palatale *y*, linguale *r*, dentale *l*, labiale *v*.

Ainsi nommées, parce qu'elles répondent respectivement aux quatre voyelles *i*, *ṛ*, *ḷ*, *u* (car l'*a* ne peut devenir semi-voyelle). A ce point de vue, l'articulation du *v* devrait être et a été celle du *w* anglais; mais il y a longtemps qu'elle s'est fixée au son *v*.

10. Sifflantes : palatale *ç*, linguale *ṣ*, dentale *s*.

1. Il n'y a pas de sifflante labiale, ni de sifflante sonore: l'*s*, en toute position, se prononce comme *s* française initiale : *sasāra* «il a coulé», la 2e consonne comme la 1re.

2. Les sons *ç* et *ṣ* donnent tous deux l'impression du *sh* anglais ou *ch* français, mais avec une nuance difficile à définir. Si l'on tient et réussit à en observer la distinction, on prononcera le premier avec la langue dans la position des palatales, le second dans la position des linguales.

3. Au lieu de *ç*, beaucoup de sanscritistes ont adopté la transcription *ś*, qui toutefois présente un inconvénient assez grave dans les textes où les voyelles sont accentuées.

4. La graphie *sh* pour *ṣ*, employée dans un trop grand nombre de textes, est encore plus regrettable et ne saurait être trop rigoureusement proscrite.

11. Aspirée : *h*. C'est l'aspiration ordinaire de l'initiale anglaise ou allemande.

12. Au point de vue de la résonnance des cordes vocales qui peut ou non les accompagner, tous les phonèmes sont dits « sonores » ou « sourds ». Sont sonores : les voyelles, les semi-voyelles, les diphtongues, les muettes sonores, les nasales et l'*h*. Toutes les autres consonnes sont sourdes.

De par sa prononciation actuelle, l'*h* est une sourde : s'il produit en euphonie les effets d'une sonore (cf. infra n°s 31, 4°, 44-45, etc.), c'est par une survivance de ses lointaines origines (cf. infra n° 30).

13. Une voyelle, soit seule, soit précédée d'une ou plusieurs consonnes, forme une syllabe, laquelle, au point de vue de sa valeur en versification ou ailleurs, est dite « lourde » ou « légère ».

14. Est lourde : 1° toute syllabe qui contient une voyelle longue ou une diphtongue ; 2° toute syllabe dont la voyelle, même brève, est suivie, dans le même mot ou, si elle est finale, dans le mot suivant, de plus d'une consonne (cf. supra n° 6, 3). Toute autre syllabe est légère.

1. On voit que les trois catégories sus-énoncées correspondent respectivement à ce qu'on nomme en prosodie classique : longue de nature, longue de position, et brève. L'alternance des syllabes lourdes et légères joue dans la versification du sanscrit le même rôle que celle des longues et des brèves dans la poésie grecque et latine.

2. Bien entendu, les muettes aspirées, malgré l'*h* qui les suit, sont des consonnes simples et ne font pas position : de là l'inconvénient qu'il y aurait à en trop faire sentir l'aspiration.

3. Cette observation s'applique, à bien plus forte raison, aux palatales ; car, prononcées correctement (à l'italienne), elles ne comportent en réalité qu'une seule articulation.

15. Exercice I. (Lecture.)

On s'appliquera à reconnaître et à classer les voyelles et consonnes du texte suivant, et à les prononcer correctement.

natvā sarasvatīṃ devīṃ çvetābharaṇabhūṣitām |
padmapattraviçālākṣīṃ nityaṃ padmāsane sthitām ||

atha rājā punar api tatraiva gatvā mṛtakaṃ skandhe dhṛtvā yāvan mārge pracalitas tāvat tena kathānakaṃ prārabdham. vetālenoktaṃ bho rājan çrūyatāṃ tāvat katheyam. asti dharmasthalaṃ nāma nagaraṃ tatra rājā guṇādhipo nāma. tasmin nagare keçavo nāma brāhmaṇaḥ. tasya duhitā mandāravatī nāma rūpeṇātīva vikhyātā sā ca varayogyā vartate. tasyā arthe trayo viprāḥ prārthanāya samāyātāḥ. keçavaç cintāṃ prapanno babhūva « ekā kanyā trayo varāḥ kasmai dīyate kasmai na dīyate ». etasminn eva prastāve keçavasya duhitā kālasarpeṇa daṣṭā. tasyā arthe mantravādinaḥ samānītāḥ. tair mantravādibhis tāṃ vilokya bhaṇitam « kāladaṣṭā na jīvati kanyeyam. yataḥ.

pañcamī navamī ṣaṣṭhī caturdaçy aṣṭamī tathā |
tithayo garhitā hy etā daṣṭasya maraṇātmikāḥ ||
bhaumaṃ çānaiçcaraṃ caiva grahaṇaṃ grahasaṃjñitam |
açastaṃ nāgadaṣṭasya nirdiṣṭaṃ çāstrakovidaiḥ ||
rohiṇī ca maghāçleṣā viçākhāmūlakṛttikāḥ |
āturasyāçubhāny āhur ārdrā nakṣatrasaptakam ||
indriyeṣv oṣṭhayoḥ çaṅkhe cibuke gaṇḍamaṇḍale |
kaṇṭhe lalāṭe çirasi bāhvor ūrvoç ca yugmake ||
hṛnnābhiskandhajaṭhare kakṣāyāṃ marmasaṃdhiṣu |
tathā pāṇyaṅghrimadhye tu sarpadaṣṭo na jīvati ||
jīrṇodyāne çmaçāne ca caitye ca dhavalagṛhe |
eṣu kṣetreṣu ye daṣṭās te yanti yamasādanam ||
dāhaḥ svedaç ca vamanaṃ hikkā çūlāṅgabhañjanam |
bhramaṇaṃ bhānunāçaç ca kāladaṣṭasya ceṣṭitam ||
grīvābhaṅgaḥ skhaladvāṇī vivṛtāsyordhvamārutaḥ |
mriyate sa na saṃdehaḥ kim anyair bahubhāṣitaiḥ » ||

(Vetālapañcaviṃçatikā, IIe conte.)

16. Exercice II. (Prosodie.)

On scandera, à raison de deux syllabes par pied, les vers contenus dans le morceau précédent, en distinguant avec soin les longues de nature (¯), les syllabes lourdes à voyelle brève (˘̄), et les syllabes légères (˘).

1. Ces vers sont des çlôkas ordinaires, la mesure la plus simple et la plus commune en sanscrit classique : on devra y trouver 16 syllabes par ligne,

coupées au milieu par un repos; si l'on en trouve davantage, c'est qu'on aura pris une semi-voyelle pour une voyelle ou coupé indûment une diphtongue en deux syllabes. Recommencer, en se reportant aux règles, jusqu'à ce qu'on découvre l'erreur.

2. On observera que les quatre dernières syllabes de chaque ligne ont une quantité fixe, savoir : légère, lourde, légère, à volonté (deux iambes). Le vers qui se termine par *dhavaḷagṛhe* est fautif.

CHAPITRE II.

EUPHONIE DES VOYELLES.

17. Toutes les langues, plus ou moins, ont des règles d'euphonie vocalique, qui reposent principalement sur la contraction ou l'élision des voyelles en hiatus, soit dans un même mot (lat. *mī* « à moi » pour **mii* < *mihi*), soit de la finale d'un mot à l'initiale du suivant (fr. *l'âme* pour **la âme*, etc.). Les seules particularités du sanscrit à cet égard sont que : 1° en principe, il élimine systématiquement, et suivant des règles très fixes, tous les hiatus qui peuvent s'y produire en une position quelconque; 2° il écrit en un seul mot les deux ou plusieurs mots ainsi réunis.

18. Lorsqu'une voyelle, brève ou longue, se rencontre avec sa pareille, également brève ou longue, elles se contractent en une seule voyelle longue :

$$a+a>\bar{a},\ \bar{a}+a>\bar{a},\ a+\bar{a}>\bar{a},\ \bar{a}+\bar{a}>\bar{a};$$
$$i+i>\bar{\imath},\ \bar{\imath}+i>\bar{\imath},\ i+\bar{\imath}>\bar{\imath},\ \bar{\imath}+\bar{\imath}>\bar{\imath};$$
$$u+u>\bar{u},\ \bar{u}+u>\bar{u},\ u+\bar{u}>\bar{u},\ \bar{u}+\bar{u}>\bar{u}.$$

Exemples : — a) de fusion des deux termes d'un composé : *apa* (préfixe d'éloignement) + *ajati* « il mène » > **apa-ajati* > *apājati* « il chasse » ; *pari* « autour » + *ita* « allez » > **pari-ita* > *parīta* « faites le tour de » ; *anu* (préfixe de subséquence) + *ūcāna-* (ppe pf. moy. de la rac. *vac* « parler ») > **anu-ūcāna-* > *anūcāna-* « qui a répété [l'enseignement d'autrui] > élève instruit », etc. ; — b) de fusion de deux mots isolés : **rājā apaçyat* « le roi vit » > *rājāpaçyat*; **devī īkṣate* « la déesse regarde » > *devīkṣate*; **madhu utsarati* « le miel jaillit » > *madhūtsarati*, etc.

Les combinaisons *ṛ* + *ṛ* et (surtout) *ḷ*+*ḷ* ne se rencontrent pas dans la pratique.

19. Lorsqu'un *a*, bref ou long, se rencontre avec toute autre voyelle, brève ou longue, ou avec une diphtongue, il se contracte avec elle en une diphtongue simple ou double, suivant le tableau que voici :

a+*i*>*e*, *ā*+*i*>*e*, *a*+*ī*>*e*, *ā*+*ī*>*e*;
a+*u*>*o*, *ā*+*u*>*o*, *a*+*ū*>*o*, *ā*+*ū*>*o*;
a+*e*>*ai*, *ā*+*e*>*ai*, *a*+*ai*>*ai*, *ā*+*ai*>*ai*;
a+*o*>*au*, *ā*+*o*>*au*, *a*+*au*>*au*, *ā*+*au*>*au*.

Quant aux groupes *a*+*ṛ* et *ā*+*ṛ*, ne pouvant former diphtongue ni rester en hiatus, ils aboutissent à un groupe de voyelle+consonne, savoir *ar*.

Exemples : — a) de fusion des deux termes d'un composé : *mahā* « grand » + *indra*- (nom d'un dieu) > **mahā-indra*- > *mahendra*- « le grand Indra » ; *upa* (préf. de rapprochement) + *ūḍha*- « charrié » > **upa-ūḍha*- > *upoḍha*- « amené » ; *apa* (supra n° 18) + *eti* « il va » > **apa-eti* > *apaiti* « il s'en va » ; *apa* + *aurṇot* « il couvrit » > *apaurṇot* « il découvrit », etc. ; — b) de fusion de deux mots isolés : **iha* *īje* « ici il a sacrifié » > *iheje* ; **rājā uvāca* « le roi parla » > *rājovāca* ; **sā ṛcchati* « elle vient » > *sarcchati* ; **sā eva* « celle-ci même » > *saiva* ; **ugrā oṣadhiḥ* « la puissante plante [médicinale] » > *ugrauṣadhiḥ*, etc.

1. Les combinaisons *a* + *ṝ*, *a* + *ḷ*, etc., ne se présentent pas dans la pratique.

2. Observer que, dans tous ces cas, *ā* en combinaison est traité exactement comme *a*, c'est-à-dire qu'il commence par s'abréger, puis se combine.

3. Trois voyelles consécutives se contractent suivant les règles 18-19 : **gacchata ā antāt* « marchez jusqu'à la limite » > *gacchatāntāt* ; *iha ā-ihi* « viens ici » > *ihehi*. On voit, par ce dernier exemple, que les deux premières voyelles se combinent d'abord, puis l'ensemble avec la troisième, soit **iha ā-ihi* > **ihā-ihi* > *ihehi* ; la marche inverse donnerait **iha ā-ihi* > **iha ehi* > **ihaihi*.

20. Toute autre voyelle que l'*a*, si elle se rencontre avec une voyelle différente d'elle-même ou une diphtongue (cf. supra n° 18), se change en sa semi-voyelle (supra n° 9), savoir : *i* en *y*, *u* en *v*, *ṛ* en *r* (*ḷ* n'est jamais dans ce cas), le tout sans distinction entre la brève et la longue. Exemples : **divi adhuḥ* « au ciel ils ont placé » > *divy adhuḥ*; **strī asūta* « la femme a enfanté » > *stry asūta*; **kṛcchrāsu āpatsu* « dans les pénibles conjonctures » > *kṛcchrāsv āpatsu*; du thème *pitṛ-* « père », avec le suffixe d'appartenance qui avait primitivement la forme *-ia-*, l'adjectif (disyllabe) *pitrya-* « paternel », où l'*ṛ* et l'*i* sont devenus consonnes, etc.

1. Dans ce cas, l'écriture indigène, ne terminant jamais un mot par une consonne que quand lui-même termine une phrase, réunit les deux mots en un seul, soit *stryasūta, kṛcchrāsvāpatsu*. Il en résulte une grosse difficulté de lecture, que la transcription épargne aux débutants.

2. Lorsqu'il résulterait du changement ci-dessus un groupe consonnantique imprononçable, la voyelle subsiste, mais développe à sa suite sa semi-voyelle : ainsi, d'un thème de conjugaison *sunu-* on a *sunv-anti* « ils pressurent », qui est prononçable; mais, de *āpnu-*, au lieu de **āpnv-anti*, on tire *āpnuv-anti* « ils obtiennent ».

3. Sur le sens du mot « thème », cf. infra n° 88.

21. Lorsqu'une diphtongue se rencontre avec une voyelle ou diphtongue, elle commence par se dédoubler en sa voyelle et semi-voyelle : *e* en *ay*, *o* en *av*, *ai* en *āy*, *au* en *āv* (supra n° 5). Après quoi :

1° Dans le corps du mot, ce groupe se maintient : *ne-tum* « mener », mais *nay-anti* « ils mènent »; thème *rai-*, nomin. pl. *rāy-aḥ* « richesses »; thème *gau-* et *go-* « bœuf », nom. pl. *gāv-aḥ*, dat. sg. *gav-e*, adj. *gav-ya-* « bovin » (cf. supra n° 20), et en composition *gav-āhnika-* « [ration de fourrage] d'un jour pour un bœuf », etc.

2° A la finale d'un mot, — sauf ce qui va être dit de *e* et *o* devant *a*, — le groupe perd sa semi-voyelle, et l'hiatus qui en résulte subsiste tel quel : **te āhuḥ* > **tay āhuḥ* > *ta āhuḥ* « ceux-ci dirent »; **açve iva* > *açva iva* « comme sur un cheval »; **açvāyai iva* > *açvāyā iva* « comme à une jument »; **striyai adadāt* > *striyā adadāt* « il donna à la femme »; **açvas iva* > **açvo iva* (infra n° 44, 1°) > *açva iva* « comme un cheval », etc. Mais, dans l'usage classique, la diphtongue *au* devenue *āv* demeure intacte en toute position : **açvau ubhau adadāt* > *açvāv ubhāv adadāt* « il donna les deux chevaux ».

1. On voit que, dans ce type d'euphonie, rien ne permet de distinguer un *e* d'un *o*, et que, par exemple, *açva iva* est amphibologique. C'est là,

pour les débutants une cause de difficulté qui ne doit pas les rebuter : ils la surmonteront à mesure que la langue même leur deviendra familière.

2. Il va de soi qu'en écriture indigène on aurait *açvāvubhāvadadāt* (cf. n° 20, 1). — N. B. *ai* final peut aussi s'écrire *āy* (*striyāyadadāt*).

22. Lorsque *e* ou *o* final se rencontre avec *a* bref initial, la diphtongue subsiste, et l'*a* est élidé : * *te abharan* > *te 'bharan* « ceux-ci portaient » ; **açvas avahat* > * *açvo avahat* (cf. infra n° 44, 1°) > *açvo 'vahat* « le cheval traînait ».

23. Certaines finales, dont les plus importantes sont les désinences *ī*, *ū* et *e* du nomin.-acc. duel, échappent à toutes les lois d'euphonie vocalique : ainsi, *açve iva* « comme deux cavales » demeure intact, à la différence de * *açve iva* du n° 21, 2° ; *vadhū ubhe açvaṃ nayantī āgacchatām* « les deux épouses menant le cheval arrivaient », les deux *u* ne se contractent pas, l'*a* initial de *açvaṃ* subsiste après *e*, et l'*ī* final devant voyelle ne devient pas *y*.

Les grammairiens indigènes appellent *pragṛhya* une finale rebelle au *saṃdhi* (système d'euphonie vocalique).

24. Exercice III. (Euphonie.)

On appliquera les règles de l'euphonie vocalique aux composés et phrases ci-dessous :

1. asmi indrasya mātā. — 2. mātā indrasya asmi. — 3. mātā asmi indrasya. — 4. indro asmi. — 5. gaṇa-īçaḥ. — 6. na asti, na eva asti. — 7. so aham. — 8. brahma-odanaḥ. — 9. siṃha-āsane āste. — 10. siṃha-āsane asīdat. — 11. açveṣu āgateṣu apa-ait. — 12. trayī api vidyā. — 13. çiṣya-upadeçaḥ. — 14. çiṣyo ācāryam upa-eti. — 15. ubhau ācāryau icchataḥ. — 16. sthito api eṣaḥ. — 17. sthitā api. — 18. sthitā eva. — 19. sthito eva eṣaḥ. — 20. ito ito bhavantaḥ. — 21. eka-aiçvaryam. — 22. tena ukto itihāsaḥ. — 23. haste abharo asim. — 24. rājñī avalokya uvāca. — 25. rājño açve adravatām. — 26. mahā-ṛṣiḥ. — 27. nakṣatreṣu avanaṣṭeṣu udeti ādityaḥ. — 28. açnu-anti. — 29. çṛṇu-anti. — 30. sūrya udihi iti āha eṣo ṛṣiḥ.

1-3. « Je suis la mère d'Indra. » — 4. « Je suis Indra. » — 5. *gaṇa-* « troupe », *īça-* « chef » ; donc « chef des bandes [célestes] », nom d'un dieu.

Même principe de formation pour les autres composés. — 6. «Il n'est pas.» *eva*, particule emphatique, renforce le mot précédent. — 7. «Ille ego.» — 8. «Le brouet des prêtres» [qu'on leur sert au sacrifice]. — 9. «Il est assis sur un trône.» *siṃha-āsana-* signifie «siège de lion». — 10. «Il s'assit sur un trône.» — 11. «Les chevaux étant arrivés, il s'en alla.» — 12. «Même la triple science» (les trois Védas). — 13. «L'instruction de l'élève.» — 14. «L'élève aborde [son] précepteur.» — 15. «Les deux précepteurs désirent.» — 16. «Quoique étant debout, il...» — 17. Même sens, au féminin. — 18. Id. et cf. 6. — 19. Cf. 16 et 6. — 20. «Par ici, par ici, Messieurs.» — 21. «Unique souveraineté.» — 22. «Par lui [fut] conté le récit.» — 23. «En main tu portais un poignard.» — 24. «La reine, ayant regardé, dit.» — 25. «Les deux juments du roi couraient.» — 26. «Un grand Sage [mythique].» — 27. «Les constellations ayant disparu, se lève le soleil.» — 28. «Ils atteignent.» — 29. «Ils entendent.» — 30. «Ô soleil, lève-toi, dit ce Sage.» Ordinairement, en classique, le vocatif ne se combine pas, parce qu'il ne fait point partie de la proposition et n'est tenu que pour une exclamation isolée. La particule *iti* annonce la fin d'un discours direct ou d'une citation littérale.

25. Exercice IV. (Euphonie.)

Dans le morceau de l'Exercice I (n° 15), on rétablira la forme primitive des groupes de mots suivants : tatraiva, vetālen*o*ktam, katheyam, rūpeṇ*ā*tīva, kany*e*yam, caturdaçy aṣṭamī, hy etā, caiva, magh*ā*çleṣā, āturasy*ā*çubhāny āhur, indriyeṣv oṣṭhayoḥ, pāṇyaṅghrimadhye, vivṛt*ā*sy*o*rdhvamārutaḥ. (L'italique indique la commissure, dans les cas où elle pourrait faire doute.)

Toutes ces combinaisons offrent plusieurs possibilités à l'analyse, et l'élève n'est pas encore en mesure de faire son choix entre elles. Le meilleur conseil à lui donner, c'est d'établir toutes les possibilités, sans s'inquiéter, pour le moment, de les contrôler. Il en est, cependant, qu'il vérifiera dès à présent sans peine : ainsi *caiva* peut faire supposer *ca eva*, ou **cā eva*, ou *ca *aiva*, ou **cā *aiva*; mais cf. supra n° 24, 6. Il peut aussi se reporter au lexique.

CHAPITRE III.

EUPHONIE DES CONSONNES FINALES.

26. Il n'est pas de langue parlée où les consonnes ne se trouvent, par suite de leur voisinage et de l'influence qu'elles peuvent exercer l'une sur l'autre, soumises à certaines lois d'euphonie plus ou moins compliquées. Seulement, ces lois sont latentes, ou du moins ne se dénoncent qu'à l'observation phonétique, parce qu'en général l'écriture ne les manifeste pas. Si, par exemple, je dis à quelqu'un «passe par ici» ou «passe devant moi», l'orthographe du mot «passe» ne change pas, et pourtant la prononciation a changé; car, dans le second cas, l'*s* final s'est achevé en un *z* pour se lier au *d* suivant. Or, ces variations parfois à peine sensibles, la notation graphique du sanscrit est si parfaite et si minutieuse, qu'elle en reproduit jusqu'aux plus subtiles nuances : grande supériorité pour elle, à coup sûr; mais grand embarras pour l'élève, qui, avant de savoir la langue, se voit forcé d'en parcourir rapidement tous les domaines.

La difficulté qui en résulte est toutefois en partie palliée par cette considération, qu'il ne lui est point du tout indispensable de connaître à fond toutes les règles d'euphonie pour pousser ses études plus loin : il suffit qu'il en prenne une vue sommaire, pourvu qu'au cours de son étude il y revienne fréquemment. Il pourra donc, s'il le veut, après avoir lu ce chapitre et le suivant et essayé les exercices afférents, aborder la déclinaison, mais à condition de se reporter scrupuleusement aux règles d'euphonie chaque fois qu'il rencontrera une forme tant soit peu insolite.

27. Aucun mot sanscrit, — sauf ce qu'on verra au nº 36, — ne peut se terminer par plus d'une consonne, à moins que la première ne soit *r*. En conséquence, la seconde disparaît : soit un thème *bharant-* «portant», qui apparaît à l'acc. sg. *bharant-am*; le nomin. sg., qui théoriquement serait **bharant*, devient *bharan*, etc.

§ 1. — Muettes non nasales et finales qui se changent en muettes.

28. Aucun mot ne peut se terminer par une aspirée : toute aspirée finale perd son aspiration, sans préjudice des règles subséquentes.

29. A la finale absolue (devant une forte interponction), aucun mot ne peut se terminer par une muette sonore. A celle-ci se substitue la sourde correspondante : les thèmes *suhṛd-* «ami», *samidh-*

«bois à brûler», *anuṣṭubh-* (nom d'une stance qui a fourni le type du çlôka sanscrit, cf. n° 16), dénoncés par les acc. sg. *suhṛd-am*, *samidh-am*, *anuṣṭubh-am*, font au nomin. sg. *suhṛt*, *samit*, *anuṣṭup* (cf. supra 28), etc.

30. Aucun mot ne peut se terminer par une palatale, quelle qu'elle soit (supra n°s 8, 3, et 10), ni par un *h*, parce qu'aucune de ces consonnes ne remonte à l'état primitif de la langue. Toutes, elles proviennent d'anciennes gutturales de nature diverse, que, dans le corps du mot, le contact de certaines voyelles a changées en palatales. Naturellement, à la finale, cette mutation n'a pas pu se produire, et dès lors la gutturale originaire reparaît, soit pure, soit convertie en linguale, ainsi qu'on va le voir.

1. Le rapport étroit des gutturales et des palatales apparaît nettement dans des permutations du type de *pāk-a* «cuisson» et *pac-ati* «il cuit», *yug-a* «joug» et *yuj-ya* «accouplé», *ghan-a* «gourdin» et *han-ti* «il frappe», etc., qui foisonnent dans la morphologie sanscrite.

1° Un *c* final devient toujours *k* : acc. sg. *vāc-am* «la voix», *ṛc-am* «le vers» (la stance), mais nomin. sg. *vāk*, *ṛk*.

2° Un *j* final devient, tantôt *g* > *k* (supra n° 29), tantôt (bien plus rarement) *ḍ* > *ṭ* : acc. sg. *bhiṣaj-am*, *vaṇij-am*, mais nomin. sg. *bhiṣak* «médecin», *vaṇik* «marchand», etc.; acc. sg. *samrāj-am* «roi souverain», mais nomin. *samrāṭ*.

2. C'est par l'usage seul de la langue qu'on apprendra à distinguer les cas de mutation de la palatale, respectivement, en gutturale et linguale.

3. Le *ch* final est infiniment rare (devient *ṭ*). Le *jh* final ne se rencontre pas.

3° Un *ç* final devient, tantôt *ṭ*, tantôt (bien plus rarement) *k* : acc. sg. *viç-am*, mais nomin. sg. *viṭ*, «le peuple, la caste des paysans (vaiçyas)»; acc. sg. *dṛç-am*, mais nomin. *dṛk* «aspect».

4° Un *ṣ* final, dans *ṣaṣ* «six», etc., devient toujours *ṭ*, v. g. *hotāraḥ ṣaṭ* «six prêtres récitants» (cf. infra n°s 31, 4°, et 50, 1).

4. Il en est de même du groupe *kṣ* final, qui d'ailleurs est fort rare.

5° L'*h* final, qui, de par ses origines, est la véritable aspirée du *j*, puisqu'il représente un ancien *gh*, est traité exactement comme *j*, c'est-à-dire qu'il devient, tantôt *k*, tantôt *ṭ* : acc. sg.

kāma-duh-am, mais nomin. *kāma-dhuk* (infra n° 65), «de qui on trait ce qu'on désire, vache d'abondance» [mythique]; acc. sg. *turā-ṣāh-am* «vainqueur fougueux», mais nomin. *turā-ṣāṭ*, etc.

31. La sourde finale résultant des règles 28-30 subit, si elle cesse d'être à la finale absolue, diverses modifications :

1° Si le mot suivant commence par une sourde, elle subsiste comme à la finale absolue : *samit patati* «la bûche tombe»; *anuṣṭup çlokasya chandaḥ* ou *anuṣṭup chandaḥ çlokasya* «l'anuṣṭubh [est] le mètre du çlôka», etc.;

2° Devant sonore initiale (cf. supra n° 12), la sourde finale, par assimilation, devient sonore : *samid dahati* «la bûche brûle»; *vāg bhiṣajyati* «la parole guérit», *vāg eva* «la parole à elle seule»; *anuṣṭub asti* «c'est une anuṣṭubh»; *samrāḍ rakṣati* «le souverain protège»; *samrāḍ yajate* «le souverain sacrifie», etc.;

3° Si la sonore initiale est une nasale, la sonore finale ci-dessus peut subsister; mais, dans l'usage ordinaire, par une nouvelle assimilation, elle se change en la nasale de son ordre : gutturale, *vāg* ou *vāṅ nayati* «la voix conduit»; linguale, *samrāṇ nayati* «le souverain conduit»; dentale, *samin nīyate* «la bûche est amenée»; labiale, *anuṣṭum nāsti* «ce n'est pas une anuṣṭubh»;

4° Si la sonore initiale est *h*, elle se change, par assimilation, en muette aspirée de l'ordre de la sonore finale : **vāg hi* «car la voix» > *vāg ghi*; **saḍ hotāraḥ* > *saḍ ḍhotāraḥ* (n° 30, 4°); **samid hi* > *samid dhi*; **anuṣṭub hi* > *anuṣṭub bhi*, etc.

32. Un *t* final, devant palatale initiale, s'assimile en palatale :

1° Devant *c* et *ch*, il devient *c*, *samic cīyate* «la bûche est empilée», *samic chidyate* «la bûche est sciée»;

2° Devant *j* et *jh*, il devient *j*, *samij jayati* «la bûche [du feu sacré] est victorieuse» ;

3° Devant *ç*, il devient *c*, et le *ç* se change en *ch*, **samit çuṣyati* «la bûche se dessèche» > *samic chuṣyati*, *ud-* préf. et *çiṣṭa* «resté» > *uc-chiṣṭa* «relief de nourriture», etc.

En dehors même de sa provenance de *t* + *ch* et *t* + *ç*, le groupe *cch* est assez commun dans la langue, parce que l'usage classique est de doubler ainsi le *ch* simple après toute voyelle brève, soit dans le corps, soit même à l'initiale du mot : ainsi, *chinna* «coupé», avec préf. *ava*, devient *avacchinna* «séparé par incision»; la phrase *asti chandaḥ*, «le mètre est, c'est un mètre», s'écrit communément *asti cchandaḥ*.

33. Un *t* ou *d* final, devant *l* initial, s'assimile en *l* : **tal labhyate* > *tal labhyate* «ceci est pris»; *ud* préf. + *likhati* «il grave» > *ullikhati* «il trace une ligne ou un sillon».

34. Exercice V. (Euphonie.)

On fera de petites phrases de deux mots (sujet et verbe) en accouplant chaque fois un des substantifs et un des verbes donnés en exemple sous les nos 28-33.

Il importe peu, bien entendu, que ces phrases n'aient aucun sens logique, puisqu'il ne s'agit ici que d'une phraséologie toute matérielle, qu'on pourra corser encore en intervertissant chaque fois l'ordre du sujet et du verbe.

§ 2. — Nasales.

35. Comme *ñ* n'est jamais, *ṅ* et *ṇ* très rarement finales primitives, les règles qui suivent ne visent guère que l'*n* et l'*m*. Le principe qui les domine, c'est que, comme dans toutes les langues, les nasales s'assimilent aisément à la consonne qui les suit, mais l'*m* bien plus aisément encore que l'*n*.

36. Après voyelle brève, *ṅ*, *ṇ* ou *n* final se double devant voyelle initiale : soit le ppe présent *udyan* nomin. sg., on dit *udyann ādityaḥ* «le soleil levant».

37. Devant une muette sourde, palatale, linguale ou dentale, *n* final développe à sa suite la sifflante de même ordre que la muette, devant laquelle il permute lui-même en anusvāra : (palatale) **udyan carati* > *udyaṃç carati* «en se levant il marche», **vṛkṣān chinatti* > *vṛkṣāṃç chinatti* «il coupe les arbres»; (linguale) **kalaçān ṭaṅkayati* > *kalaçāṃṣ ṭaṅkayati* «il couvre les vases»; (dentale) **asīn tejayati* > *asīṃs tejayati* «il aiguise les couteaux», **çatrūn tudati* > *çatrūṃs tudati* «il heurte les ennemis», etc.

38. Devant une palatale sonore ou sifflante, *n* s'assimile en *ñ*, et la sifflante permute en *ch* (cf. supra n° 32, 3°) : **açvān jayati*

> *açvāñ jayati* « il conquiert des chevaux »; **asīn çiçāti* > *asīñ chiçāti* « il affile des couteaux », etc.

Devant toute autre sifflante, l'*n* demeure intact, mais peut développer, comme consonne de transition, la muette de son ordre : ainsi, *açvān syati* « il lie des chevaux » peut s'écrire *açvānt syati*.

39. Devant *l* initial, *n* ou *m* s'assimile en un *l* nasal, que, par convention, on écrit habituellement par anunāsika dans le premier cas et par anusvāra dans le second : **açvān limpati* > *açvāñl limpati* « il oint des chevaux »; **açvam limpati* > *açvaṃl* (ou *açvaṃ*) *limpati* « il oint le cheval ».

40. En thèse générale, *m* final ne demeure intact qu'à la finale absolue ou devant voyelle ou diphtongue initiale : partout ailleurs, il s'écrit anusvāra. Soit l'acc. sg. *tam* démonstratif : on a *tam* tout court, *tam açvam* « ce cheval », *tam īçvaram* « ce seigneur », *tam ṛṣim* « ce sage », *tam eva* « celui-ci précisément », etc.; mais *taṃ kṣatriyam* « ce prince », *taṃ gaṇam* « cette troupe », *taṃ carum* « ce chaudron », *taṃ jhaṣam* « ce gros poisson », *taṃ ḍimbam* « cet œuf », *taṃ tarum* « cet arbre », *taṃ dhṛṣṇum* « ce hardi », *taṃ nīḍam* « ce nid », *taṃ pitaram* « ce père », *taṃ bandham* « ce lien », *taṃ yajñam* « ce sacrifice », *taṃ rājānam* « ce roi », *taṃ lokam* « ce monde » (supra n° 39), *taṃ vṛkṣam* « cet arbre », *taṃ çūram* « ce héros », *taṃ sindhum* « ce fleuve », *taṃ hotāram* « ce prêtre récitant », etc.

1. Mais cette graphie uniforme masque une grande diversité. En fait, dans la prononciation, *m* s'assimile à la consonne suivante : il est nasale gutturale devant gutturale, palatale devant palatale, etc., en nasalisant ou non la voyelle précédente (supra n° 6, 1), et ne peut être considéré comme anusvāra proprement dit que devant les semi-voyelles, les sifflantes et l'*h*. Aussi est-il loisible d'écrire *taṅ kṣatriyam*, *tañ carum*, *taṇ ḍimbam*, *tan tarum*, *tam pitaram*, et les manuscrits et éditions indigènes ne s'en font point faute.

2. Comme conséquence de la remarque qui précède, les lexiques alphabétiques rangent l'anusvāra à la place qu'il occuperait respectivement si l'on y substituait la nasale qu'il représente en réalité. Soit, par exemple, le préf. *sam* (exprimant collectivité), joint à plusieurs mots à initiale diverse : *saṃyat*, *saṃrakṣaṇa*, *saṃlapana*, *saṃvatsara*, *saṃçaya*, *saṃsāra*, *saṃhāra*, etc., se chercheront au rang de l'anusvāra, c'est-à-dire entre les voyelles et les consonnes (entre *sa* et *sak*); mais *saṃkṣaya*, *saṃjñā*, *saṃdhi*, *saṃbandha*, etc., doivent être cherchés comme s'ils s'écrivaient respectivement *saṅkṣaya*,

sañjñā, *sandhi*, *sambandha*, etc. Il va de soi que ces diverses nuances de prononciation sont négligeables en pratique.

3. L'*m* final d'une racine, lorsqu'il termine le mot, devient *n* en toute position : *gam* « aller » fait *agan* « il est venu ».

§ 3. — L'*s* et l'*r*.

41. Le principe de cette matière est double et d'une extrême netteté : 1° l'*s* final, qui est une sourde, ne saurait subsister devant sonore, et l'*r* final, qui est une sonore, ne saurait subsister devant sourde; 2° l'*r* se comporte, après diphtongue ou voyelle autre que *a* ou *ā*, comme s'il était la sonore de l'*s*.

42. Un *s* ou un *r*, sans distinction, à la finale absolue, se réduit à un simple visarga (supra n° 6, 2) : 1° *açvaṣ tarati*, mais *taraty açvaḥ* « le cheval franchit »; *agnis tapati*, mais *tapaty agniḥ* « le feu chauffe »; *açvais tarati*, mais *taraty açvaiḥ* « il franchit à l'aide de chevaux »; 2° *punar eti*, mais *eti punaḥ* « il va de nouveau »; *pitur aiçvaryam*, mais *aiçvaryaṃ pituḥ* « la suzeraineté du père »; *āhur ṛṣayaḥ*, mais *ṛṣaya āhuḥ* « les sages dirent », etc.

43. Un *s* final ne subsiste tel quel que si le mot suivant commence par une dentale sourde (supra n° 42, 1°) : devant toute autre sourde il se modifie.

1° Si l'initiale est muette palatale ou linguale, l'*s* s'assimilant devient la sifflante du même ordre : *açvaç carati* « le cheval marche », *açvaiç carati* « il marche à l'aide de chevaux »; *ṛṣiṣ ṭīkayati* « le sage commente », etc.

2° Si l'initiale est muette gutturale ou labiale, la sifflante s'écrit en visarga : *açvaḥ khādati* « le cheval mâche », *agniḥ patati* « le feu vole », etc.

3° Si l'initiale est sifflante, l'*s* final, en théorie, s'y assimile; mais, en pratique, il s'écrit indifféremment dans tous les cas par visarga : *açvās* > *açvāḥ çṛṇvanti* « les chevaux entendent »; *açvāḥ ṣaṭ* « six chevaux »; *açvāḥ sṛjyante* « les chevaux sont lâchés ».

1. La place alphabétique du visarga est, en principe, après l'anusvāra; mais le visarga développé devant une sifflante occupe la place qu'occuperait au lexique la sifflante à laquelle il est substitué (cf. supra n° 40, 2). Soit,

par exemple, le préf. *dus-* «mal», combiné avec plusieurs mots d'initiale diverse : on cherchera *duḥkha* au rang ordinaire du visarga, c'est-à-dire entre *duṃ* et *duk*; mais *duḥçasta*, *duḥṣama*, *duḥsaha* devront être cherchés comme s'ils s'écrivaient *duççasta*, *duṣṣama*, *dussaha*.

2. Quand la sifflante initiale est elle-même suivie d'une muette, le visarga peut être supprimé : *açvāḥ sthitāḥ* ou *açvā sthitāḥ* «les chevaux debout».

44. Quand l'*s* final est suivi d'une sonore, il y a lieu de distinguer suivant qu'il est lui-même précédé d'un *a* bref ou long ou de toute autre voyelle.

1° Un *as* final devant sonore devient *o* : **açvas dravati* > *açvo dravati* «le cheval court»; **pitaras mṛtās* > *pitaro mṛtāḥ* «les pères défunts»; aussi devant *r* (cf. 3°), **ruhas rohati* > *ruho rohati* «il gravit les pentes», etc. On a vu plus haut (nos 21-22) le traitement ultérieur de cet hiatus, quand la sonore initiale est une voyelle.

2° Un *ās* final perd son *s* devant toute sonore, et, par suite, demeure en hiatus si cette sonore est une voyelle : **açvās dravanti* > *açvā dravanti* «les chevaux courent», **mṛtās vṛkṣās* > *mṛtā vṛkṣāḥ* «des arbres morts», etc.; *açvā adanti* «les chevaux mangent», *açvā āhuḥ* «les chevaux dirent», *açvā ṛcchanti* «les chevaux viennent», *açvā api*, *açvā iti*, *açvā eva*, etc., etc.

3° En tout autre cas, *s* final devant sonore se change en *r* (supra n° 41) : **agnis eti* «le feu marche» > *agnir eti*, *agnir ḍahati* «le feu brûle»; *çatrur ṛcchati* «l'ennemi vient», *dhenur gacchati* «la vache va»; *açvair gacchati* «il va à l'aide de chevaux»; **gaus duhyate* > *gaur duhyate* «la vache est traite», **gos ūdhaḥ* > *gor ūdhaḥ* «le pis de la vache», etc.

Si la sonore initiale est *r* (consonne!), les deux *r* se fondent en un seul, et la voyelle précédente subit un allongement compensatoire, si elle en est susceptible, c'est-à-dire si c'est une voyelle brève : *agnī rohati* «le feu gravit», *çatrū rohati* «l'ennemi gravit»; mais *açvai rohati* «il gravit à l'aide de chevaux», *gau rohati* «la vache gravit».

45. A cela près que *r* final subsiste intact devant voyelle (supra n° 42, 2°) et devant toute sonore (*punar dadāti* «il donne de nouveau», *punar bharati* «il porte derechef», *punar yajate* «il renouvelle le sacrifice», etc., mais cf. 2°), il est toujours traité comme *s* final.

1° Devant une sourde quelconque (cf. supra n° 42-43), il s'assimile, si elle est palatale, linguale ou dentale, et se change en visarga, si elle est gutturale, labiale ou sifflante : *punaç carati*, *punaṣ ṭīkayati*, *punas tarati*, etc.; *punaḥ khādati*, *punaḥ patati*, *punaḥ çṛṇoti* « il entend derechef », *punaḥ sṛjyante*, etc.

2° Devant un *r*, il disparaît avec allongement compensatoire (cf. supra 44 in fine) : **pitur rahasyam* > *pitū rahasyam* « le secret du père »; *prātar āditŷo rohati* « au matin le soleil gravit », mais *prātā rohaty ādityaḥ*.

L'identité absolue, dans certaines conditions, du traitement de *s* et *r* final rend incertain, pour quelques finales grammaticales, le point de savoir si elles se terminaient originairement en *r* ou en *s* : gén. sg. *pitur* ou *pitus* « du père » (n° 135); pl. 3 pf. *āhur* ou *āhus* « ils dirent » (n° 229). C'est la grammaire comparée qui seule permet ici d'entrevoir la décision.

46. Exercice VI. (Euphonie.)

On appliquera aux composés et phrases ci-dessous les règles de l'euphonie des voyelles et consonnes finales.

1. atas aham bravīmi. — 2. ācāryau ubhau tvām draṣṭum icchatas. — 3. bahis-sad. — 4. tasyās ṛcas virāj (*l.*) chandas. — 5. bhiṣaj bheṣajāni ābharan ā-eti. — 6. indras ahim jaghāna apsu āçayānam. — 7. barhiṣas madhye ekā samidh çete. — 8. catvāras vedās bhavanti (*ou* santi) ṛc-vedas sāma-vedas yajus-vedas ca atharva-vedas ca iti. — 9. kāmaduh dhenus bhavati. — 10. pra-acī eva devānām diç (*g.*) dakṣiṇā diç pitṝṇām. — 11. tasmin ahani mā ud-gacchatu ādityas. — 12. sam-vatsare ṛtavas ṣaṣ. — 13. punar punar ca candramās rūpam anyad kurute. — 14. vāc mayi astu çritā vāc hi ojiṣṭhā devatānām. — 15. tad-çīlas. — 16. açvān todanena açvatarān ca bahutarām codayanti. — 17. ṣaṣ māsāḥ sam-vatsarasya ardhas. — 18. vṛkṣas udakena vardhate açvas yavais dhenus tṛṇais. — 19. balavān tārkṣyas devas ariṣṭanemis. — 20. tad-jñas. — 21. ahar kṛṣṇam ahar çvetam iti dve ahanī ṛṣis vi-cikāya. — 22. vaṇij mauktikāni akrīṇāt. — 23. gaus çanais acarat avahat hi dus-khena gurum ratham. — 24. dahatas api agnīn taret çūras. — 25. catur-viṃçati, catur-triṃçat, catur-cat-

vāriṃçat, catur-pañcāçat, catur-ṣaṣṭhi, catur-saptati, catur-açīti. — 26. jāram caura iti yas abhivadet ṛtam sa brūyāt. — 27. gṛhān çālās ca ṛtvij (*g.*) çudhyati. — 28. na kena cid tasya hetis riṣyate. — 29. hanta imam vidhya yena viç asmadīyā nindyate iti devās prati-āhur rudram. — 30. pūrvā diç aparā ca diç udīcī ca diç dakṣiṇā ca diç nīcī yā iti catasras diças.

1. «C'est pourquoi je dis.» — 2. Cf. supra n° 14, 15 : «... te voir.» — 3. «Qui est assis au dehors, profane.» — 4. «De cette stance le mètre est la virāj.» L'initiale *l.* ou *g.* indique la permutation respective en linguale ou gutturale, lorsqu'il peut y avoir doute. — 5. «Le médecin, apportant les remèdes, arrive.» — 6. «Indra tua Ahi (le serpent) [qui était] couché sur les eaux.» — 7. «Au milieu de la jonchée [de l'autel] une seule bûche est étendue.» — 8. «Les Védas sont [au nombre de] quatre...» suit l'énumération. — 9. «Kāmaduh est une vache.» — 10. «La région tournée vers l'avant (= orientale, parce qu'on s'oriente en regardant le levant) [est] seule [la région] des dieux; la région située à droite (en regardant le levant = méridionale) [est celle] des pères (= des Mânes).» — 11. «En ce jour-là que ne se lève pas le soleil.» — 12. «En l'année [il y a] six saisons.» — 13. «Derechef et derechef la lune se fait (= revêt) une forme différente.» — 14. «Que Vāc (la parole divinisée) en moi soit fixée, car Vāc est la plus puissante des divinités.» — 15. «Qui a cette coutume (= sīc mōrātus).» — 16. «Ils excitent (= on excite) fortement les chevaux et les mulets au moyen de l'aiguillon.» — 17. «Six mois [sont] la moitié de l'année.» — 18. «L'arbre se nourrit d'eau, le cheval d'orge (pl.), la vache d'herbe (pl.).» — 19. «Le robuste dieu [solaire] Tārkṣya dont la jante de roue est intacte.» — 20. «Qui a connaissance de cela.» — 21. «Jour noir (= nuit), jour blanc, ainsi (= par ces noms) le sage [auteur du Véda] a distingué deux jours.» — 22. «Le marchand acheta des perles.» — 23. «Le bœuf marchait lentement, car il traînait avec peine un lourd char.» — 24. «Les feux ardents même, le héros [les] franchirait.» — 25. «24, 34, 44, 54 (mais cf. infra n° 52, 1), 64, 74, 84.» — 26. «Celui qui appellerait voleur un amant adultère dirait la vérité.» — 27. «Le prêtre purifie les maisons et les huttes.» — 28. «Par personne son javelot n'est endommagé.» — 29. «Eh bien, perce [de tes traits] celui par qui notre race est insultée, dirent les dieux à Rudra» (nom d'un dieu). — 30. «La région d'avant (= orient), et la postérieure (= occident), et celle d'en haut (= le nord, qui est montagneux dans l'Inde), et celle du midi, qui est en contre-bas, voilà les quatre points cardinaux.»

On pourra multiplier et varier encore ces exercices, en intervertissant l'ordre des mots dans chacune de ces phrases, v. g. :

(1) *ato 'haṃ bravīmi*, *ato bravīmy aham*, *aham ato bravīmi*, etc.

47. Exercice VII. (Euphonie.)

On reprendra chacun des mots de l'exercice I (n° 15) et l'on s'efforcera de lui restituer la forme qu'il aurait s'il figurait à la finale absolue, v. g. : *natvā* | *saràsvatīm* | *devīm* | . . . . . *yāvat* | . . . *guṇādhipaḥ* | etc.

Voir l'observation sous le n° 25.

CHAPITRE IV.

EUPHONIE INTERNE.

48. Les règles de combinaison externe, telles qu'elles sont exposées au chapitre III, s'appliquent rigoureusement, non seulement à la finale d'un mot donné, mais encore :

1° Ainsi qu'on l'a vu par de nombreux exemples, entre la finale et l'initiale des deux termes d'un mot composé (*tacchūlaḥ*, n° 46, 15, comme *tac chrūyate* « cela s'entend »);

2° Même à l'intérieur d'un mot, devant les quatre suffixes de déclinaison *-bhis*, *-bhyas*, *-bhyām* et *-su* (infra n° 127) : nomin. sg. *manas* > *manaḥ* « intelligence », loc. pl. *manaḥ-su*, instr. pl. *mano-bhiḥ*, etc.; nomin. sg. *havis* > *haviḥ* « libation », loc. pl. *haviḥ-ṣu*, instr. pl. *havir-bhiḥ*, etc.

49. Partout ailleurs, on applique les lois de l'euphonie interne, qui d'ailleurs se recouvrent fort souvent avec celles de l'euphonie externe. Elles en diffèrent pourtant : 1° en ce qu'elles admettent moins de changements, notamment pour l'*m*, l'*r* et l'*s*; 2° en ce qu'elles introduisent certaines variations que l'euphonie externe classique ne connaît point, notamment le passage de *s* à *ṣ*, de *n* à *ṇ*, et la déaspiration. C'est pourquoi il y a lieu de les exposer dans un ordre différent.

§ 1. — Le *ṣ* et l'*s*.

50. Un principe général dont on appréciera tout à l'heure la haute importance se formule ainsi : toutes les fois qu'un *ṣ* interne est suivi d'une dentale sourde, il l'assimile en linguale. Soit une rac. *dviṣ* «haïr» : avec le suff. *-ta* du nom verbal, elle fait *dviṣṭa* «haï»; avec le suff. *-tum*[1] de l'infinitif, elle fait *dveṣṭum* (infra n° 86, 1°) «haïr», etc.

1. Devant le suff. *-su*, *ṣ* est traité comme *ç* (cf. supra nos 30, 3°-4°, et 48, 2°) : loc. pl. *ṣaṭ-su* «en six». Le cas est rare.
2. Devant *dh* et *bh*, il se change en *ḍ*, et *dh* devient *ḍh* (infra n° 204, etc.).
3. Le composé **ṣaṣ-daça* «6 + 10» donne *ṣoḍaça* «seize» par lingualisation.
4. Devant *s* (qui devient *ṣ*, infra n° 51), *ṣ* interne se change en *k* : *dveṣ-* + suff. *-syati* > *dvek-ṣyati* «il haïra».

51. En règle générale, un *s* interne ne saurait figurer après une autre voyelle que *a* ou *ā*, ni après un *k*, ni après un *r*. Dans toutes ces positions, il se change en *ṣ*, et, s'il est suivi d'une dentale sourde, celle-ci se lingualise : 1° *havis* «libation», gén. sg. *haviṣ-as*, nom. pl. *havīṃṣ-i*, etc.; rac. *svap* «dormir», avec redoublement *su-ṣvāp-a* «il dormit»; thème *pitṛ-* «père», loc. pl. *pitṛ-ṣu*; thème *viç* «peuple», loc. pl. *vik-ṣu*; rac. *kar* «faire» + suff. *-sam* > *a-kār-ṣam* «je fis», etc., etc.; 2° rac. *sthā* «se tenir», avec redoublement *ti-ṣṭha-ti* «il se tient»; rac. *stu* «louer», avec redoublement *tu-ṣṭāv-a* «j'ai loué», etc.

Quand l'*s* est suivi d'un *r*, il demeure intact : *usra* «rouge», *tisras* «trois» (fm.), et même *si-sar-ti* «il coule», redoublé et conjugué de rac. *sar*.

52. La règle qui précède s'applique sur une large échelle à l'*s* interne qui figure à la commissure d'un mot composé, soit qu'étymologiquement il appartienne au second ou au premier terme. Exemples pour l'*s* appartenant au second terme : 1° *sikta* «versé», avec les préf. *vi*, *anu*, etc., fait *viṣikta*, *anuṣikta*, etc.; 2° rac. *sthā*, avec préf. *prati*, fait *prati-ṣṭhā* «ferme établissement»; le composé *agni-stoma* «louange d'Agni» devient *agni-ṣṭoma* (nom d'un office, le plus usuel de la liturgie brâhmanique).

1. Quand l'*s* (ou l'*r*) étymologique appartient au premier terme, il y a conflit entre la présente règle et celles des nos 43, 2°, et 45, 1°; et la solution de ce conflit est surtout affaire d'usage. Ainsi, l'on dit (préf. *dus-*) *duḥ-kha* «difficulté», mais *duṣ-kṛta* «mal fait», *duṣ-pāra* «difficile à franchir», etc.; on dit *catuḥpañcāçat* et *catuṣpañcāçat* «54», mais toujours *catuṣ-pāt* «quadru-

pède». Et la langue a une tendance marquée à donner la préférence à la linguale.

2. Par un phénomène analogue, un *s* précédé d'un *a*, dans des composés très usuels, subsiste sous cette forme, comme plus haut le *ṣ* qui en est issu, et ne se change pas en visarga : ainsi, *namas* «hommage» + *kṛta* se compose en *namas-kṛta* «à qui on fait hommage» et ne devient pas **namaḥ-kṛta*.

53. A ces restrictions près, un *s* et surtout un *r* ne sont soumis à aucune des mutations qui les affectent à la finale, et demeurent intacts en toute position.

Un *s* disparaît en combinaison interne devant sonore; mais le cas est infiniment rare.

§ 2. — Les nasales.

54. Le principe général est qu'une nasale ne s'allie qu'avec une muette de sa classe, c'est-à-dire qu'elle s'assimile à la muette qui la suit; mais ce principe, d'ailleurs très aisé à observer partout, trouve son application, ainsi qu'on le verra, dans toutes les parties de la grammaire, beaucoup plus que dans la phonétique proprement dite.

1. Soit un mot *yunajmi* «je joins» : si l'*a* vient à disparaître, l'*n*, se trouvant en contact avec le *j*, devient palatal, *yuñjmas* «nous joignons»; si la palatale devient gutturale, l'*n* le devient aussi, *yuṅgdhi* «joins», que par abréviation on peut écrire simplement *yuṅdhi*, etc., etc.

2. Un *n* interne devient palatal, non seulement devant, mais après une muette palatale : rac. *yāc* «implorer» + suff. *-nā* > *yācñā* «supplication»; rac. *yaj* «adorer» + suff. *-na* > *yajña*, «culte, sacrifice», etc.

55. Devant une sifflante ou un *h*, *m* et *n* internes s'écrivent en anusvāra : rac. *ram* «être satisfait» > *raṃ-syate* «il sera satisfait»; rac. *han* «tuer» > *haṃ-si* «tu tues», etc.

Mais les nasales ne subissent aucun changement, ni devant voyelle ou semi-voyelle, ni devant nasale. Seulement dans la rac. *gam* «aller», l'*m* devient *n* devant *m* ou *v* : *a-gan-ma* «nous allâmes», *ja-gan-vān* «étant allé»; cf. supra n° 40, 3.

56. L'*n* interne est sujet à une affection qui lui est toute particulière : la lingualisation. On a vu (supra n° 51) qu'un *r* interne lingualise un *s* qui le suit immédiatement. Par une influence encore plus énergique, mais susceptible d'être contrariée par l'intervention d'autres consonnes intermédiaires, la voyelle, la semi-voyelle et la spirante linguales lingualisent un *n* du même mot, à quelque distance qu'il en soit placé.

Ce phénomène est, pour nous Européens, purement graphique, puisque notre prononciation ne distingue guère l'*ṇ* de l'*n*. Mais il n'en mérite pas moins d'être observé avec attention, à raison du nombre considérable de formes et de mots où il se produit. Il faut se le rendre assez familier pour que des graphies telles que **rāmena*, **muṣyamāna*, etc., sautent immédiatement aux yeux comme des barbarismes.

57. Sauf les exceptions qui vont suivre, lorsque, dans un mot quelconque, simple ou composé, se trouve un *ṛ*, un *ṝ*, un *r* ou un *ṣ*, et qu'une syllabe suivante quelconque contient un *n*, celui-ci se change en *ṇ*. Exemples : *yugam* « joug », pl. *yugāni*, mais *rūpam* « forme », *viṣam* « poison », pl. *rūpāṇi*, *viṣāṇi*, etc.; de même, à l'instr. sg. *yugena* « par le joug », mais *rūpeṇa*, *viṣeṇa*, etc.; gén. pl. *devānām* « des dieux », mais *pitṝṇām* « des pères », *rudrāṇām* « des Rudras »; préf. *pra* ou *pari* + *nīta* « conduit » > *pra-ṇīta* « conduit en avant », *pari-ṇīta* « mené autour », etc., etc.; rac. *an*, avec préf. *apa*, donne *apāna* « haleine inspirée », mais, avec préf. *pra*, **pra-an-a* > *prāṇa* « haleine expirée ». Et ainsi toujours.

58. La lingualisation ne se produit pas :

1° Sur un *n* final : acc. pl. *arīn* « les ennemis », *ghoṣān* « les bruits », *pitṝn* « les pères »;

2° Sur un second *n* du même mot, s'il n'est pas immédiatement en contact avec le premier : ainsi, *sanna* « assis » devient en composition *vi-ṣaṇṇa* « renversé » (supra n° 52); mais *cakṣaṇam* « aspect », *çaraṇam* « refuge », etc., font à l'instr. sg. *cakṣaṇena*, *çaraṇena*, etc.;

3° Quand l'*n* est suivi d'une muette dentale qui lui maintient son caractère dental : ainsi, *anta* « limite », composé avec *pra*, ne saurait devenir **prāṇta*, puisqu'alors l'*ṇ* et le *t* seraient en conflit; et dès lors il reste *prānta* « bord »;

4° Lorsque, entre la linguale et l'*n*, vient à se placer une muette ou sifflante palatale, ou une muette linguale, ou une dentale quelconque : a) gén. pl. *viṣūcīnām* «de diverses», acc. sg. *rājānam* «roi», nomin. *raçanā* «ceinture»; b) nomin. pl. nt. *iṣṭāni* «sacrifiés», *ārūḍhāni* «montés»; c) nomin. pl. nt. *akṣitāni* «inépuisables», instr. sg. *rathena* «avec un char», *rasena* «au moyen du suc», composé *hotṛ-ṣadanam* «le siège du prêtre récitant», etc.

D'un terme à l'autre d'un composé, il se peut que la lingualisation ne s'effectue pas : c'est affaire d'usage et de composition plus ou moins intime.

59. Exercice VIII. (Euphonie.)

Étant donné que le suff. du participe moyen est *-māna*, former un ppe moyen en l'affixant successivement aux thèmes verbaux suivants : *akṣya-*, *ṛcya-*, *arha-*, *iṣya-*, *arpya-*, *ṛdhya-*, *kriya-*, *kīrya-*, *kṛtya-*, *kṛpa-*, *krīḍa-*, *kṣīya-*, *kṣipya-*, *garja-*, *gṛhya-*, *caksya-*, *carya-*, *ceṣṭa-*, *jāya-*, *jīrya-*, *tarkaya-*, *duṣya-*, *dṛçya-*, *dṛṃha-*, *dhriya-*, *narda-*, *nṛtya-*, *paṭhya-*, *pūrya-*, *pṛcya-*, *bhaṣa-*, *bhrāmya-*, *bhrāja-*, *muṣya-*, *mṛjya-*, *mṛḍaya-*, *mṛçya-*, *rabhya-*, *rapça-*, *ramya-*, *roca-*, *ruhya-*, *varta-*, *viṣya-*, *vṛjya-*, *vṛçcya-*.

§ 3. — Muettes et assimilées.

Voir aux nos 28 sqq. ce qu'il faut entendre par ces assimilées.

60. En euphonie interne, une muette, en principe, ne s'assimile que devant une muette ou une sifflante : ce qui revient à dire qu'une sonore s'assimile toujours à une sourde suivante, mais qu'une sourde reste sourde devant voyelle, semi-voyelle ou nasale. — Exemples : — a) de sonore > sourde, les loc. pl. *bhiṣak-ṣu*, *samrāṭ-su*, *samit-su*, *anu-ṣṭup-su*, etc.; de rac. *ad* «manger», *at-si* «tu manges», *at-tha* «vous mangez», etc. ; — b) de sourde devant sonore non muette, *vak-ra* «courbé», *svap-na* «sommeil»; — c) de sourde > sonore devant muette sonore, rac. *çak* «pouvoir», d'où le nom verbal *çak-ta*, mais l'impér. *çag-dhi*, etc.

61. Quand la première consonne est une sonore aspirée, et la seconde le *t* ou *th* initial d'un suffixe, l'assimilation se fait en sens inverse : ce dernier prend la sonorité et l'aspiration de la consonne précédente, et devient *dh*, précédé d'une sonore non aspirée : de rac. *labh* + suff. *-ta*, de rac. *rudh* + suff. *-ta*, etc., on a donc * *labh-ta* > *labdha* « pris », * *rudh-ta* > *ruddha* « empêché », etc.; et de même au gérondif *labdhvā* « ayant pris », à l'infin. *roddhum* « empêcher », au nom d'agent *labdhar* « preneur », au nom d'action *labdhi* « prise », ainsi que dans beaucoup d'autres formations, les suffixes à *th* et surtout à *t* initial étant extrêmement communs.

62. Par exception à la règle du nº 60, un *d* devant le suff. *-na* s'assimile en nasale : rac. *sad* « s'asseoir » > *sanna* « assis »; rac. *bhid* et *chid* « fendre » > *bhinna* et *chinna* « fendu ».

63. Une palatale interne, sourde ou sonore, demeure palatale, en principe, devant voyelle, semi-voyelle ou nasale (cf. supra nºs 29 et 60); mais, devant une muette non nasale, elle devient, suivant une distinction déjà connue, soit gutturale, soit linguale, sourde ou sonore selon le caractère de la consonne qui la suit immédiatement.

1° Un *c*, dans ces conditions, devient toujours *k* ou *g* : rac. *vac* « parler », *vak-ti* « il parle », *vag-dhi* « parle » (impér.).

2° Un *ç* ne devient *k* que devant l'*s* des formations verbales : rac. *viç* « pénétrer » > *vek-ṣyati* « il pénétrera ». Partout ailleurs, il devient la linguale *ṣ*, laquelle lingualise une dentale suivante (supra nº 50) : verbal *viṣ-ṭa* « pénétré »; rac. *dṛç* « voir » > *dṛṣṭa* « vu », etc., etc.

3° Un *j*, suivant sa nature originaire, est traité, soit comme *c*, soit comme *ç* : rac. *raj* « teindre » > *rak-ta* « coloré »; rac. *rāj* « régner » + suff. *-tra* > *rāṣ-ṭra* « royaume »; *rāṣ-ṭrī* « femme qui gouverne », etc.

Le groupe *kṣ* perd son *k* devant muette, et son *ṣ* produit l'effet ordinaire : rac. *cakṣ* « voir » > infin. *caṣ-ṭum*.

4° Un *h*, suivant sa nature originaire, est traité, soit en gutturale, soit comme *ç*, ce qui, devant un *s*, revient au même (cf. supra 2°) : rac. *duh* « traire » > *dhok-ṣyate* « il traira »; rac. *lih* « lécher » > *lek-ṣyati* « il léchera ». Mais, d'autre part, il ne faut pas oublier que l'*h* est une aspirée : en conséquence, devant les suffixes qui commencent par un _t_ (cf. supra n° 61), il se comporte en cette qualité.

a) Si l'_h_ est de nature gutturale, il se comporte comme ferait un _gh_, qu'il représente en réalité : rac. _duh_, d'où verbal _*duh-ta_ > _*dugh-ta_ > _dugdha_ «trait»; _dogdhum_ «traire», etc.

b) Si l'_h_ est de nature linguale, non seulement il rend sonore et aspirée la dentale subséquente, mais de plus il la lingualise, et lui-même disparaît avec allongement compensatoire de la voyelle précédente : ainsi, une forme théorique _*lih-ta_ «léché» aboutit à _līḍha_, un infin. _*leh-tum_ à _leḍhum_ «lécher», un présent _*leh-ti_ > _leḍhi_ «il lèche».

L'allongement compensatoire de _a_ se fait, respectivement, en _o_ et en _e_, dans les trois verbes _vah_ «charrier», _sah_ «vaincre» et _tṛṇah_ «briser» : infin. _*vah-tum_ > _voḍhum_ «charrier»; présent _*tṛṇah-ti_ > _tṛṇeḍhi_ «il brise».

§ 4. — Déaspiration et réaspiration.

64. Deux aspirées ne peuvent se suivre immédiatement, ni dans la même syllabe, ni dans deux syllabes consécutives. Cette loi entraîne plusieurs conséquences.

1° Une aspirée interne ne peut demeurer, non seulement devant une muette non aspirée ou une sifflante, qui la transforme par assimilation (supra n° 60), mais même devant une autre aspirée, qui la déaspire : ainsi les groupes _bhdh_, _ghbh_, etc., deviennent _bdh_, _gbh_, etc.

2° Une muette aspirée double s'écrit par la non aspirée suivie de l'aspirée, soit _kkh_, _ggh_, _ddh_, _tth_, etc.

Ces groupes ne sont pas fort communs en sanscrit; mais ils peuvent le devenir facultativement, parce que la langue autorise le doublement de toute consonne après _r_. Les éditions qui usent de ce procédé orthographient donc _marttya_ pour _martya_ «homme», et par suite _arddha_ pour _ardha_ «moitié», _darbbha_ «darbha» (herbe), etc.

3° Dans le procédé grammatical du redoublement (infra n°s 207, 232 sqq.), l'aspirée se redouble par la non aspirée correspondante : rac. _bhū_ «être», redoublée _*bha-bhūv-a_ > _babhūva_ «il fut».

Entre les deux termes d'un composé, chacun des deux gardant en partie son individualité, la déaspiration, en général, ne se fait pas : ainsi de _madhu_ «miel» et *dhārā* «flot», on forme *madhudhārā* et non **madudhārā*. Mais on la constate dans *madu-gha* (nom d'une plante sucrée), où la syllabe *-gha* est ou est devenue un suffixe sans fonction précise.

65. Quand primitivement l'initiale et la finale d'une racine étaient toutes deux aspirées, la première s'est déaspirée en vertu de la loi ci-dessus. Dans ces conditions, si une des lois d'euphonie précédemment étudiées fait perdre à la finale son aspiration (supra nos 29, 30, 5°, et 60, 4°), l'initiale reprend naturellement la sienne. Soit, par exemple, la rac. *duh*, qui représente une rac. **dhugh* plus ancienne : tant qu'elle garde son *h*, elle garde aussi son *d* initial; mais, si son *h* vient à se déaspirer, son *d* se réaspire, et l'on a *a-dhok* «il a trait», *dhok-ṣyate* «il traira», etc.

Il n'y a pas lieu d'instituer d'exercices spéciaux d'euphonie interne, et elle est encore moins urgente à connaître à fond que l'euphonie externe, par cela même que toutes les formes auxquelles elle donne naissance, étant des formes grammaticales, se trouvent plus ou moins relevées dans les dictionnaires. Il faut s'en rendre maître pour pouvoir comprendre la grammaire; mais précisément on l'étudiera presque inconsciemment en travaillant la grammaire, pourvu qu'on ait la patience de s'arrêter devant toute forme qui paraîtra insolite et d'en chercher la raison d'être.

CHAPITRE V.

LA DEVANĀGARĪ.

66. L'Inde possède plusieurs alphabets. Le plus usité dans les manuscrits, celui qu'ont adopté toutes les éditions qui n'ont pas préféré la transcription jusqu'ici étudiée, se nomme l'écriture devanāgarī : le principe de cette écriture, c'est que tout signe, simple ou complexe, y vaut une syllabe.

67. Voyelles et diphtongues (supra nos 4-5). — 1° Initiales de syllabes (cf. n° 13), les voyelles et diphtongues s'écrivent ainsi :

Brèves..... अ *a*, इ *i*, उ *u*, ऋ *ṛ*, ऌ *ḷ*;
Longues..... आ *ā*, ई *ī*, ऊ *ū*, ॠ *ṝ*;
Diphtongues. ए *e*, ऐ *ai*, ओ *o*, औ *au*,

Observer que l'*e* ressemble à un *e* italique, et que l'*o* et l'*au* ne diffèrent de l'*ā* que par les traits superposés.

2° Quand la voyelle est précédée d'une consonne, sa notation est fort abrégée. Soit, par exemple, la consonne त : elle se nomme *ta*, se prononce *ta*, représente toujours enfin, dans l'écriture, un *t* suivi d'un *a* bref; si le *t* doit être prononcé devant une autre voyelle, le signe त se modifie ainsi qu'il suit :

Brèves..... त *ta*, ति *ti*, तु *tu*, तृ *tṛ*, तॢ *tḷ*.
Longues.... ता *tā*, ती *tī*, तू *tū*, तॄ *tṝ*.
Diphtongues. ते *te*, तै *tai*, तो *to*, तौ *tau*.

On s'attachera à ne pas confondre *tī* et *to*, et l'on observera que le petit crochet de l'*ṛ* ou de l'*u* peut se suspendre, soit à l'extérieur de la consonne, soit à l'un de ses organes internes.

68. Sons accessoires (supra n° 6). — Ils se notent par des signes accolés ou superposés à la voyelle qu'ils affectent: अं *aṃ*, आँ *āñ*, इः *iḥ*, तिं *tiṃ*, ताँ *tāñ*, तुः *tuḥ*, etc., etc.

69. Consonnes (supra nos 7-11).

1° Muettes (dans l'ordre du tableau) :

क *k*, ख *kh*, ग *g*, घ *gh*, ङ *ṅ*;
च *c*, छ *ch*, ज *j*, झ *jh*, ञ *ñ*;
ट *ṭ*, ठ *ṭh*, ड *ḍ*, ढ *ḍh*, ण *ṇ*;
त *t*, थ *th*, द *d*, ध *dh*, न *n*;
प *p*, फ *ph*, ब *b*, भ *bh*, म *m*.

On remarquera que le *gh* ne diffère du *dh* et l'*m* du *bh* que par la fermeture supérieure, et l'on s'attachera à ne pas confondre *ṅ* avec *ḍ*, ni ceux-ci avec *u* et *ū*.

2° Semi-voyelles : य *y*, र *r*, ल *l*, व *v* (souvent confondu avec *b* dans les manuscrits, à raison de leur ressemblance, soit en écriture, soit en prononciation indigène).

3° Sifflantes : श *ç*, ष *ṣ*, स *s*. Mais le *ç* se réduit souvent à श्.

Observer en outre les ressemblances et différences entre *m* et *s*, entre *p*, *y* et *ṣ*, etc.

4° Aspirée : ह *h*.

70. Rien ne serait plus aisé que la devanāgarī, si elle se bornait à ces 49 caractères. Mais, lorsqu'elle les combine entre eux, elle recourt à des ligatures plus ou moins compliquées et nécessairement très nombreuses. Il est impossible de donner ici toutes ces combinaisons graphiques, qui peuvent d'ailleurs varier légèrement d'une édition à une autre, et auxquelles la pratique seule de la lecture peut accoutumer les yeux. On se bornera à en indiquer les principes, en donnant à titre d'exemple les plus importantes.

1° Certaines ligatures de consonne et voyelle altèrent légèrement la forme de l'une ou de l'autre : दु *du*, दू *dū*; रु *ru*, रू *rū*; हू *hū*, हृ *hṛ*.

2° Les ligatures de consonnes les plus communes sont celles qui les accolent l'une à l'autre de gauche à droite : प्य *pya*, स्म *sma*, ष्णु *ṣṇu*, स्म्य *smya*, त्स्न्य *tsnya*, ग्ग *gga*, त्थ्य *tthya*, etc.

3° Mais les ligatures qui les superposent l'une à l'autre ne sont pas rares non plus : क्क *kka*, प्त *pta*, ष्ट *ṣṭa*, ष्ठि *ṣṭhi*, etc. Et parmi elles se range l'une des plus fréquentes, celle de l'*r* (consonne!), lequel se marque : a) lorsqu'il suit une consonne, par un petit trait oblique au-dessous de celle-ci, क्र *kra*, क्रा *krā*, ट्रि *ṭri*, ढ्री *ḍhrī*, स्रु *sru*, भ्रू *bhrū*, etc.; b) lorsqu'il la précède, par un crochet superposé à la barre supérieure, अर्क *arka*, et de même र्ता *rtā*, र्पि *rpi*, र्भी *rbhī*, र्षु *rṣu*, र्हू *rhū*, etc.

4° D'autres combinaisons altèrent plus ou moins profondément la forme des consonnes ligaturées. Il convient de noter :

a) Pour le *k*, क्त *kta*, क्म *kma*, क्य *kya*, क्ल *kla*, et surtout क्ष *kṣa*;
b) Pour le *j*, ज्ञ *jña* (ज्ञु *jñu*, etc.);
c) Pour l'*ṇ*, ण्ड *ṇḍa*, ण्ण *ṇṇa*;
d) Pour le *t*, त्त *tta*, त्र *tra*, त्व *tva*, त्त्व *ttva*;
e) Pour le *d*, द्ग *dga*, द्न *dna*, द्म *dma*, द्य *dya*, द्र *dra*, द्व *dva*, etc.;
f) Pour le *ç*, श्च *çca*, श्व *çva*, etc.;
g) Pour l'*h*, ह्ण *hṇa*, ह्म *hma*, ह्य *hya*, ह्र *hra*, ह्ल *hla*, etc.

Si quelque ligature embarrasse, on s'efforcera de la résoudre, soit par l'analyse, soit par l'analogie avec les exemples ci-dessus.

26. Autres signes. — L'alphabet sanscrit, très riche en lettres, ne l'est guère en signes accessoires de lecture.

1° Puisque toute consonne est censée suivie de la voyelle *a*, il faut un trait qui marque éventuellement qu'elle doit être prononcée sans voyelle, C'est le virāma (repos), qui se place transversalement au-dessous de la consonne : **दृक्** *dṛk*, **सम्राट्** *samrāṭ*, **मरुत्** *marut*, **अनुष्टुप्** *anuṣṭup*, **षष्** *ṣaṣ*, etc.

2° Lorsqu'un *a* initial est supprimé, on le remplace par le signe ऽ, dit avagraha (séparation) : **सो ऽहम्** ou **सोऽहम्** *so 'ham* (cf. nos 22 et 24, 7).

3° Le signe °, qui parfois est omis, marque une abréviation : **संवत्°** ou **संवत्** = **संवत्सरे** *saṃvatsare* « en l'an ».

4° Le trait d'union - s'emploie à la fin d'une ligne, à l'imitation de nos écritures.

5° La ponctuation est très insuffisamment marquée : à la fin d'une phrase, souvent fort longue, on met un trait vertical ।, qui équivaut à notre point, et qui, là seulement, suspend les règles de l'euphonie externe (nos 18 sqq., 31 sqq,) : ce qui revient à dire qu'aucune voyelle ni consonne n'est censée se trouver à la finale absolue, si elle ne se trouve devant ce trait, quand bien même elle se trouverait devant un repos logique équivalent, dans nos habitudes, à deux points, ou virgule, ou point-et-virgule.

En poésie, on met le trait simple । entre le 2e et le 3e vers d'une stance, et le trait double ॥ après le 4e : entre le 1er et le 2e, le 3e et le 4e, il n'y a qu'un repos logique (cf. supra nos 15-16).

12. Dans l'usage hindou, absolument rigoureux, les mots sanscrits se suivent bout à bout sans aucune séparation. Soit, par exemple, le texte du n° 15.

नत्वासरस्वतींदेवींश्वेताभरणभूषिताम् ।
पद्मपत्त्रविशालाक्षींनित्यंपद्मासनेस्थिताम् ॥

Mais, pour simplifier la lecture, les éditeurs européens ont introduit l'usage de séparer les mots après une voyelle ou une diphtongue, marquée ou non de l'anusvāra ou du visarga, en sorte que deux mots ne sont plus réunis en orthographe que si le premier finit par une consonne : **अश्वैरेति** *açvair eti*, **अश्वैर्गच्छति** *açvair gaccha-*

ti, अश्वैश्चरति *açvaiç carati*, अश्वैस्तरति *açvais tarati*, etc. Le texte ci-dessus s'écrira donc exactement comme en transcription :

नत्वा सरस्वतीं देवीं श्वेताभरणभूषिताम् ।
पद्मपत्त्रविशालाक्षीं नित्यं पद्मासने स्थिताम् ॥

Les éditions indigènes suivent généralement aujourd'hui l'usage européen. Pourtant il en est bon nombre encore qui ne se font point faute de réunir deux mots après voyelle, ou, ce qui est pis, de laisser un intervalle entre les syllabes d'un même mot : aussi les commençants feront-ils bien de s'en tenir aux textes régularisés que leur donnent les chrestomathies.

73. Chiffres (de 0 à 9) :

०, १, २, ३, ४, ५, ६, ७, ८, ९.

La numération est la même que chez nous, puisque nous avons emprunté la nôtre à l'Inde par l'intermédiaire des Arabes : १९०२ = 1902.

74. Exercice IX. (Lecture.)

ततो मान्त्रिकवचनं श्रुत्वा तदनन्तरं ब्राह्मणः केशवो नदीतीरे गत्वा तस्याः संस्कारं चकार। त्रयो ऽपि वराः श्मशाने समायाताः । तेषां मध्य एकश्चितायां प्रविश्य मृतो द्वितीयस्तत्रैव श्मशाने कुटीरकं कृत्वा स्थितस्तृतीयस्तपस्वी भूत्वा देशान्तरं गतः । तेन च कस्मिंश्चिन्नगरे कस्य चिद्ब्राह्मणस्य गृहे गत्वा मध्याह्ने भोजनं प्रार्थितम् । गृहस्थेन ब्राह्मणेन भणितं भोस्तपस्विन् त्वयात्रैव भोजनं कार्यम् । तावद्ब्राह्मण्या भोजनं निष्पादितमासनं च दत्त्वोपवेशितः सः । तावत्तस्य बालकेन गृहे रोदितुमारब्धम् । गृहस्थया ब्राह्मण्या क्रोधवशात्स बालको ज्वलिताग्नौ प्रक्षिप्तः । तद्दारुणं कर्म दृष्ट्वा स भोजनं न करोति । गृहस्थेन ब्राह्मणेन भणितं भोस्तपस्विन् कस्मात्त्वं भोजनं न करोषि । तेनोक्तं यस्य गृह ईदृशं राक्षसं कर्म दृश्यते तस्य गृहे कथं भोजनं क्रियते । तच्छ्रुत्वा तेन गृहस्थेन ब्राह्मणेन गृहमध्ये प्रविश्य पुस्तकमानीतम् । तदुद्घाट्य मन्त्रमेकं जपित्वा बालको भस्मीभूतो जीवापितः । तपस्विना ब्राह्मणस्य कौतूहलं दृष्ट्वा चिन्तितं यदीदं पुस्तकं मम हस्ते घटति तदाहं तां प्रियां जीवापयामि । इति संचिन्त्य तत्रैव निभृतो भूत्वा स्थितः । निशीथे च गृहमध्ये प्रविश्य तत्पुस्तकमपहृत्य तत्रैव श्मशाने समायातः । यः श्मशाने तिष्ठति तेन पृष्टो भो मित्र देशान्तरे गत्वा काचिद्विद्या समाज्ञाता । तेनोक्तं मृतसंजीवनी विद्या मया समाज्ञाता । द्वितीयेनोक्तं तर्हीमां प्रियां जीवापय । तच्छ्रुत्वा

तेन ब्राह्मणेन पुस्तकमुद्घाट्य मन्त्रमेकं जपित्वा जलेन सिक्त्वा जीवापिता कन्या यः सहैव मृतः सो ऽपि जीवितः । तस्या अर्थे त्रयो ऽपि विप्रा क्रोधान्धलोचना विवादं कुर्वन्ति । एतत्कथानकं कथयित्वा वेतालेनोक्तं भो राजन् कथय कस्य भार्या भवति । राज्ञा विक्रमसेनेनोक्तं श्रूयताम् ।

येन जीवापिता कन्या स पिता जीवदायकः ।
यः सहैव मृतः सो ऽपि भ्राता जातः सहैव यत् ।
तस्या भर्ता स भवति येन स्थानं निषेवितम् ॥

एवं श्रुत्वा गतो वेतालः ॥

(Vetālapañcaviṃçatikā, fin du IIe récit.)

75. Exercice X. (Lecture.)

Transcrire en caractères européens le texte ci-dessus, en s'essayant à séparer les mots qui ne sont réunis que graphiquement, mais non agglutinés ensemble par une contraction vocalique.

Ainsi que l'indique la donnée, le présent exercice ne porte pas directement sur l'euphonie; mais indirectement elle y peut être de quelque secours. Soit, par exemple, le groupe *bhostapasvin* : il est de toute évidence qu'il doit se composer de deux mots distincts; car autrement on ne pourrait avoir que **bhoṣṭapasvin* (supra n° 51). — N. B. Le mot *pustaka* est un des rares mots sanscrits qui tolèrent un *s* après une voyelle autre que l'*a*.

76. Exercice XI. (Lecture.)

Mettre en devanāgarī le texte de l'exercice I (n° 15).

77. Exercice XII. (Lecture.)

Mettre en devanāgarī les mots formés en vertu de l'exercice VIII (n° 59), puis les textes et les corrigés des deux exercices III et VI (nos 24 et 46).

CHAPITRE VI.

LE GUṆA ET LA VṚDDHI.

78. Rien n'est plus propre à former transition entre la phonétique et la grammaire proprement dite que la théorie du guṇa et de la vṛddhi, phénomènes exclusivement mécaniques à l'origine,

— au moins en ce qui concerne le premier, que détermina un déplacement de l'accent tonique, — mais promus en grammaire au rang de variations dynamiques et fonctionnelles.

Cette théorie, telle que l'ont formulée les grammairiens indigènes, a été reconnue fausse au point de vue de l'histoire et de la comparaison des langues indo-européennes; mais, pour qui n'a en vue que le sanscrit seul, elle continue à offrir les avantages d'une mnémotechnie pratique et simple.

79. Théoriquement : le guṇa « qualité » consiste dans l'addition d'un *a* devant la voyelle d'une racine; la vṛddhi « croissance », dans l'addition d'un nouvel *a* devant la forme de guṇa ainsi obtenue; après quoi, bien entendu, se produisent les contractions exigées par la phonétique (cf. supra nᵒˢ 5 et 18-19). Soit, par exemple, les racines suivantes, toutes cinq à voyelle brève :

RACINE.	GUṆA.	VṚDDHI.
(1) *pat* « tomber »	*pat*	*pāt*
(2) *viç* « entrer »	*veç*	*vaiç*
(3) *budh* « comprendre »	*bodh*	*baudh*
(4) *kṛ* « faire »	*kar*	*kār*
(5) *kḷp* « être arrangé »	*kalp*	—

1. Les racines du type (1) ne répondent pas à la définition, en ce sens que le guṇa n'y diffère pas de la forme radicale élémentaire (mais cf. infra nᵒ 83).

2. La rac. *kḷp*, la seule qui contienne un *ḷ*, n'a pas de forme de vṛddhi.

3. Logiquement les dictionnaires devraient donner toutes les racines sous la même forme, soit simple, soit en guṇa; mais la plupart d'entre eux ne donnent la forme simple que pour les racines contenant un *i* ou un *u*, long ou bref, en sorte que *kṛ* doit être cherché sous *kar*, *kḷp* sous *kalp*, etc. On s'est conformé à cette convention, qui, pour arbitraire qu'elle soit, une fois admise, n'offre aucun inconvénient.

80. Les racines à voyelle longue finale ont les mêmes formes de guṇa et vṛddhi que celles à voyelle brève.

RACINE.	GUṆA.	VṚDDHI.
(6) *nī* « conduire »	*ne* (*nay*)	*nai* (*nāy*)
(7) *bhū* « être »	*bho* (*bhav*)	*bhau* (*bhāv*)

1. Sur cet échange de *e* > *ay*, *o* > *av*, etc., cf. supra nᵒ 21.

2. Sur les racines en *ā*, cf. infra nᵒ 84.

3. Les racines où *ī* ou *ū* n'est pas final (*jīv* «vivre») et celles en *i* ou *u* suivi de plus d'une consonne (*nind* «blâmer»), n'ont en principe point de guṇa; mais elles peuvent avoir une vṛddhi (adj. *jaiv-a* «relatif au vivant»). Cf. supra n° 14.

4. Il n'y a pas de racines à *ṝ*. Mais les lexiques indigènes désignent par ce symbole certaines racines contenant un *r*, dont le vocalisme est susceptible de très nombreuses variations, soit *ar*, *ir* et *īr*, *ur* et *ūr*. L'usage seul peut les faire connaître : voir, par exemple, au lexique, la rac. *tar*.

81. Les racines du type (1) où l'*a* est précédé d'une semi-voyelle *y* ou *v* n'ont pas plus de guṇa que les autres; mais elles présentent dans leurs variations un phénomène tout particulier, que les grammairiens hindous désignent sous le nom de saṃprasāraṇa (changement de la semi-voyelle en voyelle). Et ce phénomène se comporte à l'égard du guṇa de telle manière, que les racines en question ont le saṃprasāraṇa dans les cas où les racines des types (2-5) ont la forme élémentaire, et la forme élémentaire dans les cas où celles-ci auraient le guṇa. Les formes sont respectivement :

	RACINE.	SAṂPRASĀRAṆA.	VṚDDHI.
(8)	*yaj* «sacrifier»	*ij*	*yāj*
(9)	*vac* «parler»	*uc*	*vāc*

En fait, il suffit de comparer *yaj* à *viç*, *vac* à *budh*, pour voir que, sauf la place de la semi-voyelle ($i > y$ et $u > v$), — qui dans les types (8-9) précède la voyelle, et dans les types (2-3) la suit en guṇa, — le phénomène est exactement le même, mais en sens inverse, dans les deux cas : en d'autres termes, qu'on pourrait aussi bien dire que *viç* et *budh* sont le saṃprasāraṇa de *veç* et *bodh*, ou que *yaj* et *vac* sont le guṇa de *ij* et *uc*. Et cette généralisation de fait se vérifie par la préhistoire.

82. Les racines qui contiennent un *a* suivi d'une nasale n'ont pas non plus de guṇa; mais, dans les cas où les précédentes se réduisent en saṃprasāraṇa, elles perdent leur nasale et se réduisent en un simple *a* ou *ā*.

	RACINE.	PERTE DE LA NASALE.	VṚDDHI.
(10)	*gam* «aller»	*ga*	*gām*
(11)	*jan* «engendrer»	*jā*	*jān*

En réalité, c'est leur *a* que perdent ces racines, tout comme les précédentes, et l'*a* ou *ā* qui leur reste représente la nasale découverte et devenue voyelle pour soutenir la syllabe : en d'autres termes *ga* équivaut à *gm* et *jā* à *jn*, et la preuve, c'est que ces mêmes racines apparaissent en effet réduites sous les formes *gm* et *jñ*, lorsque leurs nasales, étant suivies d'une voyelle, peuvent rester consonnes. Ceci revient à dire, encore une fois, que *ga* est le saṃprasāraṇa de *gam*, ou, si on le préfère, que *gam* est le guṇa de *gm* > *ga*.

83. Enfin, là où les racines des types (8-11) perdent leur *a*, les racines du type (1) éprouvent souvent une perte toute pareille :

pat « tomber » *pt* *pāt*-

On ferait donc légitimement rentrer le type (1) dans la théorie générale du guṇa en disant que *pat* est le guṇa de *pt*. Pour l'historien de la langue, c'est le contraire : il enseigne que *pat*, *veç*, *bodh*, *kar*, *kalp*, *ne*, *bho*, *yaj*, *vac*, *gam* sont les types primitifs, et que *pt*, *viç*, *budh*, *kṛ*, *klp*, *nī*, *bhū*, *ij*, *uc*, *gm* > *ga* en sont sortis par voie de réduction; mais cette inversion de point de vue est sans intérêt pour la structure du sanscrit prise isolément.

84. Les racines en *ā* ne peuvent, à plus forte raison, avoir de guṇa; mais, là où les types (1) et (8-11) ont leur réduction caractéristique, elles changent leur *ā* en *ī* ou *i*. Leur vṛddhi est naturellement indistincte.

	RACINE.	RÉDUCTION.	VṚDDHI.
(12)	*çā* « aiguiser »	*çī*, *çi*	*çā*

Donc, à partir du n° 81, si l'on veut avoir une idée générale des phénomènes du vocalisme sanscrit, — que l'on ne pénétrera pleinement que par l'étude de la grammaire et la pratique du dictionnaire, — on renversera l'ordre des deux colonnes de gauche, afin d'avoir pour chaque racine les types de racine simple et de guṇa qui correspondent respectivement à ceux des racines numérotées (2-7). On voit assez par là ce que la théorie hindoue du guṇa, du saṃprasāraṇa et de la vṛddhi a d'incomplet et de décevant : on en appréciera plus tard la commodité.

85. Il y a des formes grammaticales dans lesquelles apparaît avec une constance très remarquable l'état élémentaire de la racine : ce sont, notamment, les verbaux et les noms d'action. Exemples : (2) *viṣ-ṭa* (supra n° 63, 2°) « entré »; (3) *bud-dha* (supra n° 61) « qui sait » et *bud-dhi* « sagesse »; (4) *kṛ-ta* « fait » et *kṛ-ti* « action »; (5) *klp-ta* « bien ordonné » et *klp-ti* « ordonnance régulière »; (6) *nī-ta* « mené » et *nī-ti* « conduite »; (7) *bhū-ta* « qui a été » et *bhū-ti* « bien-être »; (8) *iṣ-ṭa* (supra n° 63, 3°) « offert aux dieux» et *iṣ-ṭi* «oblation»; (9) *uk-ta* (supra n° 63, 1°) «dit» et *uk-ti* «énonciation»; (10) *ga-ta* «qui est allé» et *ga-ti* «marche»; (11) *jā-ta* «né» et *jā-ti* «origine»; (12) *çi-ta* «aiguisé», et peut-être *çī-ta* «froid».

Pour faire voir la forme réduite à consonne des racines des types (1) et (10-11), on joint à cette énumération celle du pl. du pf., où le même état de la racine apparaît, précédé seulement d'une syllabe de redoublement dont il faut faire abstraction : (1) *pa-pt-uḥ* (védique) «ils tombèrent», (2) *vi-viç-uḥ* «ils entrèrent», (3) *bu-budh-uḥ* «ils connurent», (4) *ca-kr-uḥ* «ils firent», (5) *ca-klp-uḥ* «ils s'arrangèrent», (6) *ni-ny-uḥ* (supra n° 20) «ils menèrent», (8) **i-ij-uḥ*>*ījuḥ* «ils sacrifièrent», (9) **u-uc-uḥ*>*ūcuḥ* «ils dirent», (10) *ja-gm-uḥ* «ils allèrent», (11) *ja-jñ-uḥ* (supra n° 54, 2) «ils naquirent», etc.

86. Parmi les formes grammaticales qui requièrent le guṇa ou l'état de la racine qui y correspond (n° 84 in fine), on peut citer à titre d'exemple :

1° Les infinitifs et les noms d'agent : (2) *veṣ-ṭum* «entrer»; (3) *bod-dhum* «comprendre» et *bod-dhar* «connaisseur»; (4) *kar-tum* «faire» et *kar-tar* «auteur»; (6) *ne-tum* «mener» et *ne-tar* «guide»; (8) *yaṣ-ṭum* «sacrifier» et *yaṣ-ṭar* «sacrificateur»; (9) *vak-tum* «dire» et *vak-tar* «parleur»; (10) *gan-tum* (supra n° 54) «aller» et *gan-tar* «marcheur»; cf. aussi supra n°s 61 et 63;

2° Le présent des verbes de la conjugaison la plus usuelle : (1) *pat-a-ti* «il tombe»; (3) *bodh-a-ti* «il comprend»; (4) *kar-a-nti* «ils font» védique, (5) *kalp-a-ti* «il est disposé», (6) *nay-a-ti* «il guide», (7) *bhav-a-ti* «il est», (8) *yaj-a-ti* «il sacrifie», (10) *gam-a-nti* «ils vont» védique, (11) *jan-a-ti* «il engendre», etc.

87. La vṛddhi est infiniment moins commune, et l'on peut à peine dire qu'elle soit un procédé grammatical (cf. infra n°s 236, 282, 325). Mais, en tant que procédé dérivatif, elle a pris une extension considérable, à titre de caractéristique de nombreux adjectifs et substantifs terminés par les suffixes *-a* ou *-ya* et impliquant une idée d'appartenance. Exemples : de la rac. *viç* vient le subst. *viç* «peuple», et de celui-ci, *vaiç-ya* «homme du peuple» (supra n° 30, 3°); de *buddha*, «voyant, inspiré» (supra n° 85, 3), vient *bauddha*, «sectateur du Bouddha, bouddhiste»; de *bhūta* «être», *bhauta*, et de celui-ci *bhautika* «qui concerne les êtres», etc.

De même : de *viṣṇu* et *çiva* (noms de deux dieux), *vaiṣṇava* et *çaiva* «adorateur de Viṣṇu, de Çiva»; de *brahman*, «sainteté, piété, culte», *brāhmaṇa*, «qui concerne ces objets, traité de théologie, prêtre»; de *īçvara* «seigneur», *aiçvara* «majestueux», et *aiçvarya* «majesté, souveraineté», etc.

CHAPITRE VII.

GÉNÉRALITÉS SUR LA DÉCLINAISON.

88. Une racine à l'état nu (cf. nos 79-84) peut parfois se décliner; mais ce n'est pas, à beaucoup près, le cas le plus fréquent. Ordinairement, pour devenir déclinable, une racine s'adjoint un ou plusieurs suffixes, qui en modifient la forme et en nuancent le sens (cf. nos 85-87). La forme, très simple ou très complexe, elle-même encore plus ou moins variable aux différents cas, sur laquelle s'appliquent ultérieurement les désinences, est ce qu'on nomme le thème de déclinaison.

Soit une racine *diç* «indiquer» : toute nue, elle constitue un mot fm. qui signifie «région, point cardinal»; puis en s'adjoignant divers suffixes, elle forme les mots *diṣ-ṭa* «indiqué», *diṣ-ṭi* «prescription», *deṣ-ṭar* «indicateur», *deṣ-ṭra* «indication», *deṣ-ṭavya* «qui doit être indiqué», *deç-a* «contrée» (d'où *deçīya* «provincial»), *deç-aka*, *deç-ika* et *deç-in* «qui montre, indicateur, guide, maître», etc. Ce sont là autant de thèmes : *diç*, un thème-racine; les autres, thèmes en *-a*, en *-i*, en *-ar*, en *-n*, selon leur suffixe.

89. Les noms sont de trois genres : masculin, féminin, neutre. Un substantif donné n'a généralement qu'un seul genre, au moins usuel; mais les adjectifs s'accordent aux trois genres.

90. La déclinaison comporte trois nombres : singulier, duel, pluriel. Le duel s'emploie, sans autre détermination, pour désigner les objets qui font la paire : *hastau* «les deux mains», *akṣī* «les deux yeux», *açve* «les deux cavales attelées à un même timon», etc. Autrement, il doit être accompagné du nombre «deux».

91. Il y a huit cas, qui sont, dans l'ordre indigène : nominatif, accusatif, instrumental, datif, ablatif, génitif, locatif et vocatif.

Les grammairiens hindous appellent le nomin. 1er cas, etc., et le locatif 7e; mais, pour eux, le vocatif n'est pas un cas, puisqu'il ne se construit en accord avec aucun autre mot de la phrase.

92. Le nominatif est le cas du sujet et, naturellement, de tous les attributs qui s'y rattachent, soit immédiatement, soit au moyen de copules telles que les verbes signifiant « être, devenir, sembler, se croire, s'appeler », etc., v. g. मन्यते चरन् exactement « il se croit marchant » (nomin.) = « il croit marcher », *nalo nāma*, infra n° 93.

93. L'accusatif est essentiellement le cas : 1° du régime direct des verbes actifs, parmi lesquels le sanscrit range d'ailleurs un très grand nombre de verbes qui, dans nos habitudes, ne requerraient qu'un régime indirect, v. g. *aiçvaryaṃ nandati* « il se réjouit de la souveraineté » ; 2° du but après les verbes et les prépositions de mouvement, v. g. *nagaraṃ gataḥ* « allé à la ville », राजानं प्रति « vers, contre, envers le roi », आचार्यमनु *ācāryam anu* « à la suite du précepteur », etc.; 3° de l'espace et du temps, sans autre détermination, v. g. *rātrim* « pendant la nuit », त्रीन्मासान् « durant trois mois » ; 4° de certaines tournures adverbiales, dont la plus usitée est आसीद्राजा नलो नाम « il était un roi Nala de nom » (acc.).

94. L'instrumental ou comitatif a les emplois de son nom : 1° instrument, असिना हतः « tué par le glaive » ; 2° voie, moyen, etc., **mārgeṇa apagataḥ* > मार्गेणापगतः « parti par le chemin » ; 3° cause, *kṣudhā kliçyamānaḥ* « souffrant de la faim » ; 4° agent subordonné à un vb. passif इन्द्रेणाहिर्हतः « Ahi [fut] tué par Indra » ; 5° complément des verbes, prépositions et adjectifs qui impliquent accompagnement, réunion, simultanéité, identité, égalité, etc., v. g. *brāhmaṇaiḥ saha* ou *sārdham* « avec les prêtres », *vaiçyaiḥ saṃ-gacchati* « il va s'unir aux paysans », *kṣatriyeṇa tulyaḥ* « égal à un prince », etc. ; 6° souvent adverbial दुःखेन « avec peine ».

95. Le datif est le cas de l'attribution et de la destination (commodi) après les verbes signifiant « donner » et similaires : il ne se construit jamais avec aucune préposition ; l'emploi n'en offre aucune difficulté. Cf. infra nos 97-98.

96. L'ablatif qui, d'ailleurs, au point de vue de la forme, se confond presque partout au singulier avec le génitif et au pluriel avec le datif, implique mouvement d'éloignement, séparation, origine, etc. Il se construit : 1° dans les sens sus-indiqués, avec toutes sortes de verbes, et notamment avec ceux qui signifient « craindre, avoir horreur de, défendre contre », etc. लुब्धकाद्बिभेषि « tu as peur du chasseur »; 2° de même, avec nombre de prépositions, et notamment avec *ā*, au double sens de « depuis » et « jusqu'à » (supra n° 19, 3); 3° comme ablatif de cause, concurremment avec l'instrumental, प्रणयात् ou प्रणयेन « par affection »; 4° comme complément d'un comparatif, **indrāt mahattaraḥ* > इन्द्रान्महत्तरः « plus grand qu'Indra », *mad anyaḥ* « un autre que moi »; et même un positif suivi d'un ablatif prend le sens de comparatif (le sens est « grand » ou « plus grand à partir d'Indra pris comme terme de comparaison »).

97. Le génitif est le cas : 1° partitif **yajñasya avayavaḥ* > यज्ञस्यावयवः « une portion du sacrifice »; 2° de dépendance, *somasya pūrṇaḥ* « plein de sôma »; 3° de possession, पितुः पुत्राः « les fils du père »; 4° souvent en cette dernière qualité remplaçant le datif, पितुर्ददाति « il donne au père » (exactement « il donne [de façon que ce soit possession] du père »).

98. Le locatif est le cas : 1° de la situation dans l'espace, गृहे वसति « il reste à la maison »; 2° même avec un verbe de mouvement, si l'on considère le sujet, non comme tendant au but (cf. supra n° 93), mais comme l'ayant atteint, देवेषु गच्छति « il se rend chez les dieux » (et à ce dernier titre il peut aussi remplacer et remplace très souvent le datif de destination); 3° de la situation dans le temps, प्रथमे ऽहनि « le premier jour »; 4° employé absolument, dans les locutions courantes du type du n° 24, 27.

99. Le vocatif, qui au duel et au pluriel se confond entièrement avec le nominatif, est une interpellation, qu'on emploie, soit seule (देव « ô dieu »), soit précédée d'une interjection invariable, हे, हला, भोस्, etc.

100. Outre les identités déjà signalées (n°s 96 et 99), on notera les suivantes. Sont toujours semblables : au singulier, le nomin. et l'accusatif des neutres; au duel, le nomin. et l'accusatif, le datif, l'instrumental et l'ablatif, le génitif et le locatif; au pluriel, le nominatif et l'accusatif des neutres, le datif et l'ablatif.

On se reportera, pour tous les exercices qui vont suivre, aux règles énoncées au présent chapitre; mais il ne comporte lui-même aucun exercice spécial, que la lecture des exemples qui y sont semés.

CHAPITRE VIII.

THÈMES NOMINAUX EN -A, -Ā, -Ī, -Ū.

101. Les thèmes de substantifs en *-a*, extrêmement nombreux, sont masculins ou neutres.

102. Masculins : th. देव° *deva-* « dieu ».

Sg. N. देवस् (> देवः) *devas*.
A. देवम् *devam*.
I. देवेन *devena*.
Ab. देवात् *devāt*.
D. देवाय *devāya*.
G. देवस्य *devasya*.
L. देवे *deve*.
V. देव *deva*.

Du. N. A. V. देवौ *devau*.
I. Ab. D. देवाभ्याम् *devābhyām*.
G. L. देवयोस् (> देवयोः) *devayos*.

Pl. N. V. देवास् (> देवाः) *devās*.
A. देवान् *devān*.
I. देवैस् (> देवैः) *devais*.
Ab. D. देवेभ्यस् (> देवेभ्यः) *devebhyas*.
G. देवानाम् *devānām*.
L. देवेषु *deveṣu*.

On a mis entre parenthèse, après les formes théoriques, et ici seulement, les formes de finale absolue. Il va de soi que toutes les autres règles d'euphonie devront être observées avec soin : ainsi *rāma* (nom propre) ne fera pas à l'I. sg. **rāmena*, mais रामेण (supra nos 56 sqq.).

103. La déclinaison des neutres est toute pareille, sauf aux trois nominatifs. Soit le th. nt. युग° *yuga-* « joug ».

Sg. N. युगम् *yugam* (comme acc.).
Du. N. A. V. युगे *yuge* (pragṛhya, cf. n° 23).
Pl. N. A. V. युगानि *yugāni* (cf. n° 100).

Mais *gātram* « membre », pl. *gātrāṇi* (n° 102 in fine).

104. Les thèmes en *-ā* sont tous féminins. Ils offrent, entre autres, cette particularité importante, de ne pas prendre de désinence au nomin. sg.

Sg. N. कन्या *kanyā* « jeune fille ».
A. कन्याम् *kanyām*.
I. कन्यया *kanyayā*.
D. कन्यायै *kanyāyai*.
G. Ab. कन्यायास् *kanyāyās*.
L. कन्यायाम् *kanyāyām*.
V. कन्ये *kanye*.

Du. N. A. V. कन्ये *kanye* (pragṛhya, supra n° 23).
I. Ab. D. कन्याभ्याम् *kanyābhyām*.
G. L. कन्ययोस् *kanyayos*.

Pl. N. A. V. कन्यास् *kanyās*.
I. कन्याभिस् *kanyābhis*.
Ab. D. कन्याभ्यस् *kanyābhyas*.
G. कन्यानाम् *kanyānām*.
L. कन्यासु *kanyāsu*.

Observer : 1° la similitude du nomin. et de l'acc. pl. ; 2° l'abrègement de l'*ā* du thème, à l'instr. sg. et au gén.-loc. duel seulement ; 3° la véritable désinence du loc. pl., qui est *-su*, et non *-ṣu*, comme au n° 102 où elle tombe sous le coup de la mutation formulée au n° 51.

105. Les thèmes en *-ī*, tous féminins, prennent à peu près partout les mêmes désinences que les thèmes en *-ā*, mais sans *y* de liaison ; et devant les désinences vocaliques leur *ī* final devient *y* (supra n° 20).

Sg. N. देवी *devī* « déesse »; A. देवीम् *devīm*, I. देव्या *devyā*, D. देव्यै *devyai*, etc.; V. देवि *devi*.

Du. N. A. V. देव्यौ *devyau* (cf. n° 102).

Pl. N. देव्यस् *devyas*, différent de l'acc. देवीस् *devīs*; L. देवीषु *devīṣu*.

Les monosyllabes en *ī* ne suivent pas cette déclinaison : comme leur *ī* devant voyelle se décompose en *iy*, ils sont en réalité des thèmes en consonne (cf. infra n° 123); mais, comme ils sont féminins, ils peuvent aussi prendre au sg. les désinences *-ai*, *-ās*, *-ām*, caractéristiques de ce genre.

106. Les thèmes en *-ū*, tous féminins, se déclinent à peu près comme les précédents, en changeant leur *ū* en *v* devant les désinences à voyelle initiale.

Sg. N. वधूस् *vadhū-s* (avec désinence!) « épouse », A. वधूम् *vadhūm*, I. वध्वा *vadhvā*, D. वध्वै *vadhvai*, V. वधु *vadhu*.

Du. N. A. V. वध्वौ *vadhvau*.

Pl. N. वध्वस् *vadhvas*, différent de l'acc. वधूस् *vadhūs*, L. वधूषु *vadhūṣu*.

Les monosyllabes en *ū* n'appartiennent pas à cette déclinaison, parce que leur *ū* se décompose en *uv*, infra n° 123.

107. A ces déclinaisons se rattachent une multitude d'adjectifs; car les thèmes en *-a* abondent dans cette catégorie autant que dans celle du substantif, Or, tous les adjectifs qui sont thèmes en *-a* au masc. et au nt., forment leur fm., soit en *-ā*, soit en *-ī*, soit des deux manières:

Msc.	*kṛṣṇas* « noir »,	nt. *kṛṣṇam*,	fm. *kṛṣṇā*,
	rohitas « rouge »,	*rohitam*,	*rohiṇī*,
	pāpas « mauvais »,	*pāpam*,	*pāpā*, *pāpī*,

Ce qui revient à dire que ces adjectifs déclinent leur msc. sur *devas*, leur nt. sur *yugam*, leur fm. sur *kanyā* ou *devī*.

1. D'une manière générale, le fm. en *-ā* est de beaucoup le plus fréquent; et même, ainsi qu'on le voit, les adjectifs qui ne le font qu'en *-ī* subissent souvent un autre changement de thème plus ou moins considérable; cf. encore *asita* « noir », fm. *asiknī*, etc.

2. Mais cette règle n'est vraie que des adjectifs simples. Au contraire, les composés font très souvent leur fm. en *-ī*, v. g. *açru-pluta-mukhī* (n° 245, 9)

«[elle ayant] le visage baigné de larmes». Et il en est de même des substantifs msc. susceptibles de féminisation : *siṃhī* «lionne». Ces fm. en -*ī* sont relevés au lexique.

3. Les substantifs-adjectifs en -*aka* font leur fm. en -*ikā*, v. g. *nāy-aka-s* («conducteur», cf. n° 80), «le premier rôle masculin d'un drame, le jeune premier», fm. *nāy-ikā* «la jeune première».

108. Exercice XIII. (Déclinaison.)

Décliner (en devanāgarī si on le peut) les thèmes : 1° Masculins : *açva* «cheval», *gardabha* «âne»; *vṛṣabha* «taureau», *rasa* «suc», *bhramara* «abeille»; 2° Neutres : *viṣa* «poison», *āsya* «bouche», *bala* «force», *kapāṭa* «vantail», *ghṛta* «beurre fondu»; 3° Féminins : *açvā* «jument», *senā* «armée», *gopī* «bergère», *tanū* «corps»; 4° Adjectifs : *çveta* «blanc», *nīla* «bleu-noir», *pāpa* «mauvais»,

109. Exercice XIV. (Thème.)

Pour s'habituer à la construction la plus usitée en sanscrit, on fera bien : 1° de placer toujours le verbe à la fin de la proposition; 2° de mettre le déterminant avant le déterminé (l'adjectif épithète avant le substantif, le génitif avant le mot qui le régit, etc.).

1. Un mauvais berger [est] la ruine du troupeau. — 2. [C'est] au moyen d'un solide lien que l'on dompte les éléphants. — 3. Le prêtre portait des deux mains une coupe de sôma. — 4. Le dieu Kṛṣṇa a séjourné parmi les bergères. — 5. La petite souris délivra du filet l'énorme lion. — 6. J'ai vu dans la forêt une louve et deux sangliers. — 7. [Il faut] que le précepteur fasse répéter aux élèves les propres syllabes des Védas. — 8. Dans les maisons des brâhmanes vivent de fidèles épouses. — 9. Le héros montre sur [son] corps les marques de [ses] blessures. — 10. Tous les êtres sont mortels. — 11. Les deux armées en vinrent aux mains. — 12. L'or est plus lourd que l'argent et les perles sont plus légères que les diamants. — 13. Les parures plaisent aux sots et aux courtisanes. — 14. Les déesses s'étant retirées, les dieux folâtrèrent avec les filles de la terre. — 15. Le renard, étant entré dans la hutte, salua le tigre et la tigresse. — 16. Le destin bon ou mauvais est fixé par la divinité. — 17. L'épouse faisait cuire

les aliments, et la femme esclave nettoyait les écuelles. — 18. Noire déesse, éloigne-toi. — 19. La pluie fait croître les arbres et les plantes. — 20. Des plantes vénéneuses naît souvent un remède. — 21. Deux amies chères se rencontrèrent avec la reine. — 22. Aimant Mālavikā, Agnimitra [en] avait honte devant ses deux épouses. — 23. Des monts du Himâlaya le Gange coule vers les plaines du Madhyadêça. — 24. De [ses] ailes rapides l'aigle se rua sur les timides colombes. — 25. La nuque du taureau est attachée au joug. — 26. Quel roi, parvenu à la souveraineté, n'a redouté la jalousie des dieux? — 27. Ô Indra, viens ici. — 28. Les pourceaux et les truies se nourrissaient des fruits tombés.

1. La copule *asti* se supprime couramment. — 2. On dompte, *damayanti*. — 3. Portait, *abharat*. — 4. A séjourné, *avasat* (loc.). — 5. Délivra, *mumoca*. — 6. J'ai vu, *adarçam*. — 7. Que ... fasse réciter, *vācayet* (2 acc.); «propres» se traduit par *api* ou *eva* invariable (cf. supra n° 24, et infra n° 110). — 8. Vivent, *jīvanti*. — 9. Montre, *darçayati*. — 10. *santi*, mais cf. 1. — 11. En vinrent aux mains, *ayudhyetām*. — 13. Plaisent, *rocante*. — 14. Folâtrèrent, *akrīḍanta*. — 15. Étant entré, *pra-viṣṭa* (déclinable); salua, *abhi-avadat*. — 17. Faisait cuire, *apacat*; nettoyait, *apunāt*; mais plutôt tourner par le passif en employant les verbaux déclinables, *pakta* «cuit», *pūta* «nettoyé», sans autre verbe; cf. infra n° 185. — 18. *apa-ihi*. — 19. Fait croître, *vardhayati*. — 20. Naît, *jāyate*; souvent, *anekaças*. — 21. *samagacchetām*. — 22. Aimant = attaché à, *sakta* (loc.); avait honte (cf. n° 96), *alajjata*. — 23. Coule vers, *upa-sravati*. — 24. Se rua sur, *abhi-apatat*. — 26. N'a redouté, *na abhaiṣīt*. — 27. Viens ici, *ā-ihi*. — 28. Se nourrissaient, *atṛpyan*.

110. Exercice XV. (Version.)

1. pāpā gopā yūthānāṃ vināçaḥ. — 2. ugram api gajaṃ dṛḍhena pāçena damayanti. — 3. yo duritād bibheti bhayenaiva sa jitaḥ. — 4. kanyāyā nayanayor oṣṭhayoç conmīlitaṃ padmaṃ paçyan manye. — 5. kṣatriyasya putro vaiçyāyāḥ putryai hiraṇmayam aṅgulīyakam adadāt. — 6. mṛgyāḥ çāvāya yavasya taṇḍulān asyety āha nāyako nāyikām. — 7. suptasya siṃhasya mukhe mṛgā na praviçanti. — 8. sarvaṃ khalu bhūtaṃ martyam. — 9. sukhena karṇau çaçasya calataḥ. — 10. açakyatvān na tv eva pramādāc chiṣyeṇāparāddham.

2-3. Chercher *bhī*. S'habituer, d'après ces deux derniers exemples, à bien comprendre et à placer ces deux particules *api* et *eva*, d'un usage si fréquent :

ici le fr. les traduit toutes deux par «même», mais avec un sens tout différent dans les deux phrases. — 4. Chercher *mīl*. — 5. Chercher *dā*. — 6. *asya* «jette» (impér.). — 7. Chercher *svap* et *viç*, et cf. supra n°s 79 et 81. — 10. Chercher *rādh*.

11. Si l'on veut multiplier ces exercices, il suffira de refaire les thèmes et versions en changeant le nombre des substantifs, suivant l'exemple donné respectivement en 109 et 110, 1-2. Bien entendu, il faudra dans ce cas, la plupart du temps, laisser les formes verbales en blanc, puisqu'on ne sait pas encore les accorder.

12. On fera bien aussi de revenir sur les phrases toutes traduites qu'on trouvera aux exercices précédents et d'y classer les formes grammaticales qu'on pourra reconnaître.

CHAPITRE IX.

THÈMES EN -I, -U, ET DIPHTONGUE.

111. Il y a, parmi les thèmes en *-i*, des masculins, des féminins et des neutres.

Les thèmes auxquels est consacré le présent chapitre forment la transition naturelle entre les précédents et les thèmes en consonne: en effet, d'une part, ils ont des désinences communes avec les uns et les autres; de l'autre, quoique montrant plus d'affinité pour les thèmes en consonne, par la raison que leur voyelle finale devient semi-voyelle et conséquemment consonne devant les désinences vocaliques, ils empruntent partiellement aux thèmes du chapitre VIII certaines désinences que leur nature originaire ne comportait pas (n°s 113 et 116, 2).

112. Masculins : th. कवि° *kavi-* «poète».

Sg.	N.	कविस् *kavis*.
	A.	कविम् *kavim*.
	I.	कविना *kavinā*.
	D.	कवये *kavaye*.
	G. Ab.	कवेस् *kaves*.
	L.	कवौ *kavau*.
	V.	कवे *kave*.
Du.	N. A. V.	कवी *kavī* (pragṛhya, cf. supra n° 23.)
	I. D. Ab.	कविभ्याम् *kavibhyām*.
	G. L.	कव्योस् *kavyos*.

Pl. N. V. कवयस् *kavayas.*
A. कवीन् *kavīn.*
I. कविभिस् *kavibhis.*
Ab. D. कविभ्यस् *kavibhyaś.*
G. कवीनाम् *kavīnām.*
L. कविषु *kaviṣu.*

Remarquer : 1° que l'*i* persiste devant toutes les désinences à consonne initiale, et que, de plus, il s'allonge à l'acc. et au gén. pl.; 2° qu'il passe au guṇa (supra nos 79 et 80) au gén. et au voc. sg. et devant les désinences vocaliques, sauf au gén.-loc. duel, où il devient simplement *y*.

113. La déclinaison des féminins ne diffère presque pas de la précédente : ils n'ont pas d'*n* devant la désinence -*ā* de l'instrum. sg.; de plus, ils peuvent, par analogie, former les trois cas suivants sur le modèle de ceux des féminins en -*ī*; enfin l'acc. pl. est en -*īs*, comme chez ceux-ci.

Sg. Nomin. जातिस् *jātis* « espèce »; A. जातिम् *jātim*, I. जात्या *jātyā*, D. जातये *jātaye* et जात्यै *jātyai*, G. Ab. जातेस् *jātes* et जात्यास् *jātyās*, L. जातौ *jātau* et जात्याम् *jātyām*, V. जाते *jāte*.

Duel : sans aucune modification.

Pl. N. जातयस् *jātayas*, A. जातीस् *jātīs*, etc.

114. Au contraire, la déclinaison des neutres diffère considérablement : ils ont propagé à travers tous les cas à désinence vocalique la consonne de liaison *n* de l'instr. sg., et introduit dans leur flexion les désinences de gén. et loc. sg. des thèmes à consonne (cf. supra n° 111, et infra n° 127).

Sg. N. A. वारि *vāri* (sans désinence) « eau ».
I. वारिणा *vāriṇā*,
D. वारिणे *vāriṇe*.
G. Ab. वारिणस् *vāriṇas*.
L. वारिणि *vāriṇi*,
V. वारे *vāre*, वारि *vāri*.

Du. N. A. V. वारिणी *vāriṇī*.
G. L. वारिणोस् *vāriṇos*.

Pl. N. A. V. वारीणि *vārīṇi*, etc.

Les cas en *-bhyām*, *-bhis*, *-bhyas*, comme aux msc.-fm.; de même, gén. pl. *vārīṇām*, loc. pl. *vāriṣu*.

115. Les thèmes en *-u* comprennent également des masculins, des féminins et des neutres, dont la déclinaison est, respectivement, tout à fait identique à celle des msc., fm. et nt. en *-i*, en tenant compte, bien entendu, de la différence de la voyelle (*u*), et par conséquent de son allongement (*ū*), de sa semi-voyelle (*v*) et de son guṇa (*o*, *av*).

116. 1. Masculins : th. *caru-* « chaudron ». — Sg. N. *carus*, A. *carum*, I. *caruṇā*, D. *carave*, G. Ab. *caros*, L. *carau*, V. *caro*. — Du. N. A. V. *carū*, I. D. Ab. *carubhyām*, G. L. *carvos*. — Pl. N. V. *caravas*, A. *carūn*, I. *carubhis*, Ab. D. *carubhyas*, G. *carūṇām*, L. *caruṣu*.

2. Féminins : th. *dhenu-* « vache ». — Sg. I. *dhenvā*, D. *dhenave* et *dhenvai*, G. Ab. *dhenos* et *dhenvās*, L. *dhenau* et *dhenvām*. — Pl. A. *dhenūs*. — Le reste, comme aux masculins.

117. Neutres. — Sg. N. A. (sans désinence) *madhu* « miel », I. *madhunā*, D. *madhune*, G. Ab. *madhunas*, L. *madhuni*, V. *madho* et *madhu*. — Du. N. A. V. *madhunī*, G. L. *madhunos*. — Pl. N. A. V. *madhūni*, etc., cf. n° 114.

118. Les adjectifs en *-i*, très peu nombreux, et les adjectifs en *-u*, qui forment une classe considérable, se déclinent, respectivement, comme les substantifs, aux trois genres : ainsi, msc. *bībhatsu-s* « dégoûté » sur *caru-*, fm. *bībhatsu-s* sur *dhenu-*, nt. *bībhatsu* sur *madhu*; avec cette nuance que, aux cas du sg. qui insèrent *n*, le nt. peut ne pas l'insérer et, par suite, ne pas différer du msc.

119. Rarement, le fm. allonge sa voyelle : msc. *tanu-s* « mince », fm. *tanū-s*, nt. *tanu*; fm. *bībhatsūs*, etc. ; en ce cas, il se décline sur *vadhū-* (supra n° 106). Mais, très fréquemment au contraire, quand l'*u* n'est précédé que d'une seule consonne, le fm. ajoute un *-ī*, et alors il se décline sur *devī*, v. g. *guru-* « lourd » > *gurv-ī*, *tanu-* > *tanvī*, *uru-* « large » > *urvī*, *pṛthu-* « vaste » > *pṛthvī*, *laghu-* « léger » > *laghvī*, etc.

120. Le th. *dyu-*, « ciel, jour », est d'une importance et d'une irrégularité si exceptionnelles qu'il mérite une mention à part : tout d'abord, suivant qu'on prononce chacun de ses phonèmes en semi-voyelle ou en voyelle, il est alternativement *dyu-* ou *div-*; d'autre part, son guṇa est *dyo-* ou *dyav-*, et sa vṛddhi *dyau-* ou *dyāv-*. Il en résulte les flexions suivantes :

	SG.	DU.	PL.
N.	*dyaus*	*dyāvau*	*dyāvas*, *divas*
A.	*dyām*, *divam*		*dyūn*, *divas*
I.	*divā*		*dyubhis*
D.	*dyave*, *dive*		
G. Ab.	*dyos*, *divas*		
L.	*dyavi*, *divi*		

Les autres formes ne sont point usuelles. Cf. infra les thèmes à diphtongue.

121. Exercice XVI. (Déclinaison.)

1. Décliner les mots suivants : msc. *agni* « feu », *nidhi* « récipient », *çatru* « ennemi », *çiçu* « petit d'animal »; fm. *açri* « pointe », *iṣṭi* « oblation », *çaru* « flèche », *rajju* « corde »; nt. *vasu* « richesse », *dāru* « bois », *jānu* « genou »; adj. *bhūri* « nombreux », *vadhri* « châtré », et ceux du n° 119.

2. Observer la déclinaison hétéroclite des mots : msc. *sakhi* « ami », *pati* « maître, époux »; nt. *akṣi* « œil », *asthi* « os », *sakthi* « cuisse ».

122. On a vu que les thèmes en *-i* et *-u*, surtout les neutres, se rapprochent déjà beaucoup de la déclinaison consonnantique; le th. *dyu-*, qui à certains égards est déjà un thème à diphtongue (*dyo-*), y converge encore davantage, et les autres thèmes à diphtongue se confondent presque entièrement avec elle.

1. Le plus important est *go-*, « bœuf, vache ». — Sg. N. *gaus* (vṛddhi), A. *gām*, I. *gavā*, D. *gave*, G. Ab. *gos*, L. *gavi*. — Du. N. A. *gāvau*, I. D. Ab. *gobhyām*, G. L. *gavos*. — Pl. N. *gāvas*, A. *gās*, I. *gobhis*, D. Ab. *gobhyas*, G. *gavām*, L. *goṣu*. — On obser-

vera surtout la chute de la seconde partie de la diphtongue, avec vṛddhi, à l'acc. sg. et pl.

2. Le th. *rai-* fm. «richesse» présente à d'autres cas encore le même phénomène. — Sg. N. *rās*, A. *rāyam*, I. *rāyā*, D. *rāye*, G. Ab. *rāyas*, L. *rāyi*. — Du. *rāyau*, *rābhyām*, *rāyos*. — Pl. *rāyas*, *rābhis*, *rābhyas*, *rāyām*, *rāsu*.

3. Le th. *nau-* «navire» change naturellement son *au* en *āv* devant les désinences vocaliques, et, dès lors, se décline exactement comme un thème consonnantique quelconque (cf. infra n° 129) : sg. N. *naus*, A. *nāvam*, I. *nāvā*, etc.; du. N. *nāvau*, etc.; pl. N. A. *nāvas*, I. *naubhis*, etc.

123. Il en est de même des monosyllabes en ī et ū (supra n°s 105-106) : *dhīs* «pensée», acc. *dhiy-am*, etc.; *bhūs* «terre», acc. *bhuv-am*, etc. Mais, par analogie des polysyllabes ils peuvent aussi faire : D. *dhiy-ai*, G. Ab. *dhiy-ās*, L. *dhiy-ām*, etc. Cf. supra n°s 113 et 116, 2.

124. Exercice XVII. (Thème.)

1. [C'est] au moyen du feu [que] le feu s'allume. — 2. Avec le miel pur et le lait des vaches, ils composent une douce boisson. — 3. Dans l'autel est creusé pour Agni un petit enfoncement qui se nomme le nombril de l'autel. — 4. De ses genoux puissants il broie l'ennemi gisant. — 5. Le soldat aiguise avec une pierre les deux pointes de la flèche. — 6. Les sept fils d'Aditi nommés Âdityas resplendissent au ciel et règnent sur la terre. — 7. Dans les monts et les forêts habitent de nombreux troupeaux de singes. — 8. Dans le monde, beaucoup de gens, par inintelligence, considèrent les choses légères [comme] plus graves que les choses graves. — 9. Les renards et les loups dévorent les timides lièvres. — 10. On appelle veau le petit de la vache. — 11. Désireuse de victoire, l'armée aborde les ennemis. — 12. Le charron ajuste la jante au moyeu de la roue. — 13. Le dieu Viṣṇu est toujours l'ami d'Indra. — 14. L'espace resplendit des rayons du soleil. — 15. Les corps des noirs Dasyus sont gisants dans toutes les plaines. — 16. Le sôma jaillit à flots des pousses de la plante céleste. —

17. Il est couché à terre. — 18. La chair des bestiaux est comestible; incomestibles, leurs os. — 19. Le sage donna au héros une amulette d'or, invincible, ointe du beurre du sacrifice. — 20. Les chaudrons sont sur le feu. — 21. Çacī est l'aimable épouse du grand Indra. — 22. Parjanya remplit de ses eaux le ciel et la terre. — 23. Une épouse fidèle est toujours l'ornement de son époux. — 24. La science des Védas est un trésor de richesses. — 25. Il gouverne au moyen des rênes les deux chevaux attelés en tête du char. — 26. Les lois de la morale sont révélées par les traités de Manu. — 27. Les Maruts sont les fils de la vache mouchetée. — 28. Les yeux de la jeune première sont oints d'onguents. — 29. Par la pensée est afferni l'univers. — 30. La nuit est égale au jour.

1. *sam-idhyate.* — 2. *saṃ-skurvanti.* — 4. *mardayati.* — 5. *çiçāti.* — 6. *bhrājante, rājanti* (gén.). — 7. *vasanti.* — 8. *cakṣate.* — 9. *grasanti.* — 10. *ā-cakṣate.* — 11. *abhi-gacchati.* — 12. *saṃ-dadhāti.* — 14. *bhrājate.* — 16. *pari-sravati.* — 17. *çete.* — 19. *dadau.* — 20. *tiṣṭhanti* (loc.). — 22. *pūrayati.* — 25. *saṃ-yacchati.* — 30. Dans l'Inde, presque constamment.

125. Exercice XVIII. (Version.)

1. iṣṭīnāṃ kālān ṛtūṃç ca gurur bahūñ chiṣyāñ jñāpayati. — 2. çuci ghṛtam amartyānām amṛtam annaṃ. — 3. paṇibhir muṣitā gā indrāya saramānaiṣīt. — 4. yac chruter eva jāyate tac chrautaṃ yat smṛtes tat smārtam iti dve sūtrāṇāṃ jātī ṛṣīṇāṃ çākhābhir vicitte. — 5. himālayam antarā vindhyaṃ corūṇi kṣetrāṇi çayante. — 6. bhīruṃ çaçaṃ vṛko lopāçaç cānudravati. — 7. vadhrīn açvāṃç codayatīti vadhryaçvaḥ. — 8. arair nābhir nemyā samarpitaḥ. — 9. maruta indrasyogrāḥ sakhāyaḥ. — 10. yavasya vā vrīher vā çūrpe parīṅkhitasyāṇvyo mātrā mārutenākāçe 'vavātā atha guravas taṇḍulāḥ çūrpam eva punaḥ prapannāḥ. — 11. dṛtāv udakena miçraṃ kṣīraṃ tvarayābharat. — 12. pārthivānāṃ munīnāṃ çaktibhyo divo 'pi putrāḥ putryaç ca bibhyanti. — 13. araṇyor nāma dāruṇor maithunād agnir jāyate. — 14. viçāleṣu vāstuṣu nṛpatayaḥ prativasanti. — 15. devānāṃ purohitāya bṛhaspataye namaḥ. — 16. muneḥ çmaçrūṇi pāṃsunā pradig-

dhāni. — 17. dakṣiṇāpathe 'hīnāṃ jātayo 'dyāpi bahvyaḥ. — 18. bāhvor ahituṇḍikaḥ sarpān nartayati.

3. Chercher *nī*, et analyser l'*ā* médial. — 4. Chercher *cit*. — 5. *çī*. — 6. *dru*. — 8. *ar*. — 10. *īnkh*, *vā*, *pad*. — 11. *bhar*, et décomposer l'*ā*. — 12. *bhī*. — 13. *jan*. — 16. *dih*.

CHAPITRE X.

THÈMES EN CONSONNE.

126. Les thèmes en consonne, qu'ils soient masculins, féminins ou neutres, suivent tous une déclinaison presque identique. Les neutres seuls offrent des particularités et seulement au nom.- acc. des trois nombres.

127. Jusqu'à présent, les désinences de cas nous ont offert, sur un fond commun, une assez grande bigarrure de détail. Tous les thèmes en consonne, au contraire, revêtent aux mêmes cas les mêmes désinences. On en peut dès le début dresser le tableau général, lequel vaut aussi, nous l'avons vu, pour ceux en diphtongue (n° 122) et, partiellement, pour ceux en voyelle brève (nos 113 sqq.), surtout pour les neutres (nos 114 et 117).

	SG.		DU.		PL.	
	m. f.	nt.	m. f.	nt.	m. f.	nt.
N.	//	//	*-au*	*-ī*	*-as*	*-i*
A.	*-am*	//	*-au*	*-ī*	*-as*	*-i*
I.	*-ā*		*-bhyām*		*-bhis*	
D.	*-e*		*-bhyām*		*-bhyas*	
Ab.	*-as*		*-bhyām*		*-bhyas*	
G.	*-as*		*-os*		*-ām*	
L.	*-i*		*-os*		*-su*	

1. Le voc. msc.-fm., tantôt se confond avec le nomin., tantôt en diffère : voir le détail de chaque déclinaison.

2. Le nomin. n'a de désinence à aucun genre ; mais le nomin. nt. ne ressemble pas pour cela au nomin. msc.-fm., parce qu'il est cas faible (n° 128) dans les thèmes qui admettent cette distinction.

3. Même distinction, très importante, entre le nomin. pl. msc.-fm. (cas

fort), et l'acc. pl. msc.-fm. ou le gén. sg. (cas faibles), qui ont même désinence.

128. A l'extrême régularité des désinences fait contraste, dans cette catégorie, la variabilité du thème. La plupart des thèmes consonnantiques sont susceptibles de deux états, l'un fort, l'autre faible, essentiellement caractérisés, dans la syllabe qui précède immédiatement la désinence, par l'un des renforcements ou affaiblissements étudiés au chapitre VI (nos 78 sqq.). Le thème fort apparaît au nom. et à l'acc. sg. et du. des msc.-fm., et au nom. pl. des trois genres (par conséquent aussi à l'acc. pl. neutre, supra n° 100) : on les nomme donc cas forts, et cas faibles tous les autres.

1. Rien n'est plus capricieux que cette distinction pour les thèmes isolés. Certains n'ont à tous les cas qu'une syllabe prédésinentielle à forme affaiblie, la même toujours : ainsi, *marut-* ne change pas en déclinaison, sg. N. *marut*, A. *marut-am*, D. *marut-e*, pl. N. A. *marut-as*, etc. De la rac. *pad* «aller», vient le th.-rac. *pad-* «pied», dont on va voir la flexion à deux degrés ; et au contraire, de la rac. *vac* «parler», vient le th.-rac. *vāc-* «voix», qui se décline à tous les cas avec le même renforcement, sg. N. *vāk* (supra n° 30), A. *vāc-am*, I. *vāc-ā*, D. *vāc-e*, etc., pl. N. A. *vāc-as*, I. *vāg-bhis*, etc., etc. Ces différences sont affaire de lexique.

2. Inversement, les thèmes qui se classent dans certaines grandes catégories de formations présentent des renforcements et dégradations bien déterminés pour chaque cas et faciles à retenir. Quelques-unes de ces catégories se caractérisent même par une variation à trois degrés, qui permettrait d'y distinguer des cas forts, moyens et faibles, v. g. acc. sg. *dātār-am* «donateur», loc. sg. *dātar-i*, dat. sg. *dātr-e*. L'étude attentive des nos qui vont suivre, la pratique des exercices qui les accompagnent, et surtout, plus tard, la lecture des textes, familiariseront l'élève avec ces nuances, un peu déconcertantes au premier abord.

129. Appliquons les désinences ci-dessus décrites au thème-racine à deux degrés पद्° *pad-* «pied» msc. Nous aurons :

Sg.	N. V.	पाद् (> पात्) *pād.*
	A.	पादम् *pād-am.*
	I.	पदा *pad-ā.*
	D.	पदे *pad-e.*
	G. Ab.	पदस् *pad-as* (n° 127, 3).
	L.	पदि *pad-i*

Du. N. A. V. पादौ *pād-au.*
I. D. A. पद्भ्याम् *pad-bhyām.*
G. L. पदोस् *pad-os.*

Pl. N. V. पादस् *pād-as* (n° 127, 3).
A. पदस् *pad-as* (n° 127, 3).
I. पद्भिस् *pad-bhis.*
D. Ab. पद्भ्यस् *pad-bhyas.*
G. पदाम् *pad-ām.*
L. पत्सु *pat-su.*

1. Les thèmes féminins et neutres se déclinent de même, sauf la restriction ci-dessus (n°s 126-127). Soit, par exemple, un composé adjectif *dvi-pad-* «bipède» : le fm. est aussi *dvi-pad-*, mais on peut former un fm. *dvi-pad-ī* (décliné sur *devī*, n° 105); le nt. est sg. N. A. *dvi-pad*, du. N. A. *dvi-pad-ī*, pl. N. A. *dvi-pād-i*, le reste sans modification. Certains neutres ajoutent au pl. une nasalisation analogique de celle des neutres en *-as* (infra n° 132) : *tri-vṛt* «triple», pl. msc.-fm. *trivṛtas*, mais nt. *trivṛnti.*

2. Dans les composés à finale nasale du type *vṛtra-han-* «meurtrier de Vṛtra», la perte du guṇa aux cas faibles amène la forme *-ha-* devant les désinences à consonne initiale, mais la forme *-ghn-* devant les désinences vocaliques (supra n°s 30, 82 et 85) : sg. N. *vṛtrahā* (infra n° 130), A. *vṛtrahan-am*, I. *vṛtraghn-ā*, etc.; du. N. A. *vṛtrahan-au*, I. D. Ab. *vṛtraha-bhyām*, G. L. *vṛtraghn-os*; pl. N. *vṛtrahan-as*, A. *vṛtraghn-as* (cas faible), I. *vṛtraha-bhis*, etc. Le voc. sg. est le thème pur, *vṛtrahan*, infra n° 130.

3. Les adjectifs composés, fort nombreux et usuels, dont le second terme est la rac. *ac añc* «dirigé vers» (*praty-añc-* «occidental», *prāñc-* «oriental», etc.) ont, fondée sur le même principe, une flexion assez compliquée, que l'usage enseignera.

4. C'est aussi par l'usage qu'on apprendra à connaître et à décliner les quelques hétéroclites, comme *yakṛt* «foie».

130. Les thèmes en *-an-*, tous masculins ou neutres, perdent l'*n* au nomin. sg., avec allongement au msc.; aux cas faibles, ils perdent soit l'*a*, soit l'*n*, suivant que la désinence est vocalique ou consonnantique; aux cas forts ils allongent l'*a*. Cf. le thème-racine du n° 129, 2.

1. Masculins : th. राजन्° *rājan-* «roi».

Sg. N. राजा *rājā.*
A. राजानम् *rājān-am.*

Sg. I. राज्ञा *rājñ-ā.*
D. राज्ञे *rājñ-e.*
Ab. G. राज्ञस् *rājñ-as.*
L. राजनि *rājan-i* (moyen), राज्ञि *rājñ-i* (faible).
V. राजन् *rājan.*

Du. N. A. V. राजानौ *rājān-au.*
I. D. Ab. राजभ्याम् *rāja-bhyām.*
G. L. राज्ञोस् *rājñ-os.*

Pl. N. V. राजानस् *rājān-as.*
A. राज्ञस् *rājñ-as.*
I. राजभिस् *rāja-bhis.*
D. Ab. राजभ्यस् *rāja-bhyas.*
G. राज्ञाम् *rājñ-ām.*
L. राजसु *rāja-su.*

2. Neutres : th. नामन्° *nāman-* « nom ». Exactement de même, sauf : sg. N. A. नाम *nāma*, V. *nāman* et *nāma*, du. N. A. नाम्नी *nāmn-ī* et नामनी *nāman-ī*; pl. N. A. नामानि *nāmān-i.*

1. Si un nt. devient msc. (dans un adj. composé comme *dur-ṇāman-* « qui a un vilain nom »), il se fléchit en msc., v. g. du. *dur-ṇāmān-au*, pl. N. *dur-ṇāmān-as*, A. *dur-ṇāmn-as.*

2. Quand la chute de l'*a* aux cas faibles vocaliques donnerait un résidu imprononçable, l'*a* subsiste : th. msc. *ātman-*, « vie, essence » : N. sg. *ātmā*, etc. ; D. *ātman-e*, et non **ātmne.*

3. Quelques mots laissent l'*a* sans allongement aux cas forts : l'usage les enseignera, ainsi que les hétéroclites, v. g. *panthan-* « chemin », et cf. supra n° 129, 2.

4. Les th. *çvan-* « chien », *yuvan-* « jeune » et *maghavan-* « riche, généreux » (surnom d'Indra) font, par chute de l'*a* aux cas faibles vocaliques, respectivement *çun-*, *yūn-* et *maghon-.*

5. Les thèmes en *-an-* déclinent leur fm. sur *devī* (n° 105), en affixant *-ī* au th. faible : *rājñ-ī* « reine », *dur-ṇāmn-ī* « femme qui a un vilain nom », etc. Mais les adj. en *-van* changent l'*n* en *r* (*pīvan°* « gras », msc. *pīvā*, nt. *pīva*, fm. *pīvarī*), et *yuvan-* fait *yuvatī.*

6. Les thèmes en *-in-*, qui sont tous des adjectifs d'appartenance (*bala-* « force » > *bal-in* « fort », *tapas* « austérité » > *tapasvin* « ascète », etc.), se déclinent aux trois genres sur le modèle des adj. en *-an-*, à cela près qu'ils ne

perdent jamais l'*i* aux cas faibles et qu'ils ne l'allongent jamais qu'au nomin. sg. msc. et au nomin. pl. nt. Donc : sg. msc. N. *tapasvī*, nt. *tapasvi*, A. *tapasvinam*, I. *tapasvinā*, etc. ; du. N. A. msc. *tapasvinau*, nt. *tapasvinī*, etc.; pl. N. A. msc. *tapasvinas*, nt. *tapasvīni*, I. *tapasvibhis*, etc. Le fm. est *balin-ī*, *tapasvin-ī*, et se décline sur *devī*.

131. Les thèmes en *-ant-* laissent tout simplement tomber l'*n* aux cas faibles. On en distingue deux sous-classes.

1. Les adjectifs d'appartenance en *-mant-* et *-vant-* (*madhu-mant-* « pourvu de miel », *bhaga-* « bonheur » > *bhaga-vant-* « bienheureux », etc.) allongent l'*a* au nomin. sg. msc., qui naturellement perd son *t* final (supra n° 27), ainsi que le voc. : sg. N. *madhumān bhagavān*, A. *madhumant-am*, mais I. *madhumat-ā*, etc.; du. N. A. *madhumant-au*, etc.; pl. N. *madhumant-as*, A. *madhumat-as*, I. *madhumad-bhis*, etc. Le nt. de même, sauf : sg. N. A. *madhumat*, du. N. A. *madhumat-ī*, pl. N. A. *madhumant-i*.

1. Le fm. se forme sur le th. faible par le procédé connu : *madhumat-ī*, *bhagavat-ī* (cf. supra n° 130, 5-6).

2. Le th. *dant-* « dent » et les participes présents, futurs, aoristes, etc., se déclinent tout à fait de même, à cela près que le nomin. sg. msc. n'a pas d'allongement : *dan* « dent », *bharan* « portant », etc.

2. Le nt. est naturellement *bharat*. Mais, de plus, certains participes ont au msc. aussi *-at*, comme au neutre, v. g. *bi-bhr-at* « portant », acc. *bi-bhr-at-am* : cette particularité repose sur la conjugaison, où on la retrouvera (infra nos 202 et 216, 3).

3. Le fm. se forme par addition de *-ī*, soit au th. faible (*bi-bhr-at-ī*), soit au th. fort (*bhar-ant-ī*), soit à volonté à l'un ou à l'autre, suivant une distinction qui dépend de la conjugaison.

4. Le mot très usuel *mahant-* « grand » se décline sur *madhumant-*, et même il allonge sa voyelle, non seulement au nomin. sg. msc., mais même à tous les cas forts : sg. msc. N. *mahān*, A. *mahānt-am*, etc.; du. msc. N. A. *mahānt-au*, mais nt. *mahat-ī*; pl. msc. N. *mahānt-as* (A. *mahat-as*), nt. N. A. *mahānt-i*. Le fm. est *mahat-ī*.

132. Les thèmes en *-as-*, *-is-*, *-us-*, presque tous neutres, peuvent devenir msc.-fm. lorsqu'ils viennent à former le second terme d'un adjectif composé. Ils ne présentent aucune dégradation de thème, mais seulement, en qualité de neutres, au nom.-acc. pl., une nasalisation caractéristique, qu'on retrouvera plus développée dans les classes suivantes.

Soit le th. nt. वचस्° *vacas-* « parole ».

Sg.	N. A. V.	वचस् *vacas* (> *vacaḥ*).	
	I.	वचसा *vacas-ā*.	
	D.	वचसे *vacas-e*.	
	G. Ab.	वचसस् *vacas-as*.	
	L.	वचसि *vacas-i*.	
Du.	N. A. V.	वचसी *vacas-ī*.	
	I. D. Ab.	वचोभ्याम् *vaco-bhyām*.	
	G. L.	वचसोस् *vacas-os*.	
Pl.	N. A. V.	वचांसि *vacāṃs-i*.	
	I.	वचोभिस् *vaco-bhis*.	cf. supra n° 48, 2°.
	D. Ab.	वचोभ्यस् *vaco-bhyas*.	cf. supra n° 48, 2°.
	G.	वचसाम् *vacas-ām*.	
	L.	वचःसु *vacaḥ-su*.	

1. Les adjectifs, au msc.-fm., allongent la voyelle du nomin. sg., et se déclinent comme tous les thèmes de ces deux genres, sans nasalisation au pl. : th. *dur-vacas-* « qui dit de mauvaises paroles », nomin. msc.-fm. sg. *dur-vacās*, du. *dur-vacas-au*, pl. *dur-vacas-as*.

2. Les neutres en *-is-* et *-us-* se déclinent exactement comme les neutres en *-as-*, sauf les conditions phonétiques différentes que leur impose la différence de voyelle. Soit le th. *havis-* « libation » : sg. N. A. *havis*, I. *haviṣ-ā*, etc., du. N. A. *haviṣ-ī*, etc.; pl. N. A. *havīṃṣ-i* I. *havir-bhis*, etc. Cf. supra n°s 48, 2°, et 51. Et de même, *cakṣus* « œil », pl. *cakṣūṃṣ-i*.

3. Les adjectifs tirés des précédents se déclinent, sous la même réserve, comme *durvacas-*, mais n'allongent nulle part leur voyelle : th. **dīrgha-āyus-* « qui a une longue vie », nom. sg. *dīrghāyus*.

133. Les comparatifs en *-yas-* et *-īyas-* (cf. infra n° 144) ont un thème faible, ci-dessus, et un th. fort avec allongement et nasalisation à tous les cas forts du masculin et du neutre. Soit le th. *çreyas-* « meilleur » : sg. msc. N. *çreyān*, A. *çreyāṃs-am*, nt. N. A. *çreyas*, I. *çreyas-ā* pour les deux genres, etc.; du. N. A. msc. *çreyāṃs-au*, nt. *çreyas-ī*, etc.; pl. msc. N. *çreyāṃs-as*, A. *çreyas-as*, nt. N. A. *çreyāṃs-i*, I. *çreyo-bhis* pour les deux genres, etc. Le reste comme *durvacas*.

Mais le fm. est en *-ī* affixé au th. faible : *çreyas-ī* «meilleure».

134. Les thèmes en *-vas-*, qui font fonction de ppe du pf. (infra n° 239) ont une forme triple et une déclinaison fort complexe. A vrai dire, ils n'ont nulle part *-vas-* (infra) : aux cas forts, ils allongent et nasalisent la voyelle, comme les précédents; aux cas moyens, ils la laissent telle quelle, mais changent leur *s* en *t* par imitation des ppes présents (supra n° 131, 2); aux cas faibles, l'*a* de *-vas-* disparaît, et conséquemment il reste *-uṣ-* (supra n° 81).

Soit le th. théorique *vid-vas-* «qui sait», ppe du pf. *ved-a* «il sait».

		MSC.	NT.
Sg.	N.	*vidvān*	*vidvat*
	A.	*vidvāṃs-am*	*vidvat*
	I.	*viduṣ-ā*, etc.	
	V.	*vidvan*	*vidvat*
Du.	N. V. A.	*vidvāṃs-au*	*viduṣ-ī*, etc.
Pl.	N. V.	*vidvāṃs-as*	*vidvāṃs-i*
	A.	*viduṣ-as*	*vidvāṃs-i*
	I.	*vidvad-bhis*, etc.	

1. La forme théorique *-vas-*, la seule qui puisse expliquer les deux formes *-uṣ-* et *-vāṃs-*, a d'ailleurs des répondants certains dans le langage préclassique.

2. Le fm. se forme par adjonction de *-ī* au th. faible : *viduṣ-ī*.

135. Les seuls thèmes consonnantiques qui s'écartent considérablement du système général sont ceux en *-ar*. Et cela est bien naturel : en effet, aux cas faibles, quand l'*a* disparaît, il reste *r*, lequel, suivant l'initiale du cas, se trouve être soit consonne soit voyelle; or, si le thème finit en *ṛ*, il se trouve être vocalique et sujet à l'analogie des autres thèmes en voyelle brève (cf. infra 2 in fine). Cette déclinaison est donc une sorte de compromis entre celle des thèmes à consonne et celle des thèmes à voyelle. Elle comprend deux catégories peu différentes, toutes deux très importantes, l'une par son extrême abondance, l'autre par le caractère usuel de tous les mots qui y rentrent.

1. Les noms d'agent en *-tar-*, qu'on peut dériver de toute racine quelconque, sont exclusivement masculins : ils se déclinent sur trois thèmes, et perdent l'*r* au nomin. sg. Soit le th. *dā-tar-* « donateur » (cf. supra n° 86, 1°).

Sg.	N.	दाता *dātā*	forts.
	A.	दातारम् *dātār-am*	
	I.	दात्रा *dātr-ā*	faibles.
	D.	दात्रे *dātr-e*	
	Ab. G.	दातुर् *dātur*	
	L.	दातरि *dātar-i*	moyens.
	V.	दातर् *dātar*	
Du.	N. V. A.	दातारौ *dātār-au*	fort.
	I. D. Ab.	दातृभ्याम् *dātṛ-bhyām*	faibles.
	G. L.	दात्रोस् *dātr-os*	
Pl.	N. V.	दातारस् *dātār-as*	fort.
	A.	दातॄन् *dātṝn*	faibles.
	I.	दातृभिस् *dātṛ-bhis*	
	D. Ab.	दातृभ्यस् *dātṛ-bhyas*	
	G.	दातॄणाम् *dātṝ-ṇām*	
	L.	दातृषु *dātṛ-ṣu.*	

1. Le fm. de ces mots se fait en *-ī* sur le th. faible : *dātr-ī* « donatrice ».

2. La seconde classe comprend essentiellement : le th. msc. *nar-* « homme », et les noms de parenté, soit msc., soit fm., *pitar-* « père », *bhrātar-* « frère », *devar-* « beau-frère », *napāt-* (hétéroclite), *mātar-* « mère », *duhitar-* « fille », *yātar-* « belle-sœur ». Ils se déclinent comme *dātar-*, mais n'ont d'allongement qu'au nomin. sg. : *pitā*, A. *pitar-am*, du. *pitar-au*, pl. N. *pitar-as*, etc. Les féminins font l'acc. pl. en *-s* au lieu de *-n*, *mātṝs* « les mères », *svasṝs*, et, sous cette seule réserve, *svasar-* se décline tout à fait sur *dātar-*, acc. sg. *svasāram*, nomin. pl. *svasāras*.

2. Observer le caractère très exceptionnel du gén. sg., *dātur*, *pitur*, *svasur*, etc. (cf. supra n° 45 in fine). Observer aussi que le gén. pl. et l'acc. pl. sont visiblement formés à l'imitation des mêmes cas des thèmes en *-i* et en *-u* : *pitṝ-ṇām* comme *kavī-nām*, *pitṝn* comme *kavīn*, et *mātṝs* comme *jātīs*, avec le même allongement de la voyelle. En fait, ces formes sont les seules dans toute la langue sanscrite où se rencontre la voyelle *ṝ*. Cf. supra n°s 112-113, 116-117.

136. Exercice XIX. (Déclinaison.)

Décliner : 1° les substantifs *diç-* « région », *viç-* « peuple » (aucune variation de thème), *rakṣo-han-* « tueur de démons », *brahman-* (msc.) « prêtre », *brahman-* (nt.) « service divin », *loman-* (nt.) « poil », *çvan-* (msc.) « chien », *manas-* nt. « esprit », *barhis-* nt. « jonchée de gazon sur l'autel », *yajus-* nt. « formule sacrificatoire », *hotar-* « prêtre récitant », *pitar-*, *svasar-*; 2° aux trois genres, les adjectifs ou ppes *dvipad-* « bipède », *durātman-* « de mauvaise nature », *sutrāman-* « bon protecteur », *sarpin-* « rampant », *bharant-* « portant », *bibhra(n)t-* « portant », *viṣavant-* « vénéneux », *sumanas-* « bienveillant », *mahīyas-* « plus grand », *cakṛvas-* « ayant fait » (cf. supra n° 20).

137. Exercice XX. (Thème.)

N. B. — Quand l'usage autorise à volonté l'emploi de plusieurs cas, les employer tous successivement. — Quand le lexique donne plusieurs mots exactement synonymes, les employer tous successivement. — Renverser parfois en diverses façons la construction des phrases pour s'habituer à l'application des règles d'euphonie.

1. Les corps des ennemis ont été dévorés par les chiens et les chacals. — 2. Le sommeil profond est semblable à la mort. — 3. O Indra, père des Maruts, protège contre la mort les bipèdes et les quadrupèdes. — 4. Jusque dans les mauvaises paroles les personnes bienveillantes ne perçoivent pas de mauvaise intention. — 5. Les poils de la queue des chevaux et des mulets sont longs et chatoyants. — 6. En toutes les régions je louerai la gloire du dieu Maghavan, meurtrier de Vṛtra. — 7. L'épouse est soutenue par son époux : c'est pourquoi elle se nomme *bhāryā* (épouse). — 8. Mieux vaut une épouse vertueuse que belle. — 9. La région occidentale est plate et sèche, tandis que celle du nord est sur-

élevée par des montagnes neigeuses. — 10. L'austérité est la parure de l'ascète. — 11. Celui qui honore ses parents vit une longue vie. — 12. Les prêtres officiants ornent le sacrifice de récitations, de louanges chantées et de formules sacrificatoires. — 13. Les œuvres des hommes sages sont admirables. — 14. Entendant le bruit des pierres qui pressurent le sôma, les dieux se réjouissent. — 15. Un fils né efface les péchés de son père; un fils vivant délivre son père de l'enfer. — 16. Le héros même est troublé par le venin des yeux [d'une belle] plus puissant que le venin du serpent noir.

3. *rakṣa.* — 4. *paçyanti.* — 6. *stoṣyāmi.* — 7. *bhriyate*, et cf. n° 125, 7. — 8. Tourner «épouse vertueuse meilleure que épouse belle». — 9. Dans l'Inde; «tandis que» = «mais» ou «et». — 11. *jīvati.* — 12. *alaṅkurvanti.* — 14. *modante.* — 15. *apamārjati*, *muñcati.* — 16. *muhyate.*

138. Exercice XXI. (Version.)

1. namuce rākṣasasya çira indro 'nadīnāṃ phenenāvākṛntat. — 2. hotā sadaḥ praviṣṭa ubhau preṅkhāv īkṣate. — 3. sūnūn duhitṝç corasi vā pṛṣṭhe vā viçrabdhā mātaro 'vahan. — 4. prāñca ṛtvijo devakarmāṇi kurvanti dakṣiṇāñcaḥ pitryāṇi prācī hi devānāṃ dakṣiṇā dik pitṝṇām. — 5. duritān muñca deva namaskurvataḥ. — 6. yajuṣādhvaryuḥ sarvaṃ karma samardhayati. — 7. paramāyā mātus triḥ sapta paramāṇi nāmāni vidvāṃsa ṛṣayo nṝṇāṃ cakṣurbhyo nāpaurṇuvan. — 8. ādityaç candramaso na prathīyān paraṃ tu çocīyobhī raçmibhir upetaḥ. — 9. bhūyobhiḥ khalu pathibhiḥ saṃsāraṃ punaḥ punaç ca nivartamāneṣu bhūteṣv eka eva divaḥ panthaiko mukteḥ. — 10. çunā vā jālena vā jīvadbhyo bhūtebhyo 'bhidruhyaṅl lubdhako dharmaṃ vyatyeti. — 11. bhartur bhrātā devā bhartur bhrātuḥ bhāryā yātā. — 12. bhagavatā buddhena paramaṃ satyaṃ veditam iti bauddhā vadanti nāstikena buddhenānṛtāny uktāni bahūnīti brāhmaṇāḥ. — 13. nanu bhavato 'pi mahīyān bhavitāsmīti gāṃ maṇḍūkaḥ pratyāha. — 14. çriyā striyo haranti puṃsāṃ cakṣūṃṣi manāṃsi ca. — 15. manor udake 'vanenijānasya matsyaḥ pāṇī āpede. — 16. āste bhaga āsīnasya tiṣṭhati tiṣṭhato bhagaḥ | çete bhagaḥ çayānasya carati carato bhagaḥ ||

1. Chercher *kart.* — 2. Chercher *viç.* — 4. Chercher *kar.* — 5. *muc* (impér.). — 6. *ardh.* — 7. *var.* — 8. *pṛthu. i.* — 9. *vart.* — 10. *druh, i.* — 12. *vid, vac.* — 13. *bhū, ah.* — 15. *nij, pad.* — 16. *ās, sthā, çī.*

139. Exercice XXII. (Thème.)

1. Les bœufs sont attelés aux chariots, les chevaux aux chars. — 2. Indra est l'ami de celui qui marche. — 3. Un démon nommé Namuci, ayant fait un pacte avec Indra, en vint à la plus extrême confiance. — 4. Le sage se voit soi-même en tous les êtres et voit tous les êtres en soi-même. — 5. Quand le roi Sôma a été acheté, le prêtre récitant élève la voix. — 6. Oints de beurre ou cuits dans le beurre, les aliments sont plus agréables au goût, mais plus lourds à l'estomac. — 7. Qui a connu les sept noms de la première vache? — 8. La belle jeune fille, la fille de l'austère ascète, portait sur sa tête une cruche pleine d'eau. — 9. Le jour noir et le jour blanc, ce sont là les deux jours. — 10. Le soleil, à moins qu'il ne soit voilé par les nuages, est toujours pareil à lui-même, tandis que la lune, de jour en jour, croît ou décroît. — 11. Personne n'a vu de poissons vivant dans l'air, tandis qu'il y a beaucoup de quadrupèdes qui vivent dans l'eau. — 12. Au printemps le parc est fleuri de plus de fleurs; mais en automne il s'enorgueillit d'arbres portant des fruits. — 13. La nourriture donnée au mendiant profite à celui qui la reçoit et à celui qui la donne. — 14. Le chasseur jette à ses chiens les entrailles des fauves et des oiseaux [qu'il a] tués. — 15. Les deux chiens fils de Saramā sont loués dans le Véda. — 16. Le cheval traîne le char et le taureau le chariot. — 17. On nomme Bôdhisattva un futur Bouddha. — 18. Le berger conduit dans le pâturage les grasses chèvres et les brebis lourdes de laine. — 19. [C'est] à Indra [dit] Sutrāman [qu'] est offerte la [cérémonie dite] *sautrāmaṇī.* — 20. Agni aiguise contre le bois ses dents formidables, car les mâchoires du feu sont pourvues de robustes dents. — 21. De ses cornes plus aiguës que le fer, le buffle transperce même le grand lion. — 22. Célèbres sont les premiers exploits d'Indra le héros porteur du foudre qui se tient sur son char. — 23. C'est par l'effort que réussissent les affaires, et non par les désirs. — 24. L'invocation du matin est la tête du

sacrifice. — 25. Mains, bras, jambes, pieds, voilà les huit membres des bipèdes. — 26. «Cherche un autre époux [que moi]» dit le dieu Yama à sa sœur Yamī. — 27. Yama et Varuṇa sont les rois des morts qu'on appelle Mânes. — 28. Les préceptes ne sont profitables qu'aux savants et perdent les ignorants.

3. En vint à, *gata* (verbal déclinable). — 4. Voit, *paçyati*. — 5. Acheté, *krīta*, et cf. n° 98; élève, *visṛjate*. Le sôma reçoit couramment dans la liturgie le surnom de roi. — 7. *veda*. — 9. Cf. supra n° 46, 21. — 10. Tourner «si non voilé», «croît (*vardhate*) ou devient défectueuse»; pour «de jour en jour», répéter deux fois au même cas le mot «jour» ou «jours». — 11. Personne n'a vu, *na ko 'py apaçyat*; il y a, *vidyante* avec nomin. — 13. Est profitable au recevant et au donnant. — 14. *prakṣipati*. — 16. *vahati*. — 17. *ācakṣate*. — 18. *samajati*. — 19. *hūyate*. — 20. *çiçīte*. — 21. *vidhyati*. — 23. *sidhyanti*. — 26. *icchasva*. — 28. *nāçayanti*.

CHAPITRE XI.

ADJECTIFS.

140. La déclinaison des adjectifs aux trois genres, ne se distinguant en rien de celle des substantifs de même thème, a été traitée dans les chapitres précédents : n°s 107, 118, 119, 129, 130, 131, 132, 133 et 134. Il n'y a plus à s'occuper ici que des particularités qui leur sont exclusivement propres.

141. La plus importante est la possibilité d'exprimer au moyen de suffixes une modalité de la signification de l'adjectif. Cette modalité est susceptible de deux degrés : comparatif et superlatif.

1. Le comparatif exprime : — a) alternance pure et simple entre deux objets, कतरः «lequel des deux?» (infra n° 153, 4); — b) comparaison entre deux objets, avec supériorité au profit de celui qui régit le comparatif (cf. supra n° 96), महत्तरः ou महीयान् «plus grand»; — c) positif simple dans bien des cas, ainsi भूयान् au pl. au sens de «nombreux»; — d) positif atténué, notamment lorsqu'il affecte un substantif, v. g. अश्वतरः «mulet».

1. *açva-tara-* signifie exactement «cheval en comparaison d'un autre animal qui ne le serait pas», donc «plus cheval qu'un âne, mais moins cheval qu'un vrai cheval».

2. Le superlatif exprime : — a) alternance entre plusieurs objets, *katama-s* «lequel de plusieurs?»; — b) supériorité sur tous les autres objets qu'il gouverne au gén. pl. **महिष्ठो** ou **महत्तमो देवानाम्** «le plus grand des dieux».

2. Le superlatif dit absolu (lat. *optimus* «très bon») s'exprime en faisant précéder le positif du préf. *ati* «au delà», v. g. *ati-ramaṇīya* «plein de charme», *aty-āsanna* «trop rapproché».

142. Il y a deux modes de formation du comparatif et du superlatif, corrélatifs entre eux : le premier, beaucoup plus général, s'applique à tous les adjectifs de la langue, et consiste dans l'adjonction du suff. cpar. *-tara-*, superl. *-tama-* (le fm. toujours en *-ā*); le second, applicable seulement à un petit nombre d'adjectifs, mais plus usuel pour ceux-ci que le premier, comporte respectivement les suff. *-yas-* ou- *īyas-*, dont on a vu la flexion (n° 133), et *-ṣṭha-* ou *-iṣṭha-* (le fm. toujours en *-ā*).

143. Les suffixes de la première catégorie s'ajoutent simplement au positif, qui, s'il est susceptible de plusieurs thèmes, prend celui des cas les plus faibles : *kṛṣṇatara* «plus noir», *gurutara* «plus lourd», *balitara* et *balavattara* «plus robuste»; et de même *kṛṣṇatama*, etc., ou enfin, appliqué sur un thème de substantif, *mātṛtamā*, «la plus maternelle, la mère par excellence».

Ces suffixes peuvent même s'appliquer, par pléonasme, sur des thèmes de superlatif de la seconde catégorie : *çreṣṭha-tara* «meilleur», *çreṣṭha-tama* «le meilleur».

144. La formation de la seconde catégorie est tout aussi régulière, mais moins aisée à comprendre pour les débutants : il faut se borner à quelques données générales et, pour le reste, renvoyer aux lexiques.

1° Le suff. du cpar. est *-īyas-* après consonne et *-yas-* après voyelle; mais, dans le premier cas, on a parfois aussi *-yas-* tout court (*tav-īyān* et *tav-yān* «plus prompt»); et, dans le second, on a *-īyas-* après un *a* ou *ā*, ce qui aboutit à une contraction *-eyas-*. Corrélativement, on a au superl. *-iṣṭha* après consonne (toujours) et *-ṣṭha-* après voyelle.

2° Ces suffixes s'appliquent sur la racine pure de l'adjectif, et non sur la forme du positif : si donc celle-ci, comme c'est de beaucoup le cas le plus fréquent, est tirée de la racine au moyen d'un suffixe (cf. supra n° 88), ce suffixe tombe préalablement; et, de plus, ce type de comparatif ou superlatif exige que la racine prenne la forme du guṇa ou son équivalent (supra n°s 79 sqq.). Exemples : *mah-ant-* > *mah-īyān* > *mah-iṣṭha* «le plus grand»; *pāp-a-* > *pāp-īyān* > *pāp-iṣṭha* «le pire»; *ur-u-* > *var-īyān* > *var-iṣṭha* «le plus large»; *pṛth-u-* > *prath-īyān* > *prath-iṣṭha* «le plus vaste», etc.

3° Comme dans toutes les langues, certains comparatifs et superlatifs sont construits sur des racines dont le positif est perdu ou n'a jamais existé, et il en résulte alors des contrastes comme celui du fr. «bon — meilleur». Ainsi, sur la racine *çri*, on a *çre-yān* et *çre-ṣṭha*, qui servent de gradation à *bhadra* «bon»; d'une rac. *jyā*, on a *jyā-yān* (non **jyeyān*), «plus fort, plus grand, aîné de deux», et *jyeṣṭha*, «le plus fort, le plus grand, aîné de plusieurs», qui peuvent servir de gradation à plusieurs positifs de sens divers.

145. Il n'existe pas, à proprement parler, de formation adverbiale tirée d'adjectifs.

1. Le plus communément l'adjectif lui-même, à l'acc. sg. nt., fait fonction d'adverbe : *kṣip-ra-m* «vite», *bahu* «beaucoup», *sādhu* «bien» (et exclamation de satisfaction), etc.

De même au cpar. : *kṣep-īyas* «plus vite», *bhūyas* «davantage», *çreyas* «mieux». Mais les mots en *-tara-* et *-tama-* prennent la forme de l'acc. fm.

2. En dehors de ce cas général, les types adverbiaux les plus communs sont : l'instr. sg., *cireṇa* «longtemps», *dakṣiṇena* «à droite» (cf. supra n° 94); l'instr. pl., *çanais* «tout doucement», *uccais* «à haute voix», d'où *uccais-tarām* «plus haut»; l'abl. sg. *dūrāt* «loin», *paçcāt* «ensuite», etc.

146. Les substantifs abstraits se dérivent d'adjectifs au moyen de l'un ou l'autre des deux suffixes *-tā* (fm.) et *-tva-* (nt.), le second surtout d'un emploi considérable, v. g. *guru-tā* et *guru-tva-m* «lourdeur», etc.

147. Les adjectifs et les catégories qui en dérivent sont presque tous susceptibles d'une modification négative, qui consiste à y préposer le préf. *a-* devant consonne et *an-* devant voyelle : *a-dīrgha* «non long, court»; *an-eka* «non un, plus d'un», d'où *an-eka-tva* «pluralité»; *a-cirāt* (abl., cf. n° 145), «depuis peu, récemment».

148. Inversement, les adjectifs se tirent de substantifs au moyen de suffixes, dont les plus communs, avec ceux qu'on a vus au chapitre X, sont *-ya-* (supra n° 20) et *-iya-*, v. g. : *rājan-* «roi», *rājan-ya* «de race royale, prince», etc. (synonyme du suivant); *kṣatrá-* «souveraineté territoriale», *kṣatr-iya-* «prince, seigneur, homme de 2ᵉ caste», etc. (cf. aussi supra n° 87 et infra n° 171, 3°). Ils se dérivent encore de simples prépositions locales, au moyen des suff. *-ra-* et *-ma-*, qui font respectivement fonction de comparatif et de superlatif : *adhas* «en bas», *adharà* «inférieur à un seul autre», *adhama* «... à tous».

149. Exercice XXIII. (Thème.)

1. La pire même des tigresses est la meilleure des mères. — 2. Bienheureux, conte-[m'en] davantage. — 3. La raison est plus forte, plus puissante et plus aiguë que les armes les plus redoutables. — 4. Le mont Mêru domine les montagnes de la terre, mais le ciel domine le mont Mêru. — 5. On doit sacrifier constamment à la nouvelle et à la pleine lune, à volonté aux autres jours lunaires. — 6. L'or est plus lourd que l'argent, mais le fer est plus dur que l'or, et le cœur des hommes courageux est plus dur que le fer. — 7. L'aurore d'aujourd'hui est la dernière des aurores qui sont venues et la première de celles qui viendront. — 8. Certaines prières se disent à voix basse, certaines à voix un peu haute, certaines tout haut. — 9. Des dieux, Agni est [celui qui est situé] le plus bas, Viṣṇu le plus haut, Indra le plus grand, Rudra le plus guérisseur. — 10. Par la science suprême, l'inouï

devient ouï, l'invu vu, l'inconnu connu. — 11. La main droite est la plus forte des deux mains.

2. *kathaya.* — 4. Tourner « est supérieur ». — 5. On doit sacrifier, *yajeta.* — 7. Tourner par des ppes au génitif. — 8. *udyante.* — 9. Parce qu'il touche terre (le feu). — 10. *bhavati*, et cf. n° 147. — 11. Génitif.

150. Exercice XXIV. (Version.)

1. varaṃ buddhir na tu vidyā. — 2. uttamānām api strīṇāṃ viçvāso naiva vidyate. — 3. udyateṣv api çastreṣu nāsti sattvavatāṃ bhayam. — 4. jyāyaso bhrātuḥ kramaṃ çanaistarāṃ kanīyasī svasānveti. — 5. prathamo yūthasya vṛddhatamo gajānāṃ caramo vṛddhatamād apara eva. — 6. vāyor naleṣu vāṇyāḥ svādīyasyā vācā kavir kanyāyā vadati. — 7. īrṣyāvān na kevalaṃ sadṛçānāṃ bhagaṃ çocate paraṃ tv asadṛçānām api duḥkheṣu modate. — 8. vyañjanānām anekatvād hrasvam apy akṣaraṃ guru. — 9. kevalānāṃ kāvyānāṃ drāghiṣṭhe mahābhāratam rāmāyaṇaṃ ca nāmākhyāne. — 10. çūdrāṇāṃ varno 'napekṣito vaiçyānāṃ bahu mataḥ çreyān kṣatriyāṇāṃ brāhmaṇānāṃ tu satyaṃ çreṣṭhatamaḥ.

1. Tournure très usitée qui équivaut comme sens à *buddhir vidyāyāḥ çreyasī.* — 2. Chercher *vid.* — 3. Chercher *yam.* — 4. Chercher *i.* — 6. *vad.* — 7. *çuc, mud.* — 8. Cf. n° 14. — 10. *īkṣ, man.*

CHAPITRE XII.

PRONOMS VARIABLES EN GENRE.

151. Les thèmes pronominaux susceptibles de prendre des désinences de genre — par opposition aux pronoms personnels, qui sont essentiellement insexués, — se classent en démonstratifs, relatifs, interrogatifs et indéfinis, mais obéissent à peu près tous à une flexion identique, qui, vue d'ensemble, est celle des thèmes nominaux en *-a-* (fm. *-ā*, cf. n°s 101 sqq.), mais en diffère considérablement à quelques cas du sg. et à deux du pl.

152. Le type le plus commode pour embrasser d'un coup d'œil cette flexion, c'est le th. य° *ya-* « qui » (relatif).

		MSC.	FM.	NT.
Sg.	N.	यस् *yas*	या *yā*	यद् *yad*
	A.	यम् *yam*	याम् *yām*	यद् *yad*
	I.	येन	यया *yayā*	*yena*
	D.	यस्मै	यस्यै *yasyai*	*yasmai*
	Ab.	यस्मात्	यस्यास् *yasyās*	*yasmāt*
	G.	यस्य	यस्यास् *yasyās*	*yasya*
	L.	यस्मिन्	यस्याम् *yasyām*	*yasmin*

Duel comme les thèmes nominaux.

		MSC.	FM.	NT.
Pl.	N.	ये *ye*	यास्	यानि
	A.	यान् *yān*	*yās*	*yāni*
	. . . . .	. . . . .	. . . . .	. . . . .
	G.	येषाम्	यासाम् *yāsām*	*yeṣām*

Les autres cas comme aux th. nominaux.

Ainsi : tout le duel selon la déclinaison nominale; tout le pl. aussi, sauf le nomin. msc., qui se termine en diphtongue (non pragṛhya!), et le gén., qui se forme sur le loc. en remplaçant *u* par *ām*; au nomin.-acc. sg. nt., une désinence toute spéciale, *-d* (ou *-t*, ce qui revient au même); au fm. sg., les mêmes désinences que pour les noms, mais, à partir du datif, affixées sur un *s* intercalé; au msc.-nt. sg., dat., abl. et loc., trois désinences, dont deux spéciales, toutes trois appliquées sur *sm* intercalaire.

153. La déclinaison ci-dessus s'applique à un très grand nombre de pronoms.

1. Le démonstratif le plus commun et le corrélatif constant de *ya-* est un th. *ta-*, qui toutefois apparaît, au nomin. sg. msc. et fm. seulement, sous la forme *sa-* : msc. **sas* > *saḥ*, fm. *sā*, nt. *tad*; acc. *tam tām tad*, etc.

En outre, le nomin. msc. ne prend le visarga qu'à la finale absolue : il ne devient *so* que devant *a* initial qu'il fait disparaître (supra nos 21, 2°, et 22); partout ailleurs, l'*s* final disparaît, devant sonore ou sourde, et même devant un *t* (cf. supra n° 43). On écrira donc *so 'sti* et *asti saḥ* (à la fin de la phrase) « il est »; mais *sa tarati* « il franchit », *sa dadarça* « il a vu », etc., etc.

2. Le démonstratif emphatique *e-ṣa* n'est autre chose que le précédent, précédé d'une sorte de particule qui y insiste, et il se décline exactement de même : nomin. sg. msc. *eṣa*, fm. *eṣā*, nt. *etad*.

2. Le démonstratif de même type *sya syā tyad* est presque inusité en classique.

3. L'interrogatif *ka-* «qui? quel?» fait au nomin.-acc. sg. nt. *kim* «quoi?» et pour le reste se décline sur *ya-*.

3. Dans cette catégorie rentrent les combinaisons à sens indéfini : *kaç ca*, *kaç cana*, *kaç cid*, *ko 'pi*, «quelqu'un»; *kiṃ ca*, *kiṃ cana*, *kiṃ cid*, *kim api* «quelque chose»; *na ko 'pi* «personne», *na kiṃ cana* «rien», etc.; *yat kiṃ ca* «n'importe quoi»; et les corrélatifs distributifs, *tat tad... yad yad*, «tout ce qui, tout ce que».

4. Ont enfin la déclinaison entièrement pronominale, bien qu'ils appartiennent à la catégorie des adjectifs (n° 143) : les comparatifs et superlatifs *katara* et *katama*, *yatara* «qui de deux» et *yatama* «qui de plusieurs», *itara* «autre»; *anya* «autre» et son cpar. *anyatara* «l'un de deux».

154. Ont aussi la déclinaison pronominale, à cela près que leur nomin.-acc. sg. nt. est en *-m* : 1° exclusivement, *sarva* et *viçva* «tout», et *eka* «un» (nt. *ekam*, pl. msc. *eke* «quelques-uns»); 2° plus usitée que la flexion nominale, les comparatifs et superlatifs de localisation (supra n° 148), ainsi que *pūrva* «premier», *para* «autre», *sva* «sien», et quelques-uns de moindre importance.

155. Le démonstratif *ena-*. très employé à l'acc. des trois genres et des trois nombres, où il correspond comme sens à nos pronoms fr. «le, la, les», soit

sg.	*enam*	*enām*	*enad*
du.	*enau*	*ene*	*ene*
pl.	*enān*	*enās*	*enāni*,

se rencontre aussi à l'instr. sg. et au loc. duel, et n'a pas d'autres cas.

156. Les deux démonstratifs, respectivement, des objets rapprochés et des objets éloignés, ont une déclinaison fondée sur le même principe que celle de *ya-*, mais extraordinairement compliquée par hétéroclise.

1. Le premier enchevêtre trois thèmes démonstratifs, *i-*, *a-* et *ana-*, comme suit :

		MSC.	FM.	NT.
Sg.	N.	अयम् *ayam*	इयम् *iyam*	इदम् *idam*
	A.	इमम् *imam*	इमाम् *imām*	(इदम् *idam*)
	I.	अनेन	अनया *anayā*	*anena*
	D.	अस्मै	अस्यै *asyai*	*asmai*
	Ab.	अस्मात्	अस्यास् *asyās*	*asmāt*
	G.	अस्य	(अस्यास् *asyās*)	*asya*
	L.	अस्मिन्	अस्याम् *asyām*	*asmin*
Du.	N. A.	इमौ *imau*	इमे *ime* (fm. et nt.)	
	I. D. Ab.	आभ्याम् *ābhyām*		
	G. L.	अनयोस् *anayos*		
Pl.	N.	इमे *ime*	इमास् *imās*	इमानि *imāni*
	A.	इमान् *imān*	(इमास् *imās*)	(इमानि *imāni*)
	I.	एभिस्	आभिस् *ābhis*	*ebhis*
	D. Ab.	एभ्यस्	आभ्यस् *ābhyas*	*ebhyas*
	G.	एषाम्	आसाम् *āsām*	*eṣām*
	L.	एषु	आसु *āsu*	*eṣu*

2. Le second se décline presque tout entier sur un th. *amu-*, dont toutefois la voyelle finale s'allonge ou varie.

		MASC.	FM.	NT.
Sg.	N.	असौ *asau* (masc. et fm.)		अदस् *adas*
	A.	अमुम् *amum*	अमूम् *amūm*	(अदस् *adas*)
	I.	अमुना	अमुया *amuyā*	*amunā*

et les autres cas comme *ya-*, sur le th. *amu-*, v. g. dat. *amuṣmai* et *amuṣyai*. Du. (aux trois genres) N. A. *amū*, I. D. Ab. *amūbhyām*, G. L. *amuyos*.

Pl.	N.	अमी *amī*	अमूस् *amūs*	अमूनि *amūni*
	A.	अमून् *amūn*		
	I.	अमीभिस्	अमूभिस् *amūbhis*	*amībhis*

(N. et A. du fm. : } अमूस् *amūs*)

et ainsi de suite, le msc.-nt. sur un th. *amī-*, le fm. sur un th. *amū-*.

157. Sur tous ces thèmes pronominaux se développent ultérieurement de nombreuses dérivations adverbiales ou autres, dont les plus importantes sont : — 1° une formation locative à suff. *-tra*, *a-tra* « ici », *amu-tra* « là-bas », *anya-tra* « ailleurs », et les corrélatifs *tatra*... *yatra* « là... où », etc.; — 2° une formation ablative à suff. *-tas*, *a-tas* « d'ici (> c'est pourquoi) », *i-tas* « par ici », *anya-tas* « ailleurs », *tatas* « de là », *yatas* « d'où », *sarvatas* « de toute part », etc. — Sur le th. *ka-* ou forme *kutra* « où ? » et *ku-tas* « d'où ? »

1. A titre isolé, il faut encore citer *kva* et *kuha* « où? » et *iha* « ici ».

2. Le sens éminemment locatif du suff. *-tra* lui a fait attribuer la fonction grammaticale de locatif dans nombre de liaisons, telles que : *atra loke*, tout comme *asmiṁl loke* « en ce monde-ci, ici-bas »; *amutra loke*, ou simplement *amutra* « dans l'autre monde, dans la vie future », etc.

158. Le caractère très usuel de ces deux suffixes en a amené, par analogie, le transport aux noms eux-mêmes. Le premier n'y est pas fort commun : *devatra*, comme *deveṣu*, « chez les dieux ». Mais le second s'y est étendu, au point de faire concurrence au véritable ablatif et de pouvoir fort souvent le remplacer, bien entendu sans variation de nombre : *devatas* « de la part d'un dieu ou des dieux ».

Cette formation, dans les mots d'un usage courant, échange son sens ablatif contre un sens purement local : *agratas* (comme *agre*) « en tête », *dakṣiṇatas* « à droite », *sarvatas* « partout ».

159. Parmi les autres dérivations de pronoms qu'on rencontre à chaque pas dans les textes, il est important de retenir :

1° Les adverbes de numération, *kati* « combien de? » (lat. *quot*), et les corrélatifs *tati*... *yati* « autant de... que de »;

2° Les adverbes de temps, *kadā* « quand », et les corrélatifs *tadā*... *yadā* « alors que », ou simplement *yadā* « quand »;

(Les corrélatifs *tarhi*... *yarhi* sont peu employés; mais *tarhi* « alors » est très commun. — La particule *i-ti* se rattache au type du 1°.)

3° La conjonction *yadi* «si»;

4° L'interrogatif *kathā* (inusité) et *katham* «comment?», et les corrélatifs *tathā*... *yathā* «ainsi... que», ou bien *yathā* tout court, «comme, en sorte que, à condition que», etc.;

5° L'adjectif *tad-vant-*, «pourvu de cela, ressemblant à celui-là» (cf. supra n° 131, 1), son nt. adv. *tad-vat* «à la manière de», et les corrélatifs *tadvat*... *yadvat* «tout ainsi... que»;

(Le suff. *-vat*, abstrait de ce nt. advb. et transporté aux substantifs, y a pris un développement prodigieux : c'est de beaucoup, en classique, la manière la plus commune de rendre la conjonction «comme» comparative : *deva-vat* «comme un dieu», *ahi-vat* «comme un serpent»; de même après certains adjectifs, *pūrva-vat* «comme auparavant».)

6° Les adjectifs *tā-vant-*... *yā-vant-*, «aussi grand que, durant autant que», et leur nt. advb. *tāvat*... *yāvat*, ou *yāvat* tout court, «tant que, tandis que»;

7° L'adjectif *tad-īya* (cf. supra n° 148 et infra n° 171, 3°) «appartenant à lui», et son corrélatif *yadīya*, etc.

Un certain nombre de ces emplois peuvent être suppléés tout simplement par le nt. advb. *tad*... *yad*, qui peut signifier «là où, alors que», etc., mais que les débutants feront bien de ne pas employer.

160. Observation capitale. — Dans tous les exemples de corrélatifs ci-dessus, on a dû, en vue de la traduction littérale, placer l'antécédent avant le conséquent; mais la construction inverse, *yad*... *tad*, etc., est la règle à peu près sans exception de la syntaxe sanscrite.

Il faut remarquer aussi que le substantif de la proposition antécédente se construit à volonté, et plus élégamment, dans la proposition conséquente, où alors, naturellement, il se met au cas du pronom relatif qui commande celle-ci : ainsi, la phrase qu'on va lire équivaut à *ye purāṇā*... *tān sarvān kavīn*...

161. Exercice XXV. (Version.)

1. ye kavayaḥ purāṇā ye ca nūtanās tān sarvān kavir dhīmān mīmāṃsate. — 2. sa jyeṣṭhaṃ putraṃ nigṛhṇāna uvāca na nv imam iti no evemam iti kaniṣṭhaṃ mātā. — 3. yaḥ kaç cid asaṃ-

baddho 'pi mitravac carati sa eva bandhus tan mitraṃ sā gatis tat parāyaṇam. — 4. yaḥ pareṣām ativādān nityaṃ titikṣate tena sarvam idaṃ jitam. — 5. yatra deçe vidyāṃ na pūjayanti na taṃ matyā matimāñ janaḥ sevate. — 6. yena çrutaṃ bhavati sa çrutavān. — 7. yaḥ çrutavāṃs tena çrutam. — 8. yad yad vadati puruṣas tat tac chuko 'nuvadati. — 9. kāko māṃsapeçīṃ cañcvāṃ bharan vṛkṣasyopamasyāṃ çākhāyām asīdat. — 10. apaçyad enaṃ dūrāl lopāço māṃsaṃ ca jighatsur āha. — 11. yaṃ yo pāpatvād garhati yadi tasmān nānyathā kuryāt sa kathaṃ na garhito bhavet. — 12. yatra nāryaḥ pūjyante ramante tatra devatāḥ. — 13. devā vā asuraiḥ sahāyudhyanta hantemān vardhayāmūñ jayety agnim ṛṣir uvāca. — 14. yatrānekaḥ kva cid api gṛhe tatra tiṣṭhaty athaiko yatrāpy ekas tad anu bahavas tatra naiko 'pi cānte. — 15. yathā kandukasya pātas tathāryasya mūrkhasya tu pāto yathā mṛtpiṇḍasya patanam. — 16. yadi kāko gajasya mūrdhani viṣṭhāṃ kurvīta sa nīcānāṃ bhāvo yo gajo gaja eva saḥ. — 17. yasyā nāryāḥ kuñcitāḥ keçāḥ sā sukham edhate. — 18. yasminn evādhikaṃ cakṣur āropayati pārthivaḥ | akulīnaḥ kulīno vā sa çriyo bhājanaṃ naraḥ ||

1. Chercher *man*. — 2. On a proposé à des parents besogneux de leur acheter très cher un de leurs trois fils pour le sacrifier aux dieux : c'est leur réponse. Chercher *grabh* et *vac*. — 3. Chercher *bandh*. Le démonstratif sujet s'accorde par attraction avec son prédicat. — 4. Chercher *tij*. Pour le sens de *idam*, cf. n° 157, 2. — 6-7. Ces deux phrases sont, si l'on veut, deux règles de grammaire, expliquant par réciprocité le sens du verbal et de son dérivé immédiat : cf. infra n°s 185-186. — 9-10. *sad*, *paç*. — 11. *garh*, *kar*, *bhū*, au conditionnel. Les deux *ya-* du début ont, naturellement, chacun un antécédent différent : ce type de proposition relative à double conséquent n'est pas rare en sanscrit. — 13. *yudh*, *vardh*, *ji*. Ces deux derniers vb. sont à l'impér. sg. — 14. *sthā*. Réflexion sur la brièveté de la vie et l'extinction des familles. — 16. *kar*. — 17. Aphorisme d'horoscope. — 18. *ruh*. Çlôka parfait (cf. supra n° 16). L'élève pourra trouver profit et amusement à dégager parfois les fragments de çlôkas qui se cachent sous la prose des versions.

162. Exercice XXVI (Thème.)

1. Il réalise tous ses désirs, celui par qui tous les désirs ont été vaincus. — 2. Tout ce qui est fait par quelqu'un en ce monde

porte fruit pour lui dans l'autre. — 3. Le roi dans le royaume duquel le prêtre vit sans être honoré n'est ni estimé ni victorieux, et ses ennemis ne le redoutent point. — 4. Parmi les hommes, les uns sont sages, les autres fous; mais tous sont sujets à la mort. — 5. De même qu'un âne qui porte une charge de santal a conscience de la charge, mais non pas du santal, ainsi les sots savants portent à la façon de l'âne une lourde charge de préceptes. — 6. Là où tombe le regard des jeunes filles tombent bien des flèches aiguës. — 7. Tant que le feu brûle, grande est la lueur de la flamme, et grande la noirceur de la fumée; mais, le feu éteint, il ne reste rien autre qu'un boisseau de cendre. — 8. Ceux qui se souviennent de leurs premiers pères, ceux-là ont le bonheur d'avoir des fils. — 9. Par les dieux désirant monter au ciel fut planté un poteau; or, voyant ce poteau, les démons dirent : «C'est au moyen de ce poteau que les dieux sont montés au ciel.» — 10. L'enfant même à qui ses parents n'ont pas donné la subsistance jusqu'à la cérémonie de l'âge de puberté doit la leur donner à partir de la vieillesse. — 11. Pourquoi l'avare garde-t-il des voleurs sa richesse, qui n'est profitable à personne et qui à lui-même ne cause que des veilles? — 12. Si le soleil devenait froid et la lune chaude, alors on pourrait de même changer le caractère des hommes. — 13. Quand s'élève dans les forêts le rugissement des grands lions, les faibles gazelles tremblent de toutes parts. — 14. Tant qu'un homme est heureux, il a des amis. — 15. En quel monde habite celui qui règne sur tous les mondes? — 16. Ceux qui ont de grandes richesses se procurent des richesses par leurs richesses mêmes, comme [on capture] les éléphants au moyen d'éléphants. — 17. Voici la terre et voilà le soleil. — 18. C'est par erreur que l'*ṛ* se prononce comme un *r* suivi d'un *i*. — 19. D'une telle faute quelle expiation [y a-t-il]? — 20. Dans laquelle des deux coupes le prêtre a-t-il versé la libation?

1. *āpnoti.* — 2. Est fait = le verbal déclinable (*kṛta*) sans «est»; porte fruit = [est] pourvu de fruit (un seul mot); même observation pour la suite. — 3. Vit, *jīvati*; redoutent, *bibhyanti.* — 4. «... l'objet de la mort» (au sg.). — 5. Qui porte, par le ppe présent; a conscience = est connaisseur; portent, *bharanti.* — 6. *patati*, *patanti.* — 7. Brûle, *jvalati*; éteint, *nirvāta*

(verbal déclinable); il reste, *ucchiṣṭa* (id.). — 8. *smaranti.* [Sont] pourvus de fils (en un seul mot); comme c'est pour un Hindou le comble du bonheur, il est superflu d'exprimer cette notion qui va sans dire. — 9. Monter, *ārodhum* (acc.); monté, *ārūḍha* (déclinable); dirent, *āhur.* Le premier «ce», n° 153, 2; le second «ce», n° 156, 1 (les démons l'ont devant eux). — 10. Ont donné, *dadatur*; doit donner, *dātum arhati.* — 11. Garde, *rakṣati*; cause, *karoti.* — 12. Devenait, *bhavet.* Alors, n° 159 in fine. On pourrait changer = peut être fait (infra n° 190) autrement. — 13. *udeti*, *kampante.* — 14. Il [est] pourvu d'amis (un seul mot). — 15. *vasati*, *rājati* (gén.). — 16. Qui ont = de qui seraient (*syur*). Se procurent = capturent (*nibadhnanti*). — 17. N° 156 : en fait, dans la langue traditionnelle, ces deux pronoms à eux seuls et sans substantif signifient, respectivement, la terre, et le ciel ou le soleil. — 18. *udyate.* — 20. *asicat* (loc.).

163. Exercice XXVII. (Version.)

1. ayam asmi. — 2. dvayor eva nāmni rephayor bhavād bhramaraṃ dvirepha ity ācakṣate tad dvirephasya dvirephatvam. — 3. lopāço vai sārasasya pṛthvyāṃ sthālyāṃ niṣiktam odanam āharad yathā sa sāraso dīrghayā cañcvainaṃ grahītuṃ nāçaknot. — 4. athānyasmin divase tasmai lopāçāyātigabhīre svalpena ca bilenopete kumbhe nihitāni piçitāni sa sārasa āharaṃs tasmā eva tad duṣkṛtaṃ pratyakarot. — 5. yo yajate sa svargaṃ gacchaty etad dhy eva yajño yat svargo lokaḥ. — 6. yat sarveṣāṃ janānāṃ na sarvā guṇāḥ ko 'tra doṣaḥ. — 7. makṣikeṇa yathā siṃha iyaṃ senāmuyā jitā. — 8. yadā kaurmayaiva gatyā kūrmo 'rthaṃ çanaistarām abhyāgato 'bhūt tadainaṃ kṣepiṣṭhaç catuṣpadāṃ çaçaḥ çāçenāpi yatnenopagantuṃ nāçaknot. — 9. kiṃ gabhīrayā vidyayā yasya na kuçalaṃ manaḥ | kiṃ vittair adhikair api yasya sadāturā tanūḥ || — 10. kiṃ bahunā nātra saṃçayaḥ. — 11. yāvan na vindate jāyāṃ tāvad ardho bhavet pumān | yan na bālaiḥ parivṛtaṃ çmaçānam iva tad gṛham||

12. यस्यार्थास्तस्य मित्राणि यस्यार्थास्तस्य बान्धवाः ।
यस्यार्थाः स पुमाँल्लोके यस्यार्थाः स च पण्डितः ॥

2. Chercher *cakṣ.* — 3. Chercher *sic*, *har*, *grabh*, *çak.* — 4. Chercher *dhā* et *kar.* — 5. Neutre d'indifférence (lat. *id quod*). — 7. De par leur sens, les deux démonstratifs s'opposent souvent comme «le nôtre» et le «non-nôtre». — 9. *kim* + instr. = à quoi bon...? — 10. Ces deux locutions sont très usuelles, l'une dans le dialogue, l'autre dans la poésie gnomique. — 11. *vid*, *bhū.*

164. Exercice XXVIII. (Lecture.)

Transcrire en devanāgarī les deux textes n°s 161 et 163 et la traduction du thème n° 162.

CHAPITRE XIII.

PRONOMS PERSONNELS.

165. La déclinaison des pronoms personnels, dépourvue de la distinction des genres, diffère entièrement de celle des noms et des pronoms sexués : à peine présente-t-elle avec ceux-ci une ou deux désinences communes; et, de plus, le thème lui-même y change du singulier au pluriel, d'un cas à l'autre.

Le pronom-sujet est rarement exprimé, et, quand il l'est, il implique toujours une certaine emphase : *aham asmi* «c'est moi qui suis»; *sa bhavati*, «lui, de son côté, il devient», etc. Toutefois sa présence est nécessaire, quand le verbe est à une forme déclinable, et non conjugable, qui laisse indécise la personne: *āgato 'ham* «je [suis] arrivé», puisque *āgataḥ* tout court ne signifie que «arrivé».

166. Il n'y a de pronom personnel qu'à la 1re et à la 2e personne des trois nombres : à la 3e, il est suppléé par un démonstratif approprié (*sa*, *eṣa*, *ena-*, *ayam*, n°s 153, 155, 156), quand il y a lieu.

Dans la narration ces démonstratifs se cumulent élégamment : *etam eva tam açvaṃ dṛṣṭvā sa vṛkaḥ*..., «le loup, ayant vu ce même cheval...»; *ayaṃ sa āgataḥ*, «le voici arrivé».

167. Ils se déclinent ainsi :

		1re PERS.	2e PERS.
Sg.	N.	अहम् *aham*	त्वम् *tvam*
	A.	माम् *mām*, मा *mā*	त्वाम् *tvām*, त्वा *tvā*
	I.	मया *mayā*	त्वया *tvayā*
	D.	मह्यम् *mahyam*, मे *me*	तुभ्यम् *tubhyam*, ते *te*
	Ab.	मत् *mat*	त्वत् *tvat*
	G.	मम *mama*, मे *me*	तव *tava*, ते *te*
	L.	मयि *mayi*	त्वयि *tvayi*

		1re PERS.	2e PERS.
Du.	N. A.	आवाम् *āvām*	युवाम् *yuvām*
	I. D. Ab.	आवाभ्याम् *āvābhyām*	युवाभ्याम् *yuvābhyām*
	G. L.	आवयोस् *āvayos*	युवयोस् *yuvayos*
	A. D. G.	नौ *nau*	वौ *vau*
Pl.	N.	वयम् *vayam*	यूयम् *yūyam*
	A.	अस्मान् *asmān*, नस् *nas*	युष्मान् *yuṣmān*, वस् *vas*
	I.	अस्माभिस् *asmābhis*	युष्माभिस् *yuṣmābhis*
	D.	अस्मभ्यम् *asmabhyam*, नस् *nas*	युष्मभ्यम् *yuṣmabhyam*, वस् *vas*
	Ab.	अस्मत् *asmat*	युष्मत् *yuṣmat*
	G.	अस्माकम् *asmākam*, नस् *nas*	युष्माकम् *yuṣmākam*, वस् *vas*
	L.	अस्मासु *asmāsu*	युष्मासु *yuṣmāsu*

168. Les cas à deux formes affectent la seconde aux expressions de moindre emphase (cf. supra n° 165) : elle est enclitique, et conséquemment ne peut jamais figurer au début d'une phrase.

Exemples : *mām apaçyat* « c'est moi qu'il voyait », mais *sa māpaçyat* « il me voyait » ; *tubhyaṃ tan mayā dattam* « c'est à toi que je l'ai donné », mais *tat te mayā dattam* « je t'ai donné cela ».

169. Le réfléchi *svayam* est indéclinable et s'emploie pour tous les genres, nombres, personnes et cas (cf. infra n° 172, 14).

Son sens ordinaire est « de moi-même, de toi-même, en personne, de son plein gré, de sa propre nature », etc. On se gardera, sauf en ces sens, de l'employer dans les thèmes : le réfléchi usuel est le suivant.

170. Deux thèmes nominaux, à déclinaison entièrement nominale, font fonction de pronoms personnels.

1. Le th. *ātman-* (nomin. *ātmā*, etc., n° 130, 2) exprime à tous les cas la notion réfléchie : *ātmany āçritaḥ* « se reposant sur soi-même » ; parfois avec pléonasme emphatique, *ātmātmānaṃ dvekṣi* « tu te hais toi-même ». Il n'a pas de pluriel.

2. Le th. *bhavant-* (nomin. *bhavān*, fm. *bhavatī*, etc., n° 131, 1) est un terme honorifique, soit « révérend », dont l'emploi correspond à celui de notre « vous » de politesse, à cela près, bien en-

tendu, qu'il exige le vb. et toutes les relations afférentes à la 3ᵉ personne; du. *bhavantau*, pl. *bhavantas*.

Ne pas le confondre avec le ppe présent du vb. *bhū*, qui fait au nomin. sg. *bhavan*, mais dont tous les autres cas sont semblables. C'est un écourtement en prononciation rapide pour *bhagavān*.

171. L'adjectif possessif se sous-entend presque toujours lorsqu'il ne peut y avoir aucun doute sur la personne du possesseur (cf. supra nº 109, 9, etc.). Dans les cas où il semble nécessaire, il s'exprime :

1° Au réfléchi de toutes les personnes et de tous les nombres, par le th. *sva-*, dont la déclinaison est pronominale (nº 154);

2° A chaque personne non réfléchie, et à chaque nombre, respectivement, par le génitif, soit emphatique, soit enclitique, du pronom personnel, selon l'insistance qu'on y veut mettre;

(1. Exemples : réfléchi, *svaṃ dehaṃ tyakṣyāmi* «j'abandonnerai mon propre corps»; non réfléchi, emphatique, *mama sa putraḥ* «c'est de moi qu'il est fils»; sans emphase, *sa me putraḥ* «voici mon fils». Cette manière de s'exprimer est infiniment plus commune que la troisième.

2. L'adj. *nija*, exactement «inné > propre», est un substitut fréquent de *sva*.)

3° Par des adjectifs dérivés, *madīya*, *tvadīya*, *bhavadīya*, *tadīya* «son» et «leur» (supra nº 159, 7°), *etadīya*, *asmadīya*, *yuṣmadīya*, dont la déclinaison est celle des adjectifs (fm. *-īyā*, supra nº 107).

3. Les autres dérivés de pronoms personnels (cf. supra nᵒˢ 157 sqq.) sont rares et sans importance en classique. On peut cependant mentionner les deux types : *mattas* «de moi» (abl.), etc., et *madvat* «comme moi», etc.

172. Exercice XXIX. (Thème.)

N. B. — Si court qu'il soit, ce chapitre exige au moins le même temps d'étude qu'aucun des autres, à raison du caractère tout à fait anormal de la flexion des pronoms personnels : il importe de s'en bien pénétrer, sans qu'elle offusque le souvenir des déclinaisons précédemment apprises.

1. Moi ici, toi là, et c'est nous qui combattrons contre ces deux-là. — 2. Comme sur nos pères les premières aurores, sur nous a lui celle d'aujourd'hui. — 3. Si les dieux ne nous avaient été contraires, ce n'est point par vous que ce prix eût été remporté.

— 4. Ô roi, quoique [vous soyez] grand, je vous méprise, moi que voici; mais, quoique [vous soyez] injuste, je vous obéis sans tarder. — 5. Certes je ne quitterai pas mon village et mes parents : mon village m'est cher, plus chers mes parents. — 6. C'est lui qui a pris ma hache et qui a coupé ton arbre. — 7. Les traités théologiques enseignent que le dieu nommé «Qui?» est le même que le dieu Prajâpati; mais, en réalité, ni l'un ni l'autre n'est cité dans le Rig-Véda. — 8. Ô reines, celle de vous deux qui est la plus chère au prince votre époux doit être aussi la plus compatissante envers les créatures. — 9. Ce n'est pas vous, ô hommes insensés, que je blâme, mais le poison des passions qui coule dans vos veines comme dans [celles] de tous les vivants. — 10. Tu as tort de ne pas te confier à moi; car j'ai donné à plus d'un autre que toi des avis salutaires. — 11. «Tu te laisses courber par le plus léger vent, et une mouche est pour toi une charge pesante», dit au faible roseau le figuier géant. — 12. «Je vous suis reconnaissant», lui répondit l'arbuste, car vous parlez d'un cœur compatissant; mais les vents me sont moins qu'à vous redoutables.» — 13. Certes un homme qui fait le mal ne s'aime pas soi-même; car le mal fait par soi, soi-même on en souffre. — 14. Là où le ministre, le chapelain, le roi en personne est un voleur, en ce pays-là qu'irai-je faire, moi? Tel roi, tels sujets. — 15. Alors le sot ours, prenant une grande pierre, broya la tête de l'homme son meilleur ami. — 16. Si c'est de ton plein gré que tu fais le mal, comment puis-je avoir confiance en ton caractère? si c'est par l'effet des mauvais conseils, comment... en ton intelligence? — 17. C'est de nous, et non des objets, que vient la joie ou la tristesse : qui a le contentement à l'intérieur de soi-même n'est point troublé par une cause extérieure; sur le feu qui nous éclaire il ne se produit point d'ombre. — 18. Un çûdra qui s'adonne à la tempérance, à la véracité et à la justice, je le tiens, moi, pour un brâhmane; car, par sa conduite, il est deux fois né. — 19. Les lotus de jour boivent les éclaboussures de feu jaillies de la roue du soleil; et celles-ci, devenues des éclaboussures de rouge pollen, ils les revomissent de leur calice. — 20. Ce n'est pas moi qui sais ce que je suis, ni toi qui sais ce que tu es; mais l'Âme [universelle], en vérité, sait ce que je suis, et ce que tu es, et ce que nous sommes tous deux, et ce que sont tous les êtres, et ce qu'elle est elle-même.

1. *yotsyāvahe.* — 2. *vyuṣṭa* (décl.). — 3. *bhaveyur, bhavet.* — 4. *apamānayāmi, çuçrūṣe* (acc.). — 5. *tyakṣyāmi.* — 6. C'est par lui qu'[a été]... etc. — 7. *vedayanti.* Cité = loué. — 8. *bhavitum arhati.* — 9. Cf. supra 6. Coulant. — 10. Que de toi confiance en moi n'est pas, de toi en cela est faute; car par moi... — 11. Tu [es] courbé. Pour toi, dat., loc. ou gén. — 12. Il parle, *vadati.* Pour la fin, cf. n° 150, 1. — 13. Ne s'est pas cher... Par soi-même est consommé. — 14. Irai faire, *kariṣyāmi.* — 15. *amardayat.* — 16. *karoṣi.* Comment de moi confiance en...? — 17. *jāyate, muhyate.* Éclaire, en ppe présent; se produit, *vidyate* (essayer de faire sur ces derniers mots un demi-çlôka, supra n° 161, 18). — 18. Je tiens pour, *manye.* Le sacrement d'initiation du brâhmane est réputé une seconde naissance. — 19. Boivent, *pibanti*; vomissent, *vamanti* (chercher «re-»). — Sait, sg. 1 et 3 *veda*, sg. 2 *vettha.* Après la première proposition, sous-entendre le vb. «être».

173. Exercice XXX. (Grammaire.)

On reprendra les nos 24 et 46, et l'on cherchera à identifier les formes grammaticales non verbales qu'on n'aura pu analyser jusqu'à présent.

Une version sur les pronoms personnels n'est guère profitable ni possible à qui ne connaît pas encore la conjugaison. On fera mieux de récapituler ici les chapitres précédents.

CHAPITRE XIV.

NUMÉRAUX.

174. La numération sanscrite est décimale (cf. supra n° 73). Les dix premiers nombres sont (en thème, de 1 à 4):

एक°, द्व°, त्रि°, चतुर°, पञ्च, षष्, सप्त, अष्टौ, नव, दश.

Tous se déclinent.

1. *eka-*, fm. *ekā*, cf. supra n° 154.

2. *dva-*, msc. *dvau*, fm. et nt. *dve*, comme aux nos 102-104 (duel).

3. *tri-*, msc. *trayas*, nt. *trīṇi*, comme aux nos 112 et 114, à cela près que le gén. est *trayāṇām*. Mais le fm. est *tisr-as*, qui se décline sur *mātaras* (n° 135, 2), sauf l'acc. *tisras* et le gén. *tisṛṇām* (sans allongement de l'*ṛ*).

4. *catur-*, msc. *catvār-as*, nt. (nomin.-acc.) *catvār-i*, les autres cas sur le th. *catur-*, acc. msc. *catur-as*, gén. *catur-ṇām*. Mais le fm. est *catasr-as*, qui se décline sur *tisr-as*.

5. *pañca*, nomin.-acc. des trois genres *pañca*, le reste comme le pl. de *rājan-* (n° 130), sauf le gén. *pañcānām*.

6. *ṣaṣ*, nomin.-acc. *ṣaṭ* (n° 30, 4°), gén. *ṣaṇ-ṇām*, le reste sur le th. *ṣaṭ-*.

7. *sapta*, comme *pañca*.

8. *aṣṭau*, nomin.-acc. *aṣṭau*, gén. *aṣṭānām*, le reste sur un th. *aṣṭa-* ou *aṣṭā-*.

9-10. *nava, daça*, comme *pañca*.

175. Les décades sont des noms féminins au sg., signifiant «vingtaine», etc. Suivant leur finale, leur déclinaison est celle de *jāti-* (n° 113) ou celle de *pad-* (n° 129) : *viṃçati, triṃçat, catvāriṃçat, pañcāçat, ṣaṣṭi, saptati, açīti, navati.*

En conséquence : ou bien ces noms gouvernent au gén. pl. le mot qu'ils accompagnent, *viṃçatyā sainyānām* «avec une vingtaine de soldats» ; ou bien ils s'y joignent simplement en apposition sans prendre comme lui la marque du pluriel, *sainyais triṃçatā* «avec soldats trente».

176. «Cent» *çata-m* et «mille» *sahasra-m* sont des substantifs neutres au sg., qui se déclinent normalement (n° 103).

1. En conséquence, ils se construisent comme les précédents : *çatena sahasrāṇāṃ gavām*, ou *gobhis*, ou *sahasrair gobhis*, «avec 100,000 vaches».

2. Il n'y a pas de numéraux proprement dits au-dessus de 1,000; cependant on a attribué conventionnellement une valeur numérale précise à un certain nombre de mots qui désignaient à l'origine une pluralité innombrable : *ayutam* = 10,000, *lakṣam* (aussi msc.) = 100,000, *prayutam* = 1,000,000, *koṭi-s* f. = 10,000,000, *arbuda-s* = 100,000,000, *mahārbuda-s* = 1,000,000,000 *kharvam* = 10 milliards, *nikharvam* = 100 milliards.

177. Les nombres intermédiaires se forment par des procédés très variés, dont on ne peut indiquer que les plus usuels.

1. Entre 10 et 100, on forme un mot composé, dont le premier terme est le thème de l'unité surajoutée : *eka-* (mais *ekā-daça* = 11), *dvā-* (mais *dvy-açīti* = 82, et à volonté *dvā-* ou *dvi-* devant les décades autres que 10, 20, 30), *trayas-* (mais *try-açīti* = 83, et à volonté *trayas-* ou *tri-* comme plus haut), *catur-*, *pañca-*, *ṣaṣ-* (*ṣoḍaça* = 16, n° 50, 3), *sapta-*, *aṣṭā-* ou *aṣṭa-*, *nava-* : le tout, bien entendu, en observant les règles de l'euphonie intérieure.

1. Chacun de ces mots n'en forme qu'un seul, et, conséquemment, le premier terme, même s'il a par exception la forme du nomin., ne se décline pas : *trayodaçabhī rākṣasais* « par 13 démons ».

2. Pour les multiples de 100 et 1,000 : — a) ou bien le multiplicateur gouverne le multiplicande nominal, *ṣaṭ çatāni* = 600; — b) ou il forme avec lui un composé adjectif, qui alors s'accorde en genre et en cas avec le dénombré, *ṣaṭçataiḥ sainyais* « avec 600 soldats ».

2. Le premier procédé est également applicable aux décades : *nava navatayas* = 810. Le second s'applique parfois aux unités, dont il ne change pas la forme ni la construction : *triṣapta* = 21.

3. Les unités et les décades s'unissent aux centaines et milliers au moyen de la particule *ca*, qui rarement est omise : *nava saptatiç ca çataṃ ca* = 179 ; *dvy-açītis trīṇi ca çatāni* = 382.

3. Cet ordre est le plus usuel, mais il n'est pas obligatoire, en poésie surtout.

4. Une autre méthode, extrêmement usuelle, surtout pour les nombres dont le dernier chiffre est 8 ou 9, consiste à substituer la soustraction à l'addition : pour cela, on forme un composé adjectif, dont le second terme est l'adj. *ūna* « défectueux », le premier étant le nombre à soustraire. Ainsi, au lieu de *navadaça* = 19, on dira *eka-ūnā viṃçatis* « une vingtaine défectueuse d'un » = 20 — 1 (*ekonā*); au lieu de *aṣṭāṣaṣṭis* = 68, *dvyūnā saptatis* = 70 — 2, et ainsi de suite.

5. L'addition peut aussi s'indiquer par un adj. composé, dont le second terme est *adhika* « excédant » : *pañcādhikā ṣaṣṭis* = 65. L'usage seul rendra tous ces procédés familiers à l'élève.

178. Les ordinaux correspondants sont :

1. *prathama*, *pūrva* ou *ādya* (fm. *-ā*);

2-3. *dvitīya* et *tṛtīya* (fm. *-ā*);

4. *caturtha* (fm. -ī) ou *turīya* > *turya* (fm. -ā);
(Partout ailleurs, fm. -ī.)
5-6. *pañcama* et *ṣaṣṭha*;
7-10. Suff. *-ma*, v. g. *saptama*, etc.;
11-19. *ekādaça*, etc., sans suffixe;
20-99. *viṃça*, *triṃça*, etc., ou *viṃçatitama*, *triṃçattama*, etc. (les intermédiaires, v. g. *ekaṣaṣṭa* = 61e);
100-1,000. *çatatama*, *sahasratama*, mais les intermédiaires *ekaçata* = 101e.

Observer la différence entre ce suff. ordinal, *-tama*, fm. *-tamī*, et celui des superlatifs, *-tama*, fm. *-tamā*.

179. La dérivation ordinale n'est pas la seule importante en cette matière.

1. Un suff. *-dhā* implique l'idée de « manière », et, à partir de 5 surtout, l'adverbe ainsi formé se traduira souvent simplement par « . . . . . fois » : *eka-dhā* « d'une seule façon », *dvidhā*, *tridhā*, *catur-dhā*, *pañcadhā* « 5 fois », etc. Pour 1-4, les adverbes de « fois » sont plus courts : *sakṛt* (n° 180, 3), *dvis*, *tris*, *catur* ou *catus* (cf. n° 45 in fine).

Même formation sur quelques adjectifs : *bahu-dhā* « en diverses façons ».

2. Le suff. *-ças* forme des adverbes distributifs : *eka-ças* « un à un », *dviças*, etc.

3. De quelques nombres dérivent des substantifs fort usuels : *dvayam* « couple », *trayam* et *trayī* « triade », *catuṣṭayam* « tétrade », *paṅkti-s* fm. « pentade », *daçat* fm. ou *daçatayam* « dizaine ».

180. Les compositions si variées des numéraux entre eux n'épuisent pas à beaucoup près leurs facultés de composition.

1. Une composition dont le second terme est le nom numéral ci-dessus multiplie l'objet dont le thème figure au premier terme : *veda-traya-m* « les trois Védas »; *sarpa-paṅkti-s* « un nœud de (cinq > plus ou moins) serpents », etc.

2. Une composition dont le premier terme est le thème ordinaire du numéral (2 toujours sous la forme *dvi-*) multiplie l'objet qui figure au second terme, et l'ensemble est un adjectif signifiant

«qui possède, qui est pourvu de» l'objet ainsi multiplié : *ekāçvo rathaḥ* «un char à un cheval»; *dvi-rephaḥ*, cf. supra n° 163, 2; *tri-guṇā rajjuḥ* «une corde à trois cordons», etc.

3. L'élément *sa-*, le même qu'on a vu dans *sa-kṛt* (n° 179, 1), placé ainsi devant un substantif, implique, non plus «unité», mais «union avec», et forme un adjectif signifiant «pourvu de» : *phala* «fruit», *sa-phala* «fructueux». Dans bien des cas, cet ensemble peut se traduire par le substantif lui-même précédé de «y compris, ainsi que» : cf. infra n° 181, 21.

Bien que les principes de la composition numérale ne diffèrent pas de ceux de la composition en général, il a paru utile de leur donner place ici, parce que l'élève a déjà rencontré mainte allusion à ce procédé, et qu'il ne saurait trop tôt l'entrevoir. Dès à présent, il pourra former tous les composés numéraux, ceux avec *sa-*, ceux par *a-* et *an-*, et même quelques autres. Cf. supra n° 147.

4. Les adjectifs en *sa-* initial forment leur contraire en remplaçant *sa-* par *a-* ou *an-* (supra n° 147), *a-phala*, «qui n'a pas de fruit, infécond».

En d'autres termes, les mots en *a-* ou *an-* initial peuvent être adjectifs, encore que le second terme soit un substantif (c'est affaire à l'usage et au lexique); mais ils sont toujours adjectifs, si le second terme est un adjectif. Cf. infra n°ˢ 367 sqq.

181. Exercice XXXI. (Version.)

1. pañconaṃ çataṃ padātīnām. — 2. çate sahasre ca vaiçyeṣu. — 3. dvyaçītyai kṣatriyebhyaḥ. — 4. padātibhis tisṛbhir açītibhir dvābhyāṃ ca. — 5. tryūnā ṣaṣṭiḥ samāsena tryūnaṣaṣṭir bhavati. — 6. caturūnasaptatiḥ ṣaḍadhikaṣaṣṭyā tulyā. — 7. ūnatriṃçadṛcam etat sūktam. — 8. daça ca sahasrāṇy aṣṭau ca çatāny ekaviṃçatiç ca. — 9. koṭayaḥ pañcaviṃçati dve ca çate lakṣāṇi ca trayaççatvāriṃçat. — 10. suvarṇasya trīṇi lakṣāṇi vaṇijā rājña āhṛtāni. — 11. catasro nṛpasya bhāryās tāsāṃ ca yā prathamā sā kevalā rājñī bhavaty anyāsāṃ caikaço vividhāni nāmāni. — 12 prācy eva prathamā pratīcī dvitīyā dakṣiṇā tṛtīyodīcī turīyordhvā pañcamī dhruvā ṣaṣṭhīti ṣaḍ diçaḥ. — 13. pañcaviṃço vai puruṣo daça hastyā aṅgulayo daça pādyā dvāv ūrū dvau bāhū ātmaiva pañcaviṃçaḥ. — 14. ekaçato vai puruṣaḥ pañcāṅgulayaç

catuṣparvāṇo dve kakṣasī doç cākṣaç cāṃsaphalakaṃ ca sā pañcaviṃçatiḥ pañcaviṃçānītarāṇy aṅgāni tac chatam ātmaivaikaçatatamaḥ. — 15. parvaçabdo bhāgavācī | agrabhāgo madhyabhāgo mūlabhāgas tanmūlabhāgaç ceti catvāro bhāgāḥ | yady apy aṅguṣṭhe bhāgatrayam evopalabhyate tathāpītarasāmyāya bhāgacatuṣṭayaṃ kṛtvā gaṇanīyam. — 16. yad yad atra loke puruṣeṇa kṛtaṃ tat tad amutra saphalam.

17. यस्तु संवत्सरं पूर्णं नित्यमौनेन भुञ्जति ।
युगकोटिसहस्रं तु स्वर्गलोके महीयते ॥
18. सकृज्जल्पन्ति राजानः सकृज्जल्पन्ति साधवः ।
सकृत्कन्या प्रदीयते त्रीण्येतानि सकृत्सकृत् ॥
19. सप्तैतानि न पूर्यन्ते पूर्यमाणानि नित्यशः ।
अग्निर्विप्रो यमो राजा समुद्र उदरं गृहम् ॥
20. द्विः शरं नैव संधत्ते द्विः स्थापयति नाश्रितान् ।
द्विर्ददाति न चार्थिभ्यो रामो द्विर्नैव भाषते ॥
21. यत्र राजा स्वयं चौरः सामात्यः सपुरोहितः ।
तत्राहं किं करिष्यामि यथा राजा तथा प्रजाः ॥

5. Aphorisme de grammaire. — 6. Égalité arithmétique. — 7. *ūna* tout court = *ekona*. — 9. Système de compte encore en usage. — 13. Dans une langue quelque peu archaïque, l'ordinal peut aussi signifier «composé de *n* parties»; *ātmā*, ici «corps», mais toujours avec le sens d'arrière-plan «personne, soi-même», etc., avec semi-calembour. — 15. Fragment du commentaire de la phrase précédente: le cp. *tan-mūla-bhāga* «la partie [qui est] la racine de ce [dernier]» désigne le métacarpien. Voir *labh*. Sur les derniers mots, cf. infra n°s 187, 3, et 188. — 18. Chercher *dā*. — 19. *par*. — 20. *dhā*, *sthā*, *çri*, *dā*, *bhāṣ*. — 21. Cf. supra n° 172, 14.

182. Exercice XXXII. (Thème.)

Tourner par le passif (au verbal déclinable) toutes les propositions actives, infra n° 185.

1. Pour l'ignorant tout ce qui donne fruit devient sans fruit, tout ce qui a saveur devient sans saveur, tout ce qui est vrai devient faux. — 2. Le feu du troisième œil du dieu aux huit membres a brûlé le dieu qui porte cinq flèches. — 3. Il y a six saisons, de deux mois [chacune]: le printemps, l'été, la saison des pluies, l'automne, l'hiver et le printemps frais; ou bien, en réunissant les

deux dernières, il n'y en a que cinq. — 4. Il y a douze mois dans l'année : si le premier est Mārgaçīrṣa, le douzième est Kārttika; mais, à chaque 3e année, les astronomes ajoutent un treizième mois pour la concordance de la lune et du soleil. — 5. Une seule roue à six moyeux; douze rayons; 360 chevilles; qu'est-ce que cela? — 6. Une fourmi gravit 99 fois une motte, puis retombe; à la 100e montée la motte est franchie : ce n'est point par un seul effort que les affaires réussissent. — 7. «Triple science» ou «triade des Védas», voilà ce que la tradition nous apprend; pourtant il y a un quatrième Véda, qui nous révèle les remèdes et les maléfices. — 8. Or il y a 33 dieux : 8 Vasus, 11 Maruts, 12 Âdityas, Prajâpati et Vaṣaṭkâra : voilà [ce qu'enseignent] les traités théologiques. — 9. Dans les quatre Védas il y a sept mètres, qui croissent de 4 en 4 syllabes : la gâyatrî, de 24 syllabes; l'uṣṇih, de 28; l'anuṣṭubh, de 32; la bṛhatî, de 36; la paṅkti, de 40; la triṣṭubh, de 44, et la jagatî de 48. — 10. C'est au moyen des quatre points cardinaux que sont fixés tous les lieux quelconques [situés] sur cette terre et dans ce ciel. — 11. Il y a au ciel 3,873 étoiles visibles; mais il y en a bien des millions d'invisibles. — 12. Comme l'ours qui a cherché du miel dans le creux d'un arbre et y a trouvé un nœud de serpents, tel est l'homme qui a une fois éprouvé la fausseté d'un ami. — 13. Ce qui aux enfants n'a pas été dit et répété quatre fois est comme s'il n'avait pas été dit. — 14. Un homme pourvu de préceptes, mais dépourvu d'intelligence, est comme un cheval attelé avec des rênes sans frein.

2. Çiva a brûlé l'Amour (légende hindoue). — 3. Tourner «...de par l'unité des...». — 4. ...à chaque 3e... = à 3e-3e. — 5. Énigme : l'année. — 11. N'employer que *lakṣa* ou *koṭi*.

CHAPITRE XV.

LES FORMES INCONJUGABLES DU VERBE.

183. Avant de passer à l'étude de la conjugaison, il semble indiqué d'épuiser le sujet de la déclinaison, en énumérant, par manière de transition, les formes verbales qui s'y rattachent de près ou de loin : d'autant que, comme on a déjà pu s'en convaincre, ces formes suppléent largement à la conjugaison elle-même. Elles sont de deux sortes : déclinables ou indéclinables (celles-ci sont d'anciens cas de déclinaison figés en un type immuable).

Il n'est presque pas exagéré de dire qu'on pourrait, en s'y efforçant, écrire bien des pages de sanscrit sans employer une seule forme de conjugaison proprement dite. Au reste, on a vu par nombre d'exemples, et en particulier par le dernier exercice, que la tournure *sa uvāca* «il dit» peut toujours être et est avec préférence remplacée par la tournure *tenoktam* «par lui [fut] dit».

§. 1. — Déclinables.

184. On a vu, aux n°s 131, 2, et 134, la déclinaison du participe présent et du participe parfait actif. Les autres participes sont des thèmes en *-a*, qui se déclinent selon le n° 107 (fm. toujours *-ā*). Quant à la formation de ces thèmes nominaux, elle est naturellement inséparable de celle du temps auquel chacun se rattache.

185. En dehors de toute connexion avec un temps quelconque du verbe, on forme, directement sur la racine, un nom verbal extrêmement usuel, qui a le sens passif de fait accompli pour les verbes transitifs, et le sens simple de fait accompli pour les intransitifs.

Dans certains cas, il prend aussi le sens de possibilité générale passive *dṛṣṭa* «vu, visible»; surtout en négation, *adṛṣṭa* «invisible».

1. Le suff. le plus usité à la suite d'une racine pure est *-ta* : *ji-ta* «vaincu», *çru-ta* «entendu»; *ga-ta* «allé», *bhū-ta* «été»; respectivement pour transitifs et intransitifs.

Sur les formes que l'euphonie intérieure fait prendre au suff. *-ta*, voir les n°s 50 et 61. Sur la forme habituelle de la racine, voir n° 85.

2. Après un groupe de consonnes qui avec le *t* deviendrait imprononçable, éventuellement aussi dans d'autres cas, il s'insère un *i* entre la rac. et le suff. : *jinv-ita* «excité»; *pat-ita* «tombé».

Le suff. *-ita* est aussi le seul qui serve à former le verbal de tous les verbes non radicaux, c'est-à-dire tirés eux-mêmes de la racine par un mode de dérivation quelconque : infra n°s 329 sqq.

3. Le suff. *-na*, qui exige également l'état le plus réduit de la racine, remplit la même fonction : — a) dans quelques verbes en *d*, très importants, *bhin-na* et *chin-na* « fendu », *san-na* « assis », etc.; — b) dans quelques verbes en *j*, *bhag-na* « brisé »; — c) dans les verbes dits en *ṝ*, *stīr-ṇa* « jonché », etc., etc., et dans d'autres que l'usage enseignera. Cf. en outre supra nos 62, 63, 3°, et 80, 4.

Le fm. de tous ces mots est en *-ā*.

186. D'un verbal quelconque une fois donné, on peut, en y ajoutant le suff. *-vant-*, dériver une sorte d'adjectif qui a le sens de ppe passé actif : *jita-vān* « qui a vaincu », *çruta-vān* « qui a entendu », *bhinna-vān* « qui a fendu », etc.

Étymologiquement, *çruta-vant-* signifie quelque chose comme « pourvu d'entendu ». Mais, à raison de son origine verbale, ce simple adjectif se trouve être capable de gouverner un régime direct; et, conséquemment, avec l'ellipse courante du verbe « être », de remplacer une forme conjugable de temps passé : *sa vo dṛṣṭavān* « il vous a vus ». Cf. n° 131, 1.

187. Un participe futur d'obligation, ou gérondif déclinable, peut se former de diverses manières, toutes très simples.

1. Un suff. *-ya* s'attache à la racine, tantôt simple, tantôt portée au guṇa ou à la vṛddhi : *nī-ya* « qui doit être mené »; *jay-ya* (cf. supra n° 80) « qui doit être vaincu », *bhār-ya* « qui doit être porté », etc.

Les racines terminées par *ā* le changent en *e* : *deya* « qui doit être donné » (cf. supra n° 144, 1°). Quelques-unes, très usuelles, ont un suff. *-tya* : *kṛ-tya*, *çru-tya*, « qui doit être fait, entendu », etc.; *i-tya* « où l'on doit aller ».

2. Un suff. *-tavya* s'attache à la racine, généralement promue au guṇa : *kar-tavya* « qui doit être fait ».

3. Le suff. *-anīya* s'y attache dans les même conditions : *kar-aṇīya*.

Tous ces thèmes font leur fm. en *-ā* (cf. n° 107). Quant au complément personnel (agent) du gérondif, il se met au génitif ou à l'instrumental : *tat tava* ou *tvayā kartavyam* « tu dois faire ceci ».

§ 2. — Indéclinables.

188. Nous appellerons gérondif indéclinable une forme qui s'applique, sans aucun changement, à tous les genres, nombres et cas, et qui a la valeur d'un participe passé actif. Sa loi de formation est des plus simples.

1. Si le verbe est sans préfixe (infra n° 199), l'affixe du gérondif est *-tvā*, éventuellement *-itvā*, à peu près dans les mêmes conditions qu'au verbal (n° 185, 1-2): *dṛṣ-ṭvā* «ayant vu», *ji-tvā* «ayant vaincu», *çru-tvā* «ayant entendu»; *ga-tvā* «étant allé», *bhū-tvā* «étant devenu»; *pat-itvā* «étant tombé»; *chit-tvā* «ayant coupé», etc.

Cette forme invariable paraît être en réalité un instrum. de nom d'action en *-tu-* (cf. infra n° 189), en sorte que **çru-tu-ā* signifierait littéralement «par la voie du fait d'entendre».

2. Si le vb. est précédé d'un préfixe: — a) en général, le suff. est *-ya*, v. g. *pari-dṛç-ya* «ayant visité», *ava-pat-ya* «étant tombé», *sam-uc-chid-ya* «ayant arraché», etc.; — b) mais, si la racine au plus faible degré se termine par une voyelle brève, le suff. est *-tya*, v. g. *anu-çru-tya* «ayant entendu», *abhi-ga-tya* «ayant abordé», *abhi-ji-tya* «ayant vaincu», *anu-kṛ-tya* «ayant imité», etc.

Les racines en voyelle longue ont *-ya* (v. g. *abhi-bhū-ya* «ayant surpassé»); et de même les racines dites en *r̄* (supra n° 80, 4), qui prennent devant l'affixe leur vocalisme spécial : *stṛ-tvā*, mais *-stīr-ya* «ayant jonché». Toutefois *stṛ-tya* existe aussi. Toutes ces minuties sont affaire de pur usage.

189. L'accusatif, naturellement invariable, d'un thème de nom d'action en *-tu-* (supra n° 188, 1) a fourni au sk. classique son infinitif, qui, à raison de cette origine (cf. supra n° 93), se construit non seulement comme complément direct de verbes signifiant «pouvoir, vouloir, devoir», etc., mais encore comme infinitif du but à la suite de verbes de mouvement, v. g. : *çaknoti kar-tum* «il peut faire»; mais aussi *chet-tum eti* «il va couper».

1. Le suff. ordinaire est *-tum*, v. g. *e-tum* et *gan-tum* «aller», *çro-tum* «entendre», *draṣ-ṭum* «voir», etc.

Sur les conditions et les accidents phonétiques qui accompagnent cette affixation, voir les n°s 50, 61 et 86, 1°.

2. Un assez grand nombre de verbes prennent *-itum*, sans qu'il soit possible de formuler pour cette variante aucune règle bien

précise: *car-itum* « marcher », *bhav-itum* « devenir », *pat-itum* « tomber ».

Ce flottement dans le suffixe, le fait qu'il exige la racine au guna, et d'autres encore, qu'on ne comprendra bien qu'après l'étude de la conjugaison, expliquent suffisamment pourquoi *il ne faut jamais*, comme on fait pour le verbe latin, *citer un verbe sanscrit par l'infinitif*. CETTE FORME N'Y EST NULLEMENT UN CRITÉRIUM DE CLASSEMENT. Le verbe sk. se cite, soit par la racine sous la forme sous laquelle on est convenu de la reprendre au lexique, soit, si l'on en veut préciser la conjugaison, par la 3e personne du sg. du présent à l'indicatif. Cf. supra n°s 79 sqq., et infra n°s 204-225.

190. Bien qu'une forme purement nominale comme *kar-tum* soit en principe indifférente entre le sens actif et le sens passif, le sanscrit n'a pas, à proprement parler, d'infinitif passif. Il y supplée avec aisance, dans certaines tournures, en mettant au passif le verbe qui gouverne l'infinitif actif, v. g. *tac chakyate kartum*, exactement « cela se peut faire » = « cela peut se faire ».

191. Exercice XXXIII. (Thème.)

Reprendre les exercices précédents à partir de III; et, dans les phrases où cela paraîtra possible, substituer la tournure passive (*tenoktam*) à la tournure active (*sa uvāca*), en tenant compte de la règle accessoire que, quand le verbe exprime un fait présent, le complément personnel du verbal déclinable ne doit pas être à l'instrum. (*tena*), mais au gén. (*tasya*).

Par exemple, n° 24, 15, traduit par *ubhābhyām ācāryābhyām iṣṭam* signifierait en narration « les deux maîtres désirèrent » et non pas « désirent ». La phrase *ubhāv ācāryāv icchataḥ* doit donc se traduire *ubhayor ācāryayor iṣṭam* « le désiré des deux maîtres [est] ». De même, *sa rājñā mataḥ* « il [fut] estimé par le roi », mais *sa rājño mataḥ* « il [est] estimé du roi », etc.

192. Exercice XXXIV. (Version.)

1. daridro na kenāpi hiṃsitavyaḥ. — 2. atha rājā punar api tatraiva gatvā mṛtakaṃ skandhe dhṛtvā yāvan mārge pracalitas tāvat tena kathānakaṃ prārabdham | vetālenoktam... — 3. çiṣyeṇa guruṃ pratītya tasya pādau pāṇī ca cumbitau. — 4. bhartrā bhāryatvād bhāryāçabdaḥ. — 5. sarveṣāṃ paṇḍitānāṃ pāṇineḥ sūtrāṇi paṭhanīyāni. — 6. çuna āntrāṇi paktvarsiḥ kaç cic chye-

nam apaçyan madhv ābharantam. — 7. vāmadevo- nāmarṣir eṣaḥ. — 8. bho rājan çatrūñ jitvā rāksasāmç cāpahatya svān eva rāgān apahantum ātmānaṃ caiva jetum arhasi. — 9. kṛtaghnasya labdhavato labdham api phalam alabdhaṃ bhavati. — 10. rājñaḥ pūjito vipro vidvān. — 11. yad-yad api çaknuyās tvaṃ na tat-tat kartum arhasi. — 12. ahāv indreṇa hata āpo visṛṣṭāḥ. — 13. brahmacārī vedam adhītyopanyāhṛtya gurave 'nujñāto dārān kurvīta. — 14. atha nṛpaḥ siṃhāsana āsīna ubhāv ācāryau dṛṣṭvābhiprapannau kiṃ praṣṭum bhavantāv ihāgatāv iti smitvā vismitya cāha. — 15. yayā naiva puṣpāṇi bhṛtāni kathaṃ sauṣadhiḥ phalāni bhṛtavatī. — 16. pañcadaçārdhamāse tithayo māse tu saptaviṃçatir vāṣṭaviṃçatir vā nakṣatrāṇi tan naikasyā ekasyai tithyai nakṣatraṃ viçeṣato 'nudeṣṭavyam. — 17. mamaivāsanne mama bhrātā prativasitaḥ. — 18. tathānuṣṭhite sa rājā mṛtavān atha tau vaṇijau svaṃ svaṃ deçam apagatau.

19. वरमासीनो न स्थितो वरमभिक्षु नासितः ।
वरं शयानो नाभिक्षु न शयानो मृतो वरम् ॥

20. अरावप्युचितं कार्यमातिथ्यं गृहमागते ।
छेत्तुमप्यागते छायां नोपसंहरते द्रुमः ॥

2. Cf. supra n° 15. Chercher *cal* et *rabh*. — 3. Chercher *i*. — 4. Cf. supra n° 137, 7. — 6. *paç*, *bhar*. Cf. n° 19. — 11. 2e personne; *çaknuyās* conditionnel. — 12. *sarj*. Cf. supra n° 98. — 13. *i*, *har*, *jñā*, *kar* (optatif de commandement). — 18. Certaines tournures très usuelles de loc. absolu sous-entendent le substantif.

193. Exercice XXXV. (Thème.)

Quelques-unes des phrases qui ont été données à l'élève pour lui faire décliner le ppe présent actif sont entachées d'une légère incorrection, en ce que l'usage de la langue y requiert le ppe passé actif ou le gérondif invariable : v. g. n° 137, 14. On recherchera ces phrases (à partir dudit n°) et on les corrigera.

En principe, on ne doit user du ppe présent que lorsqu'on pourrait le tourner en fr. par «qui...», v. g. n° 192, 6, *ābharantam* «qui [lui] apportait».

CHAPITRE XVI.

GÉNÉRALITÉS SUR LA CONJUGAISON.

194. On a vu (n° 88) que beaucoup de racines sont déclinables. Un bien plus grand nombre encore de racines sont immédiatement conjugables, soit à l'indicatif présent, soit surtout à d'autres temps : c'est-à-dire que les désinences personnelles dont il va être question peuvent s'affixer sur la racine pure, sans y être rattachées par l'intermédiaire d'aucun suffixe de modalité ou de dérivation. Aussi, à la différence du nom, c'est toujours sous la forme de la racine pure que le verbe, soit primitif, soit dérivé, est relevé dans les lexiques. Cf. supra n° 189, 2.

195. Le verbe a deux voix : active et moyenne. Cette dernière comporte une nuance de sens réfléchi ou retour de l'action sur le sujet, nuance qui parfois peut s'effacer au point que le moyen équivaille à l'actif, et parfois s'exagérer de telle sorte que, sauf au présent, il doive se traduire par un passif. C'est surtout affaire d'usage.

Les grammairiens sanscrits appellent le moyen *ātmane padam* «mot pour soi-même», et l'actif *parasmai padam* «mot pour autrui». Mais tous les verbes n'ont pas un système complet de l'une et de l'autre voix : certains n'ont que le moyen, d'autres que l'actif; et il en est qui conjuguent certains de leurs temps toujours à l'actif, certains autres toujours au moyen. On consultera le lexique, et, dès à présent, on trouvera avantage à se reporter de temps à autre à l'admirable répertoire des *Roots* de Whitney.

196. Logiquement, il n'y a en sanscrit que trois temps : passé, présent et futur; car presque toutes les nuances de passé s'attachent également à presque toutes les formes de temps dits passés, temps à augment (imparfait et aoriste) et parfaits. Mais, au point de vue des formes, la conjugaison classique, beaucoup moins riche que la védique, l'est encore assez pour disposer souvent de cinq ou six formes très différentes et synonymes. En se bornant aux grandes lignes, on y distinguera quatre systèmes généraux :

1° Présents, au nombre de neuf, dont le temps à augment (infra n° 253) est l'imparfait;

2° Parfaits, au nombre de deux, dont le temps à augment est le plus-que-parfait;

3° Futurs, au nombre de deux, dont le temps à augment est le conditionnel;

4° Aoristes, au nombre de quatre, dont chacun comporte encore plusieurs variétés.

Il est entendu que chaque verbe n'a pas les neuf présents ou les six aoristes théoriquement possibles; mais il ne manque pas de verbes qui en ont, au choix, deux ou trois, ou même davantage, surtout eu égard aux vicissitudes chronologiques de leur conjugaison. De plus, presque tous les verbes ont les deux parfaits et les deux futurs. — N. B. Pratiquement, ce n'est pas dans l'ordre ci-dessus que l'étude de la conjugaison sera présentée à l'élève. Raison de plus pour lui en assurer ici une vue d'ensemble qu'il ne devra point abandonner dans la complexité du détail.

197. Ce qui tempère quelque peu celle-ci, c'est l'indigence relative des modalités verbales : le sanscrit classique n'a que trois modes, et il n'en distingue qu'au présent, à une seule exception près. Le présent a les trois modes : indicatif, optatif, impératif. L'aoriste en a deux : indicatif, optatif. Les autres temps n'ont que l'indicatif.

Comme, de plus, le thème de l'indicatif se confond partout avec celui du temps lui-même, le nombre des modes se réduit à deux pour le présent et un pour l'aoriste. Chaque temps de chaque voix a de plus un participe, qui n'est pas un mode, mais un thème nominal (n° 184).

198. Mais, là où la complexité atteint vraiment son comble, c'est dans la matière des désinences personnelles : tout temps a les trois nombres (n° 90) et trois personnes à chaque nombre, ce qui fait déjà 9 désinences; le tout à l'actif et au moyen, ce qui fait 18; et enfin, il en existe quatre séries, — désinences du présent, du parfait, des temps à augment, de l'impératif, — ce qui en porte à 72 le nombre total.

Il est vrai que certaines désinences se ressemblent d'une série à une autre; mais, en revanche, d'un temps à un autre, des désinences d'ailleurs pareilles subissent certaines modifications, du fait de leur affixation à des thèmes différents : ce qui rétablit largement le total de 72.

199. Presque tout verbe est susceptible de se combiner avec un ou plusieurs préfixes verbaux, qui n'en altèrent en aucune façon la conjugaison, mais en modifient plus ou moins profondément le sens essentiel. Les principaux de ces préfixes, qu'on a déjà presque tous rencontrés dans les exercices, sont : *ati*, *adhi*, *anu*, *antar*, *apa*, *api*, *abhi*, *ava*, *ā*, *ud*, *upa*, *ni*, *nis*, *parā*, *pari*, *pra*, *prati*, *vi* et *sam*. Aux lexiques, le verbe à préfixe est toujours classé sous la rubrique du verbe simple.

1. Naturellement il arrive parfois que la combinaison présente un sens qui s'écarte très fort de celui de l'addition simple du verbe et du préfixe : ainsi, *viç* signifiant «entrer», et *upa* ayant la valeur illative en proximité, le verbe *upa-viçati* ne signifie guère que «il s'assied».

2. Ces préfixes, accolés au verbe, font corps avec lui et s'écrivent avec lui en un seul mot. Quelques-uns (voir aux lexiques) sont en même temps prépositions, ou plutôt post-positions; car, en cette qualité, ils se placent presque toujours après leur complément nominal. Cf. supra n° 93.

200. Exercice XXXVI. (Grammaire.)

L'élève n'apprendra les désinences personnelles qu'au fur et à mesure de l'étude des temps auxquels elles s'appliquent; mais il trouvera dès à présent avantage à en dresser, très lisiblement, un tableau général et récapitulatif. Cf. infra nos 201, 220, 229, 255, 256, 294, 305 et 309.

CHAPITRE XVII.

PRÉSENTS RADICAUX ET SIMILAIRES.

201. Les plus simples des désinences du présent, applicables d'ailleurs, sauf modifications insignifiantes (n° 220), à tous les présents et futurs, sont les 18 suivantes :

	ACTIF.			MOYEN.		
	1	2	3	1	2	3
Sg.	*-mi*	*-si*	*-ti*	*-e*	*-se*	*-te*
Du.	*-vas*	*-thas*	*-tas*	*-vahe*	*-āthe*	*-āte*
Pl.	*-mas*	*-tha*	*-anti* / *-ati*	*-mahe*	*-dhve*	*-ate*

Observer : le guṇa des désinences du moyen au sg. par rapport à l'actif; l'échange de *v* et *m* à la 1re pers. respectivement du duel et du pl.; l'échange de *th* et *t* entre la 2e et la 3e pers. du duel aux deux voix, etc.

202. Le suffixe du ppe présent est : à l'actif, *-ant-* ou *-at-*, respectivement selon que pl. 3 act. est en *-anti* ou *-ati* (cf. supra n° 131, 2, et infra nos 204, 207, 212, 215 et 216); au moyen, *-āna*, qui se décline sur *kṛṣṇa* (supra n° 107).

Tous les ppes en *-a-* msc.-nt. font leur fm. en *-ā*, jamais en *-ī*.

203. Ces désinences et suffixes participiaux s'appliquent sur des thèmes de présents fort divers, mais dont la particularité commune et caractéristique est la suivante : le thème est susceptible de deux degrés; la voyelle, soit radicale, soit suffixale, qui précède immédiatement la désinence, en règle générale, apparaît sous la forme forte (guṇa ou similaire, cf. supra nos 79 sqq.) au sg. de la voix active seulement; sous la forme faible, partout ailleurs. Exemple avec guṇa : rac. *i* « aller »; sg. *e-mi e-ṣi e-ti*; pl. *i-mas i-tha y-anti* (supra n° 20); moy. sg. *iy-e ī-ṣe i-te*; ppe act. *y-ant*, moy. *iy-āna* (nomin. msc. sg. *yan* et *iyānas*).

L'apparition de l'*i* devant voyelle, tantôt en *y*, tantôt en *iy*, est un détail d'euphonie que l'usage enseignera.

§ 1. — Présent radical.

204. Le présent consiste dans la racine pure, à laquelle s'affixent immédiatement les 18 désinences du n° 201; pl. 3 act. est *-anti*.

Soit donc, ainsi conjuguée, la rac. *dviṣ* « haïr ».

	SG.	DU.	PL.	SG.	DU.	PL.
1.	द्वेष्मि	द्विष्वः	द्विष्मः	द्विषे	द्विष्वहे	द्विष्महे
2.	द्वेक्षि	द्विष्ठः	द्विष्ठ	द्विक्षे	द्विषाथे	द्विड्ढ्वे
3.	द्वेष्टि	द्विष्टः	द्विषन्ति	द्विष्टे	द्विषाते	द्विषते

On conjuguera de même : *duh* « traire », sg. 3 act. *dogdhi* (supra n° 63, 4°); *stu* « louer », sg. 3 act. *stauti* (avec vṛddhi); *çī* « être couché », qui n'a que le moyen et y maintient le guṇa à toutes les formes, sg. 1 *çay-e*, sg. 3 *çe-te*, pl. 3 *çerate* (irrég.) et *çay-anti* (*-ante*, n° 220), ppe nomin. msc. *çay-āna-s*, etc.

205. Dans cette catégorie rentre la forme la plus simple du verbe « être » : la rac. *as* perd sa voyelle au duel et au pl. (supra n° 83); il n'y a pas de moyen.

	SG.	DU.	PL.
1.	अस्मि *asmi*	स्वः *svas*	स्मः *smas*
2.	असि *asi*	स्थः *sthas*	स्थ *stha*
3.	अस्ति *asti*	स्तः *stas*	सन्ति *santi*

Ppe msc. *san*, fm. *satī*; nt. *sat*.

On conjuguera de même: *çās* « ordonner », qui s'affaiblit en *çiṣ* (n° 84), mais fait à pl. 3 *çās-ati*; *ad* « manger », qui ne perd jamais sa voyelle, mais ne s'emploie guère en dehors du sg. actif; *han* « tuer », sg. 3 *han-ti*, qui garde son *n* aux 1res personnes (*han-vas*, *han-mas*), le perd aux autres personnes faibles (*ha-tha*) et fait à pl. 3 *ghn-anti* (supra nos 82, 85 et 129, 2), ppe msc. *ghnan*, fm. *ghnatī*.

206. La rac. *brū* « parler », extrêmement usuelle, insère un ī aux formes fortes : sg. 3 *bravī-ti*, mais pl. 1 *brū-mas* et pl. 3 *bruv-anti*. Les quatre rac. *rud* « pleurer », *svap* « dormir », *an* « respirer » et *çvas* « souffler » insèrent un *i* devant toutes les désinences qui commencent par consonne, et ne subissent dans la conjugaison du présent aucune autre variation, sauf le guṇa de *rud*.

§ 2. — Présent redoublé.

207. Dans cette classe, pl. 3 act. est *-ati*. Les désinences s'attachent également à la racine sans aucun intermédiaire; mais celle-ci a subi un redoublement préalable. La consonne du redoublement est celle de la racine, sauf déaspiration (supra n° 64, mais cf. aussi infra n° 234); la voyelle est aussi celle de la racine, mais toujours abrégée; toutefois, si la voyelle de la racine affaiblie est *ṛ*, celle du redoublement est *i*. Exemples: *dā* « donner », sg. 3 act. *da-dā-ti*; *mā* > *mī* « mesurer », sg. 3 moy. *mi-mī-te*; *bhī* « craindre » et *hu* « verser en libation », sg. 3 act. *bi-bhe-ti* et *ju-ho-ti*; *bhar* > *bhṛ* « porter » et *ar* > *ṛ* « ajuster », sg. 3 act. *bi-bhar-ti* et *iy-ar-ti*, etc.

208. La conjugaison, d'après les principes déjà connus, n'offrirait aucune difficulté, si certains verbes extrêmement usuels ne présentaient ici quelques complications particulières.

Pl. 1 *ju-hu-mas*, 2 *ju-hu-tha*, 3 *ju-hv-ati*; moy. sg. 1 *ju-hv-e*, 2 *ju-hu-ṣe*, etc., cf. supra n° 203. — Pl. 1 *bi-bhṛ-mas*, 2 *bi-bhṛ-tha*, 3 *bi-bhr-ati* (*r* consonne, supra n° 20); moy. sg. 1 *bi-bhr-e*, pl. 3 *bi-bhr-ate*. Ppes: act. *juhvat*, *bibhrat*; moy. *juhvāna*, etc.

209. La rac. *dā* « donner », redoublée *da-dā-* perd complètement sa voyelle aux formes faibles et conséquemment devient *da-d-* : après quoi, si le *d* final se trouve en présence d'une sourde, il devient *t* très régulièrement. Il en résulte la conjugaison suivante (qui a amené par analogie la création d'un verbal *datta*):

Act.	sg.	*da-dā-mi*	*da-dā-si*	*da-dā-ti*
	du.	*da-d-vas*	*da-t-thas*	*da-t-tas*
	pl.	*da-d-mas*	*da-t-tha*	*da-d-ati*
Moy.	sg.	*da-d-e*	*da-t-se*	*da-t-te*
	du.	*da-d-vahe*	*da-d-āthe*	*da-d-āte*
	pl.	*da-d-mahe*	*da-d-dhve*	*da-d-ate*

La racine *dā* au moy. avec préf. *ā* prend le sens de « recevoir » (cf. n°s 195 et 199).

210. La rac. *dhā* « placer » est exactement dans le même cas : elle devient donc *da-dh-* aux formes faibles; mais de plus, quand le *dh* final devient *t*, le *d* initial, non moins régulièrement, redevient *dh* (supra n° 65) : sg. 3 act. *da-dhā-ti*, pl. 1 *da-dh-mas*, mais pl. 2 *dha-t-tha*, etc.

211. Les trois racines *sthā* « se tenir », *pā* « boire » et *ghrā* « flairer » forment, après redoublement, des thèmes *ti-ṣṭha-*, *pi-ba-* (pour **pi-pa-* par altération anomale) et *ji-ghra-*, qui se conjuguent comme des présents thématiques (infra n° 223) : act. sg. 1 *ti-ṣṭhā-mi*, mais 2 *ti-ṣṭha-si*, 3 *ti-ṣṭha-ti*, pl. 1 *ti-ṣṭhā-mas*, 2 *ti-ṣṭha-tha*, etc., etc.; conséquemment aussi ppe act. msc. *tiṣṭhan*, fm. *tiṣṭhantī*, cf. supra n° 131, 3.

§ 3. — Présent en -*nu*-(-*u*-).

212. Dans cette formation, la racine invariable n'a jamais le guṇa; il s'insère entre elle et les désinences une syllabe -*nu*- qui

BIBLIOTHÈQUE NA...

prend le guṇa au sg. de l'actif; pl. 3 act. est *-anti*. Exemple : rac. *su* «pressurer»; act. sg. 3 *su-no-ti*, pl. 1 *su-nu-mas*, 3 *su-nv-anti*; moy. sg. 1 *su-nv-e*, etc.; ppe act. msc. *sunvan*, fm. *sunvatī*, nt. *sunvat*, moy. *sunvāna*, etc.

On conjuguera de même : *kar* «faire», sg. 3 *kṛ-ṇo-ti*, mais cf. n° 214; *kṣi* «détruire», *ci* «amasser», *du* «brûler», *dhi* «nourrir», *dharṣ* «oser» (*dhṛṣ-ṇo-ti*), *mi* «fixer au sol», *rādh* «réussir», *var* «couvrir» (*vṛ-ṇo-ti*), *çru* «entendre» (*çṛ-ṇo-ti* avec disparition de l'*u*), *star* «joncher» (*stṛ-ṇo-ti*), *hi* «exciter»; *aç* «atteindre», *ardh* «réussir» (*ṛdh-no-ti*), *āp* «obtenir» et *çak* «pouvoir», cf. supra n°s 20, 2, et 189.

213. Une rac. *tan* «étendre», ainsi conjuguée, devient naturellement sg. 3 act. *ta-no-ti*, moy. *ta-nu-te* (*kṣan* «blesser» *kṣa-ṇo-ti* *kṣa-ṇu-te*), où l'*n* appartient au suffixe (cf. supra n°s 82 et 85), mais a l'air d'appartenir à la racine, en sorte que la forme, faussement coupée *tan-o-ti*, a donné l'illusion d'une simple voyelle suffixale *o* > *u*, que l'analogie a propagée ailleurs.

A la 1re pers. du du. et du pl., la chute de la voyelle du suffixe est à volonté : *sunuvas* ou *sunvas*, *sunumas* ou *sunmas*, *tanumahe* ou *tanmahe*, etc.

214. L'application combinée des deux particularités qui précèdent à la rac. *kar* «faire», extrêmement usuelle et affectée aux formes faibles d'un vocalisme exceptionnel, aboutit à la conjugaison suivante, la seule vraiment usitée en classique pour ce verbe.

	ACTIF.			MOYEN.		
	sg.	du.	pl.	sg.	du.	pl.
1.	करोमि	कुर्वः	कुर्मः	कुर्वे	कुर्वहे	कुर्महे
2.	करोषि	कुरुथः	कुरुथ	कुरुषे	कुर्वाथे	कुरुध्वे
3.	करोति	कुरुतः	कुर्वन्ति	कुरुते	कुर्वाते	कुर्वते

§ 4. — Présent en *-nā-* > *-nī-*.

215. La racine est invariable et ne prend pas le guṇa; il s'insère, entre elle et la désinence, un suffixe variable, qui est *-nā-* aux formes fortes, *-nī-* aux formes faibles, et *-n-* tout court devant désinence à voyelle initiale; pl. 3 est *-anti*. Ainsi, de rac. *pū* > *pu* «purifier», sg. 3 *pu-nā-ti*, pl. 1 *pu-nī-mas*, pl. 3 *pu-n-anti*, moy. sg.

3 *pu-nī-te*, pl. 3 *pu-n-ate*, etc.; ppe act. msc. *punan*, fm. *punatī*, moy. *punāna*.

1. On conjuguera de même: *aç* «manger», *krī* «acheter», *kṣi* «détruire», *grabh* «saisir» (sg. 3 *gṛbh-ṇā-ti* > *gṛh-ṇā-ti*), *jñā* «connaître» (*jā-nā-ti*, et partout ainsi, avec perte de la nasale de la racine), *jyā* «violenter» (*ji-nā-ti*), *par* «remplir» (*pṛ-ṇā-ti*), *bandh* «lier» (*badh-nā-ti*, cf. supra n° 82), *var* «choisir» (*vṛ-ṇā-ti*), etc.

2. Observer les racines identiques *aç* et *aç*, *var* et *var* (n° 212), qui ne peuvent se confondre au présent, puisque leur conjugaison les différencie du tout au tout.

§ 5. — Présent à infixe.

216. La racine, ici, se termine toujours par une consonne; elle est invariable et ne prend pas le guṇa. Devant la dernière consonne de la racine se glisse une insertion, qui est *-na-* aux formes fortes et *-n-* aux formes faibles. Soit une rac. *bhid* «fendre»: elle prend ainsi l'une des deux formes *bhi-na-d-* ou *bhi-n-d-*, v. g. sg. act. *bhinadmi bhinatsi bhinatti*, pl. act. *bhindmas bhinttha bhindanti*.

1. On conjuguera de même: *añj* «oindre» (sg. 3 act. *a-na-k-ti*, moy. *a-ñ-k-te*), *kart* «filer», *chid* «couper», *piṣ* «broyer», *bhañj* > *bhaj* «briser», *bhuj* «jouir de», *yuj* «joindre», *ric* «laisser», *hiṃs* «endommager» (*hi-na-s-ti*), etc. Observer la perte de la nasale radicale dans *añj*, *bhañj* et *hiṃs*.

2. La conjugaison de cette classe peut sembler bizarre au premier abord, mais n'offre aucune difficulté sérieuse. Prendre seulement garde à y appliquer avec soin les règles d'euphonie interne, supra n° 54.

3. Observer en terminant que pl. 3 actif est partout *-anti* en principe, excepté au présent redoublé.

217. Exercice XXXVII. (Thème.)

1. Le roi est assis sur un trône d'or, et deux aigles d'argent le couvrent de leurs ailes. — 2. Ce que le disciple reçoit de son maître, il le donne par la suite à ses propres disciples. — 3. Ô marchands, parce qu'[en] achetant vous mesurez régulièrement et qu'en vendant vous ne remplissez pas les boisseaux, à cause de cela les gens ne vous louent point. — 4. Les deux chiens suivent le chasseur, et les gazelles inquiètes écoutent leurs abois. — 5. La mare étant vide, les grenouilles gisent inertes dans la boue et ne chantent

point leur chanson. — 6. Tu manges et tu bois avec excès, tandis que tes frères, qui sont assis à ta porte, mangent pitoyablement tes restes. — 7. Celui qui souffle dans la tempête, qui porte un foudre très redoutable, qui brise les forteresses et détruit les armées des ennemis, celui-là, ô hommes, vous le connaissez : c'est Indra. — 8. Celui qui dit la vérité ose regarder en face un mauvais prince et ne craint pas la mort. — 9. Ceux qui font libation aux saisons prescrites se procurent un bien-être d'une année entière. — 10. Le serpent noir, non seulement blesse l'homme ou les bestiaux, mais de plus il dépose dans la blessure un venin mortel. — 11. Les sauvages, lorsqu'ils veulent recueillir le fruit, coupent l'arbre depuis la racine et le tuent ainsi. — 12. « Nous allons tous deux combattre Vṛtra, et le don quelconque que tu choisis, je te le donne en échange », ainsi parle Indra à son compagnon Viṣṇu. — 13. Ô chantres, tandis que vous chantez les hymnes, nous, prêtres servants, nous pressurons le doux sôma, que filtre le tamis de laine. — 14. Les lions qui dorment ne saisissent point de gazelles. — 15. Celui qui nous hait et que nous haïssons, la plante [magique] que voici le détruit instantanément. — 16. Ô roi, certes, tu es grand; mais ce soleil qui se tient au ciel est plus grand que toi, et plus loin que les tiens il étend ses regards. — 17. Ils sont sept qui attellent le char à une seule roue; un seul cheval le traîne, qui porte sept noms; elle a trois moyeux, la roue immortelle, sur laquelle se tiennent debout tous les êtres que voici. — 18. Les renards, lorsqu'ils ne peuvent se délivrer d'un piège, se coupent la patte. — 19. Quand souffle le vent du sud, il couvre le ciel de sombres nuages, et souvent la grêle frappe et détruit les fruits mûrs. — 20. Celui à qui je fais du tort étant aujourd'hui le plus fort, demain devenu le plus fort peut m'en faire à son tour. — 21. « Ce que nous faisons à tes moutons, ne le leur fais-tu pas toi-même? » disent les loups au berger. — 22. Qui accueille un brâhmane, un novice ou un mendiant se rachète de tous ses péchés et se procure une vie de cent années. — 23. Deux sœurs : elles filent, et chacune d'elles couvre le tissu que file l'autre : qui sont-elles? — 24. Au moyen du pilon et du mortier, on broie les grains de riz et d'orge, et on les oint de beurre pour la libation. — 25. Parce que nous les premiers nous allons à ta rencontre, ô dieu, avec des prières, des louanges et des libations, c'est aussi à nous les premiers que tu donnes tes dons, nous que tu combles de tes richesses les plus précieuses en ce jour même.

N. B. Si le lexique donne plusieurs verbes synonymes dont la conjugaison soit déjà connue de l'élève, les employer successivement. — Si le lexique donne indifféremment pour le même sens l'actif et le moyen, les employer successivement. — Après avoir traduit une phrase par le verbe actif, la tourner au passif par le verbal (cf. supra n° 191), si cette tournure paraît possible.

17. Énigme védique. Traîne, *vahati*. Pour les composés, cf. supra n° 180, 2, et 130, 1. — 23. Énigme : l'aurore et la nuit. — 24. On = ils.

218. Exercice XXXVIII. (Version.)

1. समुत्पन्नेषु कार्येषु बुद्धिर्यस्य न हीयते ।
स एव दुर्गं तरति जलस्थो वानरो यथा ॥

2. तद्यथानुश्रूयते । 3. अस्ति कस्मिंश्चित्समुद्रोपकण्ठे महाञ्जम्बूपादपः सदाफलः । 4. तत्र च रक्तमुखो नाम वानरः प्रतिवसति स्म । 5. तत्र च तस्य तरोरधः कदाचित्करालमुखो नाम मकरः समुद्रसलिलान्निष्क्रम्य सुकोमलवालुकासनाथे तीरोपान्ते निविष्टः । 6. ततश्च रक्तमुखेन स प्रोक्तः । 7. भो भवानभ्यागतो ऽतिथिः । 8. तद्भक्षयतु मया दत्तान्यमृतकल्पानि जम्बूपादपफलानि । 9. उक्तं च ।

10. प्रियो वा यदि वा द्वेष्यो मूर्खो वा यदि पण्डितः ।
वैश्वदेवान्तमासन्नः सो ऽतिथिः स्वर्गसंक्रमः ॥

11. न पृच्छेच्चरणं गोत्रं न च विद्यां कुलं न च ।
अतिथिं वैश्वदेवान्ते श्राद्धे च मनुरब्रवीत् ॥

12. दूरमार्गश्रमश्रान्तं वैश्वदेवान्तमागतम् ।
अतिथिं पूजयेद्यस्तु स याति परमां गतिम् ॥

13. एवमुक्त्वा तस्य जम्बूफलानि प्रयच्छति ॥

(Pañcatantra, IV, 1. A suivre.)

1. *hā*, *tar*. — 2. *çru*. «On va en entendre la confirmation». — 3. *asti* explétif. — 4. *rakta-mukha* «rouge-museau». La seule difficulté que ce morceau puisse présenter à l'élève, c'est la décomposition et la traduction des composés, dont il n'a pas encore eu d'exposé d'ensemble; mais il en a vu assez pour comprendre ceux-ci, et en tout cas il peut se reporter dès à présent au chapitre XXIX. — 8. *bhakṣayatu* «qu'il mange». — 11. *pṛcchet* «qu'il (= on) demande». — 13. *yam*.

CHAPITRE XVIII.

PRÉSENTS THÉMATIQUES.

219. On appelle présents thématiques ceux dans lesquels la racine est rattachée aux désinences personnelles par l'intermédiaire d'un suffixe caractérisé par la présence d'une voyelle *a* à la 3ᵉ pers. du sg. et à la plupart des autres. Ce type de conjugaison est de beaucoup le plus simple et le plus répandu.

Par convention, on appelle cette voyelle *a*, qui forme le thème de ces verbes, la «voyelle thématique», et «formes thématiques» toutes les formes de temps qui en sont pourvues (cf. infra nᵒˢ 247, 267, etc.); inversement, on appellera «athématiques» toutes les formes de conjugaison qui ne répondent pas à ce type, comme par exemple tous les présents étudiés au chapitre précédent.

220. La combinaison de la voyelle thématique et de la désinence de conjugaison du présent (supra nᵒ 201) s'opère dans cette classe conformément au tableau ci-après :

	ACTIF.			MOYEN.		
	1	2	3	1	2	3
sg.	*-āmi*	*-asi*	*-ati*	*-e*	*-ase*	*-ate*
du.	*-āvas*	*-athas*	*-atas*	*-āvahe*	*-ethe*	*-ete*
pl.	*-āmas*	*-atha*	*-anti*	*-āmahe*	*-adhve*	*-ante*

Observer : l'*ā*, seulement aux 1ʳᵉˢ personnes; l'*e*, seulement à du. 2-3 moy.; pl. 3 act. et sg. 1 moy. pareils aux désinences athématiques; pl. 3 moy. pareil aussi, sauf toujours l'*n* devant le *t*.

221. Cette même combinaison donne au ppe : act. *-ant-* (fm. *-antī*, cf. supra nᵒ 131, 3); moy. *-amāna* (supra nᵒ 59).

Le fm. des ppes des types 222, 2°, et 224-225, quand la voyelle de la racine est autre que *a*, est à volonté *-antī* ou *-atī*.

§ 1. — Présents en *-a-*.

222. La plus commune des formations thématiques est celle où l'*-a-* tout seul constitue le suffixe de conjugaison. Elle se subdivise à son tour en deux classes :

1° Dans la plus importante, la racine verbale est au guṇa et invariable (cf. supra n° 86, 2°) : *nay-a-ti* «il mène» et *veṣṭ-a-te* «il enveloppe»; *bhav-a-ti* «il devient» et *bodh-a-te* «il sait»; *bhar-a-ti* «il porte» et *vah-a-ti* «il charrie» : respectivement des racines *nī*, *viṣṭ*, *bhū*, *budh*, *bhṛ* > *bhar*, *uh* > *vah*, etc., etc.

2° Dans l'autre, la racine, également invariable, ne prend pas le guṇa : *viç-a-ti* «il entre», *diç-a-ti* «il montre», *tud-a-ti* «il heurte», *mṛç-a-te* «il touche», etc. Toutefois, il n'est pas rare que le thème du présent introduise dans la rac. une nasale qui n'appartient pas à sa forme normale : *muc* > *muñc-a-ti* «il délivre», *sic* > *siñc-a-ti* «il verse», *vid* > *vind-a-ti* «il gagne», *kart* > *kṛnt-a-ti* «il coupe», etc., etc.

La rac. *sad* «s'asseoir» fait *sīd-a-ti*. Les autres exceptions ou formes spéciales sont à chercher au lexique.

223. Toutes les formes thématiques se conjuguent de même : le paradigme établi sur la rac. *bhar* «porter» vaudra donc pour les deux classes précédentes et toutes les suivantes :

	ACTIF.			MOYEN.		
	sg.	du.	pl.	sg.	du.	pl.
1.	भरामि	भरावः	भरामः	भरे	भरावहे	भरामहे
2.	भरसि	भरथः	भरथ	भरसे	भरेथे	भरध्वे
3.	भरति	भरतः	भरन्ति	भरते	भरेते	भरन्ते

Ppe actif msc. **भरन्**, fm. **भरन्ती**, nt. **मरत्**; moy. msc. **भरमाणः**, fm. **भरमाणा**, etc.

§ 2. — Présents en *-ya-*.

224. La racine est invariable et généralement sans guṇa : *paç-ya-ti* «il voit», *nah-ya-ti* «il lie», *kṣudh-ya-ti* «il a faim», *tṛṣ-ya-ti* «il a soif», *riṣ-ya-ti riṣ-ya-te* «il subit dommage», *hṛṣ-ya-ti hṛṣ-ya-te* «il se réjouit», etc.

Pour les verbes à sens actif, le moyen est peu usité dans cette classe, parce que souvent il courrait risque de se confondre avec la formation passive du n° 317. — Les détails et particularités, au lexique.

§ 3. — Présents en *-cha-*.

225. Cette formation, fort rare, mais s'appliquant à quelques verbes très usuels, comporte la forme la plus affaiblie de la racine : *ar* > *ṛ-ccha-ti* «il va», *gam* > *ga-ccha-ti* (supra n° 82) «il va», *yam* > *ya-ccha-ti* «il tend»; avec fusion de la finale de la racine dans le suffixe, *iṣ* > *icchati* «il désire», *vas* > *ucchati* «il luit», *praç* > *pṛcchati* «il demande».

1. Cette dernière forme a été traitée ultérieurement comme si elle était elle-même une racine, c'est-à-dire que le *ch*, qui rigoureusement n'appartient qu'au thème du présent, a passé au parfait (*pa-pracch-a*), au passif (*pṛcch-ya-te*), etc., etc.

2. Le type en *-cha-* n'est pas compté par les grammairiens indigènes comme une classe à part. A titre de renseignement, on indiquera ici en terminant leur classification, tout arbitraire d'ailleurs et sans aucune valeur scientifique :

1re	classe :	*bhav-a-ti*, n° 222, 1°;
2e	"	*at-ti*, nos 203-4;
3e	"	*ju-ho-ti*, nos 207-8;
4e	"	*dīv-ya-ti*, n° 224;
5e	"	*su-no-ti*, n° 212;
6e	"	*tud-a-ti*, n° 222, 2°;
7e	"	*ru-ṇa-d-dhi*, n° 216;
8e	"	*tan-o-ti*, n° 213;
9e	"	*krī-ṇā-ti*, n° 215;
10e	"	*cor-aya-ti*, n° 356.

226. Exercice XXXIX. (Thème.)

1. Quand le berger et le chien ne mènent pas le troupeau, il va à sa perte. — 2. Certes tu mérites tout ce que tu désires; mais tes pareils ne t'offrent point tout ce que tu mérites. — 3. Le héros, armé d'un arc, lance ses flèches aiguës et perce les ennemis qui s'enfuient de toutes parts. — 4. Nous voyons bien les défauts des autres, mais non pas les nôtres; ou bien, qui remarque les siens, ils lui plaisent. — 5. Quoique vous viviez dans l'iniquité, vous prospérez en cent façons; mais, dans un certain livre, les dieux écrivent vos dettes. — 6. Si vous vous fâchez tous deux, moi je quitte l'entretien. — 7. Les paysans labourent le sol et y

sèment les graines fécondes. — 8. Deux sœurs : l'une file, l'autre coupe le fil. — 9. Viṣṇu marche, et en trois pas franchit le ciel et la terre. — 10. Les Gandharvas jouent avec les Apsaras dans les nuées. — 11. La fosse que tu creuses pour ton frère, tu y tombes toi-même dans la suite. — 12. Les bœufs mâchent plus lentement que les chevaux. — 13. Les parents blâment en un fils ou une fille les défauts dont ils se croient exempts. — 14. Il conquiert tous les mondes, celui qui s'appuie sur la science et l'austérité. — 15. Les tigres se tapissent dans la brousse et dressent leurs embûches aux errantes gazelles. — 16. Les dieux n'agréent pas le sacrifice de celui qui n'amène pas aux prêtres d'abondants salaires. — 17. Un feu qui brûle, consumât-il les oiseaux dans le ciel, ne chauffe point la neige de l'Himâlaya. — 18. Qui se hâte à fabriquer le char n'attache pas solidement les bois. — 19. Moi, ignorant, je le demande aux savants : comment ce qui est sans pieds porte-t-il ce qui a des pieds? — 20. Le disciple qui souvent s'assied auprès de son maître et ne se lasse point d'écouter ses leçons, gagne la triple science, et par elle il obtient le ciel après sa mort.

Voir le N. B. au n° 217. — 1. Le vb. au sg. ou au duel. — 3. Cf. n°s 180, 3, et 193. — 13. Cf. n° 92. — 17. Même s'il consume. — 18. Fabriquant. — 19. Énigme védique : la terre, les êtres vivants. — 20. Écoutant. «Après sa mort» par le gérondif indéclinable.

227. Exercice XL. (Version.)

1. सो ऽपि तानि भक्षयित्वा तेन सह चिरं गोष्ठीसुखमनुभूय भूयो ऽपि स्वभवनमगात् । 2. एवं नित्यमेव तौ वानरमकरौ जम्बूछायाश्रितौ विविधशास्त्रगोष्ठ्या कालं नयन्तौ सुखेन तिष्ठतः । 3. सो ऽपि मकरो भक्षितशेषाणि जम्बूफलानि गृहं गत्वा स्वपत्न्याः प्रयच्छति । 4. अथान्यतमे दिवसे तया स पृष्टः । 5. नाथ क्वैवंविधान्यमृतकल्पानि फलानि प्राप्नोति भवान् । 6. स आह । 7. भद्रे ममास्ति परमसुहृद्रक्तमुखो नाम वानरः । 8. स प्रीतिपूर्वमिमानि फलानि प्रयच्छति नित्यम् । 9. अथ तयाभिहितम् । 10. यः सदैवामृतप्रायाणीदृशानि फलानि भक्षयति तस्य हृदयममृतमयं भविष्यति । 11. तद्यदि मया भार्यया ते प्रयोजनं ततस्तस्य हृदयं मम प्रयच्छ येन तद्भक्षयित्वा जरामरणरहिता त्वया सह भोगान् भुनज्मि । 12. स आह ।

13. भद्रे मा मैवं वद । 14. यतः स प्रतिपन्नो ऽस्माकं भ्राता । 15. अपरं व्यापादयितुमपि न शक्यते । 16. तत्त्यजैतं मिथ्याग्रहम् । 17. उक्तं च ।

18. एका प्रसूयते माता द्वितीया वाक् प्रसूयते ।
बाग्जातमधिकं प्रोचुः सोदर्यादपि वान्धवात् ॥

1. *gā*. — 2. Cf. infra n° 379, 1. — 3. Cf. supra n° 97, 4°. — 7. *paramasuhṛd raktamukho* : le 1er mot est un composé qui équivaut à *paramaḥ suhṛd*. — 9. *dhā*. — 10. *bhaviṣyati* «doit être» (conjecture tenue pour presque certaine). — 11. *prayaccha* sg. 2 impér. — 15. Cf. supra n° 190. — 16. *tyaja*, sg. 2 impér. — 17. [*asti*]. — 18. [*bāndhavam*]; *vāg-jāta* cp.; *procur*, sous *vac*.

CHAPITRE XIX.

PARFAITS.

228. Le parfait est, en sanscrit classique, un passé narratif. Il comporte deux formations : l'une simple; l'autre périphrastique. Mais, avant d'en exposer la conjugaison, il importe d'analyser avec soin les trois caractères spécifiques par lesquels la formation du parfait se distingue de celle de tous les autres temps, savoir : 1° désinences personnelles; 2° redoublement de la racine; 3° variations de la racine conjuguée.

§ 1. — Désinences du parfait.

229. Tableau général (cf. nos 201 et 220) :

	ACTIF. 1	2	3	MOYEN. 1	2	3
sg.	*-a* *-au*	*-tha* *-itha*	*-a* *-au*	*-e*	*-se* *-iṣe*	*-e*
du.	*-va* *-iva*	*-athur*	*-atur*	*-vahe* *-ivahe*	*-āthe*	*-āte*
pl.	*-ma* *-ima*	*-a*	*-ur*	*-mahe* *-imahe*	*-dhve* *-idhve*	(*-re*) *-ire*

Observer qu'au moyen beaucoup de désinences sont celles du présent; de même, à du. et pl. 1 act., moins l'*s* final. — A l'actif, sg. 1 et 3 se confondent entre elles, mais non pas avec pl. 2, à cause de la variation de la racine : infra n° 235.

230. La répartition des finales à *i* ou sans *i* initial est assez arbitraire; toutefois, on peut dire que la première est de beaucoup la plus commune, et que presque tous les verbes l'admettent au moins facultativement (obligatoirement pour pl. 3 en classique). Devant cet *i* : 1° l'*a* final d'une racine disparaît, *dhā* > *da-dhā-tha*, mais *da-dh-itha* « tu plaças »; 2° l'*i* final d'une racine devient *y* (ou *iy* au cas où le groupe serait difficilement prononçable), *nī* > *ni-ny-ima* « nous menâmes »; 3° l'*ū* de rac. *bhū* devient *ūv*, *ba-bhū-tha*, mais *ba-bhūv-itha* « tu fus ».

Huit racines, pour la plupart très usuelles, n'admettent l'*i* qu'à pl. 3, savoir : 4 en *r*, *kar* « faire », *bhar* « porter », *var* « choisir », et *sar* « aller »; 4 en *u*, *dru* « courir », *çru* « entendre », *stu* « louer », *sru* « couler ». C'est à sg. 2 surtout que l'alternance des deux désinences est fréquente au profit de celle sans *i*.

231. A sg. 1 et 3, la désinence générale est *-a*. La désinence *-au* ne s'applique qu'aux racines terminées par un *ā*, lequel disparaît devant cette diphtongue, ainsi que devant toute désinence à voyelle initiale : *dhā* > *da-dh-au* « je plaçai, il plaça », *da-dh-atur* « eux deux placèrent », etc.

§ 2. — Redoublement.

232. Le redoublement est un procédé qui n'est point spécial au parfait (cf. supra n° 207, et infra nos 342 sqq.); mais il y est de règle rigoureuse. Un seul parfait est toujours dépourvu de redoublement : celui de rac. *vid* « savoir » > *ved-a* « il sait », qui précisément n'a que le sens de présent.

Les règles du redoublement du parfait s'appliquent à celui des autres formations redoublées, en tant qu'il n'y est pas formellement dérogé. Elles portent sur la qualité de la voyelle, et sur celle de la consonne, toujours unique, de cette syllabe.

233. En ce qui concerne la voyelle :

1° La voyelle du redoublement est celle de la racine même, mais toujours brève en classique : *bhar* > *ba-bhār-a* « il porta », *mā* > *ma-m-e* « il mesura », *likh* > *li-lekh-a* « il écrivit », *lup* > *lu-lup-e* « il se brisa », etc. (sur *ba-bhūv-a*, cf. n° 236);

2° Si, entre sa consonne et sa voyelle, la racine contient une semi-voyelle *y* ou *v*, le redoublement se fait sur la voyelle correspondante à celle-ci : *vyadh* > *vi-vyādh-a* « il perça », *svap* > *su-ṣvāp-a* « il dormit »;

3° Si la racine commence par une voyelle, la voyelle du redoublement, suivant sa nature, se contracte avec celle de la racine, ou se relie avec elle par l'intermédiaire de sa propre semi-voyelle : *āp* > * *a-āp-a* > *āpa* « il obtint »; *iṣ* > *iy-eṣ-a* « il désira », mais pl. * *i-iṣ-ur* > *īṣur* (cf. infra n° 237, 2°); *uṣ* « brûler » > *uv-oṣ-a* « il brûla », mais pl. * *u-uṣ-ur* > *ūṣur*.

Les parfaits de racines à voyelle initiale autre que *a* sont fort peu usités en classique : cf. infra n° 243. — Quelques racines montrent une sorte de redoublement à nasale, dont le type est *aç* > *ān-aṃç-a* « il atteignit », pl. *ān-aç-ur*, moy. *ān-aç-e*, etc.

234. En ce qui concerne la consonne :

1° Si la racine commence par une seule consonne (cf. 3° pour *y* ou *v*), celle-ci se redouble telle quelle; toutefois :

a) L'aspirée se désaspire, supra n° 64;

b) La gutturale se redouble par la palatale correspondante, donc : *k* et *kh* par *c*; *g*, *gh* et *h* (supra n° 30) par *j*, v. g. : *kar* > *ca-kār-a* « il fit », *khan* > *ca-khān-a* « il creusa », *grabh* > *ja-grāh-a* « il saisit », *ghrā* > *ja-ghr-au* « il flaira », *har* > *ja-hr-e* « il prit »;

2° Si la racine commence par un groupe de consonnes, l'explosive seule est redoublée : *tvar* > *ta-tvar-e* « il se hâta », *dru* > *du-drāv-a* « il courut », *plu* > *pu-pluv-e* « il flotta »; mais *sthā* > *ta-sth-au* « il se tint debout », *sparç* > *pa-spṛç-e* « il toucha », *skand* > *ca-skand-a* (supra 1° b) « il sauta », etc.;

(Si aucune n'est explosive, on redouble la première : *snā* > *sa-sn-ur* « ils nagèrent », *smar* > *sa-smār-a* « il se souvint », *sru* > *su-srāv-a* « il coula ».)

3° Quelques racines commençant par *y* ou *v* se redoublent, respectivement, par une simple voyelle *i* ou *u* (cf. n° 233, 2°), laquelle suit aux formes faibles la règle d'euphonie du n° 233, 3° : *yaj* > *i-yāj-a* « il sacrifia », mais pl. * *i-ij-ur* > *ījur*; *vac* > *u-vāc-a*

« il parla », mais pl. *u-uc-ur > ūcur; et de même pour *vap* « semer », *vas* « habiter » et *vah* « charrier ».

Les autres racines à *y* ou *v* initial suivent la règle générale : *var* > *va-vār-a* « il couvrit », *var* > *va-vr-e* « il choisit », *vardh* > *va-vṛdh-e* « il grandit », etc.

§ 3. — Variations de la racine.

235. Les exemples ci-dessus ont déjà donné un avant-goût des variations de la racine. Elles se résument en une loi fort simple : comme dans toutes les formes athématiques (supra n° 219), la syllabe qui précède immédiatement la désinence prend le degré fort au singulier de l'actif, le degré faible partout ailleurs, y compris la suffixation participiale; cf. supra n°s 78 sqq., 203, etc.

236. La forme forte est ainsi constituée :

1° Si la racine contient un *a* médial, vṛddhi facultative à sg. 1, obligatoire à sg. 3, v. g. *kar* « faire », sg. 1 *ca-kar-a* ou *ca-kār-a*, 2 *ca-kar-tha*, 3 *ca-kār-a* ;

2° Si elle contient toute autre voyelle brève médiale, guṇa dans tout le sg., v. g. *viç* « entrer » et *yuj* « joindre », sg. 1 *vi-veç-a* et *yu-yoj-a*, 2 *vi-veç-itha* et *yu-yoj-itha*, sg. 3 comme sg. 1 ;

(Les très rares racines à voyelle longue médiale n'y éprouvent aucun changement et gardent le même vocalisme d'un bout à l'autre du pf. : *krīḍ* > *ci-krīḍ-a* et *ci-krīḍ-e* « il joua », supra n° 80, 3.)

3° Si elle finit en voyelle, guṇa ou vṛddhi à volonté à sg. 1, guṇa à sg. 2, vṛddhi à sg. 3, v. g. *bhī* « craindre » sg. 1 *bi-bhay-a* ou *bi-bhāy-a*, sg. 2 *bi-bhe-tha* ou *bi-bhay-itha*, sg. 3 *bi-bhāy-a*.

Exceptionnellement, la rac. *bhū* « devenir » fait *ba-bhūv-a* (avec redoublement également exceptionnel) et ne change au pl. ni au moy.

237. La forme faible est ainsi constituée :

1° en principe la racine à l'état simple, *vi-viç-ur* « ils entrèrent », *yu-yuj-ur* « ils joignirent », *bi-bhy-ur* « ils craignirent » ;

2° pour les racines des types 233, 2°, et 234, 3°, chute de la voyelle et saṃprasāraṇa (supra n° 81), v. g. *vyadh* > *vi-vidh-ur* « ils percèrent », *svap* > *su-ṣup-ur* « ils dormirent », *ījur*, *ūcur* (n° 234, 3°);

3° pour les racines qui finissent en *ar*, ainsi que pour *khan* « creuser », *gam* « aller », *ghas* « manger », *jan* « engendrer », *han* « tuer », chute totale de l'*a*, *ca-kr-ur* « ils firent », *ca-khn-ur*, *ja-gm-ur*, *ja-kṣ-ur* (supra nᵒˢ 79 et 83), *ja-ghn-ur* (supra nᵒ 82), cf. nᵒˢ 85 et 129, 2;

4° pour toute autre racine contenant un *a* précédé et suivi d'une seule consonne, à condition encore que la consonne initiale soit redoublée par elle-même (supra nᵒ 233, 1°), fusion du redoublement et de la racine en une seule syllabe qui prend le vocalisme exceptionnel *e*, v. g. *sad* « s'asseoir » > *sa-sād-a* > *sed-ur*, *pat* « tomber » > *pa-pāt-a* > *pet-ur*, *naç* « périr » > *na-nāç-a* > *neç-ur*, *yam* « tendre » > *ya-yām-a* > *yem-ur*, etc.

Pour la disparition de l'*ā* final de toute racine, voir le nᵒ 231.

§ 4. — Parfait simple.

238. Les éléments ci-dessus analysés sont ceux du parfait simple : il n'y a rien à y ajouter; il ne faut ici qu'en donner quelques paradigmes pour mieux faire saisir la fusion de ces éléments entre eux.

1. Racines à voyelle *i* ou *u*, médiale : *bhid* « fendre », à l'actif, et *budh* « s'éveiller », au moyen.

	SG.	DU.	PL.
1.	*bi-bhed-a*	*bi-bhid-iva*	*bi-bhid-ima*
2.	*bi-bhed-itha*	*bi-bhid-athuḥ*	*bi-bhid-a*
3.	*bi-bhed-a*	*bi-bhid-atuḥ*	*bi-bhid-uḥ*
1.	*bu-budh-e*	*bu-budh-ivahe*	*bu-budh-imahe*
2.	*bu-budh-iṣe*	*bu-budh-āthe*	*bu-budh-idhve*
3.	*bu-budh-e*	*bu-budh-āte*	*bu-budh-ire*

2. Racines à voyelle *i* ou *u*, finale : *stu* « louer » (act.) et *bhī* « craindre » (moy.). L'alternance à du. et pl. 1 de *stu* n'est que théorique, et sg. 2 **tu-ṣṭo-tha* n'existe pas.)

	SG.	DU.	PL.
1.	*tu-ṣṭav-a*	*tu-ṣṭuv-iva*	*tu-ṣṭuv-ima*
	tu-ṣṭāv-a	[*tu-ṣṭu-va*]	[*tu-ṣṭu-ma*]
2.	*tu-ṣṭav-itha*	*tu-ṣṭuv-athuḥ*	*tu-ṣṭuv-a*
3.	*tu-ṣṭāv-a*	*tu-ṣṭuv-atuḥ*	*tu-ṣṭuv-uḥ*

	SG.	DU.	PL.
1.	*bi-bhy-e*	*bi-bhy-ivahe*	*bi-bhy-imahe*
2.	*bi-bhy-iṣe*	*bi-bhy-āthe*	*bi-bhy-idhve*
3.	*bi-bhy-e*	*bi-bhy-āte*	*bi-bhy-ire*

3. Racines contenant un *a* entre deux consonnes, dont la dernière est nasale ou *r* (n° 237, 3°) : rac. *gam* act. et *kar* moy.

	SG.	DU.	PL.
1.	*ja-gam-a*, *ja-gām-a*	*ja-gm-iva*	*ja-gm-ima*
2.	*ja-gan-tha* / *ja-gam-itha*	*ja-gm-athuḥ*	*ja-gm-a*
3.	*ja-gām-a*	*ja-gm-atuḥ*	*ja-gm-uḥ*
1.	*ca-kr-e*	*ca-kṛ-vahe*	*ca-kṛ-mahe*
2.	*ca-kṛ-ṣe*	*ca-kr-āthe*	*ca-kṛ-dhve*
3.	*ca-kr-e*	*ca-kr-āte*	*ca-kr-ire*

(Observer ici l'alternance *kṛ* : *kr*, selon l'initiale de la désinence, et cf. n° 230.)

4. Racines contenant un *a* entre deux consonnes, dont la dernière est une muette, la première étant, dans le premier verbe, une consonne quelconque, dans le second, une semi-voyelle sujette à saṃprasāraṇa : rac. *pac* «cuire» act. et *yaj* «sacrifier» moy.

	SG.	DU.	PL.
1.	*pa-pac-a*, *pa-pāc-a*	*pec-iva*	*pec-ima*
2.	*pa-pak-tha*	*pec-athuḥ*	*pec-a*
3.	*pa-pāc-a*	*pec-atuḥ*	*pec-uḥ*
1.	*īj-e*	*īj-ivahe*	*īj-imahe*
2.	*īj-iṣe*	*īj-āthe*	*īj-idhve*
3.	*īj-e*	*īj-āte*	*īj-ire*

5. Racines en *ā* final : *sthā* «être debout» act., et *dā* «donner» moy.

	SG.	DU.	PL.
1.	*ta-sth-au*	*ta-sth-iva*	*ta-sth-ima*
2.	*ta-sthā-tha* / *ta-sth-itha*	*ta-sth-athuḥ*	*ta-sth-a*
3.	*ta-sth-au*	*ta-sth-atuḥ*	*ta-sth-uḥ*
1.	*da-d-e*	*da-d-ivahe*	*da-d-imahe*
2.	*da-d-iṣe*	*da-d-āthe*	*da-d-idhve*
3.	*da-d-e*	*da-d-āte*	*da-d-ire*

6. On s'abstiendra de s'appesantir sur ces paradigmes : ils ne sont pas d'étude, mais de simple consultation. L'élève a à peine besoin de s'exercer sur le parfait, forme où foisonnent les anomalies au moins apparentes, relevant

du seul lexique, forme d'ailleurs *relativement rare* en littérature classique. Il suffit qu'il soit en mesure de reconnaître au passage une forme de parfait, pour la chercher sous sa vraie racine dans les dictionnaires; et rien n'est plus aisé, car les traits spécifiques du parfait se détachent en vigueur sur l'ensemble de la conjugaison sanscrite.

239. Le suffixe du ppe du pf. actif est *-vas-*, qui s'applique sur le degré faible de la racine : *vid-vas-* « sachant », *bi-bhid-vas-* « ayant fendu », *tu-ṣṭu-vas-* « ayant loué », *ni-nī-vas-* « ayant mené », *ja-gan-vas-* (supra n° 55) « étant allé », *ca-kṛ-vas-* « ayant fait », etc. Si le radical faible, soit par contraction du redoublement (n° 233, 3°), soit par fusion (n° 237, 4°), soit par chute d'*ā* final (n° 231), se trouve être monosyllabique, il s'insère devant *-vas-* un *i* de liaison, qui naturellement disparaît quand *-vas-* devient *-uṣ-* en déclinaison : *āp-ivas-* « ayant obtenu », *ād-ivas-* « ayant mangé », *pet-ivas-* « étant tombé », *pec-ivas-* « ayant cuit » *ta-sth-ivas-* « s'étant tenu debout », *da-dh-ivas-* « ayant placé », etc.

Déclinaison (cf. supra n° 134) :

MSC.	FM.	NT.
bibhidvān,	*bibhiduṣī*,	*bibhidvat*;
ninīvān,	*ninyuṣī*,	*ninīvat*;
jaganvān,	*jagmuṣī*,	*jaganvat*;
cakṛvān,	*cakruṣī*,	*cakṛvat*;
ādivān,	*āduṣī*,	*ādivat*;
pecivān,	*pecuṣī*,	*pecivat*;
tasthivān,	*tasthuṣī*,	*tasthivat*.

240. Le suffixe du ppe pf. moyen est *-āna* (fm. *-ānā*, supra nᵒˢ 107 et 202), racine au degré faible : *vid-āna-s*, *ni-ny-āna-s*, *ca-kr-āṇa-s*, *da-dh-āna-s*, etc.

§ 5. — Parfait périphrastique.

241. Identique pour le sens au parfait simple, le parfait périphrastique se compose de deux éléments : 1° une sorte de nom verbal, à finale d'acc. fm. sg., construit sur le présent du verbe, et invariable; 2° à l'actif, le pf. act. de l'un des verbes *as*, *bhū* « être », *kar* « faire », et au moyen le pf. moyen de ce dernier, lesquels se conjuguent comme on sait.

En somme, *bibhayām āsa* ou *babhūva*, ou *cakāra* ou *cakre*, revient à dire littéralement «j'ai été», ou «j'ai agi en état de crainte», surtout si *bibhayām* n'est point, de par ses origines obscures, l'accusatif dont il a toutes les apparences.

242. Théoriquement, un parfait périphrastique est possible pour tous les verbes; mais, en fait, le parfait simple est si commode, et le sanscrit a tant d'autres passés narratifs, que cette forme compliquée ne se rencontre guère pour les verbes qui ont le parfait simple. On peut citer toutefois : *ayām* . . . «alla», *bibhayām* . . . «craignit», *bibharām* . . . «porta», *juhavām* . . . «fit libation», et *vidām* . . . «sut», qui sert de passé à *veda* (n° 232).

243. Mais, au contraire, cette formation est une précieuse et indispensable ressource pour les verbes qui ne peuvent pas du tout ou ne pourraient que difficilement avoir un parfait simple, et ils sont fort nombreux.

1° Racines qui commencent par une voyelle longue, ou par une voyelle longue ou brève suivie de deux consonnes : *ās* > *āsāṃ cakāra* «il s'assit»; *īkṣ* > *īkṣāṃ cakre* «il regarda».

2° Racines (peu nombreuses) qui ont un redoublement persistant dans toute l'étendue de leur conjugaison, et où par suite le pf. simple n'aurait guère de critérium distinctif.

Ainsi, rac. *gar* «veiller», qui, à tous ses temps, se conjugue sur un radical *jā-gar-* > *jā-gṛ-*, a bien développé un étrange pf. à double redoublement *ja-jā-gār-a*, mais son pf. ordinaire est *jāgarām āsa*.

3° Essentiellement, tous les verbes dérivés.

C'est seulement après avoir étudié les chap. XXVI-XXVIII qu'on appréciera l'importance extrême du parfait périphrastique (n°s 337, 349, etc.).

244. Exercice XLI. (Thème.)

1. Mon frère et moi, nous les conduisîmes au palais du roi, et ils nous offrirent des présents. — 2. Hariçcandra ne sacrifia point son fils à Varuṇa ; car celui-ci se racheta au moyen de Çunaḥçêpha, et Varuṇa lui-même délivra Çunaḥçêpha déjà lié au poteau. — 3. Ceux qui m'ont fait, je ne les connais pas; celui qui m'a engendré, je ne l'ai jamais vu, et je n'ai jamais entendu la voix

de ma mère. — 4. Ô malheureux lièvre, tu as couru de toute ta force, mais le chien à la fin t'a saisi. — 5. Ils ont atteint [l'objet de] tous les désirs, ceux qui ont renoncé à tous les désirs. — 6. Les deux héros combattirent pendant six jours, et aucun d'eux ne vainquit. — 7. Ceux qui proférèrent les premières formules sacrées, délivrèrent les aurores, vaches enfermées dans l'étable sombre, et donnèrent aux dieux la vigueur par leurs prières et leurs sacrifices. — 8. Ils cuisirent les aliments et nous les mangeâmes. — 9. Namuci eut peur d'Indra et se cacha. — — 10. Yama vit sa sœur Yamī qui était venue à [sa] rencontre.

Voir le N. B. sous le n° 217, et cf. en outre le n° 274 infra. — 1. «Moi et mon frère» et le vb. à du. 1. — 2. Cf. supra n° 161, 2. — 6. Sur *jī* > *jigāy-a*, cf. supra n° 30, 1. — 9. Cf. supra n° 138, 1. — 10. «Qui...» ppe pf.

245. Exercice XLII. (Version.)

1. अथ मकर्याह । 2. त्वया कदाचिदपि वचनं मम नान्यथा कृतम् । 3. तन्नूनं सा वानरी भविष्यति यतस्तस्या अनुरागतः सकलमपि दिनं तत्र गमयसि । 4. तत्त्वं ज्ञातः सम्यङ् मया । 5 यतः ।

6. sāhlādaṃ vacanaṃ prayacchasi na me no vāñchitaṃ kiṃ cana, prāyaḥ procchvasiṣi drutaṃ hutavahajvālāsamaṃ rātriṣu | kaṇṭhāçlesaparigrahe çithilatā yan nādaraç cumbane, tat te dhūrta hṛdi sthitā priyatamā kācin mamaivāparā ||

7. सो ऽपि पत्न्याः पादोपसंग्रहं कृत्वाङ्कोपरि निधाय तस्याः कोपकोटिमापन्नायाः पत्न्याः सुदीनमुवाच यत् ।

8. मयि ते पादपतिते किंकारत्वमुपागते ।
प्रिये कामातुरः कोपं कान्ते को ऽन्यो ऽपनेष्यति ॥

9. सापि तद्वचनमाकर्ण्याश्रुप्लुतमुखी तमुवाच ।

10. sārdhaṃ manorathaçatais tava dhūrta kāntā saiva sthitā manasi kṛtrimabhāvaramyā | asmākam asti na kathaṃcid ihāvakāças tasmāt kṛtaṃ caraṇapātaviḍambanābhiḥ ||

11. अपरं सा यदि तव वल्लभा न भवति तत्किं मया भणितो ऽपि तं न व्यापादयसि । 12. अथ यदि स वानरस्तत्कस्तेन सह महास्नेहः । 13. त-

त्वां वज्रेण । 14. यदि तस्य हृदयं न भक्षयामि तन्मया प्रायोपवेशनं कृतं विद्धि ।

3. *anurāgatas*, cf. n° 158. — 6. *drutam*, *-samam*, neutres adverbiaux. Si l'on trouve les vers trop difficiles, on peut provisoirement les omettre sans nuire à la suite du récit. — 8. *mayi*... loc. absolu; *neṣyati* futur.— 10. *asmākam*, pl. pour sg. (fréquent). — 13. Cf. n° 163, 10. — 14. *kṛtam* : elle parle au passé, comme quand on dit : «si tu bouges, tu es mort».

CHAPITRE XX.

FUTURS.

246. Les deux futurs, simple et périphrastique, ne sont pas, au point de vue du sens, absolument identiques : ce dernier implique une notion d'éventualité déterminée et assez prochaine. *çvo bhavitā* «demain il sera...». Le futur simple (*bhaviṣyati*) est le futur général : il peut donc toujours remplacer l'autre; mais la réciproque n'est pas vraie. Il peut en outre exprimer : 1° l'intention du sujet, *apaiṣyāmi* «je me propose de partir»; 2° un présent conjectural, supra n°s 227, 10, et 245, 3.

§ 1. — Futur simple.

247. Le futur simple a pour indice un suffixe sigmatique, *-sya-* ou *-iṣya-*, appliqué sur le guṇa de la racine verbale : *dā* > *dā-sya-ti* «il donnera»; *i* > *e-ṣya-ti* «il ira»; *bhū* > *bhav-iṣya-ti* «il sera»; *nī* > *ne-ṣya-ti* et *nay-iṣya-ti* «il conduira»; *bhid* > *bhet-sya-ti* «il fendra»; *budh* > *bhot-sya-te* «il saura» (supra n° 65); *kar* > *kar-iṣya-ti* «il fera»; *vid* > *vet-sya-ti* et *ved-iṣya-ti* «il saura»; *han* > *han-iṣya-ti*, «il tuera», etc., etc.

1. Mais, sans changement, *jīv* > *jīv-iṣya-ti* «il vivra» : cf. supra n° 80, 3, et voir tout le chapitre VI.

2. Il n'y a pas de règle pour la répartition des deux suffixes : quelques verbes ont l'un et l'autre; d'autres l'un ou l'autre seulement; c'est affaire de lexique. Toutefois les racines en *ā* final prennent toujours *-sya-*.

248. Ce futur, étant, comme on voit, une forme thématique (n° 219), prend les désinences du n° 220, et se conjugue exacte-

8.

ment comme tous les présents thématiques : *bhav-iṣyā-mi*, etc., comme *bharāmi* (n° 223). De même son ppe est *bhav-iṣ-yant-*, msc. *bhaviṣyan*, fm. *bhaviṣyantī*, nt. *bhaviṣyat*, sans difficulté.

A la voix moyenne, *bhav-iṣye*, etc., ppe *bhav-iṣya-māṇa-s*. — C'est surtout au ppe futur que le sens intentionnel est nettement marqué : *apaiṣyann eva* «tout disposé à s'en aller».

§ 2. — Futur périphrastique.

249. Ce temps se compose de deux éléments très intimement soudés :

1° Un nom d'agent, formé très régulièrement au moyen du suff. *-tar-* ou *-itar-* appliqué sur le guṇa de la racine (supra n° 86, 1°), mais devenu invariable sous la forme du nomin. sg. (supra n° 135, 1) partout où il s'est fondu avec le verbe auxiliaire, soit donc *dātā* «il ou elle donnera», *kartā* «il ou elle fera», *bhavitā* «il ou elle sera»;

(La répartition de *-tā* et *-itā* répond à peu près à celle de *-sya-* et *-iṣya-* plus haut; toutefois les racines en *r* final n'ont jamais que *-tā*.)

2° Le présent du vb. *as* (supra n° 205), lequel pourtant se sous-entend aux 3es personnes, où alors le nom qui précède varie en nombre, mais jamais en genre, v. g. *dā-tār-as* «ils ou elles donneront», etc.

On voit que ce futur équivaut à «il est donneur», l'action exprimée par le substantif étant mentalement reportée à un avenir précis. Naturellement il ne saurait avoir de participe.

250. La fusion des deux éléments, sous le bénéfice des règles ci-dessus, a produit la conjugaison active suivante, parallèlement à laquelle l'analogie a développé une conjugaison moyenne accessoire.

	ACTIF.			MOYEN.		
	sg.	du.	pl.	sg.	du.	pl.
1.	कर्तास्मि	कर्तास्वः	कर्तास्मः	कर्ताहे	कर्तास्वहे	कर्तास्महे
2.	कर्तासि	कर्तास्थः	कर्तास्थ	कर्तासे	कर्तासाथे	कर्ताध्वे
3.	कर्ता	कर्तारौ	कर्तारः	कर्ता	कर्तारौ	कर्तारः

On voit qu'aux 3es personnes le moyen se confond avec l'actif. Sg. 1 *kartāhe* «je ferai» est modelé, avec désinence moyenne, sur la juxtaposition *kartāham* «je [suis] faiseur».

251. Exercice XLIII. (Thème.)

1. «Demain, disent certaines gens, demain je le ferai, ou quand tu voudras, pourvu que ce ne soit pas aujourd'hui; demain je labourerai mon champ; demain j'étudierai cette leçon; demain je me corrigerai de ce défaut.» Eh bien, ce que tu pourras faire demain si facilement, pourquoi ne le peux-tu aujourd'hui? — 2. Je ferai [de] cette ville l'objet de l'étonnement et de la raillerie des hommes, et quiconque y passera tremblera de crainte et insultera à ses douleurs. — 3. Les habitants mangeront la chair de leurs fils et celle de leurs filles, et l'ami celle de son ami, tant les oppresseront les ennemis qui ne chercheront que leur mort. — 4. Tu briseras ce vase d'argile devant ces gens qui iront avec toi, et tu leur diras : — 5. Voici ce que dit mon Dieu : «Je briserai ce peuple et cette ville comme [est] brisé ce vase, et il ne peut plus être refait neuf.» — 6. Du nord s'élèveront de grandes eaux, et un fleuve formidable couvrira les champs, et la terre, et tout ce qui s'y trouvera. — 7. Les hommes verront les eaux déchaînées et grandissantes, et ils pleureront, et tous les êtres craindront la mort imminente. — 8. Le poisson dit à Manu : «Quand l'inondation se sera élevée, tu m'attacheras par la corne à ton navire, et je te mènerai en lieu sûr, et tu sortiras quand les eaux se seront retirées.»

7. Déchaînées = lâchées; imminente = sur le point d'arriver. — 8. Légende du déluge hindou. «Quand...» loc. absolu avec verbal. Observer toujours avec soin la différence entre le verbal et le ppe : l'un est passé, l'autre présent.

252. Exercice XLIV. (Version.)

1. एवं तस्यास्तन्निश्चयं ज्ञात्वा चिन्ताव्याकुलितचित्तः स प्रोवाच । 2. अथवा साध्विदमुच्यते ।

3. वज्रलेपस्य मूर्खस्य नारीणां कर्कटस्य च ।
एको ग्रहस्तु मीनानां नीलीमद्यपयोस्तथा ॥

4. तत्किं करोमि । कथं स मे वध्यो भविष्यति । 5. इति विचिन्तयन्वान-

रपार्श्वमागमत् । 6. वानरो ऽपि चिरायन्तं तं सोद्वेगमवलोक्य प्रोवाच । 7. भो मित्र किमद्य विरलवेलायां समायातः । 8. कस्मात्साह्लादं नालापयसि न सुभाषितानि पठसि । 9. स आह । 10. मित्र अहं तव भ्रातृजायया निष्ठुरतरैर्वाक्यैरभिहितः । 11. भोः कृतघ्न मा मे संमुखं मुखं दर्शय यतस्त्वं मित्रं नित्यमेवोपजीव्यागच्छसि तस्य पुनः प्रत्युपकारं गृहदर्शनमात्रेणापि न करोषि । 12. तत्ते प्रायश्चित्तमपि नास्ति । 13. उक्तं च ।

14. ब्रह्मघ्ने च सुरापे च चौरे भग्नव्रते तथा ।
निष्कृतिर्विहिता सद्भिः कृतघ्ने नास्ति निष्कृतिः ॥

15. तत्त्वं मम देवरं गृहीत्वाद्य प्रत्युपकारार्थं गृहमागच्छ । 16. अथवा त्वया सह मे परलोके दर्शनम् । 17. तदहं तयैव प्रोक्तस्तव सकाशमागतः । 18. तदद्य तया सह कलहवत इयती वेला मे विलग्ना । 19. तदागच्छ मे गृहम् । 20. तव भ्रातृपत्नी रचितचतुष्का प्रगुणितमणिमाणिक्या द्वारदेशबद्धवन्दनमाला सोत्कण्ठा तिष्ठति ।

2. *uc-ya-te*, passif, cf. n° 81. — 3. *nīlī-*, cf. n° 379, 1. — 7. Suppléer *bhavān*. — 10. C'est sa propre femme qu'il appelle «la femme de ton frère» pour honorer son ami; cf. 15. — 11. Impératif. — 15 et 19. *āgaccha*, impér.

CHAPITRE XXI.

TEMPS À AUGMENT.

253. Les temps à augment, — non compris les aoristes, qui comporteront un chapitre à part, — sont dérivés des temps étudiés jusqu'à présent (n°s 201 sqq.), au moyen de deux indices spéciaux : 1° les désinences dites secondaires; 2° l'augment.

§ 1er. — Désinences secondaires.

254. Comme les désinences des temps à augment s'appliquent également aux aoristes et à l'optatif (n°s 279 sqq., 294), il est préférable de les dénommer désinences secondaires; et, dans le même ordre d'idées, on appelle désinences primaires celles du présent, dont les secondaires ne sont, en effet, pour la plupart qu'une modification.

On observera que plusieurs désinences secondaires (sg. 1-2-3 et pl. 3 act., sg.-pl. 3 moy.) ne diffèrent des primaires correspondantes que par la suppression d'un *i*, et que, d'autre part, au secondaire comme au primaire, le moyen de diverses désinences est au guṇa de l'actif.

255. Les désinences secondaires, en tant qu'elles s'affixent immédiatement à une forme athématique (cf. supra nos 201 et 219), se résument dans le tableau ci-après :

	ACTIF. 1	2	3	MOYEN. 1	2	3
sg.	*-m, -am*	*-s*	*-t*	*-i*	*-thās*	*-ta*
du.	*-va*	*-tam*	*-tām*	*-vahi*	*-āthām*	*-ātām*
pl.	*-ma*	*-ta*	*-an* / *-ur*	*-mahi*	*-dhvam*	*-ata*

1. La véritable désinence de sg. 1 est *-m* (comme au primaire *-mi*), mais elle devient *-am* si elle s'affixe à une consonne.

2. Sur la chute des désinences de sg. 2-3 après consonne, cf. supra n° 27 et infra n° 261.

3. Les deux désinences de pl. 3 *-an* et *-ur* se comportent entre elles comme les primaires *-anti* et *-ati*, c'est-à-dire que *-ur* n'apparaît en principe, en dehors des aoristes, qu'à l'imparfait dérivé du présent redoublé (nos 207 et 216, 3).

256. La combinaison respective des désinences secondaires avec l'*a* final des formes thématiques (cf. supra n° 220) aboutit, d'autre part, au résultat que voici :

	ACTIF. 1	2	3	MOYEN. 1	2	3
sg.	*-am*	*-as*	*-at*	*-e*	*-athās*	*-ata*
du.	*-āva*	*-atam*	*-atām*	*-āvahi*	*-ethām*	*-etām*
pl.	*-āma*	*-ata*	*-an*	*-āmahi*	*-adhvam*	*-anta*

Observer : 1° l'allongement de l'*a* aux 1res personnes, comme au primaire, sauf à sg. 1 ; 2° l'identité du primaire et du secondaire à sg. 1 moy. ; 3° l'identité de pl. 2 act. et sg. 3 moy. — Il va de soi que la plupart des combinaisons ci-dessus ne relèvent pas des lois ordinaires de l'euphonie interne.

§ 2. — Augment.

257. L'augment est un *a-*, qui se place immédiatement devant la racine du verbe, v. g. *kar-o-ti* « il fait », *bhar-a-ti* « il porte », impf. *a-kar-o-t*, *a-bhar-a-t*.

Si donc le vb. est précédé d'un préfixe (supra n° 199), l'augment se place entre le préfixe et le verbe : *anu-bharati* > *anv-abharat*, *apa-bharati* > **apa-abharat* > *apābharat*, etc.

258. Si la racine commence par *a* ou *ā*, l'augment et l'initiale se contractent régulièrement : **a-aj-a-t* > *ājat* « il conduisait »; **a-ās-ta* > *āsta* « il était assis ». Mais, si la racine commence par *i*, *u* ou *ṛ*, l'initiale augmentée devient respectivement *ai*, *au* et *ār* : *icchati* « il désire », *ukṣati* « il asperge », *ṛdhnoti* « il réussit »; impf. *aicchat*, *aukṣat*, *ārdhnot*.

A plus forte raison a-t-on *ai* ou *au*, si la racine commence par *e* ou *o*. La règle revient à dire, en définitive, que la forme ainsi augmentée ne change pas dans toute sa conjugaison, même si elle est radicale (cf. supra n° 203) : en d'autres termes, à *eti* « il va » répond **a-et* > *ait* « il allait »; et à *itha* « vous allez », **a-ita* > *aita* « vous alliez ».

§ 3. — Imparfait.

259. Le temps dit imparfait peut parfois se traduire par l'imparfait français. Mais telle n'est pas sa fonction essentielle : l'imparfait est, par excellence, le passé narratif du sanscrit classique, concurremment avec le parfait, qui est sensiblement moins usité en prose, et les aoristes, qui ne le sont presque pas.

260. L'imparfait est le temps à augment du présent : il y a donc lieu d'étudier les effets de l'adjonction de l'augment et de la substitution des désinences secondaires sur les diverses catégories énumérées aux n°s 204-225.

L'augment ne pouvant caractériser que l'indicatif, l'imparfait ne saurait avoir un ppe distinct de celui du présent : *paçyāmy açvaṃ vahantam* « je vois un cheval charriant » (= qui charrie); *apaçyaṃ açvaṃ vahantam* « je vis un cheval charriant » (= qui charriait).

261. Imparfait radical. — Rac. *dviṣ* « haïr », paradigme à comparer à celui du n° 204.

	ACTIF.			MOYEN.		
	sg.	du.	pl.	sg.	du.	pl.
1.	अद्वेषम्	अद्विष्व	अद्विष्म	अद्विषि	अद्विष्वहि	अद्विष्महि
2.	अद्वेट्	अद्विष्टम्	अद्विष्ट	अद्विष्ठाः	अद्विषाथाम्	अद्विड्ढ्वम्
3.	अद्वेट्	अद्विष्टाम्	अद्विषन्	अद्विष्ट	अद्विषाताम्	अद्विषत

1. Sur sg. 2-3 *adveṭ*, cf. supra nos 27 et 30, 4°. Pl. 3 act. *a-dviṣ-ur* est également autorisé, et il en est de même pour quelques autres racines, notamment celles en *ā*, v. g. *yā* « aller », *ayan* et *ayur* « ils allèrent ».

2. Observer le passage de forme forte à forme faible, conforme en tout à la règle du n° 203, sous le bénéfice de l'observation portée au n° 258. — Conjuguer de même les racines citées sous le n° 204.

262. L'imparfait de rac. *as* est régulier (sg. 1 *ās-am*, du. 1 *ās-va*, pl. 1 *ās-ma*, 3 *ās-an*, etc.); sauf à sg. 2-3, où il semble métissé d'aoriste (infra n° 283) : *ās-ī-s* « tu fus », *ās-ī-t* « il fut ». Il n'a pas de voix moyenne.

A plus forte raison cet *ī* est-il inséré après la rac. *brū*, qui l'a déjà au présent (n° 206) : *a-brav-ī-t* « il dit », *a-bruv-an* « ils dirent ». Il est également possible dans les quatre autres racines du même n°, qui ont en outre un impf. thématique : *a-svap-ī-t* et *a-svap-a-t* « il dormait ».

263. Imparfait sur présent redoublé. — Sans aucune difficulté. Rac. *hu* (n° 208) : sg. *a-ju-hav-am a-ju-ho-s a-ju-ho-t*; pl. *a-ju-hu-ma a-ju-hu-ta aju-hav-ur* (avec guṇa exceptionnel, et cf. n° 255, 3); moy. *a-ju-hv-i a-ju-hu-thās*, etc. Rac. *bhar* « porter » : sg. *a-bi-bhar-am a-bi-bhar a-bi-bhar* (n° 255, 2); pl. 3 *a-bi-bhar-ur*, etc. Rac. *dā* (n° 209) : sg. *a-da-dā-m a-da-dā-s a-da-dā-t*; pl. *a-da-d-ma a-da-t-ta a-da-d-ur*; moy. *a-da-d-i*, etc. Les trois racines du n° 211, en imparfait thématique.

264. Imparfait en *-nu-* et *-u-*. — A l'instar du présent (nos 212-214). Rac. *su* : sg. *a-su-nav-am a-su-no-s a-su-no-t*; pl. *a-su-nu-ma* (éventuellement *asunma*) *a-su-nu-ta a-su-nv-an*; moy. *a-su-nv-i*, etc. Rac. *kar* : sg. *a-kar-av-am a-kar-o-s a-kar-ot*; pl. *a-kur-ma a-kur-u-ta a-kur-v-an*; moy. *a-kur-v-i*, etc.

265. Imparfait en *-nā-* > *-nī-*. — Rac. *pū* > *pu* (n° 215) : sg. *a-pu-nā-m a-pu-nā-s a-pu-nā-t*; pl. *a-pu-nī-ma a-pu-nī-ta a-pu-n-an*; moy. *a-pu-n-i*, etc.

Observer ici l'élision devant les désinences à voyelle initiale, d'où résulte bien que celle de sg. 1 est *-m*, et non *-am*.

266. Imparfait à infixe. — Rac. *bhid* (n° 216) : sg. *a-bhi-na-d-am a-bhi-na-t a-bhi-na-t* (n° 255, 2); pl. *a-bhi-n-d-ma a-bhi-n-t-ta a-bhi-n-d-an*; moy. *a-bhi-n-d-i*, etc. (analyser bien les cinq éléments).

267. Imparfait thématique. — On désignera sous ce nom tous les imparfaits dérivés des présents quelconques étudiés au chapitre XVII (n°s 219 sqq.). La formation en est des plus simples : *a-nay-a-t* « il mena », *a-bhav-a-t* « il devint », *a-viç-a-t* « il entra », *a-tud-a-t* « il heurta », *a-siñc-a-t* « il versa », *a-sīd-a-t* « il s'assit » (n° 222); *a-nah-ya-t* « il lia », *a-tṛṣ-ya-t* « il avait soif » (n° 224); *apṛcchat* « il demanda » (n° 225); et ainsi à l'infini.

268. Pour toutes ces formes, un seul paradigme suffira, à titre de complément au n° 256 et de pendant au n° 223.

	ACTIF.			MOYEN.		
	sg.	du.	pl.	sg.	du.	pl.
1.	अभरम्	अभराव	अभराम	अभरे	अभरावहि	अभरामहि
2.	अभरः	अभरतम्	अभरत	अभरथाः	अभरेथाम्	अभरध्वम्
3.	अभरत्	अभरताम्	अभरन्	अभरत	अभरेताम्	अभरन्त

§ 4. — Plus-que-parfait.

269. Le plus-que-parfait ou temps à augment du parfait est en classique une forme purement théorique; et d'ailleurs, dans la littérature antéclassique où il a quelque emploi, il n'est plus-que-parfait que de forme : comme sens, c'est un simple passé narratif. Pour rendre la nuance de passé de notre plus-que-parfait, le sk. se sert d'un temps passé quelconque, et alors le sens résulte de l'ensemble du récit; ou bien, si plus grande précision est requise, on peut toujours recourir au verbal précédé de l'impf. de *as* (n° 262) : *daṇḍo vai bhinna āsīt* « or le bâton était fendu », c'est-à-dire « l'avait été » avant le moment où se place le récit.

§ 5. — Conditionnel.

270. Le conditionnel est le temps à augment du futur : il en dérive comme l'imparfait thématique dérive du présent, et se conjugue dès lors sur *abharam* (n° 268). Exemples (cf. n° 247) : *a-bhav-iṣya-t* « il deviendrait », *a-ne-ṣya-t* ou *a-nay-iṣya-t* « il conduirait », *a-kar-iṣya-t* « il ferait », *a-bhot-sya-ta* « il saurait », etc.

1. Quand ce temps est employé, il l'est ordinairement dans les deux propositions dont se compose l'expression conditionnelle, et d'ailleurs sans distinction aucune entre ce que nous nommons conditionnel présent et passé : *yad etad avediṣyan kathaṃ me nāvakṣyan*, « s'ils l'avaient su, comment ne me l'auraient-ils pas dit? »

2. Ce conditionnel est proprement le mode irréel de nos grammaires, tandis que l'optatif (potentiel, cf. n° 292) implique une réalité atténuée, subordonnée à une éventualité. Mais ces distinctions sont très flottantes. Souvent l'indicatif sous condition fait fonction de conditionnel (supra n° 162, 12).

271. Exercice XLV. (Thème.)

Retraduire l'exercice XLI (n° 244) en y exprimant le passé narratif par l'imparfait.

Certaines phrases, notamment 1 et 8, seront ainsi plus correctes, car le parfait ne s'emploie pas, en principe, lorsque le narrateur constate un fait tiré de sa propre expérience. L'imparfait s'emploie indistinctement pour tout passé narratif.

272. Exercice XLVI. (Version.)

1. मर्कट आह । 2. भो मित्र युक्तमभिहितं मद्भ्रातृपत्न्या । 3. उक्तं च ।

4. वर्जयेत्कौलिकाकारं मित्रं प्राज्ञतरो नरः ।
आत्मनः संमुखं नित्यं य आकर्षति लोलुपः ॥

5. तथा च ।

6. ददाति प्रतिगृह्णाति गुह्यमाख्याति पृच्छति ।
भुङ्क्ते भोजयते चैव षड्विधं प्रीतिलक्षणम् ॥

7. परं वयं वनचराः । 8. युष्मदीयं जलान्ते गृहं तत्कथमपि न शक्यते तत्र गन्तुम् । 9. तस्मात्तामपि मे भ्रातृपत्नीमानय येन तस्याः प्रणम्याशीर्वादं गृह्णामि । 10. स आह । 11. भो मित्र अस्ति समुद्रान्ते रम्ये पुलिनप्रदेशे ऽस्मद्गृहम् । तन्मम पृष्ठमारूढः सुखेनाकृतभयो गच्छ । 12. सो ऽपि

तच्छ्रुत्वा सानन्दमाह । 13. भद्र यद्येवं तत्किं विलम्ब्यते । 14. त्वर्यताम् । 15. अहं तव पृष्ठमारूढः । 16. तथानुष्ठिते गच्छन्तमगाधजले मकरमवलोक्य भयत्रस्तमना वानरः प्रोवाच । 17. भ्रातः शनैः शनैर्गम्यताम् । 18. जलकल्लोलैः प्लावितं मे शरीरम् । 19. तदाकर्ण्य मकरश्चिन्तयामास । 20. असावगाधं जलं प्राप्तो वशः संजातो मत्पृष्ठगतस्तिलमात्रमपि चलितुं न शक्नोति । 21. तस्मात्कथयामि निजाभिप्रायं येनाभीष्टदेवतास्मरणं करोति । 22. आह च ।

2. *mad-* est composé avec le substantif et le qualifie comme ferait un possessif, infra n° 371, 2. — 4. Optatif de conseil, infra n°s 316 et 292. Comme fait le tisserand à son métier. — 7-8. Cf. supra n° 245, 10. — 9. *ānaya* impér. Comme il n'y a pas de subjonctif en sanscrit, la proposition finale (après *yena*, etc.) a toujours le vb. à l'indicatif; à l'optatif, dans le cas seulement où la finalité est expressément donnée pour éventuelle. — 11. *gaccha* impér. — 13. Passif «est-il tardé» = «tardons-nous», infra n° 316, 1. — 14. Impér. passif «qu'il soit hâté» = «hâtons-nous». — 16. Cp. dont le dernier terme est *manas* (cf. supra n° 132, 1) : ne pas confondre avec un ppe moyen en *-māna-*. — 17. Cf. 14. — 18. *plu*. — 20. Cf. 2. — 21. Le présent pour le futur immédiat.

273. Exercice XLVII. (Thème.)

1. Au bord d'une certaine mare vivait une tortue. — 2. Avec elle demeuraient deux flamants, qui étaient ses plus chers amis. — 3. Or, un jour, la mare se dessécha. — 4. Les flamants en conçurent un extrême chagrin. — 5. Quand ils furent sur le point de quitter leur nid, l'un d'eux dit à l'autre : — 6. «Si nous devions désormais vivre sans notre amie, la vie nous deviendrait insupportable : c'est pourquoi nous ferons en sorte de l'emmener avec nous.» — 7. Ayant ainsi pensé, ils achetèrent à un vieux singe, qui demeurait dans la forêt voisine, une grosse branche d'arbre; ils la façonnèrent avec leurs becs et [en] firent un bâton. — 8. Ensuite ils dirent à la tortue : — 9. «Il y a pour nous trois ensemble un moyen de pouvoir aller dans un autre pays : — 10. Ma chère, tu mordras solidement ce bâton avec tes dents, et nous deux, nous en saisirons les deux bouts dans nos becs et nous nous envolerons en l'emportant; — 11. Mais toi, tant que nous resterons en l'air, tu voudras bien garder le silence; car si tu parlais ou

qu'autrement tu ouvrisses la bouche, tu lâcherais le bâton et tu tomberais.» — 12. Elle le leur promit. — 13. Ainsi fut fait : elle mordit de toutes ses dents et de toute sa force le milieu du bâton, et les flamants en saisirent les deux bouts dans leurs becs, et par ce moyen tous trois s'élevèrent dans l'air. — 14. Or les gens les virent qui volaient ainsi tous trois par les airs, et ils en conçurent un extrême étonnement. — 15. Et un grand tumulte s'éleva, de gens qui disaient : «merveille! merveille!» — 16. La tortue, affolée d'orgueil, soit qu'elle crût en effet voler elle-même, soit qu'elle ne pût garder son vœu de silence, voulut dire, elle aussi : «merveille! merveille! me voici, la reine des tortues!» — 17. Et ainsi elle ouvrit la bouche et lâcha le bâton. — 18. Elle tomba à terre, et les gens qui se tenaient en bas la brisèrent en mille pièces.

On traduira les passés narratifs par des imparfaits. (Il est bien entendu que le récit sanscrit repousse cette monotonie, et l'élève a pu déjà se faire quelque idée du style véritable, par les morceaux qu'on a mis sous ses yeux, et où s'entrelacent avec art les temps conjugables, les verbaux et les gérondifs. Mais le thème n'a pas pour objet de lui apprendre à écrire en sanscrit : tout le bénéfice qu'il en doit tirer, c'est de se familiariser avec les formes.)

4. «Allèrent à un...» — 6. «Nous ferons de telle manière que nous l'emmènerons...» — 9. «Il y a un moyen pour que (*yena*)...» — 11. Le «vouloir bien» de politesse s'exprime par la rac. *arh.* — 14. Cf. 4.

274. Exercice XLVIII. (Thème.)

Refaire l'exercice XLVII en traduisant les passés narratifs par des parfaits.

CHAPITRE XXII.

AORISTES.

275. L'aoriste, très important dans l'ancienne langue, n'est guère en classique qu'une survivance : on ne peut se dispenser de le connaître, car on le rencontre quelquefois ; mais il ne réclame pas, à beaucoup près, autant de détails et d'attention que les autres formes verbales.

276. Malgré leur extrême variété de forme, tous les aoristes sont des passés narratifs exactement synonymes à l'indicatif, et aucun d'eux n'a de participe.

Un seul aoriste, le thématique redoublé, s'oppose comme sens à tous les autres : comme eux, d'ailleurs, il est un passé narratif; mais, au lieu d'avoir le sens du verbe simple, il implique celui du causatif. C'est pourquoi il n'en sera pas question dans ce chapitre : cf. infra n° 339.

277. On peut définir l'aoriste «un temps secondaire qui n'a pour corrélatif aucun temps primaire» (cf. supra n°s 253-254). Tous les aoristes ont donc deux caractéristiques essentielles : 1° les désinences secondaires, sous la forme plus ou moins variée que leur impose le radical auquel elles sont affixées; 2° l'augment (cf. supra n°s 257-258).

Quelques formes aoristiques s'emploient sans augment, précédées de la particule prohibitive *mā* (infra n° 303), mais alors sans aucune acception de passé, et avec valeur purement prohibitive : *mā çucaḥ* «ne te fais pas de chagrin», *mā bhaiḥ* «n'aie pas peur».

278. Il y a quatre classes d'aoristes, dont plusieurs se subdivisent encore en sous-classes. On les dénommera : 1° radical; 2° thématique; 3° sigmatique; 4° sigma-thématique.

§ 1. — Aoriste radical.

279. Quelques racines, pourvues de l'augment, se conjuguent en affixant immédiatement les désinences secondaires : sg. 1 act. est *-m*, si la racine se termine par un *ā*, et dans ce cas pl. 3 est *-ur*, l'*ā* disparaissant (cf. supra n° 263); autrement sg. 1 est *-am*, et pl. 3 est *-an*. Il n'y a pas de voix moyenne.

Ainsi, de rac. *dā* «donner», sg. *a-dā-m a-dā-s a-dā-t*, pl. *a-dā-ma a-dā-ta a-d-ur*, etc.; de rac. *bhū* «être», sg. *a-bhūv-am a-bhū-s a-bhū-t*, pl. *a-bhū-ma a-bhū-ta a-bhūv-an*. Cf. supra n° 261; et voir le moyen devenu passif, infra n° 324.

§ 2. — Aoriste thématique.

280. L'aoriste thématique est simple ou redoublé (cf. supra n° 276). L'aoriste simple se forme par l'adjonction de la voyelle thématique *-a-* à la racine pure (supra n° 219) précédée de l'augment. La conjugaison étant, dès lors, exactement celle de l'imparfait thématique (supra n° 268), il est superflu d'en donner un spécimen.

281. Ce qui caractérise spécifiquement cet aoriste, ce qui le distingue toujours de l'imparfait, avec lequel, autrement, il se confondrait trait pour trait, c'est l'état de la racine : là où le présent thématique et, par conséquent, l'imparfait montre un renforcement quelconque de la racine (supra n° 86, 2°), ce renforcement disparaît toujours, en principe, à l'aoriste thématique. Ainsi, guṇa au présent, absence de guṇa à l'aoriste : *dyot-a-ti* « il brille ». impf. *a-dyot-a-t*, mais aor. *a-dyut-a-t*, « il brilla », etc. Nasalisation au présent, absence de nasalisation à l'aoriste : *siñc-a-ti* (supra n° 222, 2°), impf. *a-siñc-a-t*, mais aor. *a-sic-a-t*, « il versa » ; *vind-a-ti*, impf. *a-vind-a-t*, mais aor. *a-vid-a-t* « il trouva ».

§ 3. — Aoriste sigmatique.

282. La forme la plus simple de l'aoriste sigmatique consiste dans l'affixation d'un *-s-* à la racine verbale ainsi modifiée :

1° Si elle se termine en consonne, vṛddhi à l'actif, absence de tout renforcement au moyen : rac. *kṣip* « jeter », sg. 1 act. *a-kṣaip-s-am*, moy. *a-kṣip-ṣ-i*; rac. *kar* « faire », sg. 1 act. *a-kār-ṣ-am*, moy. *a-kṛ-ṣ-i*, etc.

2° Si elle se termine en voyelle, vṛddhi à l'actif, guṇa au moyen : rac. *nī* « conduire », sg. 1 act. *a-nai-ṣ-am*, moy. *a-ne-ṣ-i*; rac. *çru* « entendre », sg. 1 act. *a-çrau-ṣ-am*, moy. *a-çro-ṣ-i*, etc.

Les racines terminées en *ā* changent l'*ā* en *i* au moyen; mais cette règle est à peu près exclusivement théorique.

283. Les désinences sont les désinences secondaires athématiques déjà connues (supra n° 255); toutefois, celles de sg. 2 et 3 act. insèrent entre elles et l'*-s-* un *ī* de liaison, ce qui fait qu'elles subsistent toujours. Devant les désinences qui commencent par *t* ou *th*, si la racine finit par une consonne, l'-*s*- aoristique, qui formerait avec la précédente et la suivante un groupe consonnantique difficilement prononçable, disparaît sans trace, en sorte que la désinence semble immédiatement affixée à la racine.

1. Les désinences, y compris l'-*s*-, seront donc :

Act.	sg.	1 -*s-am*,	2 -*s-īs*,	3 -*s-īt*;
	du.	1 -*s-va*,	2 (-*s*-)*tam*,	3 (-*s*-)*tām*;
	pl.	1 -*s-ma*,	2 (-*s*-)*ta*,	3 (-*s*-)*ur*;
Moy.	sg.	1 -*s-i*,	2 (-*s*-)*thās*,	3 (-*s*-)*ta*;
	du.	1 -*s-vahi*,	2 -*s-āthām*,	3 -*s-ātām*;
	pl.	1 -*s-mahi*,	2 (-*s*-)*dhvam*,	3 -*s-ata*.

2. Naturellement, l'-*s*- devient *ṣ* dans les conditions ordinaires (n° 51) : *a-nai-ṣ-īt* «il conduisit» et *a-naiṣ-ṭa* «vous conduisîtes», etc. Et, dans ce cas, le groupe -*sdhv* de pl. 2 moy. devient -*ḍhv*, v. g. *a-ne-ḍhvam* (n° 50, 2); autrement, l'*s* y disparaît sans altération du *dh*.

3. Exemples des diverses règles et combinaisons ci-dessus, sur rac. *rudh*, «arrêter, empêcher», et rac. *stu*, «louer».

	ACTIF.		MOYEN.	
	sg.	pl.	sg.	pl.
1.	*a-raut-s-am*	*a-raut-s-ma*	*a-rut-s-i*	*a-rut-s-mahi*
2.	*a-raut-s-īs*	*a-raut-ta*	*a-rut-thās*	*a-rud-dhvam*
3.	*a-raut-s-īt*	*a-raut-s-ur*	*a-rut-ta*	*a-rut-s-ata*
1.	*a-stau-ṣ-am*	*a-stau-ṣ-ma*	*a-sto-ṣ-i*	*a-sto-ṣ-mahi*
2.	*a-stau-ṣ-īs*	*a-stau-ṣ-ṭa*	*a-sto-ṣ-ṭhās*	*a-sto-ḍhvam*
3.	*a-stau-ṣ-īt*	*a-stau-ṣ-ur*	*a-sto-ṣ-ṭa*	*a-sto-ṣ-ata*

et le duel à l'avenant.

4. Quand la racine se termine par *r* ou nasale, l'-*s*- aoristique ne disparaît pas devant *t*, mais la nasale devient anusvāra (supra n° 55) : de rac. *gam*, sg. 3 moy. *a-gaṃ-s-ta* «il alla».

284. La seconde variété de l'aoriste sigmatique consiste dans l'affixation d'un indice -*iṣ*- (cf. la même alternance au futur, supra n° 247) à la racine ainsi modifiée :

1° Si elle contient une voyelle médiale autre que *a*, guṇa aux deux voix, v. g. *juṣ* «agréer», act. *a-joṣ-iṣ-am*, moy. *a-joṣ-iṣ-i*;

2° Si elle contient un *a* médial ou une autre voyelle finale, vṛddhi à l'actif et guṇa au moyen, v. g. *tar* «franchir» et *pū* «clarifier », act. *a-tār-iṣ-am* et *a-pāv-iṣ-am*, moy. *a-tar-iṣ-i* et *a-pav-iṣ-i*.

Beaucoup de racines à *a* médial gardent l'*a* sans changement, à l'act. comme au moy. : *a-varṣ-īt* « il plut ».

285. Les désinences sont exactement celles de la forme précédente (n° 283) et s'affixent de même (pl. 2 moy. *a-pav-ī-ḍhvam*), à une restriction près : on attendrait à sg. 2-3 act. **a-pāv-iṣ-īs* **a-pāv-iṣ-īt*; mais le suffixe aoristique et la désinence se fondent en quelque sorte en une seule syllabe, et l'on a *apāvīs apāvīt*.

286. Une troisième variété d'aoriste sigmatique, qui ne s'applique qu'à un petit nombre de racines et n'a pas de voix moyenne, affixe un indice doublement sigmatique *-siṣ-*, v. g. *yā* « aller » et *nam* « courber », sg. 1 *a-yā-siṣ-am* et *a-naṃ-siṣ-am*. La conjugaison est tout à fait celle de *apāviṣam* (n° 285).

§ 4. — Aoriste sigma-thématique.

287. Quelques racines combinent l'*s* de l'aoriste précédent et la voyelle thématique en un indice *-sa-*, qui s'attache à la forme sans guṇa et invariable : rac. *diç* > *a-dik-ṣa-t* « il montra »; rac. *ruh* > *a-ruk-ṣa-t* « il monta », etc.

Comme ces racines sont toutes terminées en *ç*, *ṣ* ou *h*, il en résulte que cet aoriste est toujours caractérisé par un groupe consonnantique *kṣa-*.

288. La conjugaison de cet aoriste, elle aussi, est métissée de thématique et d'athématique : en principe, c'est la conjugaison thématique (n° 268); mais sg. 1 moy. est en *-i* au lieu de *-e*, et du. 2-3 moy. ont *-āthām* et *-ātām*, au lieu de *-ethām* et *-etām*.

289. Exercice XLIX. (Thème.)

Refaire les exercices XLI et XLVII (nos 244 et 273), en traduisant les passés narratifs par des aoristes.

290. Exercice L. (Version.)

1. मित्र त्वं मया वधाय समानीतो भार्यावाक्याद्विश्वास्य । 2. तस्मात्स्मर्यतामभीष्टदेवता । 3. स आह । 4. भ्रातः किं मया तस्यास्तवापि चापकृतं येन मे वधोपायश्चिन्तितः । 5. मकर आह । 6. भोस्तस्यास्तावत्तव हृदय-

स्यामृतमयरसफलास्वादनामृष्टस्य भक्षणार्थं दोहदः संजातः । 7. तेनैतदनुष्ठितम् । 8. वानर आह । 9. भद्र यद्येवं तत्किं त्वया मम तत्रैव न व्याहृतं येन स्वहृदयं जम्बूकोटरे सदैव मया सुगुप्तं कृतम् । 10. तद्भ्रातृपत्न्या अर्पयामि । 11. त्वयाहं शून्यहृदयो ऽत्र कस्मादानीतः । 12. तदाकर्ण्य मकरः सानन्दमाह । 13. भद्र यद्येवं तदर्पय मे हृदयं येन सा दुष्टपत्नी तद्भक्षयित्वानशनादुत्तिष्ठति । 14. अहं त्वां तमेव जम्बूपादपं प्रापयामि । 15. एवमुक्त्वा निवर्त्य जम्बूतलमगात् । 16. वानरो ऽपि कथमपि जल्पितविविधदेवतोपचारपूजस्तीरमासादितवान् । 17. ततश्च दीर्घतरचङ्क्रमणेन तमेव जम्बूपादपमारूढश्चिन्तयामास । 18. अहो लब्धाः प्राणास्तावत् । 19. अथवा साध्विदमुच्यते ।

20. न विश्वसेदविश्वस्ते विश्वस्ते ऽपि न विश्वसेत्
विश्वासाद्भयमुत्पन्नं मूलान्यपि निकृन्तति ॥

1. *viçvāsya*, gér. indécl. du causatif (infra n° 329), «[moi] ayant gagné [ta] confiance». — 2. Supra n° 272, 14. — 6. *tāvat*, «ce-pendant, sur ces entrefaites», très souvent explétif, comme ici et 18. — 9. *yena* «parce que». — 10. Supra n° 272, 21 (*ar*). — 14. *āp*. — 16. *katham api* «en quelque façon > tellement quellement». — 20. Optatif du présent, cf. infra n° 316, 1.

CHAPITRE XXIII.

OPTATIFS.

291. Il n'y a d'optatif qu'au présent et à l'aoriste. Encore l'optatif aoriste, dit précatif, se restreint-il, comme son nom l'indique, au sens de souhait ou de prière.

292. L'optatif présent, le seul qui soit largement usité, remplit notamment les fonctions suivantes : 1° souhait, *jīveyam* «puissé-je vivre!»; 2° conseil ou commandement mitigé, v. g. nos 272, 4, et 290, 20; 3° prohibition mitigée, lorsqu'il s'accompagne de la particule négative *na*, *nānṛtaṃ vadet* «qu'il (= on) ne dise pas mensonge = il ne faut pas mentir»; 4° conditionnel, cf. supra n° 270.

Jamais l'optatif ne se construit avec la particule spécifiquement prohibitive *mā*, cf. supra n° 277 et infra n° 303. — On le trouve parfois, incorrectement, au sens de passé narratif : *bharet* «il porta», *bhūyāt* «il fut».

293. L'indice de l'optatif est une syllabe *-yā-* ou *-ī-*, savoir :

1° *-yā-*, en principe, à l'actif de l'optatif des temps athématiques;

2° *-ī-* : a) au moyen des mêmes temps; b) à l'optatif des temps thématiques, où l'*a* thématique, se contractant avec cet *ī*, donne une diphtongue de liaison *e*.

Ce schème n'est que théorique, et l'on va voir qu'il est traversé de plusieurs anomalies; mais il a l'avantage d'établir un parallèle entre l'affaiblissement des syllabes prédésinentielles de toutes les formes athématiques, y compris l'optatif (cf. supra n° 203). Pratiquement, la meilleure façon de bien connaître l'optatif, c'est d'en apprendre les désinences par cœur, si l'on ne préfère s'y familiariser par la lecture.

294. Les désinences de l'optatif sont les désinences secondaires (supra n° 255), mais avec d'importantes modifications : rien de changé à l'actif, où pl. 3 est toujours *-ur*, devant lequel un *ā* disparaît; au moyen, sg. est *-a* au lieu de *-i*, et pl. 3 est *-ran* au lieu de *-ata* (cf. le *-re* du pf.). De plus, devant les désinences qui commencent par une voyelle, l'*ī* ou l'*e* final du thème optatif développe un *y* de liaison. Conséquemment on a :

1° Pour l'optatif athématique, par combinaison de l'affixe optatif et de la désinence :

	ACTIF.			MOYEN.		
	1	2	3	1	2	3
sg.	*-yā-m*	*-yā-s*	*-yā-t*	*-īy-a*	*-ī-thās*	*-ī-ta*
du.	*-yā-va*	*-yā-tam*	*-yā-tām*	*-ī-vahi*	*-īy-āthām*	*-īy-ātām*
pl.	*-yā-ma*	*-yā-ta*	*-y-ur*	*-ī-mahi*	*ī-dhvam*	*-ī-ran*

2° De même, pour l'optatif thématique :

sg.	*-ey-am*	*-e-s*	*-e-t*	*-ey-a*	*-e-thās*	*-e-ta*
du.	*-e-va*	*-e-tam*	*-e-tām*	*-e-vahi*	*-ey-āthām*	*-ey-ātām*
pl.	*-e-ma*	*-e-ta*	*-ey-ur*	*-e-mahi*	*-e-dhvam*	*-e-ran*

§ 1. — Optatif.

295. L'optatif est athématique, toutes les fois qu'il dépend d'une des cinq catégories de présents étudiées au chapitre XVII (nos 204 sqq.) : la règle générale est que la syllabe, radicale ou suffixale, à laquelle s'attache l'indice optatif, prend sa forme la plus faible.

1. Optatif radical : *i-yā-t* « qu'il aille », *dviṣ-yā-t* « qu'il haïsse », etc. La rac. *as* perd son *a*, comme aux formes faibles de l'indicatif : *s-yā-t* « qu'il soit », pl. *syur*, etc. Mais la rac. *brū*, comme on sait, ne s'abrège pas : *brū-yā-t*.

2. Sur redoublement : act. *ju-hu-yā-t* et moy. *ju-hv-ī-ta* (supra n° 20) « qu'il fasse libation ». Les rac. *dā* et *dhā* perdent leur voyelle : *da-d-yā-t* et *da-d-ī-ta*.

3. Sur suff. en *-u-*, de même : *su-nu-yā-t* et *su-nv-ī-ta* « qu'il pressure » ; *kur-yā-t* et *kur-v-ī-ta* « qu'il fasse ».

4. Sur suff. *-nā-* > *-nī-* (au moyen les deux *ī* n'en font qu'un) : *pu-nī-yā-t* et *pu-nī-ta* « qu'il clarifie ».

5. Sur présent à infixe : *bhi-n-d-yā-t* et *bhi-n-d-ī-ta* « qu'il fende », etc.

Toutes ces formes se conjuguent sur n° 294, 1°, et il sera aisé à l'élève d'en dresser lui-même un paradigme à son usage.

296. Tous les optatifs des présents étudiés au chapitre XVIII (nos 222 sqq.) se forment et se conjuguent d'après la règle du n° 294, 2° : *bhav-ey-am* « que je sois », *bhav-e-s*, *bhav-e-t*, *bhav-e-ma*, etc., *nay-e-t* « qu'il mène », *bhar-e-yur* « qu'ils portent » ; *viç-e-t* « qu'il entre », *vind-e-ran* « ils trouveraient » ; *tṛṣ-ye-t* « il aurait soif », *pṛccheyur* et *pṛccheran* « qu'ils demandent », etc., etc.

§ 2. — Précatif.

297. Bien qu'il soit, d'après sa formation, un optatif d'aoriste, le précatif peut se construire sur toute racine, même sur une racine qui n'a point du tout d'aoriste radical usuel (cf. n° 279). Il a deux indices distincts : *-yās-* à l'actif, *-sīṣ-* ou *-iṣīṣ-* au moyen.

Nulle part peut-être, mieux qu'en ce domaine, ne se montre l'antinomie de la théorie et de la pratique dans la grammaire sanscrite : les traités indigènes enseignent que toute racine a un précatif ; et, en fait, c'est une des formes les plus rares en littérature classique.

298. Devant le *-yās-* du précatif actif, une racine à voyelle médiale prend sa forme la plus faible (*ij-yās-am* « puissé-je sacrifier ! »

cf. supra nos 79, 81, et 234, 3°); mais une racine terminée par *ar* change *ar* en *ri* (*kri-yās-am* «puissé-je faire!» (cf. infra n° 317, 3°); et les racines dites en *ṝ* (supra n° 80, 4) prennent le vocalisme *īr* ou *ūr*. Les racines à *i* ou *u* final allongent leur voyelle : *stū-yās-am* «puissé-je louer!». Les plus usuelles des racines en *ā* changent l'*ā* en *e* : *de-yās-am* «puissé-je donner!»

299. Sur ce suffixe *-yās-* se greffent ensuite les désinences secondaires de l'actif (supra n° 255, pl. 3 *-ur*), devant lesquelles il demeure invariable, excepté à sg. 2-3 où il se réduit à *-yā-* : sg. 1 *bhū-yās-am*, 2 *bhū-yā-s*, 3 *bhū-yā-t*; pl. 1 *bhū-yās-ma*, 2 *bhū-yās-ta*, 3 *bhū-yās-ur*.

300. La façon la plus simple de concevoir la formation du précatif moyen, c'est l'insertion d'un indice *-īṣ-* par-dessus la forme de l'une des deux premières variétés d'aoriste sigmatique (cf. supra n° 282), mais sans augment : soit donc sg. 3 *bhav-iṣ-īṣ-ṭa* «puisse-t-il être!» Mais le second *ṣ* disparaît à certaines personnes, et à d'autres l'*ī* est remplacé par *īyā* (cf. supra n° 294).

Le mieux est de donner un spécimen de ce mode bizarre et inusité :

1.	*bhav-iṣ-īy-a*	*bhav-iṣ-ī-vahi*	*bhav-iṣ-ī-mahi*
2.	*bhav-iṣ-īṣ-ṭhās*	*bhav-iṣ-īyās-thām*	*bhav-iṣ-ī-ḍhvam*
3.	*bhav-iṣ-īṣ-ṭa*	*bhav-iṣ-īyās-tām*	*bhav-iṣ-ī-ran*

301. Exercice LI. (Thème.)

1. On doit donner des aliments à celui qui a faim, vêtir celui qui est nu, secourir les affligés et les malades. — 2. S'il ne pleuvait jamais, les arbres et les plantes ne pourraient pas croître; mais, s'il pleuvait constamment, les eaux en excès noieraient les racines. — 3. Ô roi, puissiez-vous être victorieux et vivre cent années! — 4. Il ne faut pas se rebuter devant la difficulté, mais au contraire l'aborder avec plus de résolution. — 5. Il ne faut pas que le prêtre récitant omette une phrase des douze phrases de de l'invocation; car, s'il omettait une phrase, il ferait ainsi un trou dans le sacrifice; le sacrifice, ayant un trou, coulerait, et le sacri-

fiant subirait dommage. — 6. Il ne faut pas non plus qu'il intervertisse deux phrases de l'invocation; car, s'il [les] intervertissait, il affolerait le sacrifice, le sacrifiant deviendrait fou, et les siens subiraient dommage. — 7. Il ne faut pas non plus qu'il contracte ensemble deux phrases de l'invocation; car, s'il contractait entre deux phrases, il abrégerait [par contraction] la vie du sacrifice, le sacrifice irait à perdition, et le sacrifiant mourrait. — 8. Que chacun des prêtres officiants vaque à son office : que le récitant dise les récitations; que les chantres chantent les hymnes; que les deux prêtres servants pressurent le sôma et le puisent à même le flot qui jaillit; que le brahmane se tienne à sa place et remette en ordre ce qui du sacrifice aurait été mal ordonné; que le sacrifiant et son épouse assistent en silence et donnent leur attention à toutes les parties et phases du sacrifice. — 9. Je vois en rêve un monde heureux, où les tigres et les éléphants vivraient en paix, où les hommes ne se battraient pas entre eux, où les femmes ne médiraient point l'une de l'autre. — 10. Soit qu'il achetât ou vendît, le marchand devrait toujours combler la mesure et examiner avec le même soin la monnaie. — 11. Le sage doit étudier comme s'il devait vivre mille années, et faire le bien comme s'il devait mourir tout à l'heure. — 12. Ô mère, si tu désires que ton fils franchisse les obstacles, qu'il ne craigne point le danger, que les siens et les ennemis l'estiment et l'honorent, tu ne t'efforceras point à écarter de sa route, même enfant, les contrariétés et les soucis. — 13. Si l'on attelait les bœufs aux chars et les chevaux aux chariots, les chars ne marcheraient pas vite, et les lourds chariots ne pourraient pas même être traînés. — 14. Si nous étions toujours heureux, nous ne sentirions pas le prix du bonheur. — 15. Les plus belles fleurs seraient souvent infécondes, si les abeilles, attirées par leur parfum ou leurs vives couleurs, ne s'y asseyaient un instant et ne buvaient le miel de leur calice.

1. «Qu'il donne...», et ainsi toutes les expressions à l'optatif, y compris le futur de la phrase 12. — 5-7. Préceptes de liturgie accommodés pour la traduction. On sait qu'à la fin d'une phrase les lois de l'euphonie sont suspendues. — 11. «Comme devant vivre...» (ppe futur). — 12. Si tu désires «que mon fils»... *iti*... — 13. On = ils.

302. Exercice LII. (Version.)

1. तन्ममैतदन्यत्संततिदिनं संजातमिति चिन्तयन्तमनन्तरं मकर आह । 2. भो मित्रार्पय तद्धृदयं यथा ते भ्रातृपत्नी भक्षयित्वानशनादुत्तिष्ठति । 3. अथ विहस्य निर्भर्त्सयन्वानरस्तमाह । 4. धिङ् मूर्ख विश्वासघातक किं कस्य चिद्धृदयद्वयं भवति । 5. तद्गम्यताम् । 6. जम्बूवृक्षस्याधस्तान्न भूयो ऽपि त्वयात्र गन्तव्यम् । 7. उक्तं च यतः

8. सकृद्दुष्टं च यो मित्रं पुनः संधातुमिच्छति ।
स मृत्युमुपगृह्णाति गर्भमश्वतरी यथा ॥

9. तच्छ्रुत्वा मकरः सविलक्षं चिन्तितवान् । 10. अहो मयातिमूढेन किमस्य स्वचित्ताभिप्रायो निवेदितः । 11. तद्यद्यसौ पुनरपि कथंचिद्विश्वासं गच्छति तद्भूयो ऽपि विश्वासयामि । 12. आह च । 13. मित्र हास्येन मया ते ऽभिप्रायो लब्धः । 14. तस्या न किंचित्तव हृदयेन प्रयोजनम् । 15. तदागच्छ प्राघूर्णकन्यायेनास्मद्गृहम् । 16. तव भ्रातृपत्नी सोत्कण्ठा वर्तते । 17. वानर आह । 18. भो दुष्ट गम्यताम् । 19. अधुना नाहमागमिष्यामि । 20. उक्तं च ।

21. बुभुक्षितः किं न करोति पापं
क्षीणा नरा निष्करुणा भवन्ति ।
आख्याहि भद्रे प्रियदर्शनस्य
न गङ्गदत्तः पुनरेति कूपम् ॥

22. मकर आह । 23. कथमेतत् । 24. स आह ॥

4. *kim* n'a souvent d'autre sens que «est-ce que...?» — 8. Forte ellipse. La mule ne peut mettre bas sans périr. — 11. «Je vais essayer de...», cf. supra n° 272, 21. — 21. Sur *ākhyāhi*, cf. infra n° 309. — 22-24. Formule ordinaire d'introduction d'un nouveau récit.

CHAPITRE XXIV.

IMPÉRATIF.

303. L'impératif est le mode : 1° du commandement plus ou moins impérieux; 2° du simple souhait, *ciraṃ jīva* «vis longtemps»; 3° de la prohibition, en s'accompagnant de la particule prohibitive *mā* (jamais la simple négation *na*, cf. supra n° 292); 4° parfois, surtout quand il se construit parallèlement avec un optatif, il prend, comme celui-ci, le sens d'un simple potentiel.

1. L'impératif de commandement peut figurer avec sa fonction dans tout autre type de proposition, v. g. *kiṃ kriyatām* (infra n° 376) «que soit-il fait? = qu'ordonnez-vous qu'on fasse?»

2. L'impératif prohibitif est relativement rare : le sk. préfère certains idiotismes, dont le plus commun est *alam* «assez» avec un substantif à l'instrum., *alaṃ bhayena* «assez avec la crainte = n'aie pas peur».

304. Il n'y a d'impératif qu'au présent. Mais, de même qu'il y a deux sortes de présents, il y a deux formations distinctes d'impératif : thématique et athématique, dont suit le détail.

Contrairement à l'ordre suivi jusqu'à présent, il y aura avantage à commencer ici par la formation thématique.

§ 1. — Impératif thématique.

305. Les désinences impératives sont, les unes identiques aux désinences secondaires, les autres dérivées des désinences primaires au moyen d'une vṛddhi caractéristique (*ai*), d'autres enfin tout à fait spéciales à ce mode : ce que permettra d'embrasser d'un coup d'œil le tableau ci-après (cf. n°s 306 et 310).

	ACTIF.			MOYEN.		
	1	2	3	1	2	3
Sg.	*-āni*	*//*	*-tu*	*-ai*	*-sva*	*-tām*
Du.	*-āva*	*-tam*	*-tām*	*-āvahai*	(*-ā*)*thām*	(*-ā*)*tām*
Pl.	*-āma*	*-ta*	*-ntu*	*-āmahai*	*-dhvam*	*-ntām*

Observer : 1° l'allongement à la 1re personne des trois nombres, comme à l'indicatif; 2° l'identité de du. 3 act. et de sg. 3 moy.; 3° l'insertion à sg. 3 d'un *n* qui la transforme en pl. 3; 4° surtout, l'absence totale de désinence à sg. 2, qui est l'essence même de l'expression impérative, ce qui fait que cette forme ressemble au vocatif des thèmes nominaux du n° 102 (et, en fait, l'impératif est le vocatif du verbe). — Il y a quelques exemples d'une désinence sg. 3 *-tāt*, qui date de l'époque védique.

306. La combinaison de ces désinences avec un thème quelconque de présent thématique, soit celui du n° 223, donnera :

	ACTIF.			MOYEN.		
	sg.	du.	pl.	sg.	du.	pl.
1.	भराणि	भराव	भराम	भरै	भरावहै	भरामहै
2.	भर	भरतम्	भरत	भरस्व	भरेथाम्	भरध्वम्
3.	भरतु	भरताम्	भरन्तु	भरताम्	भरेताम्	भरन्ताम्

Sur l'*e* de *bharethām* et *bharetām*, cf. supra nos 220 et 256.

307. Ainsi se formeront et se conjugueront sans difficulté tous les impératifs des présents étudiés au chap. XVIII (nos 222 sqq.) : *bhava* « sois », *naya* « mène »; *tiṣṭha* « tiens-toi », *piba* « bois » (n° 211), *sīda* « assieds-toi »; *tuda* « heurte », *siñca* « verse »; *nahya* « lie », *hṛṣyasva* « réjouis-toi »; *pṛccha* et *pṛcchasva* « demande », etc.

On en a, par anticipation, trouvé dans les versions précédentes un grand nombre d'exemples qu'on pourra repasser.

§ 2. — Impératif athématique.

308. Les désinences de l'impératif athématique sont en général les mêmes que celles du tableau du n° 305; seulement, ainsi qu'on doit s'y attendre, pl. 3 moy. est *-atām* (cf. supra n° 201), et pl. 3 act. est *-atu* dans les verbes qui ont *-ati* à pl. 3 de l'indicatif (présent redoublé).

309. Mais cet impératif a une désinence de sg. 2, qui est *-dhi*, et qui devient *-hi* après voyelle, ou, plus exactement, quand la syllabe à laquelle elle s'affixe finissait originairement par une voyelle (cf. n° 311, 1).

On reproduit ici, pour plus de clarté, le tableau du n° 305 ainsi modifié :

	ACTIF.			MOYEN.		
	1	2	3	1	2	3
Sg.	*-āni*	*-dhi*, *-hi*	*-tu*	*-ai*	*-sva*	*-tām*
Du.	*-āva*	*-tam*	*-tām*	*-āvahai*	*-āthām*	*-ātām*
Pl.	*-āma*	*-ta*	{ *-antu* / *-atu* }	*-āmahai*	*-dhvam*	*-atām*

310. Quant à la forme de la syllabe qui précède immédiatement les désinences (cf. n° 203), la règle est constante et des plus simples : degré fort (guṇa, etc.), à la 1re personne des trois nombres et des deux voix, et à la 3e du sg. actif; degré faible, partout ailleurs. Soit, dès lors, à titre d'application, l'impér. de rac. *dviṣ* « haïr » (cf. n° 204).

	ACTIF.			MOYEN.		
	sg.	du.	pl.	sg.	du.	pl.
1.	द्वेषाणि	द्वेषाव	द्वेषाम	द्वेषै	द्वेषावहै	द्वेषामहै
2.	द्विड्ढि	द्विष्टम्	द्विष्ट	द्विक्ष्व	द्विषाथाम्	द्विड्ढ्वम्
3.	द्वेष्टु	द्विष्टाम्	द्विषन्तु	द्विष्टाम्	द्विषाताम्	द्विषताम्

311. Restent les particularités d'application de cette conjugaison aux cinq catégories de présents athématiques.

1. Impératif radical. — On vient d'en voir un spécimen. De même, rac. *i* « aller » fait : sg. 1 act. *ay-āni*, 2 *i-hi*, 3 *e-tu*; pl. 1 *ay-āma*, 2 *i-ta*, 3 *y-antu*, etc. Rac. *as* « être » fait : sg. 1 *as-āni*, 2 *e-dhi* (irrég.), 3 *as-tu*, pl. 2 *s-ta*, 3 *s-antu*. Rac. *han* « frapper » fait : sg. 2 *ja-hi* (déaspiration pour **ha-hi*, cf. supra n° 64), 3 *han-tu*, pl. 3 *ghn-antu*, etc.

2. Impératif de présent redoublé (n°s 207-210) : sg. act. 1 *ju-hav-āni*, 2 *ju-hu-dhi* (*dh* exceptionnel), 3 *ju-ho-tu*, pl. 1 *ju-hav-āma*, 2 *ju-hu-ta*, 3 *ju-hv-atu*, etc.; de même, sg. 1 *bi-bhar-āṇi*, 2 *bi-bhṛ-hi*, 3 *bi-bhar-tu*, pl. 1 *bi-bhar-āma*, 2 *bi-bhṛ-ta*, 3 *bi-bhr-atu*, etc. Rac. *dā* et *dhā* font irrégulièrement sg. 2 act. *de-hi* et *dhe-hi*, le reste selon le type du présent (sg. 1 *da-d-āni*, 2 *de-hi*, 3 *da-d-ātu*, pl. 1 *da-d-āma*, 2 *da-t-ta*, 3 *da-d-atu*, etc.)

3. Impératif de présent en *-u-* (n°s 212-214) : act. sg. 1 *su-nav-āni*, 2 *su-nu* (infra), 3 *su-no-tu*, pl. 1 *su-nav-āma*, 2 *su-nu-ta*, 3 *su-nv-antu*, etc.; act. sg. *kar-av-āṇi*, 2 *kur-u*, 3 *kar-o-tu*, pl. 1 *kar-av-āma*, 2 *kur-u-ta*, 3 *kur-v-antu*, etc.; moy. sg. 2 *kur-u-ṣva*.

La finale *-hi* est supprimée quand la racine verbale (*su*) finit en voyelle, ou, ce qui revient au même, en *ar* (*kar* > *kṛ*).

4. Impératif de présent en *-nā-* > *-nī-* (la voyelle disparaît, comme partout, devant les désinences vocaliques, n° 215) : act. sg. 1 *pu-n-āni*, 2 *pu-nī-hi*, 3 *pu-nā-tu*, pl. 1 *pu-n-āma*, 2 *pu-nī-ta*, 3 *pu-n-antu*, etc. Mais les racines qui se terminent en consonne

ont, pour sg. 2, une désinence toute spéciale, qui n'appartient qu'à cette classe : rac. *aç*, d'où *aç-nā-ti* « il mange » et *aç-āna* « mange »; rac. *grabh* < *grah*, d'où *gṛh-ṇā-ti* « il saisit » et *gṛh-āna* « saisis ».

5. Impératif de présent à infixe (n° 216) : act. sg. 1 *bhi-na-d-āni*, 2 *bhi-n-d-dhi*, 3 *bhi-na-t-tu*, pl. 1 *bhi-na-d-āma*, 2 *bhi-n-t-ta*, 3 *bhi-n-d-antu*, etc.

Observer en terminant que la 1ʳᵉ personne des deux voix et des trois nombres, à l'impératif, même athématique, est effectivement thématique, ce qui la différencie fortement des deux autres. Cette particularité tient à ce que l'impératif classique n'est pas un mode unique, mais la fusion artificielle de deux modes plus anciens : un impératif, qui n'avait pas de 1ʳᵉ personne, et un subjonctif, dont la 2ᵉ et la 3ᵉ sont tombées en désuétude.

312. Exercice LIII. (Thème.)

Refaire l'exercice LI (n° 301), en remplaçant, partout où cela est à la rigueur possible, les optatifs par des impératifs.

Ne jamais perdre de vue le N. B. du n° 217, qui permet de tripler ou quadrupler à volonté l'étendue des exercices.

313. Exercice LIV. (Version.)

1. asti kasmiṃç cit kūpe gaṅgadatto nāma maṇḍūkarājaḥ prativasati sma | 2. sa kadā cid dāyādair udvejito 'raghaṭṭaghaṭim āruhya niṣkrāntaḥ | 3. atha tena cintitam | 4. yat kathaṃ teṣāṃ dāyādānāṃ mayā pratyapakāraḥ kartavyaḥ | 5. uktaṃ ca |

6. āpadi yenāpakṛtaṃ yena ca hasitaṃ daçāsu viṣamāsu |
   apakṛtya tayor ubhayoḥ punar api jātaṃ naraṃ manye ||

7. evaṃ cintayan bile praviçantaṃ kṛṣṇasarpam apaçyat | 8. taṃ dṛṣṭvā bhūyo 'py acintayat | 9. yad enaṃ tatra kūpe nītvā sakaladāyādānām ucchedaṃ karomi | 10. uktaṃ ca |

11. çatrubhir yojayec chatruṃ balinā balavattaram |
    svakāryāya yato na syāt kā cit pīḍātra tatkṣaye ||

12. tathā ca |

13. çatrum unmūlayet prajñas tīkṣṇaṃ tīkṣṇena çatruṇā |
    vyathākaraṃ sukhārthāya kaṇṭakeneva kaṇṭakam ||

14. sa evaṃ paribhāvya biladvāraṃ gatvā tam āhūtavān | 15. ehy ehi priyadarçana ehi | 16. tac chrutvā sarpaç cintayām āsa |

17. eṣa mām āhvayati | 18. sa svajātyo na bhavati yato naiṣā sarpavāṇī | 19. anyena kenāpi saha mama martyaloke saṃdhānaṃ nāsti | 20. tad atraiva durge sthitas tāvad vedmi ko 'yaṃ bhaviṣyati | 21. uktaṃ ca |

22. yasya na jñāyate çīlaṃ na kulaṃ na ca saṃçrayaḥ |
na tena saṃgatiṃ kuryād ity uvāca bṛhaspatiḥ ||

23. āḥ kadā cit ko 'pi mantravādy oṣadhidharo vā mām āhūya bandhane kṣipati | 24. atha vā kaç cit puruṣo vairam āçritya kasya cid bhakṣaṇārthāya mām āhvayati | 25. āha ca | 26. bhoḥ ko bhavān | 27. sa āha | 28. ahaṃ gaṅgadatto nāma maṇḍūkādhipatis tvatsakāçe maitryārtham āgataḥ | 29. tac chrutvā sarpa āha | 30. bho açraddheyam etad yat tṛṇānāṃ vahninā saha saṃgamaḥ | 31. uktaṃ ca |

32. yo yasya jāyate vadhyaḥ sa svapne 'pi kathaṃ cana |
na tatsamīpam abhyeti tat kim evaṃ prajalpasi ||

33. gaṅgadatta āha | 34. bhoḥ satyam etat | 35. svabhāvavairī tvam asmākam | 36. paraṃ paraparibhavāt prāpto 'haṃ te sakāçam | 37. uktaṃ ca |

38. sarvasvanāçe saṃjāte prāṇānām api saṃçaye |
api çatruṃ praṇamyāpi rakṣet prāṇadhanāni ca ||

(A partir d'ici l'élève est censé bien connaître la devanāgarī : il y a donc avantage à lui donner des textes plus longs, en une transcription qu'en tout état de cause il lira plus couramment. De plus, si, comme il est probable, il a trouvé dans les textes précédents quelques difficultés de lecture qu'il s'est vu obligé de réserver, la transcription ci-dessus lui permettra de les résoudre, en même temps que l'exercice ci-après les lui rappellera.)

4. Ce *yat* «que» (cf. infra 9) se place fort souvent devant une phrase même en discours direct. — 9. Cf. n° 157, 2. — 11. *sva-*, comme de raison, se rapporte au sujet de la proposition principale, et *tat-* (infra n° 371, 2) représente son complément. — 13. La seconde ligne renferme une comparaison : «un clou chasse l'autre». — 14. *hvā*. — 24. «...pour me donner à manger à quelqu'un» (en vue de l'empoisonner, c'est un procédé fort usité dans les contes); cf. n° 397. — 32. Cf. supra n° 161, 11. — 38. En poésie, *api* peut précéder le mot sur lequel il insiste. Sur *prāṇa-dhanāni*, cf. infra n° 379, 1 : *ca* est explétif.

314. Exercice LV. (Lecture.)

Transcrire en devanāgarī le morceau ci-dessus.

CHAPITRE XXV.

LES FORMES PASSIVES.

315. Il n'y a pas, en sanscrit, de voix passive, et la voix moyenne n'en tient lieu que dans une certaine mesure; mais il existe, à quelques temps, des formes passives, qui, au présent et à l'imparfait, sont fort usitées.

Les formes passives qui n'existent pas peuvent toujours être suppléées, et même celles qui existent le sont souvent, par les verbaux et gérondifs déclinables : *tvaṃ pitrā garhitaḥ* «tu [as été] blâmé par [ton] père»; *tvaṃ me garhitavyaḥ* «tu [es] à blâmer par rapport à moi = tu seras blâmé par moi», etc. Cf. supra nos 185 sqq. et 191, et infra no 327, 38.

§ 1. — Présent.

316. Toute racine, quelle que soit la conjugaison de son présent actif et moyen (supra nos 201-227), peut se conjuguer au présent passif, en s'adjoignant un affixe *-ya-*, sur lequel s'appliquent les désinences moyennes du présent thématique (supra no 220) : de rac. *krī* «acheter», *krī-ya-te*, «il est acheté (= on achète)»; de rac. *sic*, *sic-ya-te*, «il est versé (= on verse)», etc.

1. Le présent passif est la tournure la plus propre à traduire, dans sa généralité, notre pronom «on»; naturellement, le complément du vb. français devient le sujet du vb. sanscrit. Mais on peut encore traduire «on», soit par pl. 3 du vb. actif, v. g. *āhur* «ils disent = on dit», soit (lorsqu'il s'agit de prohibition, de conseil ou de commandement) par sg. 3 : cf. supra nos 272, 4, et 290, 20.

2. La conjugaison du passif, étant toujours thématique, ne requiert aucun paradigme. Soit pourtant le passif de rac. *vid* «trouver», qui est d'un usage courant comme substitut élégant du vb. «être» :

	SG.	DU.	PL.
1.	*vid-ye*,	*vid-yā-vahe*,	*vid-yā-mahe*;
2.	*vid-ya-se*,	*vid-yethe*,	*vid-ya-dhve*;
3.	*vid-ya-te*,	*vid-yete*,	*vid-yante*.

317. Comme le montrent déjà les exemples ci-dessus, la racine, au passif, prend en principe sa forme la plus faible, sans guṇa, ni nasalisation, ni redoublement ou infixation d'aucune sorte : *gam-ya-te* « on va », *chid-ya-te* « on coupe », *yuj-ya-te*, « on joint, il convient », *muc-ya-te* « il est délivré ». Mais accessoirement :

1° Les racines en *ā* changent *ā* en *ī*, v. g. *dī-ya-te* « est donné », *dhī-ya-te* « est placé » ;

2° Les racines en autre voyelle allongent la voyelle, v. g. *hū-ya-te* « on fait libation », *sū-ya-te* « on pressure », *stū-ya-te* « est loué » ;

3° Celles qui contiennent *ar* final le changent généralement en *ri*, v. g. *kri-ya-te* « est fait », *bhri-ya-te* « est porté » (cf. n° 298);

4° Celles dites en *ṝ* (supra n° 80, 4) prennent la forme *īr* ou *ūr*, v. g. *çīr-ya-te* « est brisé », *pūr-ya-te* « est rempli », etc.

318. Le participe est régulièrement *vid-ya-māna*, « se trouvant, étant »; cf. supra n° 221.

319. L'optatif, qui n'est guère usité que comme potentiel, a les affixes et désinences moyennes ordinaires (supra n° 294, 2°), v. g. *vid-ye-ta* « il pourrait se trouver ».

320. L'impératif est surtout usité à sg. 3, parce que la tournure *tvayā gamyatām* « qu'il soit allé par toi », ou *gamyatām* tout court, est un substitut courant et poli de *gaccha* « va » (supra n° 302, 5 et 18). Les désinences sont celles du moyen au n° 306.

§ 2. — Imparfait.

321. Un imparfait ou passé narratif se tire du présent passif par la voie ordinaire : *a-vid-ya-ta* « se trouva », *a-dī-ya-ta* « fut donné », *a-kri-ya-ta* « fut fait ». Il se conjugue comme tous les imparfaits thématiques moyens (supra n° 268). Il est néanmoins de moindre application que le présent (supra n° 315).

§ 3. — Parfait.

322. Il n'existe point de parfait simple passif. On peut former un parfait passif périphrastique, en mettant au moyen l'auxiliaire *as* ou *bhū* de l'actif (supra n° 241), v. g. *īkṣām āse* ou *babhūve* « fut vu » ; mais ce type n'est guère que théorique.

§ 4. — Futur.

323. Il n'y a pas de futur passif. On peut employer en ce sens le futur moyen : *dā-sya-te* «sera donné». Mais ce n'est pas d'un usage fréquent.

§ 5. — Aoriste.

324. Un ancien aoriste radical moyen, d'une formation très particulière, a survécu en classique à la 3ᵉ pers. du sg. seulement, et avec le sens exclusif d'aoriste passif : *a-nāy-i* «fut conduit», *a-kār-i* «fut fait». Cf. supra nº 279.

325. La désinence étant toujours *-i*, la forme de la racine est variable.

1. Si elle se termine par *ā*, elle insère un *y* de transition : *a-dāy-i* «fut donné», *a-dhāy-i* «fut placé», *a-jñāy-i* «fut connu».

2. Si elle se termine par toute autre voyelle, ou contient *a* médial, elle prend la vṛddhi : *a-hāv-i* «fut versé en libation», *a-stāv-i* «fut loué», *a-nāy-i*, *a-kār-i*, etc.; toutefois *a-darç-i* «fut vu», etc.

3. Si elle contient toute autre voyelle médiale, elle prend le guṇa : *a-cched-i* «fut coupé», *a-bodh-i* «s'éveilla», etc.

326. Exercice LVI. (Thème.)

1. «Récite pour Agni qu'on amène [en cet instant]» dit le prêtre servant au prêtre récitant. — 2. Tandis que ces aliments nous sont offerts par le maître de la maison, qu'on attelle à notre char les deux chevaux blancs qui doivent nous mener au palais du roi. — 3. Il y a de par le monde bien des hommes qui se croient prudents et qui ne sont qu'irrésolus. — 4. Celui qui serait frappé de la foudre, s'il n'était pourvu de l'amulette que voici, il mourrait infailliblement. — 5. «Venez ici», dit ce maître à ses disciples; mais ils allèrent d'abord cueillir chacun une fleur, parce qu'il n'était pas convenable qu'ils l'abordassent les mains vides. — 6. Le trésor fut déposé dans une fosse profonde, et une marque y fut faite qui ne pût être reconnue que de ceux par qui la fosse avait été creusée. — 7. Lorsqu'il est dit [dans le rituel] «on fait libation», la liba-

tion est versée dans le feu par le prêtre servant assis et fléchissant le genou droit; mais, s'il est dit «on sacrifie», il faut que le prêtre servant soit debout et que certaines prières soient dites par les autres prêtres. — 8. Au moment où est acheté le sôma pour le sacrifice, le prêtre récitant ne doit parler qu'à voix basse. — 9. On ne jouit pas des richesses qu'on enfouit; on ne jouit pas de celles dont on jouit; on ne jouit vraiment que de celles qu'on donne : donc donnez vos richesses. — 10. Ô roi, les têtes des princes par qui il t'est fait hommage sont irradiées de l'éclat des joyaux dont tes pieds sont ornés.

1. Ppe passif. — 2. «Mener», ici *vah*. — 5. Précepte de politesse courante, cf. infra n° 377.

327. Exercice LVII. (Version.)

1. sarpa āha | 2. kathaya kasmāt te paribhavaḥ | 3. sa āha | 4. dāyādebhyaḥ | 5. so 'py āha | 6. kva ta āçrayo vāpyāṃ kūpe taḍāge hrade vā | 7. tat kathaya svāçrayam | 8. tenoktam | 9. pāṣāṇacayanibaddhe kūpe | 10. sarpa āha | 11. aho apadā vayam | 12. tarhi nāsti mama tatra praveçaḥ | 13. praviṣṭasya ca tatra sthānaṃ nāsti yatra sthitas tava dāyādān vyāpādayāmi | 14. tad gamyatām | 15. uktaṃ ca |

16. yac chakyaṃ grasituṃ grasyaṃ grastaṃ pariṇamec ca yat |
hitaṃ ca pariṇāme yat tad ādyaṃ bhūtim icchatā ||

17. gaṅgadatta āha | 18. bhoḥ samāgaccha tvam | 19. ahaṃ sukhopāyena tatra tava praveçaṃ kārayiṣyāmi | 20. tathā tasya madhye jalopānte ramyataraṃ koṭaram asti | 21. tatra sthitas tvaṃ līlayā dāyādān vyāpādayiṣyasi | 22. tac chrutvā sarpo vyacintayat | 23. ahaṃ tāvat pariṇatavayāḥ | 24. kadā cit kathaṃ cin mūṣakam ekaṃ prāpnomi | 25. tat sukhāvaho jīvanopāyo 'yam anena kulāṅgāreṇa me darçitaḥ | 26. tad gatvā tān maṇḍūkān bhakṣayāmīti | 27. athavā sādhv idam ucyate |

28. yo hi prāṇaparikṣīṇaḥ sahāyaparivarjitaḥ |
sa hi sarvasukhopāyāṃ vṛttim āvarayed budhaḥ ||

29. evaṃ vicintya tam āha | 30. bho gaṅgadatta yady evaṃ tad agre bhava yenāgacchāmi | 31. gaṅgadatta āha | 32. bhoḥ priyadarçana ahaṃ tvāṃ sukhopāyena tatra neṣyāmi sthānaṃ ca

darçayiṣyāmi | 33. paraṃ tvayāsmatparijano rakṣaṇīyaḥ | 34. kevalaṃ yān ahaṃ darçayāmi tvayā ta eva bhakṣaṇīyā iti | 35. sarpa āha | 36. sāmpratam tvaṃ me mitraṃ jātam | 37. tan na bhetavyam | 38. tava vacanena bhakṣaṇīyās te dāyādāḥ |

11. Une diphtongue finale d'interjection est pragṛhya (n° 23). — 19, 21, 32. Cf. le chap. suivant et le n° 338. — 33. Cf. n° 371, 2.

328. Exercice LVIII. (Thème.)

Reprendre les six thèmes à partir de l'exercice XXXVII (n° 217), en remplaçant la tournure active par la tournure passive partout où celle-ci paraîtra possible.

CHAPITRE XXVI.

LE VERBE CAUSATIF.

329. Le causatif est une dérivation verbale d'une importance et d'un usage considérables à toutes les époques de la langue. La formation en est fort simple et le sens, en principe, très nettement marqué : on le traduira par l'infinitif français du verbe qui correspond à la racine sanscrite, précédé de notre auxiliaire « faire ». Ainsi : de rac. *bhū*, *bhav-a-ti* « il est », mais caus. *bhāv-aya-ti*, « il fait être, il produit » ; de rac. *viç*, *viç-a-ti* « il entre », mais *veç-aya-ti*, « il fait entrer, il introduit », etc.

Un certain nombre de verbes causatifs, surtout en classique, où cette formation a beaucoup prospéré, ne présentent pas un sens différent de celui des verbes actifs auxquels ils correspondent. Ces particularités sont relevées dans les lexiques.

330. Il résulte de la définition ci-dessus que le causatif d'un verbe actif aura régulièrement pour complément deux accusatifs, savoir : l'accusatif qui serait le complément logique du verbe actif lui-même, et l'accusatif qui constitue le complément de la fonction causative ; ou, plus simplement, si l'on veut, l'acc. de la chose et l'acc. de la personne. Ainsi : de rac. *vah*, *ratham açvo vahati* « le cheval traîne le char», et par conséquent *ratham açvaṃ vāhayati*, exactement «[le cocher] fait le cheval traîner le char = il fait traîner le char au cheval».

Il en est de même pour le causatif d'un vb. intransitif, en tant que celui-ci serait susceptible de régir un accusatif (vb. de mouvement, cf. n° 93): *bhṛtyaṃ nagaraṃ gamayati* «il fait aller (= il envoie) son serviteur à la ville».

331. Ainsi qu'on le voit, la formation causative consiste dans l'insertion d'un indice disyllabique *-aya-* à la suite de la racine: Celle-ci subit presque toujours un renforcement : les racines dont la forme faible se termine en voyelle ont même la vṛddhi, *kār-aya-ti* «il fait faire», *bhāv-aya-ti*, etc., et il en est de même, souvent, de celles où *a* médial n'est suivi que d'une consonne, *svāp-aya-ti* «il endort» (mais *gam-aya-ti*, etc.); les autres ont généralement le guṇa, *ved-aya-ti* «il fait savoir», *bodh-aya-ti* «il éveille». Les racines en *ā* final, les rac. *ar* «aller», *ruh* «monter», etc., insèrent un *p* devant l'indice : *sthā-p-aya-ti*, «il fait se tenir, il établit»; *ar-p-aya*, supra nos 302, 2, et 161, 18.

332. Le causatif peut se conjuguer aux deux voix, quoique la moyenne y soit relativement rare. On en dérive également un passif, qui se forme en remplaçant l'affixe *-aya-* par l'affixe *-ya-*, auquel s'adjoignent ensuite les désinences moyennes : rac. *darç* «voir», d'où *darç-aya-ti* «il montre», passif *darç-ya-te* «est montré».

1. C'est au causatif que la différence entre les deux fonctions active et moyenne est restée le mieux marquée: *kaṭaṃ kārayati* «il fait fabriquer une natte»; *kaṭaṃ kārayate* «il se fait faire une natte à son propre usage». Cf. supra n° 195.

2. On voit que le passif de l'actif et le passif du causatif ne diffèrent entre eux éventuellement que par la forme de la racine (cf. nos 317 et 331): *dṛç-ya-te* «on voit», mais *darç-ya-te* «on montre».

333. Le causatif, ainsi constitué, possède, non seulement un organisme complet de conjugaison par temps et modes, mais encore un complet assortiment de noms verbaux inconjugables (nos 183 sqq.) extrêmement usités.

§ 1. — Formes inconjugables.

334. 1. Le verbal à sens passif substitue le suff. *-ita-* à l'indice *-aya-* : *dārç-ita-s* « montré », *sthā-p-ita-s* (n° 331) « établi ».

2. De ce verbal dérive, comme de raison, un participe passé actif : *darçitavān* « ayant montré », *sthāpitavān* « ayant établi ».

3. En remplaçant *-ita-* par *-ya-*, on obtient un gérondif déclinable : *darç-ya-s* « digne d'être montré », *sthā-p-ya-s*, etc.

4. Sur l'indice *-aya-*, qui perd sa voyelle finale, se greffe un autre suffixe de gérondif déclinable *-itavya-*, de même sens : *darç-ay-itavya-s*, *sthā-p-ay-itavya-s*.

5. Dans les mêmes conditions, un suffixe *-itvā* donne le gérondit indéclinable à sens actif : *darç-ay-itvā* « ayant montré », *sthā-p-ay-itvā* « ayant établi ».

6. Mais les causatifs à préfixes substituent à cette finale trisyllabique *-ayitvā* le simple suff. *-ya* : *prati-ṣṭhā-p-ya* « ayant fermement établi », cf. n° 188, 2.

7. La substitution de *-itum* à *-itvā* fournit l'infinitif : *darç-ay-itum* « montrer », *sthā-p-ay-itum* « établir ».

Il n'y a pas de gérondif en *-anīya-*.

§ 2. — Présent et imparfait.

335. Le présent forme un ppe actif *darçayant-* et moyen *darç-ayamāna-*, et se conjugue aux deux voix comme *bharati bharate*.

1. Indicatif, cf. n° 223 :

Sg.	1 *darç-ayā-mi*,	2 *darç-aya-si*,	3 *darç-aya-ti* ;
Pl.	1 *darç-ayā-mas*,	2 *darç-aya-tha*,	3 *darç-aya-nti*, etc.

2. Optatif : cf. n° 294, 2° :

Sg.	1 *darç-ay-e-yam*,	2 *darç-ay-e-s*,	3 *darç-ay-e-t* ;
Pl.	1 *darç-ay-e-ma*,	2 *darç-ay-e-ta*,	3 *darç-ay-e-yur*, etc.

3. Impératif : cf. n° 306 :

Sg.	1 *darç-ay-āni*,	2 *darç-aya*,	3 *darç-aya-tu* ;
Pl.	1 *darç-ayā-ma*,	2 *darç-aya-ta*,	3 *darç-aya-ntu*, etc.

336. L'imparfait se tire du présent par l'augment et la substitution des désinences secondaires (supra n° 268) :

Sg.	1 *a-darç-aya-m*,	2 *a-darç-aya-s*,	3 *a-darç-aya-t*;
Pl.	1 *a-darç-ayā-ma*,	2 *a-darç-aya-ta*,	3 *a-darç-aya-n*, etc.

§ 3. — Parfait.

337. Le causatif n'a point de parfait simple; mais il a un parfait périphrastique (cf. n° 243, 3°), presque aussi usité que son imparfait. Dans le verbe proprement dit, l'indice *-aya-* devient une finale *-ayām*. L'auxiliaire le plus ordinaire est le pf. de rac. *kar*. Exemples : *darçayāṃ cakāra* ou *cakre* « il montra »; *sthāpayāṃ cakāra*, etc.

§ 4. — Futurs.

338. Le causatif a les deux futurs (nos 247 et 249), et du premier il dérive un conditionnel.

1. Le futur simple ajoute l'indice *-iṣya-* à l'indice causatif *-aya-*, qui perd son *a* final : *darç-ay-iṣya-ti* « il montrera »; et *a-darç-ay-iṣya-t*, « il montrerait, il aurait montré », supra n° 270.

2. Le futur périphrastique ajoute l'indice *-itā* dans les mêmes conditions : *darç-ay-itā* « il montrera » (sg. 1 *darç-ay-itā-smi*, etc.).

§ 5. — Aoriste.

339. L'aoriste du causatif est une forme thématique, à la fois augmentée et redoublée. On y distingue donc cinq éléments.

1. L'augment est dans les conditions ordinaires (n° 257).

2. La consonne du redoublement suit les règles générales (nos 232 sqq.); mais la voyelle du redoublement est de préférence *i* quand la voyelle de la racine est toute autre que *u*, v. g. *a-pi-spṛç-a-t* « il toucha », etc. (cf. supra n° 207). De plus, cette voyelle s'allonge ordinairement, lorsqu'elle n'est pas alourdie par position, et que la syllabe radicale qui suit ne l'est pas non plus : ainsi, l'on dit bien *a-pi-spṛç-a-t* (supra) et *a-di-dīp-a-t* « il éclaira », mais *a-pī-par-a-t* « il fit franchir », *a-jī-jan-a-t* « il engendra », etc.

Cette tendance générale donne à la plupart des aoristes causatifs un rythme dactylique très reconnaissable, qui en est la marque caractéristique : *a-rī-riṣ-*

a-t «il endommagea», *a-dū-duṣ-a-t* «il gâta», *a-vī-vah-a-t* «il fit traîner», etc., Elle va si loin que d'intervertir parfois le rapport normal qui devrait exister entre le redoublement et la racine : *a-dī-dip-a-t* (supra).

3. Comme à l'aoriste thématique ordinaire, la racine prend généralement sa forme la plus faible; cependant un *a* médial ne disparaît pas habituellement, *a-tī-tar-a-t* «il fit traverser». Le *p* inséré au présent (n° 331) l'est aussi à l'aoriste : *a-ti-ṣṭhi-p-a-t* «il établit». Cf. supra n° 281.

4. Après la racine s'insère l'-*a*- thématique.

5. Puis viennent les désinences secondaires, actives et moyennes, comme à l'aoriste thématique (supra n° 280).

Cet aoriste, ainsi que tous les autres, est d'ailleurs très peu usité en classique.

340. Exercice LIX. (Thème.)

1. Les deux Açvins, dit la légende, firent traverser à Bhujyu la grande mer où ses amis perfides l'avaient abandonné. — 2. Les officiants font quelquefois répéter au sacrifiant ou à son épouse les prières qu'ils profèrent dans le sacrifice. — 3. Il faudrait montrer au doigt celui qui se ferait fabriquer un char par le barbier et couper les cheveux par le charron. — 4. Il ne faut pas oublier durant la quinzaine sombre les leçons que le maître nous a enseignées durant la quinzaine claire. — 5. Lorsque la jeune fille pourra montrer au roi l'anneau d'or qu'il lui a donné, il l'introduira dans son palais et la fera reine. — 6. Quand le messager eut annoncé au roi que son fils avait mis en fuite les ennemis, le roi en fut si réjoui qu'il lui fit donner cent pièces d'argent. — 7. Que les deux chiens gardiens de Yama te montrent le chemin et te fassent parvenir sain et sauf jusqu'au monde suprême. — 8. Après avoir bien fixé le poteau en terre, on le consolide au moyen de menus bois et de sable. — 9. Quand tu auras endormi la méfiance de ton ennemi, éveille la colère de ceux qui le haïssent. — 10. Lorsqu'il eut fait monter le chariot jusqu'au sommet de la pente, il tourna la roue en travers, de façon qu'il ne bougeât plus. — 11. Nous ferons boire à nos chevaux l'eau du fleuve qui baigne les murs de votre ville insolente. — 12. Le vent qui abat un grand arbre ne fait que courber le faible

roseau. — 13. Nul jamais n'a dit au loup : « Ô loup, tu ne dois pas manger tes semblables. » Pourtant il ne les mange pas et les hommes se tuent entre eux. — 14. Lorsqu'Indra brandit au ciel son foudre formidable, il donne le frisson à tous les êtres, et fait craindre aux forêts même l'incendie et la mort. — 15. Que pourrait faire un roi sans ses fidèles ministres? Si les vents n'écartaient les noirs nuages qui cherchent à le voiler, en vain le soleil ferait resplendir les espaces célestes.

1. Légende védique. — 4. Respectivement, cours et décours de la lune, division du mois hindou. — 7. Prière pour un mort. — 10. «En vue de [son] immobilité», en un seul mot. — 14. «... il fait trembler...».

L'élève doit être maintenant familiarisé avec la façon dont il peut varier à l'infini ces exercices : en employant successivement plusieurs synonymes, et l'actif ou le moyen à volonté; en traduisant le passé narratif par l'imparfait, le parfait ou l'aoriste; en remplaçant la tournure active par la tournure passive, ou réciproquement; en substituant à une proposition subordonnée, soit un locatif absolu, soit un gérondif indéclinable, etc., etc. Et même les versions qu'il a faites doivent l'avoir mis en mesure de choisir, le cas échéant, la tournure la plus conforme au génie de la langue; mais, quoi qu'il en soit, il fera bien de les essayer toutes, à titre d'exercice grammatical, et pour que son choix soit ainsi mieux assuré.

A partir d'ici, l'élève n'a plus que faire de thèmes; mais il trouvera profit à repasser ou même à refaire tous ceux qu'il aura faits auparavant, afin d'utiliser dans les premiers les notions qu'il a acquises en traduisant les derniers. Que s'il juge utile de continuer encore ce genre d'exercice, il le peut, en s'essayant à traduire quelques passages de narration ou de morale d'auteurs du xviie siècle, pourvu que les idées n'en soient pas trop modernes (*Télémaque*, les *Maximes* de La Rochefoucauld). Ce qu'il apprendra dans les quatre derniers chapitres doit être utilisé par lui en version, et non en thème; car ce sont des idiotismes de style qu'il n'a nul besoin de savoir imiter.

341. Exercice LX. (Version.)

1. evam uktvā bilān niṣkramya tam āliṅgya ca tenaiva saha prasthitaḥ | 2. atha kūpam āsādyāraghaṭṭaghaṭikāmārgeṇa sarpas tenātmanā svālayaṃ nītaḥ | 3. tataç ca gaṅgadattena kṛṣṇasarpaṃ koṭare dhṛtvā darçitās te dāyādāḥ | 4. te ca tena çanaihçanair bhakṣitāḥ | 5. atha maṇḍūkābhāve sarpeṇābhihitam | 6. bhadra niḥçeṣitās te ripavas tat prayacchānyan me kiṃ cid bhojanaṃ yato 'haṃ tvayātrānītaḥ | 7. gaṅgadatta āha | 8. bhadra kṛtaṃ tvayā

mitrakṛtyam | 9. tat sāmpratam anenaiva ghaṭikāyantramārgeṇa gamyatām iti | 10. sarpa āha | 11. bho gaṅgadatta na samyag abhihitaṃ tvayā | 12. katham ahaṃ tatra gacchāmi | 13. madīyabiladurgam anyena viruddhaṃ bhaviṣyati | 14. tasmād atrasthasya me maṇḍūkam ekaikaṃ svavargīyaṃ prayaccha no cet sarvān api bhakṣayiṣyāmīti | 15. tac chrutvā gaṅgadatto vyākulamanā vyacintayat | 16. aho kim etan mayā kṛtaṃ sarpam ānayatā tad yadi na niṣedhayiṣyāmi tat sarvān api bhakṣayiṣyati | 17. athavā yuktam ucyate |

18. amitraṃ kurute mitraṃ vīryābhyadhikam ātmanaḥ |
sa karoti na saṃdehaḥ svayaṃ hi viṣabhakṣaṇam ||

19. tat prayacchāmy asyaikaṃ dinaṃ prati suhṛdam | 20. uktaṃ ca |

21. sarvasvaharaṇe yuktaṃ çatruṃ buddhiyutā narāḥ |
toṣayanty alpadānena vāḍavaṃ sāgaro yathā ||

22. tathā ca |

23. yo durbalo 'ṇūn api yācyamāno
balīyasā yacchati naiva sāmnā |
prayacchate naiva ca darçyamānaṃ
khārīṃ sa cūrṇasya punar dadāti ||

24. tathā ca |

25. sarvanāçe samutpanne ardhaṃ tyajati paṇḍitaḥ |
ardhena kurute kāryaṃ sarvanāço hi dustaraḥ ||

26. evaṃ niçcitya nityam ekaikam ādiçati | 27. so 'pi taṃ bhakṣayitvā tasya parokṣe 'nyān api bhakṣayati | 28. athavā sādhv idam ucyate |

29. yathā hi malinair vastrair yatra tatropaviçyate |
evaṃ calitavittas tu vittaçeṣaṃ na rakṣati ||

30. athānyadine tenāparān maṇḍūkān bhakṣayitvā gaṅgadattasutaḥ pṛthudatto bhakṣitaḥ ||

18. Suppléer *yaḥ*. Les mots *na saṃdehaḥ* sont comme entre parenthèses. — 21. Le feu exilé dans l'Océan le dessèche sur un petit espace de trois lieues (légende hindoue). — 23. *darçyamānam* «l'indiqué = l'objet ci-dessus». La proposition principale commence à *prayacchate*, et *ca* est explétif. — 25. Faute d'euphonie. *ardhena* «avec la moitié [restante]». — 29. *yatra tatra* «n'importe où [sans crainte de se salir]».

CHAPITRE XXVII.

VERBES À REDOUBLEMENT.

342. On a déjà vu que certaines racines, en très petit nombre, ne se conjuguent pas autrement qu'avec un redoublement à tous les temps et modes (n° 243, 2°); mais il ne s'agira point ici de cette particularité, qui ne relève que des dictionnaires. Théoriquement, presque toutes les racines et, pratiquement, beaucoup d'entre elles, en s'accompagnant de certains redoublements caractéristiques, peuvent former deux catégories de verbes nuancés d'un sens spécial, dits respectivement intensifs et désidératifs.

§ 1. — L'intensif.

343. L'intensif est en même temps itératif: il implique, soit un effort plus ou moins violent, soit une répétition de quelque fréquence, dans l'accomplissement de l'action indiquée par le sens de la racine verbale.

344. Le redoublement intensif est extrêmement varié; mais le principe général, le seul à retenir, c'est que la syllabe de redoublement subit toujours un renforcement et qu'elle est au moins au même degré que la syllabe radicale, ordinairement même à un degré supérieur (guṇa, vṛddhi).

1. Redoublement simple par la seule consonne initiale, avec voyelle au guṇa si elle est *i* ou *u*, à la vṛddhi si elle est *a* : *ve-vet-ti* et *ve-vid-ī-ti* «il trouve souvent»; ppe *ço-çuc-at* «resplendissant»; *vā-vad-ī-ti* «il parle avec emphase ou répétition».

2. Redoublement de toute la racine, y compris la consonne finale : *car-car-ī-ti* «il se meut», *nan-nam-ī-ti* «il se ploie».

3. Redoublement disyllabique, où s'insère entre redoublement et racine un *i* qui s'allonge s'il n'est suivi que d'une consonne : *var-ī-vart-ti* «il tourne», *gan-ī-gan-ti* «il va», mais pl. 3 impf. *a-gan-i-gm-ur*.

345. Ainsi qu'on le voit par les exemples ci-dessus, la conjugaison du présent est athématique à la voie active : ce qui suppose l'application des règles relatives au changement d'état de la racine au duel et au pluriel (n° 203), aux désinences primaires du présent (n° 201) et secondaires de l'imparfait (n° 255), à la formation du participe (n° 202), etc. Parfois aussi, le présent et l'imparfait insèrent après la racine un -ī- de liaison (type *brav-ī-ti*, n° 206). — Au moyen, l'intensif devient thématique, en insérant une syllabe *-ya-* entre la racine et la désinence, v. g. ppe *de-dīp-ya-māna* (infra n° 362, 12).

L'intensif est, en outre, censé avoir un optatif et un impératif du présent, un parfait périphrastique, les deux futurs, des gérondifs, etc.; mais l'intensif lui-même est en classique d'une telle rareté que toutes ces formes sont négligeables; d'autant qu'en védique même, où l'intensif est fort commun, on ne le rencontre guère qu'à l'indicatif et au participe présents.

§ 2. — Le désidératif.

346. Beaucoup plus usité est le désidératif, dont le nom même implique la fonction, v. g. *pi-pā-sa-ti* « il désire boire », *çu-çrū-ṣa-ti* « il désire entendre », etc.

347. Ainsi qu'on le voit, une forme de présent désidératif comprend quatre éléments.

1. Le redoublement a la voyelle *u* si la racine contient cette voyelle, *i* (parfois *ī*) en tout autre cas.

2. La racine a généralement la forme faible; toutefois *i* ou *u* final s'allonge, et, si la racine finit en *ar*, cet *ar* se change en *īr* ou *ūr* (si l'indice est *-iṣa-*, la racine prend le guṇa).

3. L'indice spécifique du désidératif est un suffixe sigmatique *-sa-* ou *-iṣa-* (cf. supra n° 284). Exemples divers : *ji-gī-ṣa-ti* « il désire vaincre », *ju-hū-ṣa-ti* « . . . faire libation », *ci-kīr-ṣa-ti* « . . . faire », *tu-stūr-ṣa-te* « . . . renverser », *ji-ghāṃ-sa-ti* « . . . frapper » (*han*), *mī-māṃ-sa-te* « . . . méditer, il médite » (*man*), *ji-jīv-iṣa-ti* « . . . vivre », etc.

4. Cet indice étant thématique, les désinences actives et moyennes sont celles du présent thématique (n° 220).

De ce présent, on tirera par les voies ordinaires, un participe, un optatif, un impératif et un imparfait, tous fort usités aux deux voix.

348. Les verbaux et gérondifs prennent tous l'*i* de liaison devant les suffixes connus : *pi-pā-s-itvā* «ayant eu envie de boire»; infinitif *pi-pā-s-itum*, etc. ; cf. supra nos 188-189.

349. 1. Le parfait ne peut être que périphrastique (supra nos 241 sqq.) : *pipāsāṃ cakāra* «il eut envie de boire».

2. Le futur est à volonté simple ou périphrastique : *pi-pā-s-iṣya-ti* ou *pi-pā-s-itā*.

3. L'aoriste est sigmatique de la 2e variété (no 284) : sg. 1 *a-pi-pā-s-iṣ-am*, 3 *a-pi-pā-s-īt*; et il admet un précatif.

350. Les trois formations, passive, causative et désidérative sont susceptibles de se combiner (cf. supra nos 316 sqq. et 331).

1. Passif du désidératif : *pi-pā-s-ya-te* «il y a désir de boire».

2. Causatif du désidératif : *pi-pā-s-aya-ti* «il est cause que [qqun = acc.] désire boire».

3. Désidératif du causatif : *di-darç-ay-iṣa-ti* «il désire faire voir».

351. Le type du redoublement et du suffixe désidératifs ne se restreint pas au verbe. Il se retrouve dans une catégorie, extrêmement répandue, d'adjectifs en *-u-* (cf. supra no 118) : *di-dṛk-ṣ-u-* «désireux de voir», msc. *didṛkṣuḥ*, fm. de même, etc.; *çu-çrū-ṣ-u-* «désireux d'entendre»; et ces adjectifs, comme le verbe, régissent leur complément à l'accusatif.

Un suff. *-sā* appliqué sur un type de redoublement désidératif, forme de même des substantifs : *bhuj*, «jouir, manger», d'où *bu-bhuk-ṣā* «faim», d'où *bubhukṣita* «affamé», supra no 302, 2.

352. Quelques désidératifs, de formation très archaïque, semblent ne pas avoir de redoublement, et simplement changer la voyelle radicale devant le suffixe sigmatique : de rac. *āp*, *īp-sa-ti* «il désire obtenir»; de rac. *dā*, *di-t-sa-ti* «...donner» (avec redoublement visible, mais syllabe radicale sans voyelle, cf. supra no 209); de rac. *dabh* «nuire à», *dip-sa-ti* «il cherche à nuire»; de rac. *han* «frapper», *hiṃ-sa-ti* «il endommage, il fait tort à», etc.

Ce dernier s'est si bien détaché de sa souche, qu'on le tient pour une racine à part. Plusieurs autres verbes, dont la racine est ainsi censée finir en *s*, sont certainement d'anciens désidératifs devenus indépendants.

353. Exercice LXI. (Version.)

1. taṃ bhakṣitaṃ matvā gaṅgadattas tārasvareṇa dhigdhikpralāpaparaḥ kathaṃ cid api na virarāma | 2. tataḥ patnyābhihitaḥ | 3. kiṃ krandasi durākranda svapakṣakṣayakāraka |
svapakṣasya kṣaye jāte tvattrāṇaṃ kaḥ kariṣyati ||
tad adyāpi vicintyatām ātmano niṣkramaṇam asya vadhopāyaç ca | 4. atha gacchatā kālena sakalam api kavalitaṃ maṇḍūkakulam | 5. kevalam eko gaṅgadattas tiṣṭhati | 6. tataḥ priyadarçanena bhaṇitam | 7. bho gaṅgadatta bubhukṣito 'ham | 8. niḥçeṣitāḥ sarve maṇḍūkāḥ | 9. tad dīyatāṃ me kiṃ cid bhojanaṃ yato 'haṃ tvayātrānītaḥ | 10. sa āha | 11. bho mitra na tvayātra viṣaye mayāvasthitena kāpi cintā kāryā | 12. tad yadi māṃ preṣayasi tato 'nyakūpakānām api maṇḍūkān āçvāsyātrānayāmi | 13. sa āha | 14. mama tāvat tvam abhakṣyo bhrātṛsthāne | 15. tad yady evaṃ karoṣi tat sāṃprataṃ pitṛsthāne bhavasi | 16. tad evaṃ kriyatām iti | 17. so 'pi tad ākarṇyāraghaṭṭaghaṭikām āçrityāsmāt kūpād viniṣkrāntaḥ | 18. priyadarçano'pi tadākāṅkṣayā tatrasthaḥ pratīkṣamāṇas tiṣṭhati | 19. atha cirād anāgate gaṅgadatte priyadarçano 'nyakoṭaranivāsinīṃ godhām uvāca | 20. bhadre kriyatāṃ stokaṃ sāhāyyam | 21. tvayā saha paricitam āste | 22. tad gatvā maṇḍūkam anviṣya kva cij jalāçaye gaṅgadattāya mama saṃdeçaṃ kathaya | 23. yenāgamyatām ekākināpi drutataraṃ yady anye maṇḍūkā nāgacchanti | 24. ahaṃ tvayā vinā nātra vastuṃ çaknomi | 25. tathā yady ahaṃ tava viruddham ācarāmi tat sukṛtam antare mayā vidhṛtam | 26. godhāpi tadvacanād gaṅgadattaṃ drutataram anviṣyāha | 27. bhadra gaṅgadatta sa tava suhṛt priyadarçanas tava mārgaṃ samīkṣamāṇas tiṣṭhati | 28. tac chīghraṃ gamyatām iti | 29. aparaṃ ca tena tava virūpakaraṇe sukṛtam antare dhṛtam | 30. tan niḥçaṅkena manasā gamyatām | 31. tad ākarṇya gaṅgadatta āha | 32 = 302, 21 | 33. evam uktvā sa tāṃ visarjayām āsa ||

11. *mayāvasthitena* est une sorte d'instrum. absolu : «tant que je resterai [ici, tu n'as pas à penser à cet objet]» = «si je ne m'en vais d'ici, je ne puis rien pour toi». — 21. Rac. *ās* «être assis» au sens d'état durable : «il y a avec toi familiarisé = une longue fréquentation t'a rendu familier [le pays ou la grenouille]». — 23. *yena* «à savoir». Le message dure jusqu'à 26. —

25. *sukṛtam* «les bonnes actions [qu'on a faites durant sa vie] et le mérite qui en résulte [pour une vie ultérieure]»; *antare dhar* «donner en gage ou otage». C'est comme nous dirions : «J'en jure sur mon salut éternel». — 27. «Surveillant ton chemin = attendant ton retour.» — 32. Ces jolies rentrées en finale sont un des charmes du conte hindou.

354. Exercice LXII. (Version.)

candanadāsaḥ (*svagatam*). — cāṇakye 'karuṇe sahasā çabditasya janasya nirdoṣasyāpi çaṅkā kiṃ punar mama jātadoṣasya | tasmād bhaṇitā mayā dhanasenapramukhā nijaniveçasaṃsthitāḥ | kadāpi cāṇakyahatako gṛhaṃ vicinoti | tasmād avahitā nirvahata bhartur amātyarākṣasasya gṛhajanaṃ | mama tāvad yad bhavati tad bhavatu |

çiṣyaḥ. — bhoḥ çreṣṭhin ita itaḥ |

cand. — ayam āgacchāmi (*ubhau parikrāmataḥ*)

çiṣyaḥ (*upasṛtya*). — upādhyāya ayaṃ çreṣṭhī candanadāsaḥ |

cand. — jayatv āryaḥ |

cāṇakyaḥ (*nāṭyenāvalokya*). — çreṣṭhin svāgatam idam āsanam āsyatām |

cand. (*praṇamya*). — kiṃ na jānāty āryo yathānucita upacāro hṛdayasya paribhavād api duḥkham utpādayati | tasmād ihocitāyāṃ bhūmāv upaviçāmi |

cāṇ. — bhoḥ çreṣṭhin mā maivam | saṃbhāvitam evedam asmadvidhaiḥ bhavataḥ | tad upaviçyatām āsana eva |

cand. (*svagatam*). — upakṣiptam anena duṣṭena kim api | (*prakāçam*) yad ārya ājñāpayatīti | (*upaviṣṭaḥ*)

cāṇ. — bhoḥ çreṣṭhin candanadāsa api pracīyante saṃvyavahārāṇāṃ vṛddhilābhāḥ |

cand. (*svagatam*). — atyādaraḥ çaṅkanīyaḥ | (*prakāçam*) atha kim | āryasya prasādenākhaṇḍitā me vāṇijyā |

cāṇ. — na khalu candraguptadoṣā atikrāntapārthivaguṇān adhunā smārayanti prakṛtīḥ |

cand. (*karṇau pidhāya*). — çāntaṃ pāpam | çāradaniçāsamudgateneva pūrṇimācandreṇa candraçriyādhikaṃ nandanti prakṛtayaḥ |

cāṇ. — bhoḥ çreṣṭhin yady evaṃ prītābhyaḥ prakṛtibhyaḥ pratipriyam icchanti rājānaḥ |

cand. — ājñāpayatv āryaḥ | kiṃ kiyad asmāj janād iṣyata iti |

cāṇ. — bhoḥ çreṣṭhin candraguptarājyam idaṃ na nandarājyam | yato nandasyaivārtharucer arthasaṃbandhaḥ prītim utpādayati candraguptasya tu bhavatām aparikleça iti |

cand. (*saharṣam*). — ārya anugṛhīto 'smi |

cāṇ. — bhoḥ çreṣṭhin sa cāparikleçaḥ katham āvir bhavatīti nanu bhavatā praṣṭavyāḥ smaḥ |

cand. — ājñāpayatv āryaḥ |

cāṇ. — saṃksepato rājany aviruddhābhir vṛttibhir vartitavyam |

(Mudrārākṣasa, acte Ier. A suivre.)

Dans l'original, le brâhmane Cāṇakya et son disciple seuls parlent sanscrit; le syndic des marchands parle un prâcrit, qui a été retraduit en sanscrit. Ce syndic est l'ami de Rākṣasa, ministre du roi déchu de la dynastie des Nandas, qui conspire pour restaurer celui-ci et détrôner l'usurpateur Candragupta. — *avahitā*, sous *dhā*. — *çāntaṃ pāpam*, formule courante de propitiation à la suite d'une parole censée de mauvais augure. — Jeu de mots sur le nom de Candragupta, qui contient le mot *candra-* «lune». — *saṃkṣepatas*, cf. supra n° 158. — Observer dans tout le morceau la prédominance de la tournure passive.

CHAPITRE XXVIII.

VERBES À BASE NOMINALE.

355. De même que tous les verbes ont des formes inconjugables (supra nos 183 sqq.), ainsi et inversement, tous les noms peuvent servir de base à des formes conjugables. Ce résultat s'obtient par le double procédé de la dérivation et de la composition.

§ 1. — Dénominatifs.

356. Les dénominatifs ou verbes dérivés de noms jouent en grammaire un rôle plus important qu'en littérature. Ils se rencontrent, néanmoins, à toutes les époques; et, théoriquement, tout nom peut se transformer en verbe, pour se conjuguer à tous les temps, modes et voix, par un procédé unique de dérivation dont le type est *cora-* «voleur» > *cora-ya-ti* «il vole».

1. Les grammairiens indigènes englobent ces verbes dans leur 10e classe (supra n° 225 in fine), en les confondant avec les causatifs (supra n° 331), qui se trouvent avoir comme eux un indice *-aya-* devant la désinence personnelle. Et, en fait, il est quelquefois malaisé de décider si tel verbe de ce type est causatif ou dénominatif; mais, la plupart du temps, la distinction est facile en pratique aussi bien qu'en théorie.

2. Ces mêmes grammairiens admettent aussi une dérivation dénominative plus simple, dont le type serait *pitar-a-ti* «il est père»; mais c'est à peine si l'on en pourrait citer quelques exemples.

357. L'indice *-ya-* est constant. Mais le thème nominal qui le précède peut affecter des formes assez diverses. On doit ici se borner aux plus usuelles.

1. S'il se termine en consonne, il ne subit aucun changement : *bhiṣaj-* «médecin» > *bhiṣaj-ya-ti* «il guérit»; *namas-* «hommage» > *namas-ya-ti* «il rend hommage».

2. Un *-a-* final subsiste (*deva-* > *deva-ya-ti* «il est pieux»), ou s'allonge (*açva-* > *açvā-ya-ti* «il gagne des chevaux»), ou parfois s'élide (*adhvara-* «sacrifice» > *adhvar-ya-ti* «il fait œuvre rituelle»).

Quand l'*a* se change en *ī*, le verbe prend souvent un sens désidératif : *putra-* «fils» > *putrī-ya-ti* «il désire un fils».

3. Un *-ā-* final subsiste ou peut s'élider : *pṛtanā* «combat» > *pṛtanā-ya-ti* ou *pṛtan-ya-ti* «il combat».

4. Un *-i-* ou un *-u-* subsiste, ordinairement en s'allongeant s'il est bref : *sakhi-* «ami» > *sakhī-ya-ti* «il gagne amitié»; *çatru-* «ennemi» > *çatrū-ya-ti* «il a une attitude hostile».

La diphtongue se résout en ses deux éléments (supra n° 21) : *go-* «vache» > *gav-ya-ti* «il fait une razzia de gros bétail».

358. La conjugaison du dénominatif est théoriquement celle du causatif, auquel il ressemble; mais, en fait, on ne le rencontre guère jamais qu'aux participes, ou à l'un des modes du présent, ou à l'imparfait, qui en dérive.

§ 2. — Verbes composés.

359. Le sanscrit n'a pas, à proprement parler, de verbes composés. Car on ne peut donner ce nom à certains dénominatifs compliqués, qui sont en réalité des dérivés de noms composés (cf. infra n°s 364 sqq.) : *putra-kāma-* « désir d'un fils » > *putrakām-ya-ti* « il désire un fils ». Et, quant aux verbes à préfixation (supra n° 199), ce sont de simples juxtapositions, où le verbe et le préfixe conservent chacun toute son individualité, puisqu'à l'occasion l'augment les sépare.

Bien mieux, dans l'ancienne langue, ils peuvent être séparés l'un de l'autre par un ou plusieurs mots, et cette soi-disant tmèse y est beaucoup plus commune que la construction consécutive du classique.

360. Toutefois une autre juxtaposition, bien que l'augment y garde aussi sa place, peut être tenue pour une composition, en ce sens du moins que le premier terme y perd son individualité de thème déclinable et devient invariable. Ce terme peut être un thème nominal quelconque, substantif ou adjectif : s'il se termine en *u*, l'*u* s'allonge; en toute autre finale, elle se change en *ī*. Le second terme ne peut être que l'une des deux racines *bhū* « devenir » et *kar* « faire ». Exemples : *ṛju-* « droit », *ṛjū-bhavati* « il se redresse » et *ṛjū-bhūta-s* « redressé », *ṛjū-karoti* « il redresse » et *ṛjū-kṛta-s* « redressé »; *vṛkṣī-bhavati* « il se change en arbre » et *vṛkṣī-karoti* « il change en arbre »; *svī-karoti* « il s'approprie », impf. sg. 3 *svy-akarot*, etc., etc.

361. Exercice LXIII. (Version.)

cand. — ārya kaḥ punar adhanyo rājñā viruddha ity āryeṇāgamyate |

cāṇ. — bhavān eva tāvat prathamam |

cand. (*karnau pidhāya*). — çāntaṃ pāpaṃ çāntaṃ pāpam | kīdṛças tṛṇānām agninā saha virodhaḥ |

cāṇ. — ayam īdṛço virodhaḥ | yas tvam adyāpi rājāpathyakāriṇo 'mātyarākṣasasya gṛhajanaṃ svagṛham abhinīya rakṣasi |

cand. — ārya alīkam etat kenāpy anabhijñenāryasya niveditam |

cāṇ. — bhoḥ çreṣṭhin alam āçaṅkayā | bhītāḥ pūrvarājapuruṣāḥ paurāṇāṃ anicchatām api gṛheṣu gṛhajanaṃ nikṣipya deçāntaraṃ vrajanti | tatas tatpracchādanaṃ doṣam utpādayati |

cand. — evaṃ nv idam | tad asmin samaya āsīd asmadgṛhe 'mātyarākṣasasya gṛhajana iti |

cāṇ. — pūrvam anṛtam idānīm āsīd iti parasparavirodhinī vacane |

cand. — etāvad evāsti me vākchalam |

cāṇ. — bhoḥ çreṣṭhin candragupte rājany aparigrahaḥ chalānām | tat samarpya rākṣasasya gṛhajanam acchalaṃ bhavatu bhavataḥ |

cand. — ārya nanu vijñāpayāmy āsīd asmadgṛhe 'mātyarākṣasasya gṛhajana iti |

cāṇ. — athedānīṃ kva gataḥ |

cand. — na jānāmi |

cāṇ. (*smitaṃ kṛtvā*). — kathaṃ na jñāyate nāma | bhoḥ çreṣṭhin çirasi bhayam atidūre tatpratīkāraḥ | .... ayam eva rājāpathyakāriṣu tīkṣṇadaṇḍo na marṣayiṣyati rākṣasakalatrapracchādanaṃ bhavataḥ | tad rakṣa parakalatreṇātmanaḥ kalatraṃ jīvitaṃ ca |

cand. — ārya kiṃ me bhayaṃ darçayasi | santam api gṛhe 'mātyarākṣasasya gṛhajanaṃ na samarpayāmi kiṃ punar asantam |

cāṇ. — candanadāsa eṣa te niçcayaḥ |

cand. — bāḍham eṣa dhīro me niçcayaḥ |

cāṇ. (*svagatam*). — sādhu candanadāsa sādhu |

sulabheṣv arthalābheṣu parasaṃvedane jane |
ka idaṃ duṣkaraṃ kuryād idānīṃ çibinā vinā ||

(*prakāçam*) candanadāsa eṣa te niçcayaḥ |

cand. — bāḍham |

cāṇ. (*sakroçam*). — durātman tiṣṭha duṣṭavaṇik | anubhūyatāṃ tarhi narapatikrodhaḥ |

cand. — sajjo 'smi | anutiṣṭhatv ārya ātmano 'dhikārasadṛçam |

cāṇ. — çārṅgaravocyatām asmadvacanāt kālapāçiko daṇḍapāçikaç ca | çīghram ayaṃ duṣṭavaṇiṅ nigṛhyatām | athavā tiṣṭhatu | ucyatāṃ durgapālako vijayapālakaḥ | gṛhītagṛhasāram enaṃ saputrakalatraṃ saṃyamya tāvad rakṣa yāvan mayā vṛṣalāya kathyate | vṛṣala evāsya prāṇaharaṃ daṇḍam ājñāpayiṣyati |

çiṣyaḥ. — yad ājñāpayaty upādhyāyaḥ | çreṣṭhin ita itaḥ |

cand. — ārya ayam āgacchāmi | (*svagatam*) diṣṭyā mitrakāryeṇa me vināço na puruṣadoṣeṇa |

(*parikramya çiṣyeṇa saha niṣkrāntaḥ*)

cāṇ. (*saharṣam*). — hanta labdha idānīṃ rākṣasaḥ | kutaḥ |

tyajaty apriyavat prāṇān yathā tasyāyam āpadi |
tathaivāsyāpadi prāṇā nūnaṃ tasyāpi na priyāḥ ||

tat- = *gṛhajanasya* [*pracchādanam*] «c'est le recel [seul] qui constitue le crime» : manœuvre en vue d'obtenir un aveu; et l'effet ne s'en fait pas attendre. — *etāvad eva* «dans la mesure seulement [où je me contredis]». — *samarpya* régi par *bhavatas*. — *sādhu* . . . Non seulement Cāṇ. estime Cand., mais il ne veut nullement sa perte, non plus que celle de Rākṣ., qu'il désire au contraire rallier à la cause de Candragupta : c'est le but de toute sa diplomatie. — *jane* = *loke* «en [ce] monde» dépend de *kuryāt*, tandis que *para-* est régi par le loc. absolu qui précède. — Çibi est un héros mythique de dévouement surhumain. — *asmad-*, infra n° 371, 2; *gṛhīta-*, infra n° 364; *saputra-*, infra n° 395. — *apriyavat*, supra n° 159, 5°.

362. Exercice LXIV. (Version.)

LA RENCONTRE DE NALA ET DE DAMAYANTĪ.

तेभ्यः प्रतिज्ञाय नलः करिष्य इति भारत ।
अथैतान्परिपप्रच्छ कृताञ्जलिरुपस्थितः ॥ १ ॥
के वै भवन्तः कश्चासौ यस्याहं दूत ईप्सितः ।
किं च तद्वो मया कार्यं कथयध्वं यथातथम् ॥ २ ॥
एवमुक्ते नैषधेन मघवानभ्यभाषत ।
अमरान्वै निबोधास्मान्दमयन्त्यर्थमागतान् ॥ ३ ॥
अहमिन्द्रोऽयमग्निश्च तथैवायमपां पतिः ।
शरीरान्तकरो नृणां यमोऽयमपि पार्थिव ॥ ४ ॥
त्वं वै समागतानस्मान्दमयन्त्यै निवेदय ।
लोकपाला महेन्द्राद्याः समायन्ति दिदृक्षवः ॥ ५ ॥
प्राप्तुमिच्छन्ति देवास्त्वां शक्रोऽग्निर्वरुणो यमः ।
तेषामन्यतमं देवं पतित्वे वरयस्व ह ॥ ६ ॥
एवमुक्तः स शक्रेण नलः प्राञ्जलिरब्रवीत् ।
एकार्थसमुपेतं मां न प्रेषयितुमर्हथ ॥ ७ ॥
कथं तु जातसंकल्पः स्त्रियमुत्सहते पुमान् ।
परार्थमीदृशं वक्तुं तत्क्षमन्तु महेश्वराः ॥ ८ ॥
देवा ऊचुः ।
करिष्य इति संश्रुत्य पूर्वमस्मासु नैषध ।
न करिष्यसि कस्मात्त्वं व्रज नैषध माचिरम ॥ ९ ॥
एवमुक्तः स देवैस्तैर्नैषधः पुनरब्रवीत् ।

सुरक्षितानि वेश्मानि प्रवेष्टुं कथमुत्सहे ॥ १० ॥
प्रवेक्ष्यसीति तं शक्रः पुनरेवाभ्यभाषत ।
जगाम स तथेत्युक्त्वा दमयन्त्या निवेशनम् ॥ ११ ॥
ददर्श तत्र वैदर्भीं सखीगणसमावृताम् ।
देदीप्यमानां वपुषा श्रिया च वरवर्णिनीम् ॥ १२ ॥
अतीव सुकुमाराङ्गीं तनुमध्यां सुलोचनाम् ।
आक्षिपन्तीमिव प्रभां शशिनः स्वेन तेजसा ॥ १३ ॥

(A suivre. Mahābhārata, Épisode de Nala, chant III.)

1. Nala a rencontré des inconnus, qui l'ont prié de se charger pour eux d'un message. Le vocatif, ici, s'adresse au personnage à qui on raconte cette histoire. — 3. Loc. absolu, cf. supra n° 192, 18. — 7. *ekārtha-* «dans le même dessein».

363. Exercice LXV. (Version.)

asty atra dharātala uttarāpathe madhupuram nāma nagaram | tatra madhuseno nāma rājā babhūva | tasya kadā cit tristanī kanyā babhūva | atha tāṃ tristanīṃ jātāṃ çrutvā rājā dvijān āhūya provāca | bho brāhmaṇāḥ tristanī me kanyā sampannā | tat kiṃ tasyāḥ pratividhānam asti kiṃ vā na | te procuḥ | deva çrūyatām |

hīnāṅgī vādhikāṅgī vā yā bhavet kanyakā nṛṇām |
bhartuḥ syāt sā vināçāya svaçīlanidhanāya ca ‖
yā punas tristanopetā yāti locanagocaram |
pitaraṃ nāçayaty eva sā drutaṃ nātra saṃçayaḥ ‖

tasmād asyā darçanam pariharatu devaḥ | tathā yadi kaç cid udvāhayati tad enāṃ tasmai dattvā deçatyāgena niyojayitavya iti | evaṃ kṛte lokadvayāviruddhatā bhavati | atha teṣāṃ tad vacanam ākarṇya sa rājā paṭahaçabdena sarvatra ghoṣaṇām ājñāpayām āsa | aho tristanīṃ rājakanyāṃ yaḥ kaç cid udvāhayati sa suvarṇalakṣam āpnoti deçatyāgaṃ ca | evaṃ tasyām āghoṣaṇāyāṃ kriyamāṇāyāṃ mahān kālo vyatītaḥ | na kaç cit tāṃ pratigṛhṇāti | sāpi yauvanonmukhī saṃjātā suguptasthānasthitā yatnena rakṣyamāṇā tiṣṭhati | atha tatraiva nagare kaç cid andhas tiṣṭhati | tasya ca mantharakanāmā kubjo 'gresaro yaṣṭigrāhī | tābhyāṃ taṃ paṭahaçabdam ākarṇya mitho mantritam | spṛçyate 'yaṃ paṭaho yadi katham api daivāt kanyā labhyate tathā suvarṇaprāptiç ca bhavati sukhena suvarṇaprāptyā kālo vrajati | atha yadi tasyā doṣato mṛtyur bhavati dāridryopāttasyāsya kleçasya paryanto bhavati |

yāti... périphrase métaphorique «tombe sous les yeux [de son père]»; vue d'un tel enfant porte malheur. — *dattvā* ne se rapporte grammaticalement à aucun mot de la phrase, mais virtuellement au complément non exprimé du gérondif déclinable. En somme il équivaut à une tournure absolue : «après avoir donné...» — «Toucher le tambour», c'est acquiescer symboliquement à l'offre qu'il proclame. La proposition, bien que construite comme principale, est implicitement subordonnée, ce qu'indique sa liaison euphonique avec la suivante (*paṭaho yadi*). On peut traduire «à toucher ce tambour...»

CHAPITRE XXIX.

PRINCIPES DE LA COMPOSITION NOMINALE.

364. S'il n'y a pas, en sanscrit, de composition verbale, les composés nominaux, au contraire, y abondent, très variés, parfois très longs, et il est difficile de lire deux lignes de sanscrit classique sans en rencontrer au moins un. En fait, la composition nominale, usitée dès les premiers temps de la langue, est devenue, aux époques plus récentes, un succédané des procédés grammaticaux, puis un véritable cliché de style, et a foisonné en conséquence, dans la prose comme dans les vers, dans la langue de la précision technique comme dans celle de l'élégance littéraire.

La composition nominale peut suppléer : non seulement le rapport grammatical de l'épithète avec son substantif (*kṛṣṇa-çakuni-s* «oiseau noir», pour *kṛṣṇaḥ çakuniḥ*); non seulement une relation casuelle quelconque (*rāja-putra-s* «fils de roi» = *rājñaḥ putraḥ*, *hasta-kṛta-s* = *hastena kṛtaḥ* «fait à la main», etc., etc.); mais encore, en s'attachant comme épithète au sujet ou au complément de la proposition, un seul mot composé peut équivaloir et équivaut souvent à une incise tout entière : *dvārā-deça-baddha-vandana-mālā* (n° 252, 20) «[elle ayant] guirlande d'honneur liée à l'endroit de la porte» = «après avoir suspendu à la porte de sa maison les guirlandes destinées à honorer ta réception» ; *gṛhīta-gṛha-sāram* «[lui à qui sera] la quintessence de maison enlevée» = «après lui avoir confisqué sa fortune» (n° 361), etc.— On en a déjà lu et pu analyser bien d'autres exemples.

365. Ce qui, grammaticalement, caractérise un composé

nominal, c'est que, si long qu'il soit, tous les termes, moins le dernier, sont absolument invariables; c'est qu'en principe tous ces termes, qu'ils représentent un singulier, un pluriel ou un duel, qu'ils soient unis les uns aux autres par des relations de génitif, d'instrumental, de datif, etc., se présentent toujours sous la forme du thème nu (supra n° 88), et généralement sous sa forme faible (cf. supra n° 128).

1. La langue compte pourtant un certain nombre de composés impropres, dont le premier terme revêt une forme casuelle, surtout locative ou accusative, parfois instrumentale ou génitive: *agre-sara-s*, «qui marche en tête, guide» (n° 363); *abhayaṃ-kara-s*, «faisant absence de danger, tutélaire», etc.

2. Les altérations de la forme thématique pure au premier terme sont, pour la plupart, des cas isolés, qui relèvent des lexiques. Celles qui constituent de vraies catégories seront étudiées plus bas (n°s 370 sqq.).

3. Un composé peut avoir un nombre indéfini de termes; mais, comme les mêmes lois s'appliquent à tous, moins le dernier, on peut, par simplification théorique, envisager tout composé comme un agrégat de deux termes seulement, qu'on appellera respectivement le premier et le second.

366. Aucun thème pronominal proprement dit ne peut figurer au dernier terme d'un composé : il s'ensuit que tout composé est, de sa nature, substantif ou adjectif. Telle est la base de la classification des composés.

Un composé substantif n'est jamais que substantif. Il va de soi, au contraire, qu'un composé adjectif peut toujours, comme tout adjectif, être pris substantivement; mais cette particularité accessoire ne change rien à sa nature intime et primitive.

§ 1. — Classification des composés.

367. On a déjà vu (n° 180, 4) que les composés dont le second terme est un adjectif sont toujours adjectifs, tandis que ceux dont le second terme est un substantif peuvent être substantifs ou adjectifs. De là une distinction logique qui s'impose entre les composés qui ne changent pas de catégorie grammaticale et ceux qui en changent (ceux-ci toujours adjectifs).

Pour plus de brièveté, on pourrait les dénommer, respectivement, composés primaires et composés secondaires.

368. Les composés primaires, à leur tour, admettent une distinction fortement tranchée.

1. Dans le composé copulatif, les deux termes sont d'égale valeur et ne dépendent pas l'un de l'autre. S'ils étaient construits grammaticalement, ils seraient tous deux au même cas, et réunis par la conjonction «et» : *keça-çmaçru* «la chevelure et la barbe».

2. Dans le composé déterminatif, le premier terme dépend du second. S'ils étaient construits grammaticalement, l'un serait régi par l'autre, soit au même cas, en tant qu'apposition, soit à un cas différent, en tant que complément casuel (n° 364).

La première sous-classe (*kṛṣṇa-çakuni-s*) sera donc dite composé appositif; et la seconde (*rāja-putra-s*), composé de dépendance ou d'attribution.

369. Les composés secondaires se divisent également en deux classes très différentes.

1. Comme dans n° 368, 2, le second terme régit le premier; mais l'ensemble, au lieu de garder le sens qui résulte immédiatement de l'union des termes, revêt secondairement un sens possessif, en impliquant une individualité distincte de ceux-ci, à qui l'on assigne la qualité ou l'attribut qui en ressort. Ainsi, *açva-ratha-s* composé déterminatif signifiant simplement «char à chevaux», s'il est composé possessif, ce sera une épithète signifiant «qui a, qui conduit, qui monte sur un char attelé de chevaux».

1. C'est tout de même qu'en français un «rouge-gorge» est «[un oiseau qui a la] gorge rouge»; et aussi le mot *gorge* n'y reste-t-il pas féminin; le mot est devenu un adjectif subsidiairement pris pour substantif.

2. D'après cela, on voit que tous les composés dont le premier terme est un numéral, déjà étudiés (n° 180, 2), sont des composés possessifs. Il en est de même des deux derniers du n° 364, et en général de l'immense majorité des longs composés sanscrits.

2. Le premier terme régit le second, mais l'ensemble a une valeur d'adjectif: ainsi une expression syntactique *ati mātrām* «par delà la mesure» se fond en un seul mot, déclinable en genre, nombre et cas, soit nomin. msc. sg. *ati-mātra-s* «démesuré».

3. C'est, à peu de chose près, notre type français *sur-humain*.

4. Il va de soi que ces adjectifs peuvent tous devenir adverbes sous la forme

de l'acc. sg. nt. (supra n° 145), v. g. *sānandam* «joyeusement» (n° 272, 12), etc. Ceux de la dernière sous-classe sont principalement usités sous la forme de neutres adverbiaux, v. g. *ati-mātra-m* «démesurément».

§ 2. — Forme du premier terme.

370. Quand le premier terme d'un composé quelconque, déterminatif ou secondaire, est une simple particule, la forme en est naturellement donnée d'avance et invariable, et ce point n'offre aucune difficulté.

Les plus importantes de ces particules sont : *ati-* «très», *an-* ou *a-* négatif ou privatif, *dus-* «mal», *su-* «bien», *sa-* «pourvu de», etc. Cf. supra n°s 43, 141 (2), 147, 180 (2 et 4), et chercher d'autres exemples au lexique.

371. Tout thème déclinable, substantif, adjectif ou pronom, mais aussi participe, verbal ou gérondif déclinable, peut figurer au premier terme d'un composé déterminatif ou possessif sous les formes ci-après définies.

Le type possessif avec verbal au premier terme, soit *kṛtāñjali* (n° 362, 1) «[ayant] la salutation faite» = «après avoir salué», est surtout d'une extrême fréquence. — Les règles qui suivent s'appliquent aussi, en classique, au substantif ou à l'adjectif qui forme le premier terme d'un composé copulatif.

1. Si le thème se termine en voyelle brève ou longue, ou diphtongue, il garde sa finale intacte : *deva-senā* «armée de dieux»; *mālā-kāra-s* «fabricant de guirlandes»; *sthālī-pakva-s* «cuit dans une écuelle»; *agni-dagdha-s* «brûlé par le feu»; *madhu-pa-s* «buveur de miel, abeille»; *tanū-pāna-m*, «protection du corps, refuge, armure»; *go-pati-s* «seigneur du gros bétail», etc.

2. Toutefois les pronoms prennent une consonne dentale à la suite de leur *a* thématique : *mad-gṛha-m* «ma maison», et de même *tvad-gṛha-m, asmad-gṛha-m*, etc.; *tad-vacana-m*, «la parole de lui, ou d'elle, ou d'eux, ou d'elles», à volonté, selon ce qu'indique la suite des idées («par rapport à cela», n° 252, 1).

Cette règle revient à dire que les pronoms sexués se composent sous la forme de l'acc. sg. nt., et les pronoms insexués, sous celle de leur ablatif. Cf. supra n°s 152 et 167.

3. Si le thème est en consonne, il prend sa forme faible, c'est-à-dire, respectivement, pour les divers thèmes déclinés aux n°s 129

sqq. : *pad-*, *rāja-*, *bali-*, *bhagavat-*, *bharat-*, *vacas-*, *pitṛ-*, v. g. *bhagavad-gītā* «le chant du bienheureux» (bel épisode mystique du Mahābhārata), *skhalad-vāṇī* (n° 15).

Mais l'adj. *mahant-* fait toujours *mahā-*, v. g. *mahā-rāja-s* «grand roi» (titre honorifique encore très répandu). Il y a double irrégularité dans *pitāmaha-s* «grand père».

§ 3. — Forme du second terme.

372. Réservant pour l'instant les composés copulatifs (cf. infra n° 379), on conçoit que la forme du dernier terme d'un composé dépend essentiellement du point de savoir si le composé est primaire ou secondaire; car, s'il est primaire, ne changeant pas de sens, le second terme n'a aucune raison de changer de forme. Et, en fait, dans les composés déterminatifs, le second terme garde presque toujours la forme qu'il aurait s'il était simple. Cf. les exemples ci-dessus.

Toutefois, quelques thèmes en *-an-* et en *-i-* sont traités en ce cas comme s'ils étaient des thèmes en *-a-*, v. g. *rājan-* «roi», *sakhi-* «ami», mais *mahā-rāja-s* (supra n° 371), *priya-sakha-s* «cher ami». Et quelques thèmes consonnantiques s'adjoignent un *-a-* final. Cf. aussi n° 373.

373. Au contraire, si le composé est secondaire, il faut bien, puisqu'il devient adjectif, que le second terme s'adapte à cette nouvelle fonction, c'est-à-dire devienne susceptible de varier en genre. On a déjà vu comment ce résultat s'obtient.

1. Ainsi : le nt. *bala-m* «force» donne en composition, msc. *dur-bala-s*, fm. *durbalā*, nt. *durbalam* «faible» ; ce qui, sans composition, serait *mantharako nāma* (supra n° 93) devient en composition nomin. msc. *mantharaka-nāmā* «[ayant pour] nom Mantharaka» (n°ˢ 130, 1, et 363), etc., etc.

2. Dans cette catégorie surtout sévissent les altérations signalées au n° 372 : *rātri-* «nuit» > *ati-rātra-m* «veillée» (nom d'un office religieux); *loman-* «poil» > nt. adv. *prati-loma-m* «à contre-poil» et même *tathā* «ainsi» > *yathā-tatha-m* (n° 362, 2), «tout ainsi comme, exactement, comme il faut», etc.

3. Fort souvent aussi, le second terme est transformé en adjectif par l'addition d'un suffixe de dérivation : on lira plus loin *sa-patnī-ka-s* «avec sa femme» et *dahanātma-ka-s* «ayant une nature de combustion» (fm. n° 107, 3).

374. Quand le second terme d'un composé est une racine pure (cf. n° 88), — cas assez fréquent, — le principe est que cette racine revêt sa forme la plus faible : *bhid* «fendre» > *pūr-*

bhid- (nomin. *pūrbhit*) «qui fend les citadelles»; *yuj* «atteler» > *açva-yuj-* (nomin. *açvayuk*) «qui attelle les chevaux».

1. Si, sous cette forme la racine se termine par une voyelle brève, il s'y ajoute un *-t-* : *çru* «entendre» > *dīrgha-çru-t-* «qui a l'ouïe longue»; *kar* «faire» > *su-kṛ-t-* «qui fait le bien». — Cf. supra n° 188, 2 b.

2. Les racines terminées par *ā* le changent en *a*, et l'ensemble forme un mot du type du n° 102 : *pā* «garder» > *go-pa-s* «bouvier»; *pā* «boire» > *madhu-pa-s* «abeille». Et de même, de *jan* «naître», *dvi-ja-s*, supra n° 172, 18.

375. Exercice LXVI. (Version.)

तस्य दृष्ट्वैव ववृधे कामस्तां चारुहासिनीम् ।
सत्यं चिकीर्षमाणस्तु धारयामास हृच्छयम् ॥ १४ ॥
ततस्ता नैषधं दृष्ट्वा संभ्रान्ताः परमाङ्गनाः ।
आसनेभ्यः समुत्पेतुस्तेजसा तस्य धर्षिताः ॥ १५ ॥
प्रशशंसुश्च सुप्रीता नलं ता विस्मयान्विताः ।
न चैनमभ्यभाषन्त नमोभिस्त्वभ्यपूजयन् ॥ १६ ॥
अहो रूपमहो कान्तिरहो धैर्यं महात्मनः ।
को ऽयं देवो ऽथवा यक्षो गन्धर्वो वा भविष्यति ॥ १७ ॥
न तास्तं शक्नुवन्ति स्म व्याहर्तुमपि किंचन ।
तेजसा धर्षितास्तस्य लज्जावत्यो वराङ्गनाः ॥ १८ ॥
अथैनं स्मयमानं तु स्मितपूर्वाभिभाषिणी ।
दमयन्ती नलं वीरमभ्यभाषत विस्मिता ॥ १९ ॥
कस्त्वं सर्वानवद्याङ्ग मम हृच्छयवर्धन ।
प्राप्तो ऽस्यमरवद्वीर ज्ञातुमिच्छामि ते ऽनघ ॥ २० ॥
कथमागमनं चेह कथं चासि न लक्षितः ।
सुरक्षितं हि मे वेश्म राजा चैवोग्रशासनः ॥ २१ ॥
एवमुक्तस्तु वैदर्भ्या नलस्तां प्रत्युवाच ह ।
नलं मां विद्धि कल्याणि देवदूतमिहागतम् ॥ २२ ॥
देवास्त्वां प्राप्तुमिच्छन्ति शक्रो ऽग्निर्वरुणो यमः ।
तेषामन्यतमं देवं पतिं वरय शोभने ॥ २३ ॥
तेषामेव प्रभावेन प्रविष्टो ऽहमलक्षितः ।
प्रविशन्तं न मां कश्चिदपश्यन्नाप्यवारयत् ॥ २४ ॥
एतदर्थमहं भद्रे प्रेषितः सुरसत्तमैः ।
एतच्छ्रुत्वा शुभे बुद्धिं प्रकुरुष्व यथेच्छसि ॥ २५ ॥

376. Exercice LXVII. (Version.)

uktaṃ ca |

lajjā snehaḥ svaraviçadatā buddhayaḥ saumanasyaṃ
kāntāsaṅgaḥ paṭhanasamatā duḥkhahānir vilāsāḥ |
dharmaḥ çāstraṃ suragurumatiḥ çaucam ācāracintā
sasyaiḥ pūrṇe jaṭharapiṭhare prāṇināṃ saṃbhavanti ||

evam uktvāndhena gatvā sa paṭahaḥ spṛṣṭaḥ bho ahaṃ tāṃ kanyām udvāhayāmi yadi rājā me prayacchati | tatas tai rājapuruṣair gatvā rājñe niveditam | deva andhakena kena cit paṭahaḥ spṛṣṭaḥ | tad atra viṣaye devaḥ pramāṇam | kiṃ kriyatām iti | rājā prāha |

andho vā badhiro vāpi kuṣṭhī vāpy antyajo 'pi vā |
pratigṛhṇātu tāṃ kanyāṃ salakṣāṃ syād videçagaḥ ||

atha rājādeçāt tai rakṣāpuruṣais taṃ nadītīre nītvā suvarṇalakṣeṇa samaṃ vivāhavidhinā tristanīṃ tasmai dattvā jalayāne nidhāya kaivartāḥ proktāḥ | bho deçāntaraṃ nītvā kasmiṃç cid adhiṣṭhāne 'ndhaḥ sapatnīkaḥ kubjakena saha mocanīyaḥ | tathānuṣṭhite videçam āsādya kasmiṃç cid adhiṣṭhāne kaivartadarçite te trayo 'pi mūlyena gṛhaṃ prāptāḥ sukhena kālaṃ nayanti sma | kevalam andhaḥ paryaṅke suptas tiṣṭhati | gṛhavyāpāraṃ mantharakaḥ karoti | evaṃ gacchatā kālena tristanyāḥ kubjakena saha vikṛtiḥ samapadyata | athavā sādhv idam ucyate |

yadi syāc chītalo vahniç candramā dahanātmakaḥ |
susvādaḥ sāgaraḥ strīṇāṃ tat satītvaṃ prajāyate ||

athānyedyus tristanyā mantharako 'bhihitaḥ | bhoḥ subhaga yady eṣo 'ndhaḥ kathaṃ cid vyāpādyate tad āvayoḥ sukhena kālo yāti | tad anviṣyatāṃ kutra cid viṣaṃ yenāsmai tat pradāya sukhinī bhavāmi |

377. Exercice LXVIII. (Version.)

UN SCAPIN HINDOU.

devī. — bhagavati atiramaṇīyaṃ kathāvastu | tatas tataḥ |

parivrājikā (*sadṛṣṭikṣepam*). — ataḥ paraṃ punaḥ kathayiṣyāmi | atrabhavān īçvaraḥ saṃprāptaḥ |

d. — aho āryaputraḥ | (*ity utthātum icchati*)

rājā. — alam alam upacārayantraṇayā |
anucitanūpuraviraham nārhasi tapanīyapīṭhakālambi |
caraṇaṃ rujāparītaṃ kalabhāṣiṇi māṃ ca pīḍayitum ||

par. — vijayatāṃ devaḥ |

d. — jayatv āryaputraḥ |

r. (*parivrājikāṃ praṇamyopaviçya*). — devi api sahyā vedanā |

d. — asti ma idānīṃ viçeṣaḥ | (*tataḥ praviçati yajñopavīta-baddhāṅguṣṭhaḥ sambhrānto vidūṣakaḥ*)

vid. — api hā api hā sarpeṇa saṃdaṣṭo 'smi | (*sarve viṣaṇṇāḥ*)

r. — kaṣṭaṃ | kva bhavān paribhrāntaḥ |

vid. — devīṃ drakṣyāmīty ācārapuṣpagrahaṇāya pramadavanaṃ gato 'smi | paritrāyatāṃ paritrāyatām |

d. — hā dhik hā dhik | aham eva brāhmaṇasya jīvitasaṃçaye nimittaṃ jātā |

vid. — tatrāçokastabakāya mayā prasārite 'grahaste koṭaranirgatena kālena sarparūpiṇā daṣṭaḥ | nanv ete dve dantapade | (*iti daṃçaṃ darçayati*)

par. — tena hi daṃçacchedaḥ pūrvakarmeti çrūyate | sa tāvad asya kriyatām |

chedo daṃçasya dāho vā kṣater vā raktamokṣaṇam |
etāni daṣṭamātrāṇām āyuṣaḥ pratipattayaḥ ||

r. — saṃprati viṣavaidyānāṃ karma | jayasene kṣipram ānīyatāṃ dhruvasiddhiḥ |

pratīhārī. — yad deva ājñāpayati | (*iti niṣkrāntā*)

vid. — aho pāpena mṛtyunā gṛhīto 'smi |

r. — mā kātaro bhūḥ | aviṣaḥ kadā cid daṃço bhavet |

(Mālavikāgnimitra, acte IV. A suivre.)

La reine, l'huissière et le vidūṣaka parlent prâcrit dans l'original. Ce dernier, qui est un brâhmane burlesque, conduit ici l'intrigue : il s'agit de soutirer adroitement à la reine une bague à cachet, nécessaire pour délivrer une jeune prisonnière à qui le roi porte un intérêt trop tendre. La religieuse bouddhiste n'est pas dans le secret ; mais elle a bien l'air de le deviner à la fin. — *utthātum*, sous *sthā*. La reine, qui s'est blessée au pied, est étendue sur un divan. — Clichés de salutation aux rois. — *devīm*... L'étiquette interdit de se présenter devant un grand personnage, sans lui offrir un présent, ne fût-ce qu'une fleur. — *daṣṭa-mātra-*, infra n° 390. — *bhūḥ*, cf. supra n° 277.

CHAPITRE XXX.

APPLICATIONS DE LA COMPOSITION NOMINALE.

378. L'extraordinaire développement qu'a pris la composition en sanscrit classique y a produit un grand nombre d'idiotismes curieux et fréquents, dont il importe de retenir les plus usuels, si l'on veut s'épargner la peine et la perte de temps de recourir incessamment au dictionnaire.

§ 1. — Copulatifs et distributifs.

379. Le composé copulatif, dit *dvandva* «couple», se présente en classique sous deux aspects logiques qui en déterminent le type grammatical : ou chacun de ses termes est envisagé dans son individualité; ou l'ensemble des termes se présente en bloc à la pensée.

1. Le premier terme demeurant toujours invariable (supra n°s 365 et 371), le dernier se met : a) au duel, s'il n'y en a que deux; b) au pluriel, s'il y en a davantage; c) à plus forte raison au pluriel, s'il y en a deux ou davantage dont chacun serait au pluriel s'il se construisait à part.

Exemples : a) de *vrīhi-* «riz» et *yava-* «orge», *vrīhi-yavau* «le riz et l'orge»; b) *brāhmaṇa-kṣatriya-viṭ-çūdrās* «un prêtre, un guerrier, un paysan et un artisan»; ou c) «les prêtres, les.....», etc.; de *ajā-* «chèvre» et *avi-* «brebis», *ajāvayas* «les chèvres et les brebis».

2. L'ensemble forme un neutre collectif, dont le dernier terme prend les marques spécifiques (n°s 103, 114, etc.) : *bhūta-bhavya-m* «le passé et l'avenir», *bhadra-pāpa-m* «le bien et le mal», *keça-çmaçru* (n° 368, 1).

Ce dernier type, moins la finale neutre, qui varie selon les genres, est naturellement le seul possible pour les copulatifs assez rares qui font fonction d'adjectif, v. g. *çveta-kṛṣṇa-* «blanc et noir».

380. Aux copulatifs on peut rattacher les distributifs, que constitue la répétition d'un seul et même mot suivant trois types qui rentrent à demi l'un dans l'autre.

1. Le même mot, à une forme casuelle, est deux fois répété: dat. *dive-dive*, ou loc. *dyavi-dyavi*, ou instr. *divā-divā*, «de jour en jour, chaque jour» (avec une nuance de sens propre pour chaque cas); *daçamo-daçamaḥ*, «chaque 10ᵉ, 1 sur 10», etc.

2. Le premier terme prend la forme du nominatif, mais n'en change pas, et le second seul se décline : *anyo-'nya-* «l'un l'autre» (*anyonyam*, *anyonyasmin*, etc.), *paras-para-m*, nt. adv. «réciproquement».

3. Il y a vraie composition (n° 365) : *ekaika-s* (*ā*, *a-m*), «un à un, chacun».

§ 2. — Appositifs.

381. Dans le composé appositif, si le premier terme n'est pas une particule (n° 370), il aura généralement l'une des fonctions suivantes : adjectif ou substantif, si le second terme est substantif; adjectif, ou bien adjectif pris adverbialement, si le second terme est adjectif.

Exemples des deux premiers cas, supra nᵒˢ 368 sqq. et infra nᵒˢ 382-383. Exemples des deux derniers: *punar-ukta-s*, «redit, répété» : *sākam-jāta-s*, «né avec, jumeau» ; *prathama-ja-s*, «né le premier, aîné».

382. Quelques appositifs, du type contenant un adjectif, en fort petit nombre, mais extrêmement usuels, construisent l'apposition en second terme : *deçāntara-m*, pour *antara-deça-s*, «un autre pays, l'étranger»; *dṛṣṭa-pūrva-s* «vu précédemment», etc.

Et, avec la particule négative, v. g. *adṛṣṭapūrvam apaçyat* «il vit quelque chose qu'il n'avait jamais vu de sa vie». Cf. infra n° 395.

383. Dans la versification raffinée et volontiers amphigourique de l'époque classique, on affectionne tout particulièrement la composition de deux substantifs, dont l'un sert de terme de comparaison à l'autre. Cette composition, qui, pour nos habitudes de style, serait plutôt un composé de dépendance, est certainement, dans l'esprit de l'auteur et du lecteur hindou, un type d'apposition.

Ainsi : *netra-padme*, littéralement, non pas «les deux lotus des yeux», mais «les deux lotus-yeux»; de même *jaṭhara-piṭhara-m*, supra n° 376. C'est le type créé par V. Hugo : «Entre à l'auberge-Louvre avec la rosse-Empire.»

§ 3. — Composés de dépendance.

384. Dans le composé de dépendance, la seule question qui se pose est celle de reconnaître le cas auquel apparaîtrait le premier terme s'il était grammaticalement construit; mais, la plupart du temps, elle n'est point difficile à résoudre, puisqu'elle résulte de la nature même et du sens du second terme.

1. Par exemple, si le second terme est un verbal, le premier vaut un instrumental, et presque jamais un autre cas : en d'autres termes, *deva-datta-s* signifie *devena* (*devair*), et non pas *devāya* (*devebhyo*) *datta-s*. Et ainsi de beaucoup de relations qui relèvent du sens commun ou de l'usage.

2. Il va de soi que, dans un long composé, plusieurs relations casuelles peuvent ainsi être implicitement exprimées à la suite l'une de l'autre : ainsi, *padma-puṣpa-bhūṣita-saro-vāsī* se traduira *padmānāṃ puṣpair bhūṣite sarasi vāsī*, etc.

§ 4. — Possessifs.

385. C'est dans cette classe que le génie de composition de la langue s'est déployé avec le plus d'ampleur et d'originalité, et l'on ne peut ici que donner une idée sommaire de la variété de ses créations.

386. Un composé dont le second terme est un nombre ordinal, ou un mot impliquant l'idée de «premier» (*ādi-* ou *prabhṛti-* «commencement», *ādika-* ou *ādya-* «premier», *pramukha-* «placé en tête», etc.), donne à l'analyse le sens général «qui a pour (2e terme) le (1er terme)», et aboutit ainsi aux acceptions ci-après: *indriyāṇi manaḥ-ṣaṣṭhāni*, «les sens dont le 6e est l'intellect = les cinq sens et l'intellect»; *devā indrādayaḥ*, ou *indraprabhṛtayaḥ*, ou *indrādyāḥ*, ou *indrapramukhāḥ*, «les dieux dont le 1er est Indra = Indra et tous les dieux ses subalternes», etc.

En vertu du même principe : le nt. adv. *tat-prabhṛti* «à commencer par ceci» signifie «désormais» ; et le nt. adv. *ity-ādi* signifie «etc.». V. g. *indrasya nu vīryāṇītyādi sūktam*, «l'hymne qui commence par les mots *indrasya nu vīryāṇi*, l'hymne *indrasya nu*, etc.».

387. Le même résultat, sauf la nuance de sens, s'obtiendra au moyen d'adjectifs impliquant l'idée de précession dans l'espace, *pūrva-*, *puro-gama-*, *puraḥ-sara-*, etc.

V. g. *indra-purogamā marutaḥ* «les Maruts en tête desquels marche Indra = Indra et les Maruts à sa suite».

388. Même résultat encore, avec certains superlatifs ou mots impliquant une supériorité matérielle ou morale.

Exemples : *indra-jyeṣṭhā devāḥ*, «les dieux dont Indra est l'aîné, le plus fort, le meilleur = Indra et les autres dieux» ; *soma-çreṣṭhā oṣadhayaḥ* «les plantes dont la meilleure est le sôma», ou *soma-rājñya oṣadhayaḥ* «les plantes dont le sôma est le roi» (*rājan-* est au fm. comme terminant un adjectif qui doit s'accorder avec *oṣadhayaḥ*) = «le sôma et toutes les autres plantes», etc.

389. Quand le second terme est un substantif désignant une partie du corps, si le premier est également un substantif, l'ensemble revêt ordinairement le sens dont suivent les spécimens : *açru-mukha-s* «ayant le visage [baigné de] larmes»; *niṣka-grīva-s* «ayant le cou [orné d'un] collier», etc.

390. Le mot *mātrā* «mesure», à la fin d'un composé qui prend les trois genres, ajoute à l'ensemble la nuance exprimée par le fr. «ne .. que», v. g. *ratimātram phalam tasya* «le fruit de ceci n'est que volupté = on n'en retire autre chose que...»

1. Le sens littéral est «fruit de ceci ayant pour mesure, pour limite maxima, la volupté» [et conséquemment rien de plus].

2. De même, à un autre cas, *jala-mūla-mātreṇa vartayati* «il ne vit que d'eau et de racines» ; et au loc. absolu, *ukta-mātre* «à peine eut-il parlé».

391. Le mot *artha-*, à la fin d'un composé, sous la forme de l'acc. sg., ou, plus exactement, du nt. adv., forme un adverbe composé dont le sens est «en vue de, à cause de», v. g. *tad-artha-m* «en vue de cela, ou de lui, ou d'elle, ou d'eux» (cf. supra n° 371, 2), et *damayanty-artha-m*, supra n° 362, 3.

Le même sens s'obtient au moyen du loc. *kṛte* «en fait», v. g. *tvat-kṛte* «à cause de toi» ; mais c'est un composé de dépendance.

392. Enfin, parmi les applications les plus usuelles de la composition possessive, on ne saurait oublier divers procédés de numération déjà étudiés : supra n°s 177 et 180.

393. On observera en terminant que, par suite du sens réversif qui caractérise la composition possessive, un type de ce genre peut en définitive signifier précisément le contraire de ce qu'il paraît signifier de prime abord.

Ainsi, *marutaḥ pṛçni-mātaraḥ* ne signifie pas «les Maruts mères de Pṛçni», — ce qui d'ailleurs serait un pur non-sens, — mais «les Maruts qui ont pour mère Pṛçni», c'est-à-dire «fils de Pṛçni» (supra n° 124, 27).

§ 5. — Adverbes.

394. Parmi les composés adverbiaux dont le premier terme est une préposition ou une conjonction (n° 369, 4), il convient de faire une place à part à ceux qui commencent par *yathā-*, et qui ont en général une valeur corrélative et accessoirement distributive : *yathā-vidhi* «conformément à la règle», *yathoktam* «ainsi qu'il a été dit»; *yathā-çīlam* «[chacun] selon son caractère», *yathā-bhāgam* «selon le lot [propre à chacun]», etc.

§ 6. — Composés de composés.

395. Un composé une fois formé, se trouvant être désormais une individualité lexique nouvelle, peut naturellement se composer à son tour, soit avec un mot simple, soit avec un autre composé; et ce nouveau composé avec un autre, et ainsi de suite, théoriquement à l'infini.

L'élève a rencontré de ces composés un grand nombre d'exemples dans ses lectures et dans les deux derniers chapitres : il est donc superflu d'en citer ici. Toutefois on doit appeler son attention sur le sens particulier qu'offre la composition d'un copulatif avec un autre mot ou une particule : ainsi, *jala-mūla-mātra-* (n° 390, 2) ne signifie pas «rien que racines aquatiques», mais «rien que racines [et] eau»; de même, *sa-putra-kalatra-* (n° 361), non pas «avec la femme de [son] fils», mais «avec [sa] femme [et son] fils»; *bala-vṛtra-niṣūdana* (épithète épique d'Indra) «meurtrier de Bala et de Vṛtra», etc.

396. Le composé suivant, où l'on a aboli les liaisons euphoniques pour en pouvoir séparer les termes, donnera tout à la fois un exemple, et des divers genres de composition analysés dans ces deux chapitres, et de la longueur possible, et théoriquement encore amplifiable, d'un composé sanscrit : *pracura-karpūra-saviçeṣa-çiçira-candana-rasa-chaṭā-āsāra-nikara-danturita-bāla-kadalī-pattra-*

saṃvāhana-ādi-vyāpāra-tvaramāṇa-sahacarī-sārtha-viracita-upanīta-kamalinī-dala-jala-ārdra-çayanīye, « sur un lit moite de l'eau des feuilles de lotus apportées [et] appliquées par la troupe de [ses] suivantes, qui s'empressent au soin de [la] frictionner, etc., avec des feuilles de jeune kadalî, épaissies par une masse d'ondées de quantité de suc de santal ayant [acquis] une fraîcheur particulière par [son mélange avec] beaucoup de camphre ».

Observer que, parmi ces mots, *sa-viçeṣa-*, *sa-artha* et *saha-carī* sont à leur tour des composés, que *vi-çeṣa-* contient un préfixe, ainsi que *ā-sāra-*, *ni-kara-*, *saṃ-vāhana-*, *ā-di-*, *vi-racita-* et *upa-nīta-*, qu'il y a deux préfixes dans *vy-ā-pāra-*, en sorte que, en total brut, ce mot ne contient pas moins de 38 éléments (39, si on décompose *pra-cura-*, dont la racine n'est pas claire, mais le préfixe assez visible).

397. Exercice LXIX. (Version.)

anyadā kubjakena paribhramatā mṛtaḥ kṛṣṇasarpaḥ prāptaḥ | taṃ gṛhītvā prahṛṣṭamanā gṛham abhyetya tām āha | subhage labdho 'yaṃ kṛṣṇasarpaḥ | tad enaṃ khaṇḍaçaḥ kṛtvā prabhūtaçuṇṭhyādibhiḥ saṃskāryāmuṣmai vikalanetrāya matsyāmiṣaṃ bhaṇitvā prayaccha yena drāg vinaçyati yato 'sya matsyasyāmiṣaṃ sadā priyam | evam uktvā mantharako bāhye gataḥ | sāpi pradīptavahnau kṛṣṇasarpaṃ khaṇḍaçaḥ kṛtvā takram ādāya gṛhavyāpārākulā taṃ vikalākṣaṃ sapraçrayam uvāca | āryaputra tavābhīṣṭaṃ matsyamāṃsaṃ samānītaṃ yatas tvaṃ sadaiva tat pṛcchasi | te ca matsyā vahnau pācanāya tiṣṭhanti | tad yāvad ahaṃ gṛhakṛtyaṃ karomi tāvat tvaṃ darvīm ādāya kṣaṇam ekaṃ tān pracālaya | so 'pi tad ākarṇya hṛṣṭamanā sṛkviṇīṃ parilihan drutam utthāya darvīm ādāya pramathitum ārabdhaḥ | atha tasya matsyān mathato viṣagarbhavāṣpena saṃspṛṣṭaṃ nīlapaṭalaṃ cakṣurbhyām agalat | asāv apy andho bahuguṇaṃ manyamāno viçeṣān netrābhyāṃ vāṣpagrahaṇam akarot | tato labdhadṛṣṭir jāto yāvat paçyati tāvat takramadhye kṛṣṇasarpakhaṇḍāni kevalāny evāvalokayati | tato vyacintayat | aho kim etat | mama matsyāmiṣaṃ kathitam āsīd anayā | etāni tu kṛṣṇasarpakhaṇḍāni | tat tāvad vijānāmi samyak tristanyāç ceṣṭitaṃ kiṃ mama vadhopāyakramaḥ kubjasya votāho anyasya vā kasya cit | evaṃ vicintya svākāraṃ gūhann andhavat karma karoti yathā purā | atrāntare kubjaḥ samāgatya niḥçaṅkatayāliṅganacumbanādibhis tristanīṃ sevitum upacakrame | so 'py andhas tām avalokayann api yāvan na kiṃ cic chastraṃ paçyati tāvat kopavyākulamanāḥ kubjaṃ caraṇābhyāṃ saṃgṛhya sāmarthyāt svamastakopari bhrāmayitvā tristanīṃ hṛdaye vyatāḍayat | atha kubjaprahāreṇa tasyās tṛtīya stana urasi praviṣṭaḥ | tato balān mastakopari bhrāmaṇena kubjaḥ prāñjalatāṃ gataḥ | ato 'haṃ bravīmi |

'andhakaḥ kubjakaç caiva tristanī rājakanyakā |
trayo 'py anyāyataḥ siddhāḥ saṃmukhe karmaṇi sthite ||

karman- «action», ici «le mérite résultant des bonnes actions accomplies dans une existence antérieure» (cf. supra n° 353, 25), mérite qui détermine «le destin» en celle-ci.

398. Exercice LXX. (Version.)

vid. — kathaṃ na bheṣyāmi | (*viṣavegaṃ nirūpayati*) simisimāyanti me 'ṅgāni |

d. (*upasṛtya*). — hā hā | asukhaṃ daṣṭaṃ viṣāreṇa | halā avalambadhvam enam |

parijanaḥ (*sasaṃbhramam avalambate*)

vid. (*rājānam avalokya*). — bho bhavato vātsyād api priyavayasyo 'smi | tad vicārya mugdhāyā me jananyā yogakṣemaṃ vahasva |

r. — mā bhaiṣīḥ | acirāt tvāṃ vaidyaç cikitsate | sthiro bhava |

pratīhārī (*praviçya*). — deva dhruvasiddhir vijñāpayati | ihaivānīyatāṃ gautama iti |

r. — tena hi varṣavaraparigṛhītam enaṃ tatrabhavataḥ sakāçaṃ prapaya |

pr. — tathā |

vid. (*devīṃ vilokya*). — devi jīveyaṃ vā na vā yan mayātrabhavantaṃ sevamānena te 'parāddhaṃ taṃ sarvam aparādhaṃ marṣaya |

d. — dīrghāyur bhava |

(*niṣkrānto vidūṣakaḥ pratīhārī ca*)

r. — prakṛtibhīrus tapasvī | dhruvasiddher api yathārthanāmnaḥ siddhiṃ na manyate |

pr. (*praviçya*). — jayatu bhartā | dhruvasiddhir vijñāpayati | udakakumbhāpidhāne sarpamudrikā kāpy anviṣyatām iti |

d. — idaṃ sarpamudram aṅgulīyakam | paçcān mama haste dehy etat | (*iti prayacchati*)

r. — jayasene karmasiddhāv āçu pratipattim ānaya |

pr. — yad deva ājñāpayati | (*iti niṣkrāntā*)

parivrājikā. — yathā me hṛdayam ācaṣṭe tathā nirviṣo gautamaḥ |

r. — bhūyād evam |

pr. (*praviçya*). — jayatu bhartā | nivṛttaviṣavego gautamaḥ prakṛtistha eva saṃvṛttaḥ |

d. — diṣṭyā vacanīyān muktāsmi |

pr. — eṣo 'mātyo vāhatavo vijñāpayati | rājakāryaṃ bahu mantrayitavyam | tad darçanānugraham icchāmiti |

d. — gacchatv āryaputraḥ kāryasiddhyai |

r. — devi ātapākrānto 'yam uddeçaḥ | çītakriyā cāsya praçastā | tad anyatra nīyatāṃ çayanīyam |

d. — bālikā āryaputravacanam anutiṣṭhata |

parijanaḥ. — tathā |

r. — jayasene gūḍhapathena pramadavanaṃ prāpaya |

dhruvasiddher... jeu de mots sur le nom du médecin. — *karmasiddhau* est à double entente. — *eṣo*... prétexte pour donner au roi la liberté de quitter la reine. — *devi*... artifice pour vider la scène : dans le théâtre hindou comme dans celui de notre moyen âge, elle est sans décors mobiles, et c'est l'acteur qui la crée en la décrivant. — *jayasene*... L'étiquette lui interdit de faire un pas sans être précédé. On comprend qu'il va retrouver la prisonnière : dans un instant, après avoir fait quelques pas pour mimer un long trajet, il la rencontrera sur cette scène même.

399. Exercice LXXI. (Version.)

Traduire le conte dont le texte a été donné aux exercices I et IX (n°s 15 et 74).

400. Exercice LXXII. (Version.)

Un peu de philosophie hindoue.

सदेव सौम्येदमग्र आसीदेकमेवाद्वितीयम् । तद्धैक आहुरसदेवेदमग्र आसीदेकमेवाद्वितीयम् । तस्मादसतः सज्जायेत ॥ कुतस्तु खलु सौम्यैवं स्यादिति होवाच कथमसतः सज्जायेतेति । सत्त्वेव सौम्येदमग्र आसीदेकमेवा-

द्वितीयम् ॥ तदैक्षत बहु स्यां प्रजायेयेति । तत्तेजोऽसृजत । तत्तेज ऐक्षत
बहु स्यां प्रजायेयेति । तदपोऽसृजत । तस्माद्यत्र क्व च शोचति पुरुषः
स्वेदते वा तत्तेजस एवापोऽधिजायन्ते ॥ ता आप ऐक्षन्त बह्व्यः स्याम प्रजा-
येमहीति । ता अन्नमसृजन्त । तस्माद्यत्र क्व च वर्षति तदेव भूयिष्ठमन्नं भव-
ति । तदद्भ्य एवान्नाद्यमधिजायते ॥ . . . . . .

एतस्य सौम्य महतो वृक्षस्य यो मूलेऽभ्याहन्याज्जीवन्स्रवेत् । यो मध्ये
ऽभ्याहन्याज्जीवन्स्रवेत् । योऽग्रेऽभ्याहन्याज्जीवन्स्रवेत् । स एष जीवेनात्म-
नानुप्रभूतः पेपीयमानो मोदमानस्तिष्ठति ॥ यस्य यदेकां शाखां जीवो जहा-
त्यथ सा शुष्यति । द्वितीयां जहात्यथ सा शुष्यति । तृतीयां जहात्यथ सा
शुष्यति । सर्वं जहाति सर्वः शुष्यति । एवमेव खलु सौम्य विद्धीति होवाच ॥
जीवापेतं किलेदं म्रियते न जीवो म्रियत इति । स य एषोऽणिमैतदात्म्य-
मिदं सर्वं तत्सत्यं स आत्मा तत्त्वमसि श्वेतकेतो इति । भूय एव मा भगवा-
न्विज्ञापयत्विति तथा सौम्येति होवाच ॥ . . . .

Extrait de la Châṅdôgyôpaniṣad, mais adapté au style classique : l'instruction est donnée, sous forme de dialogue, par un père à son fils. — Ce sont, en fin de compte, les trois éléments : feu, eau, terre (qui produit la nourriture). — *yo mūle... yas* comme le «qui» fr. dans «tout vient à point qui sait attendre» (qui = si l'on). — *tat tvam asi* «tu es cela même» (= tu te confonds avec le principe de la vie universelle).

LEXIQUES.

I. SANSCRIT-FRANÇAIS.

N. B. — Dans ce lexique sont repris, avec référence éventuelle au passage, tous les mots qui figurent dans la grammaire et les exercices, à la seule exception des suivants : — 1° pronoms et dérivés, qu'on trouvera aux chapitres XII et XIII ; — 2° numéraux, dont la liste est au chapitre XIV ; — 3° composés aisément décomposables d'après les règles des chapitres XXIX et XXX ; — 4° dérivés nominaux dont le suffixe indique nettement le sens.

En vue de faciliter à l'élève l'intelligence de cette dernière catégorie de formes, on insère ici la liste alphabétique des suffixes les plus usuels, qu'il devra fréquemment consulter.

-aka-, n° 107, 3.

-ana-, adjectifs, et noms d'action neutres : *kar-aṇa-s* « actif », et *kar-aṇa-m* « action ».

-anīya-, gér. décl., n° 187, 3.

-ant- (*-at-*), ppe pr. act., n°s 131, 202 et 221.

-āna-, ppe pr. et pf. moy., n°s 202 et 240.

-ikā, n° 107, 3.

-in-, adj. d'attribution, n° 130, 6.

-iya-, *-īya-*, n°s 148, 159 et 171.

-īyas-, comparatifs, n°s 133 et 144.

-ka-, adjectifs (n° 373, 3), ou diminutifs *bāla-s* > *bāla-ka-s*), ou souvent sans fonction précise (*andha-s* > *andha-ka-s*).

-ta-, vbl décl., n°s 61, 85 et 185.

-tama-, superlatifs, n° 143.

-tar-, noms d'agent, n°s 61, 86 et 135.

-tara-, comparatifs, n° 143.

-tavant-, ppe passé act., n° 186.

-tavya-, gér. décl., n°s 61 et 187, 2.

-tas, suppléant l'ablatif, n°s 157, 158 et 171, 3.

-tā, noms abstraits, n° 146.

-ti-, noms d'action, n°s 61, 85 et 113.

-tu-, noms d'action, servant de base à l'infin. et à un gér. indécl., n°s 188 et 189.

-tya, gér. indécl., n° 188, 2.

-tya-, gér. décl., n° 187, 1.

-tra, suff. de locatif, nos 157 et 158.

-tra-, noms d'objet ou d'instrument (*rāṣ-tra-m* «royaume», *pat-tra-m* «aile»).

-tva-, noms abstraits, n° 146.

-tham, *-thā*, n° 159, 4°.

-dā, suff. de temps, n° 159, 2°.

-dhā, affixé aux numéraux, n° 179, 1.

-na-, vbl décl., nos 62 et 185, 3.

-mant-, adj. d'appartenance, n° 131.

-māna-, ppe pr. moy., nos 59 et 221.

-ya, gér. indécl., n° 188, 2.

-ya-, gér. décl., n° 187, 1.

-ya-, adj. et noms abstraits, nos 20, 21 et 87.

-yas-, comparatifs, nos 133 et 144.

-vat, adv., n° 159, 5°, et 171, 3.

-vant-, adj. d'appartenance, nos 131 et 159, 5°.

-vas-, ppe pf. act., nos 134 et 239.

-vin-, adj. d'attribution, n° 130, 6.

-ças, affixé aux numéraux, n° 179, 2.

Les mots sont repris sous la forme du thème pur, sans trait d'union à la fin; les verbes, sous celle de la racine (cf. nos 79, 88 et 189); les temps de verbes, à moins d'indication contraire, sous celle de la 3e personne du sg., active ou moyenne.

a-, négatif et privatif, nos 147 et 180, 4.

aṃçu, m., tige, pousse, rejeton [de la plante à sôma].

aṃsa, m., épaule : d'où *aṃsaphalaka*, nt. (plaque de l'épaule) omoplate, et, dans le texte afférent (181, 14), l'os des membres inférieurs qui y correspond = l'ilion.

akṛtabhaya, adj. (272, 11), sans prendre peur (371).

akṣa, m. : essieu, dé à jouer; mais, dans le texte afférent (181, 14), la clavicule, et l'os des membres inférieurs qui y correspond = le pubis.

akṣara, nt., syllabe, son élémentaire.

akṣi, nt., œil. — Hétéroclite sur un th. *akṣan-*, qui donne : au sg., *akṣṇā*, *akṣṇe*, *akṣṇas* et *akṣṇi* (*akṣaṇi*); au du., *akṣṇos*; au pl., *akṣṇām*; le reste, sur *akṣi-*. — A la fin d'un cp., *-akṣa-*, f. *-akṣī* (15 et 372).

akṣita, adj., inépuisable, impérissable. — KṢI.

agādha, adj., où l'on n'a pas pied, très profond (272, 16).
agni, m. (121) : feu; n. pr., le dieu Agni.
agniṣṭoma, m. (étymologie et définition, n° 52).
agra, nt., pointe, sommet; loc. *agre*, devant, en tête, (400) au commencement.
agresara, m., qui marche en tête, guide. — SAR.
aṅka, m., buste, (245, 7) sein, poitrine, cœur.
aṅga, nt., membre du corps humain.
aṅganā, f., belle femme, femme, jeune fille (375, 15).
aṅgāra, m., charbon, (327, 25) fléau, honte.
aṅguli, f., doigt [de la main ou du pied].
aṅgulīyaka, nt., anneau de doigt, bague.
aṅguṣṭha, m., pouce, gros orteil.
aṅghri, m. (121), pied (15).
acala, adj., immobile, inébranlable. — CAL.
AJ, vb., pr. *ajati ajate*, mener, faire aller.
apa-, chasser, écarter, éconduire.
sam-, pousser en masse, mener [une troupe].
aja, m., bouc; f. *ajā*, chèvre.
AÑC, vb., pr. *añcati añcate*, pass. *acyate*, caus. *añcayati*, etc. : plier, incliner, diriger (cf. 129, 3).
AÑJ, vb., pr. *anakti aṅkte* (216), pass. *ajyate*, vbl *akta*, gér. indécl. *aktvā*, etc. : oindre.
añjali, m. (362, 1), salutation très respectueuse qui se fait en élevant les deux mains jointes sur le front.
añji, m., f., nt., onguent, parfum, fard.
aṇiman, m., ténuité, finesse, (400) substance infiniment ténue et subtile. — Dér. de
aṇu : adj. (*aṇīyas aṇiṣṭha*), fin, mince, tout menu; subst. m., grain de mil, millet (341, 23).
atas, adv., en conséquence, c'est pourquoi (46 et 157).
ati, prép., préf., au delà, extrêmement (141, 2); cp., excessif, insolite (354).
atithi, m., hôte [qui reçoit l'hospitalité] (218, 7).
ativāda, m., parole excessive, injure. — VAD.
atiçaya, m., supériorité, haut degré. — ÇĪ.

atīva, adv., extrêmement, très (*ati* + *iva*).

atrabhavant, adj., subst., l'honorable... (terme poli pour désigner une personne *présente*).

atrāntare, loc. adv., cependant, sur ces entrefaites.

atha (particule de liaison) : or, voici; et (entre deux propositions principales, au début de la seconde); alors (après une subordonnée commençant par *yadi*, au début de la principale).

atharvan, n. pr., personnage mythique, et prêtres de son rite, qui ont donné leur nom à l'un des Védas (46, 8, et 182, 7).

athavā (particule de liaison), ou bien, ou plutôt, et d'ailleurs, ah oui! en vérité (252, 2, etc.).

AD, vb. (n°s 205 et 225, 2), pr. *atti* : manger.

aditi, n. pr. f., nom d'une déesse védique (124, 6).

adya, adv., aujourd'hui : d'où adj. *adyatana*.

adhama, adhara, adj. (148), dér. de

adhas, adv., au dessous, au dessous de (gén.).

adhastāt (302, 6), abl. adv., comme le précédent.

adhi, prép., préf., au dessus, par rapport à (acc.).

adhika : adj., en excès, en surplus, supérieur; se construit comme un comparatif (227, 18), ou se compose, surtout avec les numéraux (177, 5); nt. adv., extrêmement, beaucoup, souvent (161, 18).

adhikāra, m. (361), office, emploi, charge. — KAR.

adhipati, m., chef, prince, roi (313, 28).

adhiṣṭhāna, nt., place, endroit, localité. — STHĀ.

adhunā, adv., à présent, maintenant.

adhyāya, m., leçon, chapitre. — I.

adhvara, m., sacrifice, culte.

adhvaryu, m., prêtre qui accomplit les rites matériels du sacrifice (138, 6, et 301, 8).

AN, vb., pr. *aniti* (206), respirer.

an-, négatif et privatif, n°s 147 et 180, 4.

anagha, adj., sans faute, irréprochable, beau (375, 20).

anantara : adj.; nt. adv., immédiatement, aussitôt (302, 1).

anas, nt., chariot de charge.

anu, prép., préf., à la suite de (acc. 93) : *tad* —, ensuite (161, 14).

anugraha, m., faveur (398). — GRABH.

anurāga, m., passion, amour (245, 3); cf. *rāga*.

anuvrata, adj., docile, dévoué, fidèle (cf. *vrata*).

anuṣṭubh, f., sorte de stance (29 et 182, 9).

anṛta : adj., impropre, inexact, faux; subst. nt., fausseté, mensonge (138, 12, et 361). Cf. *ṛta*.

anta, m., fin (362, 4). En cp., a souvent le sens du suivant : *jalānte* «dans l'eau»; *vaiçvadevānte* (218, 11), «pendant le vaiçvadêva»? ou «à la fin du vaiçvadêva = au début du repas»?

antar, prép., préf., dedans, dans (loc.).

antara : adj., intérieur; autre (382); subst. nt., intervalle.

antarā, prép., entre (acc., 125, 5).

antya, adj., dernier : d'où *antyaja*, adj., de basse naissance, de caste méprisée (376).

andha, andhaka, adj., subst. m., aveugle.

anna, nt. (ancien vbl de AD), nourriture (surtout végétale et solide = riz cuit).

annādya, nt., nourriture (400).

anya, autre (et dérivés, n°s 153, 4, et 157, etc.).

anyathā, adv., dans la locution *anyathā kar* (acc.) «faire autrement = désobéir à» (245, 2).

anyadā, adv., une autre fois, un beau jour (397).

anyedyus, adv., le lendemain, (376) un jour.

ap, f., eau : ne s'emploie qu'au pl., nom. *āp-as*, acc. *ap-as*, instr. *ad-bhis*, dat.-abl. *ad-bhyas*, gén. *ap-ām*, loc. *ap-su*. Cf. 400.

apa, prép., préf., en s'éloignant de (abl.).

apathya, adj., inconvenant, injurieux (361).

apad, apada (327, 11), adj., sans pieds, apode.

apara, adj. (dér. de *apa*, 148), suivant, autre (abl.), différent de (gén. 245, 6), (en tant qu'opposé à «oriental», 46, 30) occidental; nt. adv., d'autre part, d'ailleurs (227, 15).

aparādha, m., faute, offense (398). — RĀDH.

apāna, m., inspiration (57). — AN.

api : préf., sur; (particule) aussi, de plus, même (cf. n°s 24, 16, et 110, 2), v. g. *yady api*, «quand même, quoique»; joint à un interrogatif, n° 153, 3; au début d'une proposition interrogative (354); exclamation (377).

apidhāna, nt., action de couvrir, couvercle. — DHĀ.

apsaras, n. pr. f., nymphe céleste.

abhāva, m., fait de ne pas être, manque (.... *abhāve* « quand il n'y eut plus de... » 341, 5). — BHŪ.

abhi, prép., préf., vers, contre, au-dessus.

abhicārika, nt., sortilège, maléfice. — CAR.

abhijña, adj., qui a connaissance de. — JÑĀ.

abhijñu, adv., à genoux (cf. *jānu*).

abhiprāya, m., intention, parti pris (272, 21); *te* —(302, 13) « en ce qui te concerne ». — I.

abhibhāṣin, adj., qui adresse la parole (375, 19). — BHĀṢ.

abhyadhika, adj., supérieur (abl. 341, 18).

amara, adj., immortel; m., dieu (362, 3). — MAR.

amartya, adj., immortel. — MAR.

amātya, m., conseiller, ministre.

amāvāsyā, f., la nuit de la nouvelle lune.

amṛta: adj., immortel; m., dieu; nt., breuvage d'immortalité, ambroisie (227, 5). — MAR.

ayas, nt., fer.

AR, vb., pr. *ṛcchati* (225), vbl *ṛta*, aller; caus. *arpayati arpayate* (331), faire aller à > donner (290, 10); *sam* + caus., donner, livrer (361), ajuster, articuler (vbl *arpita*, 125, 8).

ara, m., rayon de roue (125, 8). — AR.

araghaṭṭa, m., roue ou poulie de puits.

araṇi, f., pièce inférieure ou supérieure du tourniquet à allumer le feu (125, 13).

araṇya, nt., lieu sauvage, désert, forêt.

aruṇa, adj., rouge.

argha, m., valeur, prix, présent. — ARH.

arjuna, adj. (f. -ī), blanc, brillant.

artha, m.: objet, but, utilité, profit: *artham* (252, 15, et 391), *arthāya* (313, 13) et *arthe* (15), en vue de; sens [d'un mot ou d'une phrase] (398); surtout pl., richesses.

arthayati, vb., dénom. du précéd., désirer, demander (acc.): *pra*- (74), id.

artharuci, adj., cupide (354). — RUC.

arthin, adj., désireux, quémandeur, pauvre.

ARDH, vb., pr. *ṛdhnoti* et *ṛdhyate*, vbl *ṛddha*, caus. *ardhayati*, etc., prospérer, réussir (212).

sam + caus., faire réussir, compléter au moyen de, pourvoir, accompagner de (138, 6).

ardha: adj., demi (163, 11); m., moitié (46, 17).

ardhamāsa, m., demi-mois, quinzaine (192, 16).

ARH, vb., pr. *arhati arhate*, caus. *arhayati*, etc., devoir, mériter; cf. aussi n° 273, 11 (*arhasi* « veuille »).

alaṃkāra, m., ornement (cf. le suivant).

alam, adv., à point (d'où *alaṃ kar*, « arranger, ajuster, orner »), assez (cf. n° 303, 2).

alasa, adj., inerte, paresseux (cf. *vilāsa*).

ali, m., abeille (112).

alīka : adj., faux; nt., mensonge (361).

alpa, adj., petit, menu, insignifiant.

ava, préf., de haut en bas, en s'éloignant de.

avakāça, m., conjoncture, considération (245, 10).

avadya, nt., défaut, sujet de blâme, blâme (*an*- 375, 20). — VAD.

avayava, m., membre, partie (97).

avi, m., f., mouton, brebis.

aviruddhatā, f., absence d'obstruction, anéantissement de l'obstruction par rapport à (363). — RUDH.

1 AÇ, vb., pr. *açnoti açnute* (212), pf. *ānaṃça ānaçe* (233), inf. *aṣṭum*, etc. : atteindre, obtenir.

2 AÇ, vb., pr. *açnāti açnīte* (215), pf. *āça*, aor. *āçīt*, vbl *açita*, pass. *açyate*, etc. : manger.

açakyatva, nt., impossibilité (110, 10). — ÇAK.

açana, nt., le fait de manger (*an*- 290, 13). — 2 AÇ.

açasta, adj., contre-indiqué, défavorable (15). — ÇAṂS.

açoka, m., nom d'un très grand et bel arbre d'ornement à fleurs or-rouge (377).

açraddheya, adj. (du gér. décl. de *çraddhā* « croire » < DHĀ). incroyable (313, 30).

açri, f., pointe, tranchant.

açru, nt., larme (245, 9, et 389).

açva, m., cheval, d'où *açvatara* (f. *-ī*), n° 141, 1; f. *açvā*, jument (102 et 104).
açvin : adj. (n° 130, 6); n. pr. de deux cavaliers célestes dans la mythologie védique.
1 AS, vb. (n°s 205, 241, 262, 295 et 311), être.
2 AS, vb., pr. *asyati*, pf. *āsa*, vbl *asta*, inf. *asitum*, pass. *asyate*, etc. : jeter, lancer.
pra-, lancer en avant, vers un but.
sam-, composer, opérer une contraction (301, 7).
asat, nt., non-être, néant (400, cf. *sant*).
asi, m., glaive, poignard, couteau.
asita, adj., noir (f. *-knī* 107).
asura, n. pr. m., nom d'une classe de dieux védiques, qui, dans la théologie postérieure, est devenue une classe de démons toujours en lutte avec les dieux (*devās*); cf. *sura*.
asthi, nt., os. Hétéroclite : se décline sur *akṣi*.
AH, vb., pf. sg. 2 *āttha*, 3 *āha*, pl. 3 *āhur*, sans autre temps : dire (qqch. = acc., à qqun = dat. ou acc.); *prati-* (acc.), id. (138, 13).
ahan, ahar, ahas, nt., jour. Hétéroclite : sg. nom.-acc. *ahar*, instr. *ahnā*, dat. *ahne*, gén.-abl. *ahnas*, loc. *ahani* et *ahni*; du. nom.-acc. *ahanī* et *ahnī*, instr.-dat.-abl. *ahobhyām*, gén.-loc. *ahnos*; pl. nom.-acc. *ahāni*, instr. *ahobhis*, dat.-abl. *ahobhyas*, gén. *ahnām*, loc. *ahaḥsu*; cp. *-aha* (372) ou *-ahna* (74).
ahi, m. : serpent; n. pr., monstre mythique (46, 6).
ahituṇḍika, m., charmeur de serpents (125, 18).
aho, exclamation (363) qui peut s'insérer dans une phrase (397).

ā, prép., préf., depuis, jusqu'à (abl., 19, 96), vers.
ākarṇayati, vb. (*ā* + dénom. de *karṇa*), prêter l'oreille, écouter, entendre (245, 9).
ākāṅkṣā, f., désir, attente (353, 18).
ākāra, m., forme, attitude (272, 4, et 397). — KAR.
ākāça, nt., espace, atmosphère, air.
ākula, adj., plein, bourré, affairé à (397).
ākranda, m., cris, plaintes (353, 3). — KRAND.

ākhyāna, nt., récit, légende, poème. — KHYĀ.
āgamana, nt., fait d'arriver (375, 21). — GAM.
āghoṣaṇā, f., proclamation (363). — GHUṢ.
ācāra, m., conduite, bonnes mœurs (376), hommage (377).
ācārya, m., précepteur spirituel. — CAR.
ātapa, m., ardeur du soleil (398). — TAP.
ātithya : adj., d'hôte ; nt., hospitalité (87 et 192, 20).
ātura, adj., malade (15, et 245, 8).
ātman : m., vie, âme, essence (130), l'âme de l'univers (400); cp. *-ātmya* « dont l'essence est. . . » (400); en fonction pronominale, n° 170.
ādara, m., attentions, soins, égards (245, 6, et 354).
ādi, m., commencement (386 et 397). — DĀ.
āditya, n. pr. m. : fils d'Aditi (dieux au nombre de sept ou douze (124, 6, et 182, 8); le soleil. Cf. n° 87.
ādeça, m., prescription, ordre (376). — DIÇ.
1 ādya, adj. (gér. décl. de AD), comestible.
2 ādya, adj. (dér. de *ādi*), premier (178, 386).
ānanda, m., délice, joie (272, 12). — NAND.
āntra, nt., pl. entrailles (cf. *antar*).
1 ĀP, vb., pr. *āpnoti āpnute* (212). pf. *āpa*, fut. *āpsyati*, vbl *āpta*, pass. *āpyate*, caus. *āpayati*, etc. : atteindre, obtenir.
pra-, acquérir, se procurer (227, 5), trouver (397); caus., faire aller à, reconduire (290, 14).
sam-pra-, vbl, arrivé, arrivant.
2 āp-, f., eau. V. sous *ap*.
āpad, f., contrariété, malheur (313, 6). — PAD.
ābharaṇa, nt., beau costume, parure. — BHAR.
āmiṣa, nt., viande, chair (397).
āyudha, nt., arme offensive. — YUDH.
āyus, nt., vie (132, 2-3).
āraṇya, adj., de forêt, sauvage (*araṇya* et 87).
ārohaṇa, nt., ascension. — RUH.
ārdra : adj., mouillé, humide (396); f. *ārdrā*, n. pr. d'un des signes du zodiaque lunaire, et le jour lunaire sur lequel il tombe (15).

ārya, m., n. pr. de la caste indo-européenne, conquérante et régnante dans l'Inde, titre d'honneur à un grand personnage.

āryaputra, m. (fils d'Ārya), titre que l'épouse donne à son époux (377, 397).

ālambin, adj., appuyé sur. — LAMB.

ālaya, m., demeure (341, 2). — LĪ.

ālasya, nt., paresse, mollesse (*alasa* et 87).

āliṅgana, nt., embrassement (397). — LIṄG.

āvaha, adj., qui amène, qui cause (327, 25). — VAH.

āvis, adv. : — *bhū*, se manifester (354).

āçaṅkā, f., inquiétude, crainte (361). — ÇAṄK.

āçaya, m., emplacement, localité (353, 22). — ÇĪ.

āçis, f. (nomin. sg. *āçīs*, instr. pl. *āçīrbhis*, et ainsi devant toute désinence à consonne initiale, cf. le suivant), prière, bénédiction. — ÇĀS, et cf. n° 84.

āçīrvāda, m., bénédiction, remerciement (272, 9).

āçu : adj., rapide; nt. adv., vite (398).

āçcarya : adj., rare; nt., merveille, miracle.

āçraya, m., demeure, domicile (327, 6). — ÇRI.

āçleṣa, m., étreinte (245, 6); f. *āçleṣā*, n. pr. d'un des signes du zodiaque lunaire (15), cf. *ārdrā*.

1 **ās**, exclamation (313, 23).

2 **ĀS**, vb., pr. *āste* (204) et *āsati āsate* (222), vbl *āsīna* (irrég.) et *āsita*, pass. *āsyate*, etc. : être assis, s'asseoir.

āsaṅga, m., attachement, affection (376). — SAJ.

āsana, nt., siège (régi par le vb. pass. 354).

āsāra, m., flux, averse (396). — SAR.

āspada, nt., séjour, objet.

āsya, nt., bouche (15), embouchure.

āsvādana, nt., le fait de goûter, manger, etc. (290, 6).

āha, il dit. V. sous AH.

āhlāda, m., joie, expansion (245, 6).

I, vb., pr. *eti* (203, 295, 311), impf. *ait* (258), pf. *iyāya* (pl. *iyur*), fut. *eṣyati*, *ayiṣyati* et *etā*, préc. *īyāt*, vbl *ita*, inf. *etum*, pass. *īyate*, caus. *āyayati*, etc. : aller.

ati-, dépasser, franchir.

vi-ati-, passer, se passer (363), transgresser (138, 10).

adhi-, comprendre, s'instruire en, étudier (192, 13), caus. *adhyāpayati* «il enseigne» (2 acc.).

anu-, suivre (93 et 150, 4); *anu-ita* et *sam-anu-ita*, suivi de, pourvu de.

apa-, s'en aller; *-apa-ita* (400), d'où s'en est allé.

abhi-ā-, s'en retourner à (397).

ud-, monter, se lever (un astre, 24, 30).

upa-, aborder (24, 14); *upa-ita*, doué de (138, 8).

sam-upa-ita, venu (362, 7).

pari-ita, entouré de, envahi par (377).

pra-, s'en aller; vbl *preta* «mort», *pretās* «les défunts», cf. *prāya*.

prati-, aller à la rencontre de (192, 3).

itara, autre (153, 4).

itas, adv., d'ici (157, 2°), ici, par ici (24, 20).

iti, à la fin d'un discours indirect, d'une citation, d'une explication, cf. nos 24, 30, et 46, 21, etc., etc.

itihāsa, m., conte, récit légendaire (24, 22).

idam (156, 1) : — *sarvam* (400), l'univers que voici.

idānīm, adv., en ce moment même (361).

IDH, vb., pr. *inddhe* (216), pass. *idhyate*, etc.

sam-, allumer (124, 1).

indra, n. pr. m., nom du dieu porte-foudre, l'un des principaux de la religion védique (cf. 362; cp. *mahendra*, n° 19).

indriya, nt., pl., sens, organes des sens (15 et 386).

iyant, adj., si grand (252, 18).

iva, enclitique : comme (313, 13); en quelque sorte (362, 13).

1 IṢ, vb., pr. *icchati icchate* (225), pf. *iyeṣa* (pl. *īṣur*), fut. *eṣiṣ-yati*, aor. *aiṣīt* (pl. *aiṣiṣur*), vbl *iṣṭa*, inf. *eṣṭum*, etc.; désirer.

anu-, rechercher, chercher, quérir (353, 22, et 398).

abhi-iṣṭa, chéri, préféré, de prédilection (272, 21).

2 IṢ, vb., pr. *iṣyati iṣyate*, aor. *-aiṣīt*, vbl *iṣita*, caus. *iṣayati*, etc. : envoyer.

pra-, caus., envoyer en mission (353, 12).

iṣu, m., f., flèche. — 2 IṢ.
iṣṭi, f. (125, 1), oblation rituelle. — YAJ (81 et 85).
iha, adv. (157), ici (avec ou sans mouvement).

ĪKṢ, vb., pr. *īkṣati īkṣate*, pf. *īkṣām cakre*, vbl *īkṣita*, etc. : voir, regarder; avoir mentalement en vue, méditer, désirer (400).
apa-, se détourner pour voir, considérer (150, 10).
prati-, regarder, guetter, attendre (353, 18).
sam-, regarder avec persistance (353, 27).
ĪṄKH, vb., caus. *īṅkhayati*, bercer, balancer : *pari-īṅkhita* (125, 10), secoué en tous sens.
īdṛça, adj., tel (74, 361), — DARÇ.
īps, vb. (352), vbl *īpsita* (362, 2) : désirer. — ĀP.
īrṣyā, f., envie, jalousie.
īça, īçvara (377), m., maître, roi, seigneur.

ukti, f., émission de voix, parole. — VAC (81 et 85).
uktha, nt., récitation religieuse (301, 8). — VAC.
ugra, adj. (*ojīyas ojiṣṭha* 144), fort, puissant, violent.
ucita, adj., habituel, d'usage, convenable (192, 20), conforme à la condition ou aux usages (354).
uccais, instr. pl. adv., à haute voix (145). — Cf. *ud*.
uccheda, m., anéantissement (313, 9). — CHID.
utkaṇṭhā, f. (litt. «le cou tendu»), impatient désir, attente anxieuse (252, 20).
uttama, uttara, adj., supérieur (154). — Cf. *ud*.
uttarāpatha, nt., la région du nord de l'Inde (cf. 46, 30, *panthan* et *dakṣiṇāpatha*).
ud, préf., de bas en haut, de dedans en dehors.
udaka, nt., eau (46, 18, et 398).
udañc, adj., m. *udaṅ* (nos 30 et 27), f. *udīcī*, nt. *udak* (no 129, 3), dirigé vers le nord. — AÑC.
udara, nt., ventre, estomac.
udumbara, m., figuier géant de l'Inde.
uddeça, m., place, endroit, emplacement (398). — DIÇ.
udyama, m., effort, application. — YAM.

udyāna, nt., parc, jardin de plaisance (15). — YĀ.
udvega, m., vive émotion, trouble (252, 6). — VIJ.
ūnmukha, adj., tourné vers, près d'atteindre (363).
unmūla, adj., déraciné (*ud-mūla*) : d'où le dénom. *unmūlayati* «il déracine» (313, 13).
upa, prép., préf., vers, en s'approchant de.
upakaṇṭha, nt., voisinage, bord (218, 3).
upacāra, m., hommage (290, 16), politesse (354). — CAR.
upadeça, m., instruction, avis. — DIÇ.
upama, upara, adj., supérieur (148).
upari, adv., prép., au-dessus (cp., 245, 7, et 397).
upaveçana, nt., action de s'asseoir, attente paisible; *prāya-* — KAR (245, 14), attendre tranquillement la mort = se laisser mourir de faim. — VIÇ.
upasaṃgraha, m., action de saisir ou toucher... en manière de supplication. — GRABH.
upahāsa, m., raillerie, affront. — HAS.
upāṃçu, adv., à voix basse (litt. «à l'approche du sôma» (*aṃçu*), parce que, dans la liturgie, on récite à voix basse jusqu'au moment où le sôma a été amené).
upātta, adj., résultant de (363). — DĀ (*upa-ā-t-ta*).
upādhyāya, m., maître, précepteur (354). Cf. I (*adhi*).
upānta, nt., voisinage, bord. Cf. *anta*.
upāya, m., moyen (327, 19). — I.
ubha, du., tous deux, l'un et l'autre.
uras, nt., poitrine (138, 3, et 397).
uru, adj. (*varīyas variṣṭha* 144), large (119).
ulūkhala, nt., mortier à piler.
UṢ, vb., pr. *oṣati*, vbl *uṣṭa*, etc. : brûler (233).
uṣas, f. (nom. *uṣās*, pl. *uṣasas* et *uṣāsas*), aurore. — 1 VAS.
uṣṇih, f., sorte de stance (182, 9).
usra, adj., rouge auroral (51).

ūdhar, ūdhas, nt., mamelle, pis.
ūna, adj., écourté, défectueux; cp. 177.
ūru, m., cuisse (15).

ūrṇa, nt., ūrṇā, f., laine.
ūrdhva, adj., dressé debout, dirigé vers le haut (15); *ūrdhvā dik* (181, 12), le zénith.

ṛkṣa, m. (f. -ī), ours.
ṛc, f., vers, stance (46, 8); cp. *-rca* (181, 7, et 372).
ṛṇa, nt., dette, obligation.
ṛta (vbl de AR), nt., vérité, justice (46, 26).
ṛtu, m., phase rituelle, saison (182, 3).
ṛtvij (*ṛtu* + YAJ, et n° 81), m., prêtre officiant.
ṛṣi, m., Sage antique et mythique (les *ṛsayas* sont les auteurs du Rig-Véda).

eka, un (n°s 154 et 174), le même, tout pareil (252, 3) : d'où *ekākin* « tout seul » (353, 23).
ekaika (380, 3), un à un, chacun.
EDH, vb., pr. *edhati edhate* (161, 17, et cf. 93) : prospérer.
enas, nt., faute, péché, crime.
eva (enclitique), même, précisément, exclusivement : cf. n°s 24 (6, 18 et 19) et 110 (3).
evaṃvidha, adj., de cette sorte, tel.
evam, adv., ainsi; *yady* —, en ce cas (272, 13).

aiçvara, adj., aiçvarya, nt., n° 87.

ojiṣṭha, ojīyas. V. sous *ugra*.
odana, m., bouillie, brouet.
oṣadhi, oṣadhī, f. (113 et 105), plante.
oṣadhidhara, m., charlatan (313, 23), — DHAR.
oṣṭha, m., lèvre supérieure, lèvre.

augha, m., grand flot, inondation.

ka, interrogatif et indéfini, n° 153, 3.
kakṣas, nt., du., terme inconnu par ailleurs, mais qui, dans le passage afférent (181, 14), désigne sûrement « le cubitus et le radius » et leurs symétriques inférieurs « tibia et péroné ».

kakṣā, f., creux de l'aisselle (15).

kaṭa, m., tresse, natte.

kaṇa, m., grain, graine.

kaṇṭaka, m., épine, écharde (313, 13).

kaṇṭha, m., cou, gorge (15).

kathayati, vb. (dénom. de *katham*, cf. n°s 159, 4°, et 356 sqq.), pass. *kathyate*, etc. : dire le «comment» d'une chose, expliquer, raconter (74 et 362, 3); faire un rapport (361); dire (74).

kathā, f., et kathānaka, nt., conte, récit, fabliau (15).

kadarya, adj., cupide, avare.

kadalī, f., pisang (plante rafraîchissante, 396).

kadā, n° 159, 2° : — *api* ou — *cid* (n° 153, 3), quelquefois au sens de «peut-être», 313, 23, 354 et 377.

kaniṣṭha, kanīyas, resp. superl. et compar. (144, 3°) d'un mot signifiant «petit, jeune». Cf. *kanyā*.

kanduka, m., balle à jouer (161, 15).

kanyakā (dim. 363), kanyā (15, 104), f., jeune fille, vierge, petite fille.

kapi, m., singe.

kapota, m. (f. *kapotī*), ramier, colombe.

kamalinī, f, étang fleuri de lotus (396).

KAMP, vb., pr. *kampati kampate*, pf. *cakampe*, caus. *kampayati*, etc. : trembler.

KAR, vb., pr. *karoti kurute* (n°s 79, 214, 264, 295, 3, et 311, 3), pf. *cakāra cakre*, fut. *kariṣyati kariṣyate* et *kartā*, aor. *akārṣīt*, vbl *kṛta*, inf. *kartum*, pass. *kriyate*, désid. *cikīrṣati cikīrṣate*, caus. *kārayati kārayate* (332) : faire, exécuter, accomplir; apprêter; faire [qq. ch. acc.] [à qqun gén. ou loc.]; moy. se procurer à soi-même, *dārān* —, se marier (192, 13).

apa-, faire du tort à (290, 3).

pra- (375, 25), faire, accomplir.

prati-, rendre la pareille (163, 4).

sam-(skar), apprêter (397), mettre en ordre, cf. n° 1.

kara, adj., qui fait, qui cause (362, 4). — KAR.

karāla, adj. : d'où *karālamukha* (218, 5), n. pr., Bouche-bée, nom du dauphin.

karuṇā, f., commisération, pitié.
karkaṭa, m., crabe, écrevisse (252,3).
karṇa, m., oreille (354, cf. *ākarṇayati*).
1 KART, vb., pr. *kṛntati kṛntate* et *kartati* (222), pf. *cakarta*, fut. *kartiṣyati*, pass. *kṛtyate*, vbl *kṛtta*, etc. : couper, tailler.
ava- (*akṛntat* impf.), couper, abattre.
ni-, couper profondément, détruire (290,20).
2 KART, vb., pr. *kṛṇatti* (216), filer, retordre.
kartar, m., qui fait, créateur, auteur (86). — KAR.
karpūra, m., nt., camphrier, camphre (396).
karman, nt. : œuvre, action (74); (dans le rituel) manipulation, opération liturgique (138, 6). — KAR.
KARṢ, vb., pr. *karṣati karṣate* et *kṛṣati kṛṣate* (222), vbl *kṛṣṭa*, inf. *kraṣṭum*, etc. : traîner, tirer; tirer un sillon, labourer.
ā-, tirer, amener, ramener (272,4).
kala, adj. (épithète d'un son), doux, tendre (377).
kalatra, nt., femme légitime, épouse (361).
kalaça, m., vase à boire, coupe, urne.
kalaha, m., querelle (252,18).
KALP, vb. (79), pr. *kalpate*, pf. *caklpe*, vbl *klpta*, caus. *kalpayati*, etc. : être en bon ordre.
kalpa, adj., propre à; cp. (218,8), qui approche de, qui équivaut presque à, rivalise avec.
kalyāṇa, adj. (f. -ī), beau, charmant (375,22).
kallola, m., flot, vague (272,18).
kavala, m., bouchée : d'où *kavalita* « avalé » (353,4).
kavi, m., poète (112, 160, 161).
kaṣṭa, adj., mauvais, funeste; nt. exclam. 377.
kāka, m., corbeau, corneille (161, 16).
kātara, adj., craintif, poltron (377).
kānta, adj. (vbl de la rac. de *kāma*), aimé; bien-aimé, charmant (245,8); f., maîtresse (245, 10, et 376).
kānti, f. (cf. le précédent), amour, charme (375,17).
kāma, m. : désir, amour; n. pr., dieu de l'amour; acc. adv. *kāmam* « à volonté ».
kāmaduh, f., n° 30,5°, et 46,9.

kāra: adj., qui fait; m., son [en tant que pouvant constituer une articulation significative], voyelle ou consonne, v. g. *kakāra* « la lettre *k* », etc. — KAR.

kāraka, adj., qui fait, qui cause (353, 3). — KAR.

kārin, adj., qui fait, qui cause (361).

kārttika (182, 4), m., nom d'un mois, dér. du nom de la constellation Kṛttikā; cf. n° 87.

kārya (gér. décl. de KAR), nt., chose à faire, affaire, devoir, intérêts (218, 1, etc.).

1 kāla, m. : temps, moment, phase (125, 1); temps en général, — NĪ « passer le temps » (227, 2); le temps destructeur, la mort (377).

2 kāla, adj., bleu-noir, noir (15).

kālapāçika (361), m., bourreau (1 *kāla*, *pāça*).

kāvya, nt., poème (*kavi* et n° 87).

kāṣṭha, nt., morceau ou éclat de bois.

kiṃkāratva, nt., fait de ne savoir que faire, perplexité (245, 8). — KAR précédé de

kim, interrogatif et indéfini, n° 153, 3; (au début d'une proposition) « est-ce que...? » 354.

kiyant, adj., combien grand? quel? (354).

kila, adv., en vérité, vraiment, certes (400).

kīdṛça, adj., de quel aspect? quel? — DARÇ.

KUÑC, vb., d'où vbl *kuñcita*, bouclé, frisé (161, 17).

kuṭīraka, nt., petite cabane (74).

kutas, adv., d'où? pourquoi? (n° 157).

kutra, adv. interrog., où? (n° 157).

kubja, kubjaka, adj., m., bossu (363).

kumāra, m. (f. -*ī*), jeune garçon.

kumbha, m., urne, pot, cruche (398).

kula, nt., race (353, 4), famille, noblesse : d'où

kulīna, adj., de bonne race, noble (161, 18).

kuçala, adj., prospère, habile, connaisseur.

kuṣṭha, nt., lèpre : d'où *kuṣṭhin* 376.

kuha, adv. interrog., où? (n° 157).

kūpa, kūpaka, m., puits (313, 353).

kūrma, m., tortue.

kṛcchra, adj., difficile, pénible (20).

kṛta (vbl de KAR) : *kṛtam* (instr., 245, 10) «c'en est fait de..., assez de...!» cf. *alam*.

kṛtaghna, adj., ingrat (litt. «qui tue le [bien]fait», cf. le suivant). — HAN.

kṛtajña, adj., reconnaissant. — JÑĀ.

kṛti, f., fait de faire, action. — KAR.

kṛttikā, f., n. pr. d'un des signes du zodiaque lunaire (15), les Pléiades; cf. *ārdrā*.

kṛtya (gér. décl. de KAR), nt., devoir, action (341, 8).

kṛtrima, adj., artificiel, feint (245, 10).

kṛṣṇa : adj., noir (107); m., n. pr. d'un dieu de religion populaire et post-védique (109, 4).

kḷpti (85), f., ordonnance, arrangement. — KALP.

kevaṭa, m., petite fosse, enfoncement.

kevala, adj. : propre, exclusif, seul; nt. adv., exclusivement, seulement; pl., tous (150, 9).

keça, m., chevelure, crinière.

keçava, m., n. pr., Chevelu (15).

kaivarta, m., pêcheur (376).

koṭara, m., nt., creux d'arbre, cavité.

koṭi, f. : extrémité, bout; *kopa*-— «au paroxysme de...» 245, 7; bout de la numération, n° 176, 2.

kopa, m., colère, fureur (245, 7).

komala, adj., mou, tendre, délicat (218, 5).

kovida, adj., habile, instruit en. — 1 VID.

koça, m., récipient, boîte, trésor.

kautūhala, nt., curiosité, merveille (74).

kaurma, adj., cf. *kūrma* et n° 87.

kaulika, m., tisserand (272, 4).

KRAND, vb., pr. *krandati krandate*, pf. *cakranda*, caus. *krandayati*, etc. : crier, gémir (353, 3).

KRAM, vb., pr. *krāmati kramate*, pf. *cakrāma cakrame*, fut. *kramiṣyati*, vbl *krānta* (n° 54), inf. *kramuum* et *krāntum*, etc. : marcher.

ati-, *krānta*, passé, ancien (354).

ā-, krānta, atteint par (398).
upa-, s'approcher de (397).
nis-, sortir (218, 5, et 398).
vi-nis-, sortir (353, 17).
pari-, faire quelques pas (en scène, 354).

krama, m., pas, (397) marche, méthode. — KRAM.

kriyā, f., opération, action de faire... (398).

KRĪ, vb., pr. *krīṇāti krīṇīte*, impf. *akrīṇāt* (215, 265), pf. *cikrāya*, aor. *akraiṣīt akreṣṭa*, vbl *krīta*, pass. *krīyate*, etc. : acheter.
nis-, racheter.

KRĪḌ, vb., pr. *krīḍati krīḍate*, etc. : jouer.

KRUDH, vb., pr. *krudhyati* (n° 224), etc. : être en colère.

krodha, m., colère, fureur (74). — KRUDH.

kroça, m., ton élevé, cri (361).

KLIÇ, vb., faire souffrir (pass. *kliçyate* 94).

kleça, m., tourment, souffrance. — KLIÇ.

kva, adv. interrog., où? (157).

kṣaṇa, m., nt., instant, moment (397).

kṣati, f., blessure, plaie (377). — KṢAN.

kṣatra, nt., suzeraineté territoriale, état princier, caste des kṣatriyas (la 2e caste).

kṣatriya, m., seigneur féodal, prince.

KṢAN, vb. (n° 213), vbl *kṣata*, etc. : blesser.

KṢAM, vb., pr. *kṣamati kṣamate*, vbl. *kṣānta* et *kṣamita*, etc. : souffrir, pardonner, excuser (362, 8).

kṣaya, m., destruction, ruine (313, 11, et 353, 3). — KṢI.

KṢI, vb., pr. *kṣiṇoti* (212), *kṣiṇāti* (véd. 215) et *kṣayati*, vbl *kṣita* et *kṣīṇa* «perdu» (185, 3, et 302, 21), caus. *kṣapayati* (331), etc. : ruiner, détruire.
pari-, kṣīṇa, épuisé, à bout.

KṢIP, vb., pr. *kṣipati kṣipate*, vbl *kṣipta*, caus. *kṣepayati*, etc. : jeter, lancer.
ā-, tirer à soi, enlever, (362, 13) éclipser.
upa-, faire une allusion indirecte (354).
ni-, jeter dans, donner en garde (361).
pra-, jeter, précipiter dans (74).

kṣipra, adj. (*kṣepīyas kṣepiṣṭha* 144), agile, vif, rapide; nt. adv., vite. — KṢIP.

kṣīra, nt., lait.

KṢUDH, vb. (n° 224), avoir faim; *kṣudh*, f., faim.

kṣetra, nt., domaine, champ, pièce de terre (15).

kṣepa, m., action de jeter (adj. nt. adv. 377). — KṢIP.

kṣema, m., possession paisible, sécurité, paix; *yoga-* (398) «de quoi assurer la subsistance».

khaṇḍa, m., nt., morceau, tronçon (397, et *khaṇḍaçaḥ* KAR «mettre en —») : d'où

khaṇḍayati, vb. dénom., endommager (354).

KHAN, vb., pr. *khanati khanate*, pf. *cakhāna* (n° 237, 3°), vbl *khāta*, inf. *khanitum*, etc. : fouir, creuser.

khalīna, m., nt., frein, mors.

khalu, adv., en vérité, certes, évidemment (110, 8).

KHĀD, vb., pr. *khādati*, pf. *cakhāda*, vbl *khādita*, caus. *khādayati*, etc. : mâcher, manger.

Khārī, f., mesure, boisseau (341, 23).

HYĀ, vb., pr. *khyāti* (204), pf. *cakhyau* (238, 5), fut. *khyāsyati*, aor. *akhyat* (279), vbl *khyāta*, inf. *khyātum*, pass. *khyāyate*, caus. *khyāpayati* (331) : voir, connaître.

ā-, faire savoir, dire, annoncer (à qqun = gén., 302, 21), révéler, confier (272, 6).

vi-, vbl, renommé, célèbre (15).

-ga, cp., adj., qui va. — GĀ, et n° 374, 2.

gaṅgadatta, n. pr. (302, 21), Gange-donné (comme notre «Dieudonné»), nom d'une grenouille. Cf. le suivant.

gaṅgā, f., Gange (*ā* abrégé dans le précédent).

gaja, m. (f. -*ī*), éléphant.

gaṇa, m., troupe, compagnie (362, 12), série.

gaṇanīya, adj. (gér. décl. d'un dénom. du précédent), (181, 15) susceptible d'être compté.

gaṇḍa, m., joue, contour du visage (15).

gati, f. (n°s 82, 85 et 113) : marche; endroit où l'on va, séjour (*paramā* — «le ciel», 218, 12); refuge, place de sécurité (161, 3). — GAM.

gantar, m., marcheur, qui va (86). — GAM.

gandha, m., parfum, bonne odeur.

gandharva, m., n. pr. d'une classe de demi-dieux (375, 17) souvent associés aux Apsaras.

gabhīra, (plus usité) gambhīra, adj., profond.

GAM, vb., pr. *gacchati gacchate* (225), pf. *jagāma* (pl. *jagmur*), fut. *gamiṣyati* (*-ate*) et *gantā*, aor. *agan* et *agaṃsi* (nos 40, 3, et 55), vbl *gata*, inf. *gantum*, pass. *gamyate* «on va» : aller, aller à (93); s'en aller (302, 5); se porter à [un sentiment], concevoir, etc. (302, 11, très usuel); caus. *gamayati*, faire aller, (245, 3) faire passer, passer.

anu- (acc.), suivre.

apa- (abl.), s'en aller, partir.

ā- (acc.), arriver; caus., faire arriver, introduire, faire allusion à (pass. 361, cf. n° 332).

abhi-ā-, arriver à, atteindre (163, 8).

upa-ā-, venir à, en venir à (245, 8).

sam-ā-, venir avec (327, 18).

ud-, sortir, se lever (un astre, 46, 11).

sam-ud-, se lever en même temps [que], 354.

upa- (acc.), arriver à, atteindre (163, 8).

nis- (abl.), sortir.

1 GAR, vb., pr. *gṛṇāti gṛṇīte* (n° 215) : chanter.

2 GAR, vb., pr. *girati girate*, vbl *gīrṇa*, etc. : avaler.

3 GAR, vb., pr. *jāgarti* (intensif, cf. nos 243, 2°, et 344, 1), pl. *jāgrati*, etc. : veiller, s'éveiller.

garta, m., trou, fosse, excavation.

gardabha, m. (f. *-ī*), baudet, âne.

garbha, m., embryon (302, 8); cp. poss. (397), qui a comme embryon, qui contient, prégnant, imprégné de.

garva, m., orgueil, hauteur.

GARH, vb., pr. *garhati garhate*, pf. *jagarha*, vbl *garhita*, pass. *garhyate*, etc. : blâmer, médire de; *garhita*, qui a mauvais renom (15).

pari-, insulter à, injurier.

GAL, vb., pr. *galati*, etc. : couler goutte à goutte (397).

gavya, adj., de bœuf, de vache (21).

1 GĀ, vb., pf. *jage*, aor. *agāt* (227, 1) : aller (acc.).

2 GĀ, vb., pr. *gāyati gāyate*, pf. *jagau*, fut. *gāsyati*, vbl *gīta*, inf. *gātum*, pass. *gīyate*, etc. : chanter.

gātra, nt., membre du corps. — 1 GĀ.

gāyatrī, f., sorte de stance (182, 9). — 2 GĀ.

gir, f. (nom. *gīr*, etc., comme *āçis*), chant. — 1 GAR.

giri, m., hauteur, montagne.

guṇa, m. : cordon; qualité, aptitude, talent, (397) vertu curative; degré phonétique (78 sqq.).

guṇādhipa, n. pr. m. (prince des talents), 15.

GUP, vb., vbl *gupta* (290, 9), caus. *gopayati*[1], etc. : garder.

guru, adj. (*garīyas gariṣṭha* 144) : lourd; important; digne d'égards, respectable; m., maître, précepteur spirituel; m., f., père ou mère; du., parents.

GUH, vb., pr. *gūhati gūhate*, pf. *jugūha*, vbl *gūḍha* (n° 63 4° b, et 398), pass. *guhyate*, caus. *gūhayati*, etc. : cacher, dissimuler.

guhya, nt. (gér. décl. de GUH), secret (272, 6).

gṛha, nt. (m. anté-classique, 46, 27), maison.

gṛhajana, m., personnel de la maison, (354) famille.

gṛhastha, m., brâhmane marié et chef de famille (2e phase de la vie d'un brâhmane); f. *-ā*, sa femme.

go, m., f., bœuf, vache; cf. nos 21 et 122.

gocara, m. : (rendez-vous des vaches;) endroit accessible, fréquenté, etc.; accès, portée (363). — CAR.

gotra, nt. : étable à vaches, étable; (demeure;) race, famille, nom de famille (218, 11). — TRĀ.

godāna, nt. (offrande de vaches), cérémonie accomplie au moment de la puberté d'un garçon. — DĀ.

godhā, f., gros lézard ou crapaud (353, 19).

gopa, m. (f. ī), bouvier, berger (n° 374, 2).

goṣṭha, m., nt., étable à vaches, étable. — STHĀ, et n° 374.

[1] En réalité, *gopayati* (n° 357, 2) est un dénomin. de *gopa* (n° 374, 2), et c'est de cette forme qu'a été postérieurement abstraite une racine *gup* (cf. n° 356) avec toute sa conjugaison.

2) : d'où (parce que, dans les populations rurales, les étables sont des lieux de veillée et d'entretien),

goṣṭhī, f., réunion, (227, 1) conversation.

gautama, n. pr. m., nom du vidūṣaka (398).

GRABH et GRAH, vb., pr. *gṛhṇāti gṛhṇīte* (215), pf. *jagrāha jagṛhe*, fut. *grahīṣyati* (*-ate*), aor. *agrahīt agrahīṣṭa*, vbl *gṛhīta*, inf. *grahītum*, pass. *gṛhyate*, caus. *grāhayati*, etc. (les formes en *grabh-* sont védiques) : saisir, cueillir, recevoir (272, 9), etc.

anu-, recevoir avec faveur; vbl + *asmi*, réponse polie à une parole bienveillante (354).

upa-, recevoir, concevoir (302, 8).

ni- : act., arrêter, mettre sous bonne garde (361); moy. (ppe pr. 161, 2), ramener à soi.

pari-, (398) entourer, escorter, soutenir.

prati-, recevoir en échange (272, 6); accueillir; prendre en mariage (363).

sam-, saisir énergiquement (397).

GRAS, vb., pr. *grasati*, cf. n° 327, 16 : dévorer.

graha, m. : action de saisir, prise tenace (252, 3); opiniâtreté (227, 16); planète (15, cf. *grahaṇa*). — GRABH.

grahaṇa, nt. : action de saisir, d'inhaler (397), de cueillir (377), etc.; influence nocive exercée par un corps céleste (astrologie, 15). — GRABH.

grāma, m., clan, tribu, village.

grāvan, m. (n° 130), pierre du pressoir à sôma.

grīvā, f., derrière du cou, nuque (15).

grīṣma, m., été (cf. *ṛtu*).

GHAṬ, vb., pr. *ghaṭati ghaṭate*, etc. : faire effort, (74) se trouver.

ud-, caus., ouvrir (74).

ghaṭikā (341, 2), ghaṭī (313, 2), f., seau.

gharma, adj., chaud (cf. *ghṛta*).

GHAS, vb., pf. *jaghāsa* (pl. *jakṣur*, n° 237, 3°), manger.

ghātaka, adj., s. m., qui détruit, qui ruine, (302, 4) meurtrier. — HAN.

GHUṢ, vb., pr. *ghoṣati ghoṣate*, etc. : bruire.

ghṛta (vbl de la rac. de *gharma*), nt., beurre fondu.
ghoṣa, m., bruit, tumulte. — GHUṢ.
ghoṣaṇā, f., annonce, publication (363). — GHUṢ.
GHRĀ, vb., pr. *jighrati* (211), etc. : flairer.
ghrāṇa, nt., action de flairer, odeur.

ca (enclitique) : et (plutôt entre deux mots qu'entre deux phrases; généralement après le premier mot de la seconde expression, mais en poésie se place ou même s'omet très arbitrairement; aussi; parfois avec un sens approchant de celui de « car »); avec pronoms indéfinis (153, 3).
cakra, nt., roue, cercle.
CAKṢ, vb., pr. *caṣṭe* (nos 63, 3°, et 204), pl. *cakṣate*, pf. *cacakṣe*, pass. *cakṣyate*, etc.; voir.
ā-, considérer comme, désigner comme, appeler. . . ; dire, annoncer.
cakṣaṇa, nt., apparition, aspect. — CAKṢ.
cakṣus, nt. (n° 132, 2), œil. — CAKṢ.
caṅkramaṇa, nt. (dér. de l'intensif de KRAM, cf. n° 344, 2), effort de marche, saut (290, 17).
cañcu, f., bec d'oiseau.
catuṣka, adj., carré (cf. n° 174); nt., carré d'honneur qu'on trace pour recevoir un hôte (252, 20).
catuṣpad, adj., quadrupède (n° 129, 1).
cana (particule), avec pronoms indéfinis, n° 153, 3.
candana, m., nt., bois de santal.
candanadāsa, n. pr. m. (354).
candra : adj., brillant; m., la lune; abréviation courante (354) pour
candragupta, m., n. pr. d'un roi historique (354), le Sandracottos des historiens grecs.
candramas, m. (nomin. *-mās*, n° 132, 1), lune (cf. *māsa*).
caya, m., terrassement, mur (327, 9). — 1 CI.
CAR, vb., pr. *carati carate*, pf. *cacāra cere*, fut. *cariṣyati* et *caritā*, vbl *carita* et *cīrṇa*, inf. *caritum* et *cartum*, pass. *caryate*, caus. *cārayati*, etc. : se mouvoir, marcher (138, 16); (au moral) agir, se conduire (161, 3).

ati-, dépasser, franchir, transgresser.
anu-, suivre, se conformer à (acc.).
ā-, user d'un procédé (acc.) envers (gén., 353, 25).
vi-, caus., agiter en esprit, penser à (398).

cara, adj., qui se meut, qui séjourne (272, 7). — CAR.

caraṇa, nt. : chemin, façon d'agir, conduite (218, 11); pied (245, 10, et 377). — CAR.

carama, adj. superl., dernier.

carita (vbl de CAR), nt., conduite morale.

caru, m. (n° 116), chaudron, pot-au-feu.

CAL, vb., pr. *calati* (du. 3 *calatas*) *calate*, inf. *calitum*, caus. *calayati* et *cālayati*, etc. : remuer, bouger (272, 20); vbl du caus., ébranlé, ruiné (341, 29).
pra-, caus., remuer (397); *-calita*, mis en route (15).

cāṇakya, n. pr. m. (354).

cāru, adj., serein, doux, aimable, gracieux (375, 14).

1 CI, vb., pr. *cinoti cinute* (n° 212), pf. *cikāya cikye*, fut. *ceṣyati* et *cetā*, vbl *cita*, inf. *cetum*, pass. *cīyate*, etc. : réunir, entasser.
pra-, recueillir, amasser, accumuler (354).

2 CI, vb., pr. *cinoti cinute* (n° 212), pf. *cikāya*, etc. (comme le précédent) : observer, examiner.
nis-, prendre une résolution (341, 26).
pari-, cf. la note sous le n° 353, 21.
vi- : séparer par la pensée, distinguer (46, 21); examiner avec soin, faire visite (domiciliaire 354).

CIT, vb. (pr. véd. *cetati*), vbl *citta*, caus. *cetayati*, etc. : remarquer, savoir; désidér. *cikitsati cikitsate*, vouloir savoir, examiner, soigner, guérir (398).
vi-, discerner, distinguer (125, 4).

citā (vbl de 1 CI), f., bûcher (74).

citta (vbl de CIT), nt., pensée, intention.

cid (enclitique) : avec pronoms indéfinis (153, 3).

CINT, vb. (n'a que les formes du caus.), pr. *cintayati*, pass. *cintyate*, etc. : penser (74).
vi-, réfléchir (252, 5), méditer (353, 3).
sam-, réfléchir, considérer (74).

cintā, f., réflexion (252, 1), considération, égard (376).
cibuka, nt., menton (15).
cira, adj., long [temps], lent, tardif; cas adv. (n° 145), *ciram*, *cireṇa*, etc., longtemps, *cirāt*, enfin.
cirāyati, vb. (dénom. de *cira*, n° 357, 2): tarder (252, 6).
CUD, vb., caus. *codayati*, exciter, inciter.
cūmbana, nt., baiser (397).
cūrṇa, m., nt., farine (341, 23).
ced (particules *ca* + *id* emphatique), si, à condition que.
CEṢṬ, vb., pr. *ceṣṭati ceṣṭate*, etc. : se mouvoir.
ceṣṭita (vbl du précédent), nt. : geste, attitude, symptôme (15); conduite (397).
caitya, m., nt., tombe (15). Cf. *citā* et n° 87.
cora, caura, m., voleur (cf. n° 356).

chaṭā, f., agglomérat, masse (396).
CHAD, vb., vbl *channa*, caus. *chādayati* (329), couvrir.
chandas, nt., mètre poétique (cf. n° 128, 9).
chala, nt., tromperie, mensonge (361).
chāyā, f., ombre (192, 20), reflet.
CHID, vb., pr. *chinatti* (n° 216), pf. *ciccheda*, fut. *chetsyati*, vbl *chinna* (n° 185, 3), inf. *chettum* (192, 20), pass. *chidyate*, caus. *chedayati*, etc.: couper.
chidra : adj., incisé ; nt., trou, fuite. — CHID.
cheda, m., coupure, incision (377). — CHID.

-ja, cp., adj., né, issu de. — JAN, et n° 374, 2.
jagat, nt., (ppe pr. redoublé de GĀ), l'univers [1].
jagatī (f. du précédent), sorte de stance (182, 9).
jaṅghā, f., jambe.
jaṭhara, nt., ventre (15), estomac (376).
JAN, vb., pr. *jāyate*, pf. *jajñe*, fut. *janiṣyate*, aor. *ajaniṣṭa*, etc. : naître ; vbl *jāta*, né (74), issu de, causé par, qui s'est produit,

[1] Originairement « ce qui marche, se meut, le monde mobile », c'est-à-dire « les animaux » en contraste avec « l'immobile (*tasthivat*) = végétaux et minéraux » ; puis extension de sens.

qui est arrivé (353, 3), cp. (362, 8, type fréquent) « en qui existe..... », etc., etc.; caus. *janayati*, pf. *jajāna* (fut. *janitā*, pass. *janyate*), engendrer. Cf. aussi n° 82.

adhi- (abl.), naître de (400).

pra-, naître de (abl. 400), se produire, exister (376).

sam-, *jāta*, devenu (272, 20).

jana, m., homme en général; pl. *janās*, gens.

jananī, f., mère (398). — JAN.

jani, janī, f., femme. — JAN.

JAP, vb., pr. *japati japate*, vbl *japita japta*, pass. *japyate*, etc. : chuchoter, prier à voix basse (74).

jambu, jambū, f., sorte d'arbre fruitier (218, 3).

jaya, m., victoire. — JI.

jayasenā, n. pr. f., 377 (armée de victoire).

JAR, vb., pr. *jarati*, pass. *jīryate*, devenir vieux; vbl *jīrṇa* (n° 185, 3), très vieux (15).

jarā, f., vieillesse, décrépitude (227, 11). — JAR.

jala, nt., eau (218, 1, etc., etc.).

jalayāna, nt., navire, bateau (376). — YĀ.

JALP, vb., pr. *jalpati jalpate*, etc. : murmurer (290, 16).

pra-, bavarder, radoter (313, 32).

1 jā-, forme fréquente de la rac. JAN (n° 82).

2 jā-, forme fréquente de la rac. JÑĀ (n° 215).

jāgara, m., fait de veiller, veille. — 3 GAR.

jāti, f., naissance, espèce (n°s 85 et 113) : d'où

-jātya, adj., appartenant à une espèce (313, 18).

jānu, nt., genou (n° 121).

jāyā, f., femme, épouse (163, 11). — JAN.

jāra, m., amant, adultère (46, 26).

jāla, nt., filet de pêche ou de chasse.

JI, vb., pr. *jayati jayate*, pf. *jigāya jigye*, fut. *jeṣyati*, aor. *ajaiṣīt*, vbl *jita* « vaincu », pass. *jīyate*, etc. : vaincre, remporter [une victoire], conquérir, s'emparer de, etc.; impér. *jayatu* « qu'il vainque », salutation habituelle à un roi (= vive le roi!)

vi-, vaincre (même salutation, 377).

jighatsu, adj., désireux de manger (161, 10, et 351). — GHAS.

jiṣṇu, adj., victorieux. — JI.

JĪV, vb., pr. *jīvati jīvate*, pf. *jijīva jijīve*, fut. *jīviṣyati* et *jīvitā*, vbl *jīvita*, inf. *jīvitum*, pass. *jīvyate*, etc. : vivre; caus. *jīvayati* et *jīvāpayati* (74), ranimer, ressusciter, cf. n° 331 par analogie.

upa- (acc.), vivre aux dépens de (252, 11).

jīva : adj., vivant ; m., nt., vie. — JĪV.

jīvana, nt., moyen de vivre, subsistance. — JĪV.

JUṢ, vb., pr. *juṣati juṣate* et (caus.) *joṣayate*, pf. *jujoṣa jujuṣe*, vbl *juṣṭa*, etc. : accepter avec plaisir, agréer, choisir.

-jña, cp., adj., qui sait, instruit de. — JÑĀ et n° 374, 2.

JÑĀ, vb., pr. *jānāti jānīte* (215), pf. *jajñau jajñe*, fut. *jñāsyati* (*-ate*), aor. *ajñāsīt*, vbl *jñāta*, inf. *jñātum*, pass. *jñāyate*, etc. : connaître, savoir (par rapport à qqun = gén., 375, 20) ; caus. *jñāpayati* (125, 1), faire savoir, aviser, enseigner.

ā-, caus., prescrire, ordonner (354).

sam-ā-, s'instruire, apprendre (74).

anu- (192, 13), permettre, donner congé (à qqun = acc.).

prati-, promettre (362, 1).

vi- : s'informer, s'assurer (397) ; caus., informer, dire (361), faire dire (398), etc.

JYĀ, vb., pr. *jināti* (215), être plus fort, violenter.

jyāyas, jyeṣṭha (n° 144, 3°) : plus fort ; aîné [de deux ou plusieurs resp.] ; meilleur. — JYĀ.

jyotis, nt. (n° 132, 2), lumière, météore, corps céleste : d'où *jyotiṣa*, astrologue.

JVAL, vb., pr. *jvalati jvalate*, aor. *ajvalīt*, vbl *jvalita* (74), caus. *jvalayati* et *jvālayati*, etc. : (intransitif) brûler, flamber.

jvāla, m., jvālā, f., flamme. — JVAL.

jhaṣa, m., gros poisson, cétacé.

ṭaṅkayati, vb. (dénom. ?), couvrir.

ṭīkā, f., commentaire (dénom. *ṭīkayati*).

ḍimba, m., boule, sphère, œuf.

takra, nt., lait de beurre (397).

TAKṢ, vb., pr. *takṣati takṣate*, pf. *tatakṣa*, aor. *atakṣīt*, etc. : façonner, charpenter, fabriquer.

TAḌ, vb., caus. *tāḍayati* (397) : (*vi-*) frapper.

taḍāga, m., nt., lac, étang, mare (327, 6).

taṇḍula, m., grain comestible, grain de riz.

tatas, adv. : de là (n° 157); après cela, ensuite (377).

tatra, adv., en cet endroit-là (n° 157).

tatrabhavant (cf. *atra-*), l'honorable... (terme poli pour désigner une personne *absente*).

tathā (n° 159, 4°) : ainsi; aussi; (en poésie) et, n° 15, etc.; oui (362, 11). Emplois courants.

tad (cf. n° 153, 1), nt. adv. : ainsi, de cette façon; en ce cas (n° 290, 13, etc., etc.); aussi, donc, c'est pourquoi, etc.

TAN, vb., pr. *tanoti tanute* (n° 213), pf. *tatāna tene*, vbl *tata* (nos 82 et 85), inf. *tantum* (n° 86), pass. *tāyate*, etc. : tendre, étendre.
vi-, étendre en divers sens.

tanu, adj., mince, fin (362, 13). — TAN.

tanū, f. (f. du précéd.), corps humain (n° 108).

TAP, vb., pr. *tapati tapate*, pf. *tatāpa*, vbl *tapta*, pass. *tapyate*, caus. *tāpayati*, etc. : chauffer; — jusqu'à brûlure; faire souffrir; pass., souffrir, se faire souffrir, se mortifier, etc.

tapanīya, nt., or [épuré par fusion], 377. — TAP.

tapas, nt. : chaleur; souffrance; ascétisme, austérité : d'où *tapasvin* (n° 130, 6). — TAP.

tamas, nt., ténèbres, obscurité.

TAR, vb., pr. *tarati tarate*, pf. *tatāra tatare*, fut. *tariṣyati* (*-ate*), aor. *atārṣīt*, vbl *tīrṇa* et *tūrṇa* (cf. nos 80, 4, et 185, 3), inf. *tartum*, *taritum* et *tarītum*, gér. indécl. *tīrtvā* et *-tīrya* (*-tūrya*), désidér. *titīrṣati*, caus. *tārayati*, etc., etc. : traverser, franchir (218, 1).

taru, m., arbre (218, 5).

TARP, vb., pr. *tṛpyati*, etc. : se rassasier (109, 28).

TARṢ, vb., pr. *tṛṣyati*, etc. (n° 224) : avoir soif.

tarhi (n° 159, 2°), en ce cas (74, etc.).

tala, m., nt., surface (363), emplacement (290, 15).

taviṣṭha, tavīyas, cf. n° 144, 1°.
tāra, adj., [son] aigu, perçant (353, 1). — TAR.
tārā, f., étoile.
tārkṣya, n. pr. m., dieu solaire védique (46, 19).
tāvant, adj. (n° 159, 6°); *tāvat*, nt. adv., pendant ce temps, cependant (souvent explétif).
tigma, adj. (*tejīyas tejiṣṭha* 144), aigu. — TIJ.
TIJ, vb., vbl *tikta*, être pointu; caus. *tejayati* (37, etc.), aiguiser; désidér. *titikṣate*, se rendre aigu, ferme, supporter patiemment (161, 4).
tithi, m., f. (192, 16), jour lunaire, dénommé d'après la constellation avec laquelle l'ascension droite de la lune coïncide en ce jour (15).
tiryañc, adj. (cf. n° 129, 3), m. *tiryaṅ*, f. *tiraçcī*, nt. *tiryak*, etc., transversal; nt. adv. (340, 10), en travers. — TAR, AÑC.
tila, m., sésame, grain de sésame; *na — mātram* (272, 20, cf. 390), pas le moins du monde.
tīkṣṇa, adj. (*tīkṣṇatara* plutôt que *tīkṣṇīyas*, etc., 143-144): aigu, affilé, perçant; rigoureux, sévère (361). — TIJ.
tīra, nt., rive, rivage (218, 5). — TAR.
tu (enclitique), d'autre part, mais; annonce un contraste plus ou moins accentué avec ce qui précède; mais souvent explétif (cf. 15, et 181, 17).
TUD, vb., pr. *tudati tudate* (n° 222), pf. *tutoda*, vbl *tunna*, caus. *todayati*, etc.: pousser, heurter.
tulya, adj., de même poids, égal (instr. 94).
TUṢ, vb., pr. *tuṣyati tuṣyate* (n° 224), vbl *tuṣṭa*, etc.: être satisfait; caus. *toṣayati* (341, 21), satisfaire, apaiser. D'où
tuṣṭi, f., satisfaction, contentement intérieur.
tṛṇa, nt., brin d'herbe, fétu, chaume (313, 30, et 361).
tejas, nt., acuité, éclat (362, 13), flamme (400). — TIJ.
todana, nt., aiguillon (46, 16). — TUD.
TYAJ, vb., pr. *tyajati tyajate*, pf. *tatyāja tatyaje* (irrég., cf. n° 233, 2°), fut. *tyakṣyati* et *tyajiṣyati*, aor. *atyākṣīt*, vbl *tyakta*, pass. *tyajyate*, caus. *tyājayati*, etc.: quitter, abandonner, renoncer à (227, 16), se corriger de (acc.).

tyāga, m., fait de quitter (363), abandon, renoncement.
traya, nt., trayī, f., triade (nos 179-180).
TRAS, vb., pr. *trasati trasate*, vbl *trasta* (272, 16), trembler, avoir peur; caus. *trāsayati*.
TRĀ, vb., pr. *trāyate*, fut. *trāsyate*, vbl *trāta*, pass. *trāyate*, etc.: protéger, sauver.
pari-, impér. pass., au secours! (377).
trāṇa, nt., protection, salut (353, 3). — TRĀ.
trāman, nt., protection, refuge (136).
tri-, cp. (n° 180, 2), v. g. *trivṛt*, adj., qui revient trois fois, triple (n° 129), et cf. VART.
triṣṭubh, f., sorte de stance (n° 182, 9).
TVAR, vb., pr. *tvarati tvarate*, etc.: se hâter.
tvarā, f., hâte; instr., nos 94, 6°, et 125, 11.

THĀ, vb., variante de STHĀ. V. ce mot.

-da, cp., adj., qui donne. — DA, et n° 374, 2.
DAṂÇ, vb., pr. *daçati daçate*, pf. *dadaṃça*, fut. *daçiṣyati*, aor. *adānkṣīt*, vbl *daṣṭa* (nos 15, et 63, 2°), pass. *daçyate*, caus. *daṃçayati*, etc., mordre; *sam-* (377), même sens.
daṃça, m., morsure, endroit mordu (377).
dakṣiṇa, adj.: droit (opposé à gauche); méridional (n° 46, 10), cf. *dakṣiṇāpatha*.
dakṣiṇā, f., salaire ou honoraires des prêtres officiants (parce qu'on les met à leur droite).
dakṣiṇāpatha, nt., le Dekkhan (prononciation prâcrite); cf. *dakṣiṇa* et *uttarā-*.
daṇḍa, m.: bâton; sceptre (en insigne du droit de punir); châtiment (361).
daṇḍapāçika, m., chef de police (361).
dant, m., dent (n° 131, 2); mais, dans l'usage, les cas forts sont remplacés par les formes correspondantes d'un th. *danta-* (sur n° 102), le même aussi qui apparaît en composition.
danturita, adj. vbl, imprégné, épaissi.
DAM, vb., caus. *damayati* (110, 2): dompter.

dama, m., continence, tempérance. — DAM.
damayantī, n. pr. f., 362 (Dompteuse).
dayā, f., commisération, pitié.
daridra, adj., errant, mendiant, pauvre.
darvī, f., cuiller, louche (397).
DARÇ, vb. (sans pr.), pf. *dadarça dadṛçe*, fut. *drakṣyati (-ate)*, aor. *adarçat* et *adrākṣīt*, vbl *dṛṣṭa*, pass. *dṛçyate*, caus. *darçayati* (cf. n° 332) : voir; caus., faire voir, montrer,
darçana, nt., fait de voir, de visiter (252, 11); *paraloke* — (252, 16), rencontre en l'autre monde[1].
DARH, vb., fixer, consolider, affermir; vbl *dṛḍha* (n° 63, 4° b), fixe, solide, dur.
dala, nt., feuille, pétale (396).
DAÇ, vb., forme faible de DAṂÇ, cf. n° 82.
daçā, f., situation, conjoncture (313, 6).
dasyu, m., barbare, sauvage.
DAH, vb., pr. *dahati dahate*, pf. *dadāha dehe*, fut. *dhakṣyati* (n° 65), vbl *dagdha* (n° 63, 4° a), pass. *dahyate*, caus. *dāhayati*, etc. : brûler, consumer, détruire par le feu.
dahana, nt., combustion, chaleur (376). — DAH.
DĀ, vb., pr. *dadāti datte* (n° 209), impf. *adadāt adatta* (n° 263), pf. *dadau dade*, fut. *dāsyati* et *dātā*, aor. *adāt*, vbl *datta*, inf. *dātum*, pass. *dīyate* (15), caus. *dāpayati*, etc.: donner.
  ā-, moy., recevoir, accepter; gér. indécl. *ādāya*, ayant pris en main, prenant[2].
  pra-, pass., être donné en mariage (181, 18).
  prati-, donner en échange (cf. GRABH).
dātar, m., donneur, donateur (n° 135). — DĀ.
dāyaka, adj., qui donne, a donné (74). — DĀ.
dāna, nt., don (341, 21).
dāyāda, m., héritier, collatéral (313, 2)[3].

[1] «Autrement nous [ne] nous rencontrerons [plus que] dans l'autre monde» (car elle l'a menacé de se suicider).
[2] Vbl *ā-t-ta*, avec réduction totale de la racine. Cf. *upātta*.
[3] Dans les petites cours de l'Inde, comme en général dans les monarchies orientales, les conspirations de palais et de familles étaient fort fréquentes.

dārās, m. pl. (mot bizarre), épouse (192, 13).
dāridrya, nt., pauvreté (363). Cf. *daridra*, et n° 87.
dāru, nt., bois, morceau de bois.
dāruṇa, adj.: dur (cf. *dāru*) au physique ou au moral; cruel, abominable (74).
dāva, m., incendie (surtout de forêt). — DU.
dāsa, m. (f. -ī), esclave, serviteur.
dāha, m.: brûlure, incendie; combustion interne, fièvre (15); cautérisation (377). — DAH.
dits, vb. (n° 352), être désireux de donner.
didṛkṣu, adj., n°s 351, et 362, 5.
dina, nt., jour (341, 19, etc.).
dips, vb. (n° 352): vouloir nuire, engeigner (acc.).
div, (m.) f., ciel, jour. V. sous *dyu*.
divasa, m. (dér. de *div*), jour.
divya, adj. (dér. de *div*), céleste.
1 DIÇ, vb., pr. *diçati diçate*, pf. *dideça didiçe*, fut. *dekṣyati*, vbl *diṣṭa*, inf. *deṣṭum*, pass. *diçyate*, caus. *deçayati*, etc.: indiquer, fixer.
anu-, assigner respectivement à (dat. 192, 16).
ā-, attribuer, donner (341, 26).
nis-, déterminer, reconnaître (15).
pra-, prescrire, ordonner.
2 diç, f., point fixe, région; pl. *diças*, les points cardinaux (cf. 46, 10 et 30, et 181, 12). — DIÇ.
diṣṭi, f., bonheur (361 et 398, cf. 94, 6°). — DIÇ.
DIH, vb., vbl *digdha* (n° 63, 4° a), caus. *dehayati*, etc.: enduire; *pra-*, même sens.
DĪP, vb., pr. *dīpyati dīpyate*, pf. *didīpe*, vbl. *dīpta*, intensif *dedīpyate* (362, 12): briller; caus. *dīpayati*, aor. *adīdipat* (n° 339), éclairer.
pra-, *dīpta* (397), flambant.
dīrgha, adj. (*drāghīyas drāghiṣṭha* 144), long; aussi *dīrghatara*, un peu long (n° 141, 1 d).
DĪV, vb., jouer (n°s 224 et 225).
DU, vb., pr. *dunoti* (n° 212), vbl *dūna*, caus. *dāvayati*, etc.: brûler; caus., consumer.

duḥkha : adj., difficile, pénible[1]; nt., difficulté, peine, malheur; instr. n° 94.

durita, nt. (*dus-* + vbl de I, soit «mauvais chemin»): difficulté, obstacle (110, 3); faute, péché.

durga : adj., d'accès difficile; nt., difficulté, danger (218, 1); défilé, terrier (313, 20); fort, forteresse, citadelle, prison (361). — 1 GĀ.

durbala, adj., faible (341, 23, et cf. *bala*).

duḥçasta, adj., mal récité (cf. *açasta*).

DUṢ, vb., caus. *dūṣayati*, etc. : gâter, endommager.

duṣkara, adj., difficile à faire, héroïque (361). — KAR.

duṣkṛta, nt., mauvaise action (cf. n° 52). — KAR.

duṣṭa (vbl de DUṢ), adj., méchant, cruel, perfide, méprisable (290, 13; etc.).

duṣpāra, adj., difficile à franchir. — 2 PAR.

duḥṣama, adj., mal aplani, inégal.

dus-, préfixe péjoratif, n°s 43, 52 et 370.

dustara, adj., difficile à franchir, dont on ne se tire pas aisément (341, 25). — TAR.

duḥsaha, adj., insupportable, irrésistible. — SAH.

DUH, vb., pr. *dogdhi dugdhe* (n°s 63, 4° a, et 204, pl. *duhanti duhate*) et *duhyate* (n° 224), pf. *dudoha duduhe*, fut. *dhokṣyate* (n° 65), vbl *dugdha* (nt. «lait»), inf. *dogdhum*, etc. : traire.

duhitar, f. (n° 135, 2), fille.

dūta, m., messager, entremetteur.

dūra, adj., lointain (*davīyas daviṣṭha* 144); cas adv. *dūram* et *dūre* (361), au loin, *dūreṇa* et *dūrāt*, de loin.

dṛḍha, adj. (*draḍhīyas draḍhiṣṭha* 144). — DARH.

dṛti, m., outre en cuir, soufflet.

dṛç, f., vue, regard (n° 30). — DARÇ.

dṛṣṭi, f., action de voir, vue, regard (397). — DARÇ.

deva, m., (cf. *div*) : dieu (n° 102, etc.); titre d'honneur donné à un roi (377).

devakarman, nt. (138, 4), office divin.

[1] Litt. *dus-kha*, «qui a un mauvais moyeu, [char] qui roule mal». Cf. *sukha*.

devatā, f., divinité (abstrait et concret).
devar, m. (n° 135, 2), frère [puîné] du mari.
devī, f. (cf. *deva*) : déesse (n°s 15, 105, etc.); titre d'honneur donné à la première épouse du roi (377).
deça, m., pays (*deçāntara*, n° 382). — DIÇ.
deha, m., nt., corps. — DIH.
daiva, adj., divin (cf. *deva* et n° 87).
doṣa, m., défaut, vice, faute, péché. — DUṢ.
dos, nt., bras : dans le texte afférent (181, 14), l'humérus et l'os des membres inférieurs qui y correspond, savoir le fémur.
dohada, m., nt., fantaisie, désir effréné (290, 6).
dyu, (m.) f., ciel, jour (n° 120). Cf. le suivant.
DYUT, vb. (cf. n° 281), pf. *didyute*, caus. *dyotayati*, pass. du caus. *dyotyate*, etc. : briller.
drak-, draç-, etc., variante de guṇa de rac. *dṛç* < DARÇ.
drāk, adv., au plus tôt, tout de suite (397).
drāghiṣṭha, etc. V. sous *dīrgha*.
DRU, vb., pr. *dravati dravate*, pf. *dudrāva* (n° 230), caus. *drāvayati*, etc. : courir; vbl *druta*, pressé, rapide, (nt. adv., aussi *drutataram*, 353, 23) vite, (245, 6) rapidement, convulsivement.
anu-, courir après, poursuivre (acc.).
druma, m., arbre (192, 20). Cf. *dāru*.
DRUH, vb., pr. *druhyati druhyate*, pf. *dudroha*, vbl *drugdha*, etc, : être hostile à (dat.), menacer.
abhi-, tendre des embûches à (dat.).
dvāra, nt., porte : d'où *dvāradeça* (région de la porte) seuil, entrée (252, 20).
dvi-, cp. (n° 180, 2), v. g. *dvija* (n°s 172, 18, et 374, 2), *dvipad* (n° 129, 1), *dvirepha* (163, 2), etc.
DVIṢ, vb., pr. *dveṣṭi dviṣṭe* (n° 204, pl. *dviṣanti dviṣate*), impf. *adveṭ* (n° 261), pf. *didveṣa*, vbl *dviṣṭa*, inf. *dveṣṭum*, etc. : haïr; gér. décl. *dveṣya*, haïssable, odieux.

dhana, nt. : prix; pl., richesses.
dhanasena, n. pr. m., domestique de Candanadāsa (354).
dhanus, nt. (n° 132, 2), arc.

dhanya, adj. (dér. de *dhana*): riche; heureux (361).

DHAR, vb., pr. *dhārayati* (caus.), pf. *dadhāra dadhre*, fut. *dhariṣyati*, vbl *dhṛta*, inf. *dhartum*, gér. indécl. *dhṛtvā*, etc. : tenir; affermir, fixer; prendre [sur soi, 15]; retenir, refréner (375, 14) = se contenir; cf. un emploi spécial, avec ou sans *vi-*, 353, 25 et 29.

dharā, f., terre (363). — DHAR.

dharma, m., morale, vertu, justice, droit. — DHAR.

dharmasthala, nt., n. pr. de ville (15).

DHARṢ, vb., pr. *dhṛṣṇoti*, pf. *dadharṣa*, etc. : oser; vbl *dhṛṣṭa*, téméraire, insolent; caus. *dharṣayati*, frapper, émouvoir (375, 15).

dhavala, adj., d'une blancheur éclatante : d'où *dhavalagṛha* (15), palais de plaisance.

DHĀ, vb., pr. *dadhāti dhatte* (n° 210), opt. *dadhyāt* (n° 295, 2), impér. n° 311, impf. *adadhāt adhatta* (n° 263), pf. *dadhau dadhe*, fut. *dhāsyati* (*-ate*) et *dhātā*, aor. *adhāt* (n° 279), vbl *hita*[1], inf. *dhātum*, pass. *dhīyate*, caus. *dhāpayati*, etc. : placer, poser; faire; porter; moy., se procurer, etc.

api-, couvrir, boucher (354).

abhi- : dénommer; parler, dire (227, 9, etc.).

ava-, *hita* (354), attentif, zélé.

ni-, placer, disposer dans (163, 4).

vi-, déterminer, prescrire, admettre (252, 14).

sam- : réunir, ajuster (124, 12); encocher une flèche (181, 20); se [ré]concilier avec (302, 8).

dhārā, f., flot jaillissant, épanchement.

DHI, vb., pr. *dhinoti* (n° 212) : nourrir.

dhik, exclamation de chagrin ou de dégoût (302, 4).

dhī, f., pensée, intelligence, sagesse (n° 123).

dhīra, adj., intelligent, sage, ferme (361).

dhūma, m., fumée, vapeur, exhalaison.

dhūrta, adj., trompeur, drôle, coquin (245, 6 et 10).

[1] La forme régulière * *dhita* (cf. n° 84) est devenue *hita* après les nombreux préfixes à voyelle finale (cf. n° 309); puis cette dernière forme a envahi le verbe simple.

dhṛṣṇu, adj., hardi, téméraire, vaillant. — DHARṢ.
dhenu, f. (n° 117), vache laitière, vache.
dhairya, nt., port superbe (375, 17, cf. *dhīra*).
dhruva, adj. : ferme; *dhruvā dik* (181, 12), le nadir; sûr, assuré, cf. n° 398.
dhruvasiddhi, m., n. pr. du médecin (377).

na (particule), ne... pas, cf. n° 292, etc. (s'applique au vb. de la phrase, 181, 20); *na eva*, même sens; *na nu* « est-ce que... ne... pas? »; d'où « certes, à coup sûr »[1] (138, 13).
nakṣatra, nt. : constellation (24, 27); surtout du zodiaque lunaire (n°s 15, et 192, 16).
nakha, m., nt., ongle; pl., griffes, serres.
nagara, nt., nagarī, f., ville.
nagna, nagnaka, adj., nu.
nadī, f. (n° 105), eau courante, rivière (74).
nanu (particule, 138, 13), sous *na*.
NAND, vb., pr. *nandati nandate*, vbl *nandita*, caus. *nandayati*, etc. : se réjouir (n°s 93 et 354).
napāt, m. (tous les autres cas sur un th. *naptar-*, cf. n° 135, 2), descendant, petit-fils.
nabhas, nt. (n° 132), nuage, nuée.
NAM, vb., pr. *namati namate*, vbl *nata* (n° 82), inf. *nantum* et *namitum*, gér. indécl. *natvā*, caus. *namayati* et *nāmayati*, etc. : plier, courber; s'incliner devant, saluer (15).
pari- : se transformer; mûrir (327, 23); se digérer (327, 16).
pra-, s'incliner devant, saluer (272, 9).
namas, nt., inclinaison, hommage; — KAR « faire hommage », ordinairement en un seul mot, v. g. *namaskurvant* (n°s 52, et 138, 5), « le faisant-hommage, adorateur ».
namuci, m., n. pr. d'un démon (138, 1).
nayana, nt., œil. — NĪ, et cf. n° 80.
nar, m. (n° 135, 2, gén. pl. *nṝṇām*, 362, 4, et *nṛṇām*, 363), homme.

[1] A cause de l'habitude de poser sous forme négative une question à laquelle on anticipe une réponse sûrement affirmative.

nara, m., homme, personnage.

naraka, m., enfer [à supplices variés].

NART, vb., pr. *nṛtyati nṛtyate* (n° 224) : danser; caus. *nartayati* « il fait danser ».

NARD, vb., pr. *nardati*, etc., mugir, crier.

nala, m. : roseau; n. pr., 362.

nava, adj. (*navīyas naviṣṭha* 144), nouveau.

NAÇ, vb., pr. *naçyati* (*-ate*) et *naçati* (*-ate*), pf. *nanāça* (pl. *neçur*), aor. *anaçat*, vbl *naṣṭa* (n° 63. 2°) : disparaître, périr; caus. *nāçayati*, « il fait périr, cause la perte de ».

ava-, disparaître, s'évanouir.

vi-, périr, mourir (397).

NAH, vb., pr. *nahyati* (n° 224), vbl *naddha*[1], pass. *nahyate*, caus. *nāhayati*, etc. : lier, attacher.

nāga, m., serpent venimeux (15).

nāṭya, nt., mimique scénique (354).

nātha, m., soutien, protecteur, maître, seigneur (titre d'honneur que la femme donne à son mari, 227, 5).

nāpita, m. (corruption prâcrite pour *snāpitar* « baigneur », sous SNĀ), barbier.

nābhi, f., nombril (15), moyeu.

nāman, nt. (n° 130) : nom; nature, essence; acc. abs., n° 93; cp. adj., n° 130; acc. adv. *nāma*, en vérité, certes, (361) vraiment?

nāyaka, adj., m. (f. *-ikā*), cf. n° 107, 3.

nārī, f., femme (161, 12 et 17). Cf. *nar*.

nāça, m., perdition, perte, mort (15); *sarvasva-* — (313, 38), perte de tout son avoir. — NAÇ.

nāstika, m. (dér. de *nāsti*), impie, athée (138, 12).

ni, préf., d'avant en arrière, en retour, dedans.

nikara, m., tas épais (396). — KAR.

NIJ, vb., pr. *nenekti nenikte* (intensif, cf. n° 344, 1), vbl *nikta*, etc. : passer à l'eau, laver.

ava-, ppe pr. moy. (138, 15), se lavant.

[1] Qui montre que la vraie forme de la racine est NADH (*dh* > *h* entre voyelles, cf. n° 309).

nija, adj. : inné; propre (n° 171, 2). — JAN et n° 374, 2.

nitya, adj. : propre (sens perdu, cf. le précédent); constant; nt. adv., constamment, toujours.

nidhana, nt., fin, ruine (363). — DHĀ.

nidhi, m., récipient, dépôt, trésor. — DHĀ.

NIND, vb., pr. *nindati nindate*, pf. *nininda*, vbl *nindita*, pass. *nindyate*, etc. : blâmer, décrier.

nimitta, nt. : but; présage; cause (377).

nirdoṣa, adj., innocent (354). Cf. *nis.*

nivāsin, adj., habitant (353, 19). — 3 VAS.

nivid, f., sorte d'invocation rituelle par laquelle on *annonce* aux dieux les oblations. — 1 VID.

niveça, m., demeure, maison (354). — VIÇ.

niçā, f., nuit (354); cf. le suivant.

niçītha, m., minuit, nuit (74). — ÇĪ.

niççaya, m., détermination, résolution (252, 1). — 2 CI.

niḥçaṅka, adj., sans crainte (353, 30). Cf. *nis.*

niḥçeṣa, adj., dont il ne reste rien (cf. *çeṣa*) : d'où un dénom. *niḥçeṣayati* (n° 357) «il détruit jusqu'au dernier», vbl *niḥçeṣita* (341, 6).

niṣka, m., collier, parure de cou.

niṣkṛti, f., action de défaire, expiation (252, 14). — KAR.

niṣkramaṇa, nt., fait de sortir (353, 3). — KRAM.

niṣṭhura, adj., dur, sévère (252, 10).

nis, préf. : (devant un vb.), dehors; (devant subst. ou adj.), indiquant privation[1] comme *a-*.

NĪ, vb., pr. *nayati nayate* (n°s 80 et 222), pf. *ninăya ninye*, fut. *neṣyati*, *nayiṣyati*, *netā* et *nayitā*, aor. *anaiṣīt*, vbl *nīta*, inf. *netum* et *nayitum*, pass. *nīyate*, caus. *nāyayati*, etc. : conduire, mener, guider.

apa-, emmener, faire partir, faire cesser (245, 8).

abhi-, amener dans (acc. 361).

ā-, amener (125, 3, et 377), apporter (74).

[1] Soit parce qu'on s'est défait de la chose, qu'on en est délivré (*nirviṣa* 398), soit parce qu'on ne l'a jamais eue (*nirdoṣa*); à moins, bien entendu, que le subst. n'ait lui-même sens verbal (*niṣkramaṇa*).

sam-ā-, faire venir avec, ensemble (15).
pra-, guider, apporter, offrir.
nīca, adj. (cf. *nyañc*), bas, vil (161, 16).
nīḍa, m., nt. (=**ni-sd-a*, nos 50, 2, et 83), lieu de repos, repaire, nid. — SAD.
nīti, f. (n° 85), conduite, morale, politique. — NĪ.
nīla, adj. (f. *-ā* et *-ī*, n° 108), bleu-noir, noir : d'où *nīla-paṭala*, nt. (397), pellicule noire, cataracte.
nīlī, f. (le précédent employé substantivement), indigotier, indigo (teinture très tenace, 252, 3).
nu (enclitique), eh bien, certes, donc (161, 2). Cf. *nanu*.
nūtana, adj., nouveau, récent, actuel.
nūnam, adv.: maintenant, à cette heure; donc; certes, en vérité.
nūpura, m., nt., parure de pied, anneau qu'on attache au-dessus de la cheville (377).
nṛpati, m. (cf. *nar*), roi, prince (125, 14).
netar, m. (n° 86), conducteur, guide. — NĪ.
netra, nt., œil (cf. *nayana*). — NĪ.
nemi, f., jante de roue (46, 19). — NAM.
naiṣadha : adj., du pays de Niṣadha (n° 87); n. pr., surnom de Nala (prince de N.).
no (= *na* + particule *u*, pragṛhya, n° 23) : ni, pas non plus (161, 2); *no ced*, sinon (341, 14).
nau, f. (n° 122), navire, bateau.
nyañc, adj., m. *nyaṅ*, f. *nīcī*, nt. *nyak* (n° 129, 3) : dirigé vers le bas (46, 30).
nyāya, m. : façon d'agir, coutume, bon usage (302, 15); règle, précepte; *anyāyatas* (397, cf. 158), en dépit des règles. — I.

-pa, cp., adj. : qui boit; qui protège, qui garde. — 1 PĀ, 2 PĀ, et n° 374, 2.
pakva, adj., cuit, mûr. — PAC.
pakṣa, m. : aile; côté; parti, clan (353, 3); moitié, moitié du mois, quinzaine, claire (*çukla-*) ou sombre (*kṛṣṇa-*) suivant le cours ou le décours de la lune.
pakṣin, adj. (cf. n° 130, 6), m., oiseau.

paṅka, m., nt., terre molle, boue.

paṅkti, f. : n° 180; sorte de stance de 5 membres (de 8 syllabes chacun, 182, 9).

PAC, vb., pr. *pacati pacate*, pf. *papāca pece*, fut. *pakṣyati* et *paktā*, pass. *pacyate*, caus. *pācayati*, etc. : cuire (actif), faire cuire.

paṭa, m., nt., tissu, fragment d'étoffe.

paṭaha, m., tambour (363).

PAṬH, vb., pr. *paṭhati paṭhate*, pf. *papāṭha*, vbl *paṭhita*, pass. *paṭhyate*, etc. : dire à haute voix, dire (252, 8); réciter, lire, étudier (192, 5).

paṭhana, nt., lecture, étude (376). — PAṬH.

PAṆ, vb., pr. *paṇati paṇate*, vbl *paṇita*, pass. *paṇyate*, caus. *paṇayati*, etc. : trafiquer; *vi-*, vendre.

paṇi, m. : pl. (nom de certains personnages mythologiques), les Paṇis (125, 3).

paṇḍita, adj., savant (francisé en «pandit»).

PAT, vb., pr. *patati patate*, pf. *papāta* (pl. *petur*), fut. *patiṣyati* et *patitā* (aor. *apaptat*), vbl *patita*, inf. *patitum*, caus. *patayati* (sens du vb. simple) et *pātayati*, etc. : voler; tomber.

abhi-, voler en se dirigeant vers.

sam-ud- (375, 15), se lever ensemble.

patana, nt. : vol; chute (161, 15). — PAT.

pati, m. : maître, seigneur; époux (dans ce dernier sens, sg. instrum. *patyā*, dat. *patye*, gén. *patyur*[1], loc. *patyau*). Cf. n° 112.

pattra, nt., aile, plume, feuille (15). — PAT.

patnī, f., épouse. Cf. *pati*.

path, patha (398), pathi, m., chemin. V. sous *panthan*.

1 PAD, vb., pr. *padyate*, pf. *papāda pede*, fut. *patsyate*, aor. *apādi*, vbl *panna*, inf. *pattum*, caus. *pādayati*, etc. : aller.

ā-, arriver dans, (138, 15) tomber sous.

vi-ā-, caus., détruire, tuer (227, 15, etc.).

ud- : vbl, issu de (290, 20); caus., causer (354).

sam-ud-, se produire, advenir (218, 1, et 341, 25).

nis-, caus., apprêter (74).

[1] Par analogie évidente de *pitur*, n° 135, 2.

pra-, aller à (125, 10), concevoir (15).
abhi-pra-, s'approcher, aborder (192, 14).
prati-, vbl, reconnu, adopté pour (227, 14).
sam-, se produire (376), échoir à (363).

2 pad, m., pied (n° 129). — PAD.

pada, nt. : pas; endroit (377); mot; phrase. — PAD.

padāti, m., piéton, fantassin. — 2 *pad*.

padma, m., nt., fleur de lotus (15).

panthan, m., chemin : sg. N. *panthās*, A. *panthānam*, I. *pathā*, D. *pathe*, G.-Ab. *pathas*, L. *pathi*; du. *panthānau*, *pathibhyām*, *pathos*; pl. N. *panthānas*, A. *pathas*, I. *pathibhis*, D.-Ab. *pathibhyas*, G. *pathām*, L. *pathiṣu*.

1 PAR, vb., pr. *pṛṇāti pṛṇīte* (n° 215, mais usuellement remplacé par le caus.), vbl *pūrṇa* et *pūrta*, pass. *pūryate*, caus. *pūrayati*, etc. : emplir, remplir. Cf. n°s 80 (4), 97, 181 (19), etc.

2 PAR, vb., franchir; caus. *pārayati* (cf. n° 339).

para, adj. : suivant; autre; nt. adv., d'autre part, mais (138, 8); qui dépasse, supérieur, suprême; *-para*, cp. (353, 1), qui a pour point suprême de..., exclusivement occupé à... (emploi extrêmement fréquent). — 2 PAR.

parama, adj., superl., suprême. — 2 PAR, et n° 148.

paraçu, m., hache, cognée.

paras, adv., prép. (abl.), en dehors de, au delà de.

paraspara, adj. cp., cf. n° 380, 2; — *-virodhin* (361), contradictoire, cf. RUDH.

parā, préf., en s'éloignant de, en s'en allant.

parāyaṇa, nt. : fait d'échapper à; (d'où) refuge, but essentiel et suprême (161, 3). — I.

pari, prép., préf., autour (acc.), etc.

parikleça, m., fait de tourmenter, de causer des ennuis : *bhavatām* (354) « de votre part ». — KLIÇ.

parigraha, m., fait de saisir, tenir (245, 6), d'accueillir, agréer (361). — GRABH.

parijana, m. : escorte, gens de suite (397, etc.); *asmat-* (327, 33) « les gens de mon bord ».

pariṇāma, m., digestion (327, 16). — NAM.

paribhava, m., mépris (354), affront (313, 36). — BHŪ.
parivrājaka, m. (f. *-ikā*, nos 107, 3, et 377), religieux mendiant. — VRAJ.
parokṣa, adj. (cf. *paras*, *akṣi*, et n° 372), caché, mystérieux; loc. adv. (341, 27), en cachette.
parjanya, n. pr. m., dieu védique de l'orage.
paryaṅka, m., divan (376). Cf. *aṅka*.
paryanta, m., fin, terme (363). Cf. *anta*.
parvata, m., montagne. Cf. le suivant.
parvan, nt. (n° 130, 2), côte, articulation, partie composante, etc. (181, 14-15); cp. adj. (181, 14).
pavitra, nt., filtre. — PŪ.
PAÇ, vb., pr. *paçyati paçyate* (aor. *aspaṣṭa*, vbl *spaṣṭa*, d'une variante SPAÇ), voir; *paçyan manye* «je crois voir», cf. n° 92.
paçu, m., tête de bétail; pl., bestiaux, bétail.
paççāt, abl. adv., après, dans la suite.
paççima, adj. superl. (cf. *paççāt* et n° 148), dernier.
1 PĀ, vb., pr. *pibati pibate* (n° 211), pf. *papau*, fut. *pāsyati* (*-ate*), aor. *apāt*, vbl. *pīta* (cf. nos 84-85), inf. *pātum*, pass. *pīyate*, etc. : boire; caus. *pāyayati*, abreuver.
2 PĀ (peu usité, mais nombreux dérivés), vb., pr. *pāti*, aor. *apāsīt*, etc. : protéger, garder.
pāṃçu, pāṃsu, m., poussière.
pācana, nt., cuisson (397). — PAC.
pāṇi, m., main (15, etc.).
pāṇini, n. pr. m. du plus célèbre des grammairiens indigènes (cf. n° 192, 5).
pāta, m. : chute (161, 15); fait de tomber, de se jeter à (245, 10).
pātra, nt. : vase à boire, coupe, récipient; (métaph.) personne digne de recevoir des dons. — 1 PĀ.
pāda, m., pied (245, 8). — Cf. *pad*.
pādapa, m. (qui boit par le pied), arbre (218, 3).
pādya, adj., appartenant au pied (181, 13).
pāpa, adj., mauvais, méchant.
pārthiva : adj., terrestre; m., roi, prince, guerrier (161, 18, et 362, 4). Cf. *pṛthivī* et n° 87.

pārçva, nt., côte, côté (252, 5).

pāla (362, 5, *loka-* — pl. «les dieux»), pālaka (361), m. : gardien, commandant. — 2 PĀ.

pāça, m., lien, corde.

pāṣāṇa, m., pierre (327, 9).

pi, préf., aphérèse pour *api* (354 et 361).

piṭhara, nt. (376 et 383), jarre, pot.

piṇḍa, m., motte, motte de pâte, gâteau.

pitar, m. (n° 135, 2) : père; du., les parents; pl., les pères défunts, les Mânes (46, 10).

pitrya (cf. n° 20), adj., paternel, des Mânes.

pipīlika, m., fourmi (aussi *pipīlikā* f.).

piçita, nt., pl., menus morceaux de viande.

PIṢ, vb., pr. *pinaṣṭi* (n° 216), impf. *apinak*, pf. *pipeṣa pipiṣe*, fut. *pekṣyati* (n° 50, 4), vbl *piṣṭa*, inf. *peṣṭum*, pass. *piṣyate*, caus. *peṣayati*, aor. caus. *apīpiṣat*, etc. : broyer, moudre.

PĪ, vb., pr. intensif *pepīyate* (400) : être gonflé [de sève].

pīṭhaka, m., nt., siège, banc (377).

PĪḌ, vb., être oppressé; caus. *pīḍayati*, oppresser, causer de la souffrance, de la gêne, de l'ennui (377).

pīḍā, f., oppression, angoisse, tort (313, 11).

pīti, f., action de boire, boisson. — 1 PĀ.

pīvan, adj. (n° 130, 5), gras. — PĪ.

PU, vb., nettoyer, etc. V. sous PŪ.

puṃs, m., mâle, homme : sg. N. *pumān* (362, 8), A. *pumāṃsam*, I. *puṃsā*, etc.; du. *pumāṃsau pumbhyām puṃsos*; pl. N. *pumāṃsas*, A. *puṃsas*, I. *pumbhis*, Ab. *pumbhyas*, G. *puṃsām*, L. *puṃsu*.

puccha, m., nt., queue.

putra, m., fils; f. *putrī*, fille.

punar, adv. : de nouveau, derechef; en sens inverse; d'autre part, ensuite.

pumāṃs, m., cf. *puṃs*.

pur, f. (nomin. *pūr*, etc., cf. *āçis*), bourgade, ville.

puras, adv., prép. (abl., gén., acc.) : avant; devant, en tête; par devant.

purā, adv., auparavant (397), autrefois.

purāṇa, adj. (f. -ī), ancien. Cf. *purā*.
puruṣa, m., homme, (361) homme lige, partisan.
purohita («placé en tête, préposé», cf. DHĀ), m., chapelain [du roi] (125, 15, etc.).
pulina, m., nt., banc de sable (272, 11).
PUṢ, vb., pr. *puṣyati puṣyate* (n° 224) et *puṣṇāti* (n° 215), pf. *pupoṣa*, vbl *puṣṭa*, etc. : prospérer; caus. *poṣayati*, faire prospérer.
puṣpa, nt., fleur, floraison.
pustaka, nt., manuscrit, livre (74).
PŪ, vb., pr. *punāti punīte*, vbl *pūta*, pass. *pūyate*, etc., cf. n° 215 : nettoyer; purifier; clarifier, filtrer (cf. *pavitra*).
PŪJ, vb., pr. *pūjayati* (caus.), pass. *pūjyate*, vbl *pūjita*, etc. : honorer, faire honneur à, saluer.
abhi- (375, 16), même sens.
pūjā, f., hommage; *-pūja* (à la fin d'un cp. possessif, n° 290, 16, et cf. n° 369, 1), adj., rendant hommage par... à...
pūrṇimā, f. (*pūrṇa* sous 1 PAR, et cf. *candramas*), nuit de pleine lune (354).
pūrva, adj. : premier; cp., n° 382, v. g. *smita-* (f. 375, 19) «après avoir souri», *prīti-* (nt. adv. 227, 8) «à raison de l'amitié liée entre nous»; précédent (361); oriental (46, 30).
pṛcch, fausse racine. V. sous PRAÇ.
pṛthivī, f., la terre (fm. du suivant).
pṛthu, adj. (*prathīyas prathiṣṭha* 144), vaste, large.
pṛthudatta, n. pr. m.[1] (341, 30).
pṛçni : adj., tacheté, moucheté; n. pr. f., la vache mouchetée, mère des Maruts (cf. n° 393).
pṛṣant (n° 131, 2, f. *pṛṣatī*), adj., tacheté, moucheté.
pṛṣṭha, nt., dos, reins, échine.
peçī, f., morceau [de viande], 161, 9.
paura, m., bourgeois, citadin (361). Cf. *pur* et n° 87.
paurṇamāsī, f., la nuit de la pleine lune. Cf. *pūrṇimā* et n° 87.
pra, préf. : en avant; à un haut degré.

[1] Cette appellation, comme beaucoup d'autres, n'est point significative, mais témoigne de l'usage indo-européen de donner au fils un nom où entre un des éléments du nom du père.

prakāça, adj. : clair, visible, au grand jour (cf. *ākāça*); nt. adv., à haute voix (354).

prakṛti, f.: forme, forme naturelle et primitive ; nature, caractère (*-bhīru* 398); état naturel et normal (*-stha* 398); élément constitutif; pl., sujets, bourgeois (354). — KAR.

praguṇita, adj. (vbl d'un dénom. de *pra-guṇa*), attaché, bien ajusté (252, 20).

pracura, adj., très abondant, en masse (396).

pracch, fausse racine. Cf. *pṛcch.*

pracchādana, nt., recel (361). — CHAD.

prajā, f. : descendance, postérité; pl., les créatures, les êtres; les sujets, le peuple. — JAN.

prajāpati, n. pr. m. (Roi des êtres), nom d'un dieu qui n'est qu'à peine connu de l'époque védique, mais prend une importance considérable dans les Brāhmaṇas (182, 8).

prajña, adj.; instruit, sage (272, 4). — JÑĀ.

praṇaya, m., inclination, affection (96). — NĪ.

prati, prép., préf. (acc. n° 93): vers, à la rencontre de; contre; par (distributif, 341, 19); en échange de, en retour, par représailles.

pratikūla, adj., contraire à (gén.).

pratipatti, f., obtention, manière d'atteindre, d'obtenir, de réaliser (377). — PAD.

pratipriya (354), adj., cf. ces deux mots.

pratividhāna, nt., moyen préventif (363). — DHĀ.

pratiṣṭhā, f., ferme assiette (n° 52). — STHĀ.

pratīkāra, m., moyen de se préserver de (361). — KAR.

pratīhārī, f., huissière du palais (377). — HAR.

pratyañc, adj. (m. *pratyaṅ*, f. *pratīcī*, nt. *pratyak*, cf. n° 129, 3): opposé à; occidental (cf. n° 46, 10 et 30).

pratyapakāra, m., mauvais office en retour, acte de vengeance (313, 4). — KAR.

pratyupakāra, m., bon office en retour, témoignage de reconnaissance (252, 11). — KAR.

prathīyas, cpar. Cf. *pṛthu.*

pradeça, m., pays, endroit (272, 11). — Cf. *deça.*

prabhā, f., éclat, splendeur (362, 13). — BHĀ.
prabhāva, m., puissance souveraine (375, 24). — BHŪ.
pramada, m., délices, agrément : d'où *pramadavana*, nt. (377), parc de plaisance. — MAD.
pramāṇa, nt. : mesure; norme, règle; autorité; *devaḥ* — (376) «le roi [est] autorité = que V. M. décide». — MĀ.
pramāda, m. : ivresse; négligence (110, 10). — MAD.
pramukha, adj., premier, n°s 354 et 386.
prayojana, nt., motif, but : (302, 14) «elle (gén.) n'a que faire de (instrum.)»; (227, 11) «si je (instrum.) ai quelque influence de décision sur toi (gén.)» : idiotismes. — YUJ.
pralāpa, m., bavardage, éjaculations indistinctes, lamentation (353, 1). — LAP.
praveça, m., fait d'entrer, entrée (327, 12). — VIÇ.
PRAÇ, vb., pr. *pṛcchati pṛcchate* (cf. n° 225), pf. *papraccha* (ibid., pl. *papracchur*), fut. *prakṣyati*, vbl *pṛṣṭa*, inf. *praṣṭum* (192, 14), pass. *pṛcchyate*, etc. : demander; interroger.
pari- (2 acc.), interroger (362, 1).
praçraya, m., respect, politesse (397). — ÇRI.
prasāda, m., faveur, grâce (354). — SAD.
prastāva, m., conjoncture (15). — STU.
prahāra, m., coup, choc (397). — HAR.
prāghūrṇaka, m. (= *atithi*), hôte (302, 15).
prāñc (n° 46, 10), adj. (m. *prāṅ*, f. *prācī*, nt. *prāk*, cf. n° 129, 3) : tourné vers l'avant; oriental, tourné vers l'orient.
prāñjala, adj., droit, non tordu (397).
prāñjali, adj., faisant l'añjali (362, 7).
prāṇa, m. : expiration d'haleine; haleine, souffle; vie; pl. (290, 18), la vie.
prāṇin, adj., n° 130, 6; m., être vivant, homme (376).
prātar, adv., au matin (n° 45).
prānta, m., nt., bord (n° 58).
prāpti, f., obtention, acquisition (363). — ĀP.
prāya, m. : fait d'aller à, d'approcher de; *-prāya*, cp. (227, 10), qui approche de, qui vaut presque; fait d'aller à la mort, mort [volontaire], cf. *upaveçana*. — I.

prāyaçcitta, nt., prāyaçcitti, f., expiation. — CIT.

prāyas, nt. adv. (cpar. de *pra*), davantage, plus souvent, souvent, d'habitude (245, 6).

prārthana, nt., demande (15). Cf. *arthayati*.

prāsāda, m., terrasse, palais. — SAD.

priya, adj. (*preyas preṣṭha* 144) : cher, bien aimé; agréable; nt., bon office, etc.; f. *priyā*, épouse. — PRĪ.

priyadarçana, m., n. pr. d'un serpent (302, 21).

PRĪ, vb., pr. *prīṇāti prīṇīte* (n° 215), pf. *pipriye*, etc. : causer du plaisir; prendre plaisir à; vbl *prīta*, satisfait (354), charmé (375, 16).

prīti, f., affection, amitié (227, 8). — PRĪ.

preṅkha, m., escarpolette; du., les deux poteaux qui la soutiennent, dans un rite religieux très solennel, le mahāvrata, dont elle est un accessoire obligé. — ĪṄKH.

PLU, vb., pr. *plavati plavate*, pf. *pupluve*, vbl *pluta*, etc : flotter dans l'eau; caus. *plāvayati* (pass. *plāvyate*, 272, 18), baigner, inonder.

phala, nt. : fruit d'arbre, fruit; fruit, avantage, utilité, profit, rapport, etc.; cp. adj. *sadā-*, 218, 3, cf. n° 369, 1.

phalaka, nt., planche, latte, plaque.

phena, m., écume (138, 1).

badhira, adj., sourd (376).

BANDH, vb., pr. *badhnāti* (n° 215), pf. *babandha*, fut. *bandhiṣyati*, vbl *baddha* (n° 61), pass. *badhyate*, caus. *bandhayati*, etc. : lier, capturer.

ni-, vbl, entouré de, consistant en (327, 9).

sam-, vbl, allié à, parent (161, 3).

bandhana, nt., lien, captivité (313, 23). — BANDH.

bandhu, m., parent, allié. — BANDH.

barhis, nt., jonchée de gazon qu'on dispose en nappe sur l'autel pour le service divin.

bala, nt., force matérielle, vigueur.

balin, adj. (n° 130, 6), fort, robuste.

bahis, adv., prép., dehors, hors de (abl.).

bahu, adj. (f. *bahvī*, n° 119), nombreux; pl. *bahavas*, beaucoup de; cpar. adv. *bahutarām* (n° 46, 16), à un haut degré, beaucoup (145).

bāḍham, nt. adv., sûrement, certes (361).

BĀDH, vb., pr. *bādhati* (*-ate*), pf. *babādhe*, fut. *bādhiṣyati* (*-ate*), vbl *bādhita*, pass. *bādhyate*, etc. : gêner, opprimer, violenter.

bāndhava, m. (227, 18) = *bandhu*. Cf. n° 87.

bāla (163, 11), **bālaka** (74), m. (f. *bālikā*, n°s 107, 3, et 398), enfant, personne très jeune.

bāhu, m., avant-bras, bras (15, etc.).

bāhya, adj., extérieur (*bahis*, et n° 87); loc. adv. (397), dehors.

bila, nt., trou, orifice, terrier.

bībhatsu, adj. (cf. n° 351), dégoûté.

buddha (vbl de BUDH, soit «l'éveillé, le voyant, l'inspiré»), n. pr., Buddha.

buddhi, f., intellect, sagesse, etc. (n° 85).

BUDH, vb., pr. *bodhati* (*-ate*) et *budhyati* (*-ate*, n°s 222 et 224), pf. *bubodha bubudhe*, fut. *bhotsyati* (*-ate*, n° 65), vbl *buddha* (cf. à part), inf. *boddhum*, etc. ; s'éveiller, revenir à la conscience; remarquer, atteindre la claire connaissance de ; connaître à fond, comprendre; caus. *bodhayati*, éveiller, aviser, instruire.
ni- (362, 3), apprendre, comprendre.

budha, adj., m., intelligent, sage (327, 28). — BUDH.

bubhukṣita, adj. (302, 21, cf. n° 351).

bṛhant, adj., grand, sublime; f. *bṛhatī*, nom d'une sorte de vers ou stance (182, 9).

bṛhaspati, n. pr. m. : nom d'un dieu védique (125, 15); d'un auteur moraliste (313, 22).

boddhar, m., qui sait, connaisseur (86). — BUDH.

bodhisattva, n. pr. m., cf. n° 139, 17 : un Buddha dans ses réincarnations antérieures à l'incarnation définitive. V. *sant* et dérivés.

bauddha, adj., m., bouddhiste (n° 87).

brahmaghna, m. (252, 14), meurtrier d'un brahmane (le plus grand des crimes). — HAN.

brahmacārin, m., novice qui a fait vœu de chasteté (1er stade de la vie normale du brahmane, cf. *gṛhastha*). — CAR.

brahman, nt. : formule sacrée; prière; sainteté, science sainte, etc.

brahman, m. : prêtre; spécialement, le prêtre dont l'office rituel est décrit n° 301, 8.

brāhmaṇa : adj., relatif à la science sainte, au service divin; nt., traité de théologie et de liturgie [1]; m. (f. -ī), sectateur de la religion brâhmanique, prêtre de cette religion, membre de la caste des brâhmanes, etc.

BRŪ, vb., pr. *bravīti brūte* (n° 206), impf. *abravīt abrūta*, etc. : parler, dire [qqch. = acc., à qqun = dat., loc. ou gén.]; moy., se dire, se nommer.

anu-, réciter rituellement.

BHAKṢ [2], vb., pr. *bhakṣati* (*-ate*, plus usuellement le caus. *bhakṣayati*, 218, 8, etc., cf. n° 329), vbl *bhakṣita* (aliment, repas), gér. décl. *bhakṣya* (susceptible d'être mangé, qu'il est permis de manger, 353, 14), etc. : manger.

bhakṣaṇa, nt., fait de manger (290, 6). — BHAKṢ.

bhaga, m., bon lot, bonheur. — BHAJ.

bhagavant, adj. (n° 130, 1), bienheureux : titre d'honneur à un religieux, à une religieuse (*-vatī* 377), «révérend, révérende»; épithète, ou même (tout court) nom du Buddha.

bhagnavrata, adj. (252, 14), cf. BHAÑJ.

bhaṅga, m., rupture, (15) torsion. — BHAÑJ.

BHAJ, vb., pr. *bhajati bhajate*, pf. *babhāja bheje*, fut. *bhakṣyati* (*-ate*) et *bhajiṣyati* (*-ate*), vbl *bhakta*, pass. *bhajyate*, caus. *bhājayati*, etc. : partager, distribuer; moy., prendre part.

BHAÑJ, vb., pr. *bhanakti* (n° 216), pf. *babhañja*, fut. *bhaṅkṣyati* et *bhaṅktā*, aor. *abhāṅkṣīt* et (pass. n° 324) *abhāji*, vbl *bhagna* (n° 185, 3), pass. *bhajyate*, etc. : briser, rompre, violer.

bhañjana, nt., rupture, paralysie (15). — BHAÑJ.

(1) Ces traités sont très anciens, postérieurs sans doute de plusieurs siècles aux Védas, mais fort antérieurs aux Sūtras. C'est la première littérature de l'Inde.

(2) Cette racine n'est en réalité qu'une variante amplifiée de la rac. BHAJ.

BHAṆ, vb., pr. *bhaṇati*, vbl *bhaṇita* (pf. *babhāṇa*, aor. pass. *abhāṇi* n° 324) : dire; à qqun = *prati* (acc.) ou acc. (354).

bhadra, adj., bon, heureux; voc., mon cher, ma chère (227, 7, etc.); nt., bon sort, bonheur.

bhaya, nt. : crainte; danger. — BHĪ.

BHAR, vb., pr. *bibharti* (n°s 207, 208, 263, etc.) et *bharati bharate* (n° 223), pf. *babhāra*, fut. *bhariṣyati* et *bhartā*, vbl *bhṛta*, inf. *bhartum*, gér. indécl. *-bhṛtya*, gér. décl. *bhārya* et *bhṛtya* (cf. n°s 185 sqq.), pass. *bhriyate* (n° 317, 30), caus. *bhārayati*, etc. : porter; soutenir; nourrir.

ā- (*abharat* impf., 125, 11), apporter.

ni-, vbl, caché, tapi (74).

bhartar, m. : qui porte, qui soutient; maître, seigneur (354); époux. Cf. *bhāryā* et *bhṛtya*.

BHARTS, vb., caus. *bhartsayati* (302, 3) : menacer, insulter, railler (acc.); *nis-*, mêmes sens.

bhava, m. : fait d'être, de se trouver (163, 2); existence; monde, nature; prospérité. — BHŪ.

bhavana, nt., demeure, maison (227, 1). — BHŪ.

bhavant, cf. n°s 24, 20, et 170, 2.

bhasman, nt., cendre (n° 74, et cf. n° 360).

BHĀ, vb., pr. *bhāti*, pf. *babhau*, etc. : luire, briller.

bhāga, m. : part, lot; partie, division (181, 15). — BHAJ.

bhājana, nt. : récipient; (métaph.) personne chez qui afflue (gén., 161, 18, cf. *pātra*). — BHAJ.

bhānu, m., lumière, vue (15). — BHĀ.

bhāra, m., charge, chargement. — BHAR.

bhārata, n. pr. m., patronymique de la famille dont le Mahābhārata raconte les exploits.

bhāryā, f., épouse (gér. décl. de BHAR, cf. n° 192, 4).

bhāva, m. : nature, caractère (161, 16); sentiment, affection (245, 10). — BHŪ.

BHĀṢ, vb., pr. *bhāṣati* (*-ate*), pf. *babhāṣe*, aor. (moy.) *abhāṣiṣi*, fut. *bhāṣiṣyate*, vbl *bhāṣita* (15) : parler; dire [à qqun = acc.]; *dvir naiva* — (181, 20), ne dit pas deux fois [la même chose].

abhi-, adresser la parole à (acc., 362, 3, etc.).

bhāṣin, adj., qui parle, a une voix (377). — BHĀṢ.

bhikṣu, adj. (type désidératif issu de BHAJ, cf. nos 351 et 352): mendiant; brâhmane ou religieux bouddhiste mendiant.

BHID, vb., pr. *bhinatti bhintte* (n° 216), pf. *bibheda bibhide*, fut. *bhetsyati* (*-ate*), vbl *bhinna* (n° 185, 3), inf. *bhettum*, pass. *bhidyate*, etc. : fendre, diviser.

bhiṣaj, m., médecin, et cf. n° 357, 1.

BHĪ, vb., pr. *bibheti* (n° 207) et (irrég.) *bibhyati* (conjugué sur n° 224), pf. *bibhāya bibhye* (n° 238, 2), aor. *abhaiṣīt* (nos 109, 26, et 398, cf. aussi n° 277), vbl *bhīta* (qui a peur, craintif), inf. *bhetum*, caus. *bhāyayati*, etc. : craindre (abl., n° 96).

bhīma, adj., terrible, formidable. — BHĪ.

bhīru, adj., timide, poltron (398). — BHĪ.

BHUJ, vb., pr. *bhunakti bhuṅkte* (n° 216) et *bhuñjati bhuñjate* (n° 222, 2), pf. *bubhuje*, fut. *bhokṣyate*, vbl *bhukta*, inf. *bhoktum*, pass. *bhujyate*, etc. : jouir de (acc.); manger, prendre son repas (181, 17); accepter à manger, se faire régaler; caus. *bhojayati* (*-ate*, 272, 6), recevoir à dîner, régaler.

bhujyu, n. pr. d'un personnage mythologique (340, 1).

1 BHŪ, vb., pr. *bhavati bhavate*, pf. *babhūva* (n° 236), fut. *bhaviṣyati* (*-ate*) et *bhavitā*, aor. *abhūt* (nos 279 et 377, cf. n° 277), vbl *bhūta*, inf. *bhavitum*, caus. *bhāvayati* (pass. *bhāvyate*), etc. : devenir, être, v. g. *bhavitāsmi* « je deviendrai, serai » (138, 13).

anu-, éprouver, ressentir.

ā-, être présent à, assister (loc.).

pari-, caus., méditer (gér. indécl., 313, 14).

pra- : se produire; se multiplier; vbl (397), abondant, en grande quantité.

anu-pra-, vbl (400), pénétré, plein de.

upa-pra-, assister, aider (acc.).

sam- : se produire, prendre naissance (376); caus., saluer, faire honneur à (354).

2 bhū, f., la terre (n° 123). — BHŪ.

bhūta (vbl de BHŪ), nt., être, créature.

bhūti, f., bien-être, prospérité (327, 16). — BHŪ.

bhūmi, bhūmī, f., terre, sol. — BHŪ.

bhūyas, nt. adv. : plus, davantage; de nouveau, derechef (— *api*, 221, 1, et 302, 11). Cpar. de

bhūri, adj. (*bhūyas bhūyiṣṭha* 144), nombreux; *bhūyas* (accordé), plus de, (ou simplement) beaucoup, nombreux; superl., 400.

BHŪṢ, vb., vbl *bhūṣita* (15), caus. *bhūṣayati*, etc. : orner, parer. Cf. n° 329.

bhūṣaṇa, nt., ornement, parure. — BHŪṢ.

bhṛtya (gér. décl. de BHAR, «à qui [son maître] doit l'entretien», et cf. *bhartar*), m.: serviteur; fonctionnaire, ministre.

bheṣaja, nt., remède. Cf. *bhiṣaj* et n° 87.

bhoga, m., jouissance, utilité, profit. — BHUJ.

bhojana, nt. : fait de jouir, d'user de; fait de manger; aliment (341, 6, etc.). — BHUJ.

bhos (contraction de **bhavas*[1], qui est un voc. archaïque de *bhavant*), interpellation (n° 99).

bhauta, **bhautika**, adj., relatif aux êtres, naturel. Cf. *bhūta*, et n° 87.

bhauma, adj. (*bhūmi* et n° 87), relatif à la terre, terrestre; m., la planète Mars (censée issue de la terre); d'où (nouvel adj., n° 87) procédant de la pl. Mars (15).

BHRAM, vb., pr. *bhramati bhramate* et *bhrāmyati* (n° 224), pf. *babhrāma*, fut. *bhramiṣyati*, vbl *bhrānta*, inf. *bhramitum*, etc. : errer, voltiger; caus. *bhrāmayati* (397) et *bhramayati*, faire voler ou tournoyer.

pari-, flâner (397), se promener (377).

sam-, vbl, troublé, très ému (375, 15).

bhramaṇa, nt., vertige (15). — BHRAM.

bhramara, m., abeille (163, 2). — BHRAM.

BHRĀJ, vb., pr. *bhrājati bhrājate*, etc. : luire, briller; caus. *bhrājayati*, faire luire, resplendir.

bhrātar, m. (n° 135, 2), frère.

bhrāmaṇa, nt., tournoiement (397). — BHRAM.

makara, m. (f. -ī), dauphin (218, 5).

[1] En conséquence, l's final de ce mot, devant sonore, ne devient pas r, mais disparaît comme après a (cf. n° 44).

makṣika, m., mouche, abeille.

magha (véd.), nt., richesse : d'où

maghavan (n° 130, 4), maghavant, m., surnom, puis nom courant du dieu Indra (362, 3).

maghā, f., n. pr. d'un des signes du zodiaque lunaire (15). Cf. *nakṣatra*.

maṇi, m., joyau, amulette, parure (252, 20).

maṇḍala, nt., disque, contour (15).

maṇḍūka, m., grenouille (138, 13, etc.).

mati, f. : intelligence, sagesse; estime, respect (376); instr. adv. (161, 5), à dessein, de propos délibéré. — MAN, et n° 82.

matsya, m., poisson (138, 15).

MATH, vb., pr. *mathnāti* (n° 215) et *manthati* (n° 222), inf. *mathitum*, etc. : secouer, agiter (1).

pra-, (397) remuer [la matelote].

MAD, vb., pr. *mādyati*, vbl *matta*, etc. : s'enivrer; s'affoler; se réjouir, se plonger dans les délices.

madyapa, m. (cf. MAD et 1 PĀ), buveur de liqueurs enivrantes, ivrogne, (252, 3) homme ivre.

madhu, nt., miel : d'où *madhupa* m., abeille.

madhupura, nt., n. pr. d'une ville (363).

madhusena, m., n. pr. d'un roi (363).

madhya, nt., milieu (15, 74, etc.), le milieu du corps, la taille (362, 13); loc. adv. (74), parmi, de (partitif); — *-deça* (109, 23), n. pr. de la plaine d'entre Gange et Sarasvatī, centre de rayonnement de l'immigration âryenne.

MAN, vb., pr. *manyate* (n°s 92 et 222, aussi *manyati*) et *manute* (n° 213), pf. *mene*, fut. *maṃsyate*, aor. *amaṃsta*, vbl *mata* («estimé», 150, 10), inf. *mantum*, gér. indécl. *matvā* (353, 1) : penser; croire; remarquer, s'apercevoir de; désidér. (n°s 346 sqq.) *mīmāṃsate*, il désire approfondir, il médite (161, 1).

apa-, *mānayati* (caus.), mépriser.

manas, nt., esprit, intelligence. — MAN.

manu, m., n. pr. : le premier homme, sage divin ancêtre de toute

(1) *agnim manthati* est l'expression technique qui désigne l'allumage rituel du feu par la friction des deux araṇis. V. ce mot.

l'humanité, à qui se rapporte la légende du déluge (introduite au n° 138, 15); auteur fictif du traité dit «Lois de Manu» (*mānava-dharma-çāstra*), invoqué comme autorité (218, 11).

manoratha, m. (altéré d'après *ratha*, pour **manortha* = **manas-artha*), désir.

mantra, m., formule rituelle ou magique.

mantrayati, vb. (dénom. de *mantra*) : prononcer une formule; parler, causer (363).

mantravādin (313, 23, etc.), m., magicien, guérisseur au moyen de formules et simples.

mantharaka, n. pr. m. (363).

mandāravatī, n. pr. f. (15).

-maya, cp., adj. de matière, v. g. (227, 10) *amṛta-*, fait d'ambroisie, tout ambroisie.

MAR, vb., pr. (pass.) *mriyate*, pf. *mamāra*, fut. *mariṣyati*, vbl *mṛta*, inf. *martum*, gér. indécl. *mṛtvā*, etc. : mourir (15, 74, etc.).

maraṇa, nt., mort (15). — MAR.

marut, m. (n°s 128-129) : pl. *marutas*, nom d'une classe de demi-dieux védiques qui président aux vents et aux tempêtes (cf. n°s 124, 125, 128 et 393).

markaṭa, m., singe (272, 1).

MARJ, vb., pr. *mārṣṭi mṛṣṭe* (n° 204) et *mārjati mārjate* (n° 222), pf. *mamārja*, vbl *mṛṣṭa*, inf. *marṣṭum*, pass. *mṛjyate*, caus. *marjayati* et *mārjayati*, etc. : essuyer.

apa-, effacer, abolir.

martya : adj., mortel; m., homme. — MAR.

MARD, vb., pr. *mṛdnāti* (n° 215), *mardati* et *mardayati* (caus.), pf. *mamarda mamṛde*, pass. *mṛdyate*, etc. : broyer, moudre.

marman, nt., partie sensible, aisément vulnérable, où la blessure est dangereuse. — MAR.

MARÇ, vb., pr. *mṛçati mṛçate* (n° 222), pf. *mamarça mamṛçe*, etc. : toucher.

ā-, vbl *mṛṣṭa*, touché par, imprégné de (290, 6).

MARṢ, vb., pr. *mṛṣyati* (*-ate*, n° 224), pf. *mamṛṣe*, etc. : négliger, oublier, etc.; caus. *marṣayati*, excuser, pardonner, etc. (361).

malina, adj., souillé, malpropre (341, 29).

mastaka, m., crâne, tête (397).

mahant, adj. (n° 131, 4; cp., n° 371, 3).

mahābhārata, nt. (nos 2 et 150, 9). Cf. *bhārata.*

mahiṣa, m. (f. -ī), buffle.

mahīyate, vb. (dénom. de *mahant*, cf. n° 357), être grand, heureux, glorifié (181, 17).

1 mā, particule prohibitive, nos 277 et 303.

2 MĀ, vb., pr. *mimīte* (n° 207) et *māti* (n° 204), pf. *mamau mame*, vbl *mita* (cf. n° 84), inf. *mātum* et *mitum*, pass. *mīyate*, caus. *māpayati*, etc. : mesurer.

māṃsa, nt., viande.

māciram, nt. adv., sans tarder (362, 9). Cf. 1 *mā* et *cira.*

māṇikya, nt., pierre fine, rubis (252, 20).

mātar, f., mère (n° 135, 2).

mātrā, f., mesure; parcelle (125, 10); cp., n° 390. — MĀ.

māntrika, m. (74) = *mantravādin.*

māruta, m., vent (125, 10), souffle, haleine (15). Cf. *marut*, et n° 87.

mārga, m. : piste de bête fauve (cf. *mṛga*, et n° 87); chemin (15, etc., etc.).

mārgaçīrsa, m., nom d'un mois, dér. de *mṛgaçiras* « tête de la gazelle », qui est le n. pr. d'une des constellations du zodiaque lunaire(1) (182, 4).

mālā, f., guirlande (252, 20).

māsa, m., mois. Cf. MĀ, *candramas* et *mārgaçīrṣa.*

MI, vb., pr. *minoti* (n° 212), vbl *mita*, pass. *mīyate*, etc. : fixer en terre, bâtir.

mitra, nt. (genre étrange), ami.

mithas, adv., réciproquement, ensemble (363).

mithyā, adv., par erreur, à faux (227, 16).

miçra, adj., mélangé de (instrum.).

mīna, m., poisson (252, 3).

MĪL, vb., pr. *mīlati*, etc. : cligner des yeux.

ud-, vbl *mīlita*, épanoui (110, 4).

(1) C'est le mois où la pleine lune coïncide avec cette constellation (voisine des Pléiades). Tel est le principe suivant lequel sont dénommés tous les mois hindous.

mukti, f., délivrance, affranchissement. — MUC.

mukha, nt., bouche, gueule, museau; visage.

mugdha, adj. (vbl de MUH) : simple, naïf (terme vague de pitié affectueuse, 398).

MUC, vb., pr. *muñcati* (*-ate*, n° 222), pf. *mumoca mumuce*, aor. *amoci* (pass.) et *amūmucat* (caus.), fut. *mokṣyati* (*-ate*), vbl *mukta*, inf. *moktum*, caus. *mocayati*, etc. : délivrer, détacher, lâcher.

MUD, vb., pr. *modati modate*, pf. *mumoda mumude*, etc. : se réjouir; caus. *modayati*.

mudrā, f., cachet (398) : d'où *mudrikā*, f., bague à cachet (398).

muni, m., ermite, ascète.

MUṢ, vb., pr. *muṣṇāti* et *muṣati* (n°s 215 et 222), pf. *mumoṣa*, vbl *muṣita* « volé », 125, 3, pass. *muṣyate*, etc. : voler, dérober.

musala, m., nt., pilon.

MUH, vb., pr. *muhyati muhyate* (n° 224), pf. *mumoha mumuhe*, vbl *mugdha* et *mūḍha* (n° 63, 4°) : être troublé, affolé, fou; caus. *mohayati* (vbl *mohita*), affoler.

mūḍha, adj. (vbl de MUH), insensé, fou.

mūrkha, adj., fou, sot, imbécile (302, 4).

mūrdhan, m., tête (161, 16).

mūla, nt. : racine; n. pr. d'un des signes du zodiaque lunaire (15). Cf. *unmūla*.

mūlya, nt., prix d'achat (376).

mūṣaka (327, 24), mūṣika, m., et mūṣikā, f., rat, souris.

mṛga, m. (f. -ī) : gazelle; bête sauvage.

mṛtaka, m. (dér. de *mṛta*), cadavre (15).

mṛtyu, m., mort [naturelle]. — MAR.

mṛd, f., argile, terre glaise : d'où *mṛnmaya* (souvent écrit *mṛṇmaya*), cf. *-maya*.

megha, m., nuage, nuée.

meru, m., n. pr. d'une montagne mythique.

maitrya, nt., amitié (313, 28). Cf. *mitra*, et n° 87.

maithuna, nt., accouplement (125, 13). Cf. n° 87 (de *mithuna*, adj. dér. de *mithas*).

mokṣaṇa, nt. : *rakta-* « saignée » 377. — MUC.

mauktika, nt., perle (46, 22).

mauna, nt., silence (181, 17). Cf. *muni* et n° 87.

mriyate, vb. V. sous MAR.

ya (n° 152), pronom relatif. Instr. adv. *yena*, afin que, de telle façon que, en sorte que, puisque, etc. (indicatif). Abl. adv. *yasmāt*, puisque, parce que. (Traduire de même les cas correspondants des autres pronoms : *kasmāt*, pourquoi?; *tasmāt*, c'est pourquoi; *tena*, ainsi, donc, etc.)

yakṛt, nt., foie (les autres cas sur un th. *yakan-*).

yakṣa, m. (375, 17), n. pr. d'une classe de Génies surnaturels et lumineux.

YAJ, vb., pr. *yajati yajate*, pf. *iyāja īje* (nos 81, 234, 3°, etc.), fut. *yakṣyati* (*-ate*), vbl *iṣṭa* (nos 63, 3°, et 85), inf. *yaṣṭum*, pass. *ijyate*, caus. *yājayati*, etc. : honorer par un culte, adorer; sacrifier[1].

yajus, nt., formule sacrificatoire (n° 138, 6). Le recueil de ces formules est le Yajur-Véda. — YAJ.

yajña, m., sacrifice : d'où cp. *yajña-upavīta*, nt. (377), le cordon sacré, insigne de la dignité de brâhmane. — YAJ.

YAT, vb., pr. *yatati yatate*, caus. *yātayati*, etc. : s'efforcer.

yatas, yati, etc., cf. nos 157 sqq.

yatna, m., effort (163, 8); (363) avec grand soin. — YAT.

yathā, n° 159, 4°, comme, etc., (354) que.

yathātatham, adv., nos 159, 362, 373 et 394.

yantra, nt., moyen, outil, appareil (341, 9). — YAM.

yantraṇā, f., gêne (377). — YAM.

YAM, vb., pr. *yacchati* (*-ate*, n° 225) et *yamati* (*-ate*), pf. *yayāma yeme*, fut. *yamiṣyati*, vbl *yata* (n° 82) : tendre [en avant ou en arrière], d'où «retenir» ou «offrir» (341, 23).

ud-, tirer [l'épée du fourreau], 150, 3.

pra-, offrir, donner, apporter, servir, etc.

sam-, mettre en arrestation (361).

yama, m., n. pr. du dieu de la mort (362, 4, etc.). F. *yamī*,

[1] Le terme technique pour le laïque pieux qui offre un sacrifice est le vb. moy. : c'est pourquoi il est dit *yajamāna*, tandis que les prêtres *yājayanti* = le lui font offrir, convoient les oblations qu'il a fournies.

n. pr. de sa sœur jumelle qui, à force d'instances, obtient, d'après le Rig-Véda, qu'il la prenne pour épouse.

yava, m., céréale, blé, orge.

yavasa, nt., herbe à pâture, pâturage.

yaviṣṭha, yavīyas. Cf. *yuvan*.

yaças, nt., beauté, splendeur, gloire.

yaṣṭar, m., adorateur (n° 86). — YAJ.

yaṣṭi, f., bâton, canne : d'où *yaṣṭigrāhin* (363, cf. GRABH), conducteur d'un aveugle (qui tient un bout du bâton dont l'aveugle tient l'autre).

yasmāt, abl. adv. V. sous *ya*.

YĀ, vb., pr. *yāti* (nos 204 et 218, 12), pf. *yayau yaye*, fut. *yāsyati* et *yātā*, vbl *yāta*, inf. *yātum*, etc. : aller; aller à, venir à. Cf. I.

sam-ā-, arriver à, se rencontrer (252, 7).

YĀC, vb., pr. *yācati yācate*, vbl *yācita*, pass. *yācyate* (341, 23) : demander, implorer [2 acc.].

yācñā, f., demande, supplication. — YĀC.

yātar, f., femme du frère du mari (n° 135, 2).

yāvat, nt. adv., tant que, tandis que (n° 159).

YU, vb. (pr. *yauti*) : vbl *yuta* (341, 21), pourvu, doué de.

yuga, nt. : joug; âge du monde, très longue période fictive et mythique (181, 17).

yugmaka, nt., paire, couple (15).

YUJ, vb., pr. *yunakti yuṅkte* (n° 216) et *yuñjati* (*-ate*), pf. *yuyoja yuyuje*, fut. *yokṣyati* et *yoktā*, vbl *yukta*, inf. *yoktum*, pass. *yujyate*, caus. *yojayati*, etc. : joindre; adapter; atteler; pass. *yujyate* « il est convenable »; vbl *yukta*, convenable, juste, approprié, vrai (272, 2, etc.), capable de (341, 21); caus., pourvoir de (en bien ou en mal, 313, 11).

ni-, caus., charger, contraindre (363).

YUDH, vb., pr. *yudhyati yudhyate* (n° 224), impf. pl. 3 *ayudhyanta* (161, 13), pf. *yuyodha yuyudhe*, fut. *yotsyati* (*-ate*) et *yoddhā*; vbl *yuddha*, inf. *yoddhum*, caus. *yodhayati*, etc. : combattre (contre = instr., ou instr. + *saha*, ou *prati*, prép. ou préf. régissant l'acc., etc.).

yuvan, adj. (cf. nos 130, 4, et 144, cpar. *yavīyas*, superl. *yaviṣṭha*), jeune, cadet.

yūtha, m., nt., troupe, troupeau.

yūpa, m., poteau liturgique, qu'on plante dans les sacrifices pour y attacher la victime.

yoga, m., attelage, emploi, convenance. — YUJ.

yogya, adj., propre à l'attelage, propre à. — YUJ.

yauvana, nt., jeunesse (déjà un peu avancée, 363). Cf. *yuvan*, et n° 87.

rakta : vbl, teint (n° 63, 3°); adj., rouge (218, 4); nt., sang (377).

RAKṢ, vb., pr. *rakṣati rakṣate*, vbl *rakṣita*, pass. *rakṣyate*, caus. *rakṣayati*, etc. : garder (363); épargner, respecter (327, 33); défendre de (abl.).

rakṣas, nt., démon, puissance meurtrière.

rakṣā, f., protection, garde (376). — RAKṢ.

RAC, vb., vbl *racita* (252, 20) : faire, fabriquer, façonner, tracer, composer [un ouvrage], etc.

vi- (396), mêmes sens divers.

rajata, nt., argent (métal).

rajju, f. (n° 121), corde, lien.

ratna, nt., bijou, pierre fine, perle.

ratha, m., char [à porter des personnes].

RABH, vb., pr. *rabhate*, pf. *rebhe*, fut. *rapsyate*, vbl *rabdha* (n° 61), inf. *rabdhum*, pass. *rabhyate*, etc. : saisir, s'emparer de.

ā-, *pra-ā-* (15, 74, etc.), entreprendre, commencer, se mettre à (semi-explétif).

RAM, vb., pr. *ramati ramate*, pf. *rarāma reme*, fut. *raṃsyati* (*-ate*, n° 55), vbl *rata* (n° 82), inf. *rantum*, etc. : charmer, être charmé.

vi-, se satisfaire, s'assouvir entièrement, cesser (n° 353, 1, et cf. n° 71, 1°).

ramaṇīya, adj., nos 141, 2, et 377. — RAM.

ramya, adj., charmant, séduisant (245, 10). — RAM.

raçanā, f., courroie, ceinture.

raçmi, m., courroie, rène, rayon.
rasa, m., suc, sensation du goût.
rahita, adj., privé de, exempt de (instrum.).
rākṣasa : adj., démoniaque, infernal (74); m., démon (138, 1); n. pr. (354). Cf. *rakṣas*, et n° 87.
rāga, m. : couleur (cf. *rakta*); amour, passion.
RĀJ, vb., pr. *rājati rājate*, caus. *rājayati*, etc. : briller, se distinguer; être roi, régner.
-rāja, m. (313, 1, et 372) et
rājan, m. (n° 130, f. *rājñī*), roi. — RĀJ.
rājya, nt., règne, royauté (354). — RĀJ.
rātri, rātrī, f., nuit (cf. n° 93).
RĀDH, vb., pr. *rādhnoti* et *rādhyati* (*-ate*, nos 212 et 224), fut. *rātsyati*, vbl *rāddha*, caus. *rādhayati*, etc. : prospérer, réussir.
apa-, vbl nt., il a été péché par (110, 10).
rāma, n. pr. m. du héros dont le
rāmāyaṇa (cf. n° 2), nt., chante les exploits.
rāṣṭra, nt., royauté, royaume (n° 63, 3°). — RĀJ.
rāsabha, m., baudet, âne.
RIC, vb., pr. *riṇakti* (n° 216), fut. *rekṣyate*, vbl *rikta*, pass. *ricyate*, etc. : laisser, quitter.
ripu, m., rival, ennemi (341, 6).
RIṢ, vb., pr. *riṣyati riṣyate* (n° 224), vbl *riṣṭa* (46, 19) : subir dommage; caus. *reṣayati*.
RUC, vb., pr. *rocati rocate*, pf. *ruroca ruruce*, vbl *rucita*, etc. : luire, briller; plaire à (gén., dat.); caus. *rocayati*, faire luire, éclairer.
rujā, f., douleur physique (377), maladie.
RUD, vb., pr. *roditi* (pl. *rudanti*, n° 206), *rudati* et *rodati* (n° 222), pf. *ruroda rurude*, vbl *rudita*, inf. *roditum* (74) : pleurer, crier, hurler.
rudra : n. pr. m. d'un dieu védique de la tempête; pl., les R., autre nom des Maruts.
RUDH, vb., pr. *ruṇaddhi runddhe* (nos 61 et 216), pf. *rurodha rurudhe*, fut. *rotsyati*, vbl *ruddha*, inf. *roddhum*, pass. *rudhyate*, etc. : obstruer, bloquer, entraver, empêcher, etc.

vi- : même sens (341, 13); vbl, sens actif, «faisant opposition à» (instrum. 361).

RUH, vb., pr. *rohati rohate*, pf. *ruroha ruruhe*, fut. *rokṣyati* (*-ate*), vbl. *rūḍha* (n° 63, 4° b), inf. *roḍhum*, pass. *ruhyate*, caus. *rohayati* et *ropayati* (nos 161, 18, et 331) : monter.

ā- : monter à, gravir; caus., faire monter sur, fixer sur (161, 18).

rūpa, nt. : forme extérieure; beauté (15) : d'où dénom. *rūpayati* (*ni-* 398) «il simule».

rūpin, adj. (n° 130, 6) : cp., ayant la forme de (377); beau, gracieux, élégant.

rūpeya, nt. (qui a une forme, une empreinte) : argent monnayé («roupie»); argent.

reṇu, m., poussière, poussière de fleur, pollen.

repha, m., la consonne *r* (163, 2).

rai, m. (f.), richesse (nos 21 et 122).

rocana, nt., lumière, splendeur, éclat. — RUC.

rohita, adj. (f. *rohiṇī*, n° 107), rouge; f., n. pr. d'un signe du zodiaque lunaire, Aldébaran et le groupe qui l'entoure (15).

LAKṢ, vb., pr. *lakṣati lakṣate*, vbl *lakṣita*, caus. *lakṣayati*, etc. : marquer, remarquer, voir (375, 21).

lakṣa, m., nt., nos 176, 2, et 363.

lakṣaṇa, nt., marque, signe extérieur, témoignage.

LAG, vb., pr. *lagati*, vbl *lagna* (n° 185, 3), s'attacher à.

vi-, vbl, écoulé, passé, consumé (252, 18).

laghu, adj. (cpar. *laghīyas* et *laghutara*, etc.) : léger; mince; insignifiant, peu important.

LAJJ, vb., pr. *lajjati lajjate*, vbl *lajjita*, etc. : avoir honte, être confus (devant qqun = abl.).

lajjā, f., pudeur, discrétion (376). — LAJJ.

LAP, vb., pr. *lapati lapate* (pl. *lapanti*, etc.) : bavarder; chuchoter; causer; parler (181, 18).

ā-, caus. *lāpayati*, entamer conversation (252, 8).

LABH, vb. (variante plus usuelle de RABH), pr. *labhati labhate*, pf. *lalābha lebhe*, fut. *lapsyati*, *labhiṣyati* et *labdhā*, vbl *labdha*, pass. *labhyate*, etc. : prendre; prendre en main; recevoir; éprouver; acquérir; gagner.

upa-, pass., être remarqué, se constater (181, 15).

-labha, cp. adj. (*su-*, facile à... 361). — LABH.

LAMB, vb., pr. *lambati lambate*, pf. *lalambe*, vbl *lambita*, pass. *lambyate*, etc. : pendre (intrans.).

ava- : s'appuyer sur; soutenir (398).

vi- : rester accroché; hésiter, tarder (272, 13).

lalāṭa, nt., front (15).

lābha, m., prise, gain, acquisition (354, 361). — LABH.

LIKH, vb., pr. *likhati likhate*, pf. *lilekha*, fut. *likhiṣyati*, pass. *likhyate*, etc. : graver, écrire.

LIṄG, vb. (fausse racine d'origine dénominative).

ā-, *liṅgayati* (gér. indécl., 341, 1), embrasser.

LIP, vb., pr. *limpati*, vbl *lipta*, etc. : oindre, enduire.

LIH, vb., pr. *leḍhi līḍhe* (n° 63, 4° b) et *lihati*, vbl *līḍha*, etc. : lécher, sucer.

pari- (397), lécher en pourtour.

LĪ, vb., pr. *līyate*, vbl *līna*, etc. : adhérer à.

ni-, se cacher, se tapir, disparaître.

līlā, f., jeu : instr. adv., en se jouant (327, 21).

LUP, vb., pr. *lumpati lumpate* (n° 222, 2), pf. *lulopa lulupe*, vbl *lupta*, etc. : rompre, briser.

lubdhaka, m., chasseur.

LOK, vb., pr. *lokate* et (caus.) *lokayati*, pf. *luloke*, gér. indécl. *-lokya* (n° 188, 2) : regarder.

ava-, regarder, considérer.

vi-, regarder, examiner attentivement.

loka, m. : monde (ce monde-ci ou l'autre, suivant le démonstratif employé); ce monde-ci, le monde, v. g. loc. *loke* « de par le monde »; pl. *lokās*=*janās* « les gens ».

locana, nt., œil (74). — LOK.

lopāça, m., chacal, renard.

loman, nt., poil (ne s'applique pas aux cheveux ni à la barbe).

lolupa, adj., convoiteux, avare, égoïste (272, 4).

loṣṭa, m., nt., motte de terre.

vaktar, m., qui parle, orateur (n° 86). — VAC.

VAC, vb., pr. *vakti*, pf. *uvāca ūce* (nos 82 et 234, 3°), fut. *vakṣyati* (*-ate*) et *vaktā*, aor. *avocat* (=**a-vc-vc-a-t*, redoublé) et (pass.) *avoci*, vbl *ukta*, inf. *vaktum*, pass. *ucyate*, etc. : parler, dire [à qqun =acc.]; caus. *vācayati*, faire répéter à qqun des paroles qu'on profère.

anu-, dire à la suite, redire (n° 18).

pra-, dire, déclarer (*ūcur* 3 pl. pf., 227, 18).

prati-, répondre (375, 22).

vacana, nt., parole, discours. — VAC.

vacanīya, nt., blâme, reproche (398). — VAC.

vacas, nt. (n° 132), parole, mot, formule. — VAC.

vajra, m., nt. : massue, la massue mythique ou foudre du dieu Indra; diamant.

vajralepa, m. (qui colle avec la dureté du diamant), sorte de mortier (252, 3). — LIP.

vaṇij, m., marchand (nos 30 et 361).

vatsa, m. : veau; enfant.

VAD, vb., pr. *vadati vadate*, fut. *vadiṣyati* (*-ate*), aor. *avādīt* et (pass.) *avādi* (n° 324), vbl *udita* et *vadita*, inf. *vaditum*, pass. *udyate*, etc. : parler, dire [à qqun=acc. ou gén.].

anu-, dire à la suite, répéter (161, 8).

abhi-, interpeller, saluer (acc.).

VADH, vb., fut. *vadhiṣyati* (*-ate*), gér. décl. *vadhya* (n° 252, 4) : frapper, tuer.

vadha, m. : meurtre; meurtrier; arme offensive. — VADH

vadhū, f., femme mariée, épouse (n° 106).

vadhri, adj., châtré, hongre : d'où

vadhryaçva, n. pr. m., personnage mythologique (125, 7 : *iti* explicatif). — VADH.

vana, nt., bois, forêt, parc.

vandana, nt., louange, hommage (252, 20). — VAD.

1 VAP, vb., pr. *vapati vapate*, pf. *uvāpa*, fut. *vapsyati* et *vapiṣyati*, vbl *upta*, pass. *upyate*, etc. : épandre, semer, disséminer.

2 VAP, pr. *vapati vapate*, vbl *upta*, etc. : couper, tondre; caus. *vāpayati* (*-ate*).

vapus, nt., miracle, beauté miraculeuse (362, 12).

VAM, vb., pr. *vamiti* et *vamati* (n°s 206 et 222), pf. *vavāma* (pl. *vemur*), vbl *vānta*, etc. : vomir.

vamana, nt., vomissement (15).

vayas, nt., âge, vieillesse (327, 23).

vayasya, m., ami d'enfance (398). Cf. *vayas.*

1 VAR, vb., pr. *vṛṇoti vṛṇute* et *ūrṇoti ūrṇute* (n° 212), impf. *aurṇot* (pl. *aurṇuvan*), pf. *vavāra vavre*, aor. *avārīt*, vbl *vṛta*, inf. *vartum*, pass. *vriyate*, caus. *vārayati* (*-ate*), etc. : couvrir, fermer; caus., (même sens et) arrêter (375, 24).

apa-, ouvrir, révéler (138, 7).

sam-ā-, vbl, entouré de (362, 12).

pari-, vbl, entouré de (163, 11).

vi- : ouvrir; *-vṛta* (15), béant.

2 VAR, vb., pr. *vṛṇāti vṛṇīte* (n° 215) et *vṛṇoti vṛṇute*, pf. *vavre*, fut. *variṣyate*, vbl *vṛta*, inf. *varītum*, pass. *vriyate*, caus. *varayati* (375, 23) et *varayate* (362, 6) : choisir; prendre pour époux; caus., même sens.

ā-, caus., act., choisir, adopter (327, 28).

1 vara, m., prétendant (15). — 2 VAR.

2 vara, m., choix [d'un époux] (15). — 2 VAR.

3 vara, adj. : préférable (nt. « mieux vaut », 150, 1); bon, beau, distingué, etc. (375, 18). — 2 VAR.

varāha, m., sanglier.

variṣṭha, varīyas, cf. n° 144.

varuṇa, m., n. pr. d'un dieu védique qui préside au ciel suprême, et qui plus tard devient dieu des eaux : cf. n° 362, 4 et 6.

varga, m., groupe, bande, parti. — VARJ.

-vargīya, cp., adj., dér. de *varga* (341, 14).

VARJ, vb., pr. *vṛṇakti vṛṅkte* (n° 216), vbl *vṛkta*, etc. : tordre, tresser; caus. *varjayati*, éviter, fuir, se garder de (272, 4).

pari-, vbl du caus., quitté par, privé de (327, 28).

varṇa, m. : couleur, teint; sorte; caste; son, lettre, voyelle, syllabe. — 1 VAR.

varṇin, adj., n° 130, 6, et cf. 3 *vara* (362, 12).

VART, vb., pr. *vartati vartate*, pf. *vavarta vavṛte*, fut. *vartsyati* (*-ate*) et *vartiṣyati* (*-ate*), vbl *vṛtta*, inf. *vartitum*, caus. *vartayati* (*-ate*), etc. : act., tourner, faire tourner; moy., tourner, se trouver, être (15); se conduire, agir (354).

ni- : (ppe pr. moy. 138, 9), s'en retourner, revenir sur ses pas; s'en retourner d'où on est venu > s'en aller, disparaître (398).

nis-, s'en retourner (290, 15).

sam-, devenir, se trouver, être (398).

VARDH, vb., pr. *vardhati vardhate*, pf. *vavardha vavṛdhe*, fut. *vartsyati*, vbl *vṛddha* (n° 61), inf. *vardhitum*, etc. : croître; caus. *vardhayati*, aor. *avīvṛdhat*, faire croître.

vardhana, adj., qui fait croître (375, 20). — VARDH.

VARṢ, vb., pr. *varṣati varṣate*, pf. *vavarṣa*, fut. *varṣiṣyate*, vbl *vṛṣṭa*, inf. *varṣitum*, etc. : pleuvoir; caus. *varṣayati*, faire pleuvoir.

varṣa, m., nt. : pluie; année. — VARṢ.

varṣavara, m., eunuque (398).

varṣā, f. : pl., la saison des pluies. — VARṢ.

vallabha, m., bien-aimé, favori; f., bien-aimée, épouse, (245, 11) maîtresse.

VAÇ, vb., pr. *vaṣṭi* (pl. *uçanti*, n° 203) : vouloir, désirer; caus. *vaçayati*, soumettre à son pouvoir.

1 vaça, m., volonté, pouvoir : abl. adv., par suite de (74).

2 vaça, adj., à la merci de (272, 20). — VAÇ.

vaṣaṭkāra, m. : l'invocation «vaṣaṭ», qui accompagne les oblations solennelles; ce même rite divinisé (182, 8).

1 VAS, vb., pr. *ucchati* (n° 225), vbl *uṣṭa*, etc. : luire, briller.

vi-, même sens.

2 VAS, vb., pr. *vaste* et *vasate*, vbl *vasita*, etc. : se vêtir; caus. *vāsayati*, vêtir.

3 VAS, vb., pr. *vasati vasate* (impf. *avasat*), pf. *uvāsa* (pl. *ūṣur*), fut. *vatsyati* (irrég.), aor. *avātsīt*, vbl *uṣita* et *vasita*, inf. *vastum*, etc. : habiter (loc.); se trouver, être dans.

prati-, habiter, demeurer (loc.).

vasanta, m., printemps. — 1 VAS.

vasu : adj. (*vasīyas vasiṣṭha*, 144), bon; nt., bien, richesse; m., n. pr. d'une classe de dieux (182, 8).

vastu, nt., chose, objet, sujet (377). — 3 VAS.

vastra, nt., vêtement (341, 29). — 2 VAS.

VAH, vb., pr. *vahati vahate*, pf. *uvāha ūhe* (n° 234, 3°), fut. *vakṣyati*, *vahiṣyati* et *voḍhā* (n° 63, 4° b), vbl *ūḍha*, inf. *voḍhum*, pass. *uhyate*, caus. *vāhayati* (n° 330) : charrier, traîner; porter (pl. 3 impf. *avahan*, 138, 3); procurer, fournir (398); tenir, etc.

ud-, caus., prendre en mariage (363).

nis-, faire sortir, faire partir (354).

vahni, m., feu (313, 30, etc.).

1 vā (enclitique), ou, ou bien : ne pas le confondre avec la forme euphonique de *vai* (161, 13); l'ellipse en est souvent tolérée dans l'une ou l'autre alternative (218, 10).

2 VĀ, vb., pr. *vāti* et *vayati*, pf. *vavau*, fut. *vāsyati*, vbl *vāta*, etc. : souffler, venter.

ava-, chasser par le souffle (125, 10).

nis-, détruire par le souffle, éteindre.

vākya, nt., mot, parole, discours (252, 10). — VAC.

vāc, f. : faculté de parler, voix; voix, parole; n. pr., Vāc, la parole divinisée (46, 14). — VAC.

vācin, adj., qui signifie (181, 15). — VAC.

VĀÑCH, vb., pr. *vāñchati*, désirer : vbl *vāñchita* (245, 6), désir amoureux.

vāḍava : adj., de jument; m., le feu mythique qui réside à l'extrême sud de l'Océan (inextinguible, 341, 21).

vāṇijyā, f., commerce (354). Cf. *vaṇij*, et n° 87.

vāṇī, f., voix. (Les composés de la st. finale de 15 ne sont pas possessifs et doivent se concevoir comme dépendant d'un *asti* ou *yady asti* implicite).

vāta, m. (vbl de VĀ), vent.

vātsya, nt., enfance (398). Cf. *vatsa*, et n° 87.

vāda, m., parole, discours (272, 9). — VAD.

vādin : adj., qui parle; m., diseur. — VAD.

vānara, m. (f. -ī), singe (218, 4).

vāpī, f., étang oblong (327, 6).
vāmadeva, m., n. pr. d'un des Sages du Véda.
vāyu, m. : vent; n. pr., dieu du vent.
vāri, nt., eau (n° 114).
vālukā, f., sable (plus usité au pl.).
vāṣpa, m. (plus correct *bāṣpa*), vapeur (397).
vāsin, adj., qui demeure. — 3 VAS.
vāstu, nt., demeure, maison. — 3 VAS.
vāhatava, n. pr. m. (398).
vi, préf., en se séparant, en se dispersant.
vikala, adj., défectueux, infirme (397).
vikṛti, f., changement, altération de sentiment, (376) inclination vicieuse. — KAR.
vikrama, m. : pas; exploit guerrier. — KRAM.
vikramasena, m., n. pr. d'un roi (74).
VIJ, vb., pr. *vijati vijate*, pf. *vivije*, vbl *vigna* (n° 185, 2) : trembler; caus. *vejayati*, faire trembler.
ud-, vbl du caus., mettre en fuite (313, 2).
vijayapālaka (361), n. pr. m. — JI.
viḍambanā, f., feintise, hypocrisie (245, 10).
vitta, nt. (vbl de 2 VID), richesse (163, 9).
1 VID, vb., pr. *vetti* (sg. 1 *vedmi*, pl. 3 *vidanti*, impér. *viddhi*, etc.), pf. *veda* (n° 232), fut. *vetsyati* et *vettā*, vbl *vidita*, inf. *veditum*, pass. *vidyate* : savoir; caus. *vedayati*, faire savoir, instruire, révéler (138, 12, «révélé», vbl du caus.).
ni-, caus., dévoiler, révéler à (gén. 302, 10).
sam-, s'entendre avec, faire alliance.
2 VID, pr. *vindati vindate* (n° 222, 2), pf. *viveda*, fut. *vetsyati* (*-ate*), vbl *vitta* et *vinna* (n° 185) : trouver; acquérir, gagner; prendre [femme] (163, 11); pass. *vidyate*, n°s 150, 2, et 316, 2.
vidūṣaka, m., bouffon de théâtre (377).
videça, m., pays étranger (376). Cf. *deça*.
vidyā, f., science, savoir. — 1 VID.
vidyut, f., éclair, foudre. — DYUT.
vidvas, m. (ppe pf. de 1 VID, n° 134), savant.

VIDH, vb., forme faible de VYADH, cf. n° 81.
-vidha, cp., adj. (forme adjective de composition de *vidhā*, « sorte, manière », v. g. *madvidha* « pareil à moi », etc.), n° 371, 2. — DHĀ, et cf. *vidhi* et n° 372.
vidhi, m., règle, prescription, rite. — DHĀ.
vinā, prép. (acc., instr., abl.), sans, hormis.
vināça, m., perte, ruine (110, 1). — NAÇ.
VIP, vb., pr. *vepati vepate*, etc. : trembler.
vipula, adj., vaste, grand, abondant.
vipra, m., prêtre, brâhmane (15).
vipruṣ, f., gouttelette : *agni-* —, étincelle.
virala, adj., peu dense, rare (252, 7).
viraha, m., privation, absence (377). Cf. *rahita*.
virūpa : adj., laid; nt., mauvais traitement (353, 29).
virodha, m., opposition (361). — RUDH.
vilakṣa, adj., honteux, confus (nt. adv., 302, 9).
vilāsa, m., divertissement, jeu (376).
vivāda, m., querelle, dispute (74). — VAD.
vivāha, m., mariage, épousailles (376). — VAH.
vividha, adj., divers (227, 2). Cf. *-vidha*.
1 VIÇ, vb., pr. *viçati viçate* (n° 222), pf. *viveça viviçe*, fut. *vekṣyati* et *veṣṭā*, vbl *viṣṭa*, inf. *veṣṭum*, etc. : entrer, pénétrer.
upa- : s'asseoir; caus., faire asseoir (74).
ni-, rentrer chez soi, se poser, s'asseoir.
pra-, entrer, pénétrer dans (loc. 74).
2 viç, f., n° 30, 3° : *viças* pl., gens, paysans.
viçaṅkā, f., absence de crainte, tranquillité. — ÇAṄK.
viçada, adj., clair, pur, intelligible.
viçākhā, f. (« la fourchue », cf. *çākhā*), n. pr. d'un des signes du zodiaque lunaire (15).
viçāla, adj., spacieux, vaste, grand (15). Cf. *çālā*.
viçeṣa, m. : différence; qualité spécifique, qualité supérieure (396); abl. adv., tout particulièrement (397); répit (377). — ÇIṢ.
viçrabdha, adj. (vbl), confiant, en sécurité (138, 3).
viçrambha, m., confiance, sérénité.

viçva, adj. (cf. n° 154), tout.

viçvāsa, m., confiance (en = gén., 150, 2). — ÇVAS.

viṣa, nt., poison, venin.

viṣama, adj. (cf. *sama*), inégal, montueux, raboteux, pénible (313, 6).

viṣaya, m., domaine, objet, point précis (376).

viṣāra, m., serpent venimeux (398).

VIṢṬ, vb., pr. *veṣṭate*, vbl *viṣṭita*, etc.: envelopper.

viṣṭhā, f., excrément, ordure (161, 16).

viṣṇu, m., n. pr. d'un dieu (cf. 217, 12, et 226, 9).

viṣvañc, adj. (cf. n° 130, 3, m. *viṣvaṅ*, f. *viṣūcī*, nt. *viṣvak*), rayonnant en divers sens.

vismaya, m., étonnement, admiration (375, 16). — SMI.

vīra, m., homme, guerrier, héros.

vīrya, nt., virilité, force, courage, exploit.

vṛka, m. (f. *vṛkī*), loup.

vṛkṣa, m., arbre.

vṛtta, nt. (vbl de VART) } manière d'agir, conduite, voie, parti.
vṛtti, f. (327, 28, cf. VART) }

vṛtra, m., n. pr. du démon qui retenait les eaux et qu'Indra a tué pour les délivrer. — 1 VAR.

vṛddha, adj. (vbl de VARDH), âgé, vieux (150, 5).

vṛddhi, f.: croissance; accroissement, bénéfice (354); renforcement phonétique (79). — VARDH.

vṛṣabha, m., taureau.

vṛṣala, m., nom d'une caste méprisée; n. pr., surnom courant de Candragupta (361).

vṛṣṭi, f., ondée, pluie. — VARṢ.

vega, m., tremblement, frisson (398). — VIJ.

vetāla, m., vampire (15).

vettar, m., qui sait, connaisseur. — 1 VID.

veda, m.: science; la science sainte, le Véda; pl., les quatre Védas (n° 46, 8). — 1 VID.

vedanā, f., souffrance (377).

vedi, f., l'autel du culte védique.

velā, f., espace de temps, laps (252, 7).

veçana, nt., fait d'entrer. — VIÇ.
veçman, nt., demeure, maison (362, 10). — VIÇ.
veçyā, f., courtisane.
vai (enclitique), or, certes, en vérité. (Ne pas confondre avec *vā*. V. ce mot.)
vaidarbha, adj., du pays de Vidarbha; f. -ī (362, 12), surnom de Damayantī. Cf. n° 87.
vaidya, m., médecin (377). Cf. *veda*, et n° 87.
vaira, nt., hostilité (313, 24). Cf. *vīra*, et n° 87).
vairin, adj., m., hostile, ennemi.
vaiçya, m. (f. *vaiçyā*), paysan, homme de la 3e caste. Cf. *varṇa*, *viç*, et n° 87).
vaiçvadeva, nt. (cf. *viçva*, *deva*, et n° 87), oblation domestique à tous les dieux, avant le repas du matin ou du soir.
vyañjana, nt., consonne.
vyathā, f., souffrance, tort, dommage (313, 13).
VYADH, vb., pr. *vidhyati vidhyate* (nos 81 et 224), pf. *vivyādha*, fut. *vetsyati*, vbl *viddha*, caus. *vyādhayati*, etc. : percer, blesser.
vyākula, vyākulita (vbl), adj., plein de, absorbé par, inquiet de, etc.
vyāghra, m. (f. -ī), tigre.
vyāpāra, m., travail, fonction, soins, apprêts : *gṛha-* — « ménage » (376, 397).
VRAJ, vb., pr. *vrajati vrajate*, vbl *vrajita*, etc. : marcher, s'en aller, partir (361).
vraṇa, m., blessure.
vrata, nt., vœu religieux (252, 14).
vrīhi, m., riz.

ÇAṂS, vb., pr. *çaṃsati çaṃsate*, pf. *çaçaṃsa*, vbl *çasta*, etc. : louer, recommander.
pra-, même sens (375, 16, et 398).
ÇAK, vb., pr. *çaknoti çaknute* (n° 212), impf. *açaknot* « put », pf. *çaçāka*, fut. *çakṣyati* (*-ate*), aor. *açakat*, vbl *çakta* « capable » et *çakita*, pass. *çakyate* (cf. n° 190) : pouvoir, être en mesure de (inf.).
çakuna, çakuni, m., [grand] oiseau.

çakti, f., puissance, vertu miraculeuse. — ÇAK.

çakya, adj. (gér. décl. de ÇAK), possible (327, 16).

çakra : adj., fort; m., surnom et nom pr. courant d'Indra (362, 6). — ÇAK.

ÇAṄK, vb., pr. *çaṅkati çaṅkate*, vbl *çaṅkita*, gér. décl. *çaṅkanīya* (354) : douter, redouter.

çaṅkā, f., peur, crainte (354).

çaṅku, m., cheville, clou.

çaṅkha, m.: coquille; tempe (15).

çacī, f., la puissance miraculeuse d'Indra divinisée et conçue comme son épouse (124, 21). — ÇAK.

çatru, m., ennemi (n° 121).

çanais, instr. adv., lentement : redoublé (cf. n° 380), tout doucement; *çanaiçcara*, m. (cf. CAR, « celui qui va lentement »), n. pr. de la planète Saturne.

çabda, m.: bruit (363); mot (181, 15) : d'où

çabdayati, vb. dénom., faire mander (354).

ÇAM, vb., pr. *çāmyati çāmyate*, pf. *çaçāma*, vbl *çānta* (354) : être calme; caus., (aor. *açīçamat*) apaiser, conjurer.

çayanīya, nt., çayyā, f., couche, lit, lit de repos, divan, etc. — ÇĪ.

ÇAR, vb., pr. *çṛṇāti*, vbl *çīrṇa*, pass. *çīryate* (n° 317, 4°) : broyer, briser, mettre en pièces.

çara, m., roseau, canne à sucre, flèche.

çaraṇa, nt., protection, refuge. — ÇRI.

çarad, f., automne, année.

çarīra, nt., corps, cadavre.

çaru, m., f. (védique), flèche.

çaça, çaçaka, m., lièvre (110, 9).

çaçin (adj. « qui a un lièvre »), m., lune[1]. — 362, 13.

çasta, adj. vbl. V. sous ÇAṂS.

1 çastra, nt., récitation rituelle (non chantée) qui est de l'office du hôtar. — ÇAṂS.

2 çastra, nt., glaive, épée, couteau (150, 3, et 397).

[1] Les Hindous voient dans les taches de la lune la figure d'un lièvre ou d'une antilope : d'où son autre nom, *mṛgadhara* m.

ÇĀ, vb., pr. *çiçāti çiçīte*, vbl *çita* (nos 85 et 207) et *çāta*, etc.: aiguiser, affiler.

ni-, même sens.

çākhā, f.: branche (d'où *çākhā-mṛga*, cp., m., singe); école, secte (125, 4).

çānaiçcara, adj., relatif à, procédant de la planète Saturne (15). — Cf. *çanais*, et n° 87.

çārada, adj., d'automne (354). — Cf. *çarad*, et n° 87.

çārṅgarava, m., n. pr. du disciple de Cāṇakya (361).

çālā, f. : hutte, hangar; maison; chambre.

çāva, m., petit d'animal, faon.

çāça, adj., de lièvre. Cf. *çaça*, et n° 87.

ÇĀS, vb., pr. *çāsti çāste* (n° 205) et *çāsati*, pf. *çaçāsa*, fut. *çāsiṣyati*, vbl *çiṣṭa* (n° 84) et *çāsta*, etc. : ordonner, prescrire.

çāsana, nt. : ordre; châtiment (375, 21). — ÇĀS.

çāstra, nt. : précepte; traité, recueil de préceptes, relatifs à la théologie, à la morale, à la médecine, à une science quelconque; science, art, etc. (227, 2). — ÇĀS.

çithila, adj., mal attaché, lâche, branlant.

çiras, nt., tête (15).

çilā, f., roche, pierre, caillou.

çiçira, m., nt., le premier printemps. Cf. *ṛtu*.

çiçu, m., petit d'animal.

ÇIṢ, vb., pr. *çinaṣṭi* (n° 216) : laisser.

ud-, vbl *çiṣṭa*, nt., reste de nourriture.

çiṣya, m., élève, disciple. — ÇĀS.

ÇĪ, vb., pr. *çete* (n° 204) et *çayate*, ppe pr. *çayāna*, pf. *çiçye*, inf. *çayitum*, etc. : être couché, être situé.

ā- (46, 6), être couché sur, occuper.

çīghra, adj., rapide; nt. adv. (353, 28), vite.

çīta (n° 85), çītala (376), adj., froid.

çīla, nt. : habitude (bonne ou mauvaise); mœurs, caractère; vertu (363), honneur.

çuka, m., perroquet (161, 8).

çukra, adj. (*çocīyas çociṣṭha* 144), clair, brillant (138, 8), blanc. — ÇUC.

çukla, adj., variante de *çukra*. Cf. *pakṣa*.

ÇUC, vb., pr. *çocati çocate*, pf. *çuçoca*, fut. *çociṣyati* (*-ate*), etc. : brûler, briller; avoir chaud (400), éprouver une brûlure; éprouver une vive souffrance[1], se chagriner de (150, 7); caus. *çocayati*, échauffer, faire souffrir.

çuçi, adj., clair, pur, innocent, exquis. — ÇUC.

çuṇṭhi, f., gingembre, épice (397).

ÇUDH, vb., pr. *çudhyati*, vbl *çuddha*, etc. : purifier.

ÇUBH, vb., pr. *çobhati çobhate*, vbl *çubhita*, caus. *çobhayati*, etc. : parer, embellir.

çubha, adj. : brillant, beau (375, 25); bon, heureux; favorable, propice (cf. 15).

ÇUṢ, vb., pr. *çuṣyati çuṣyate*, se dessécher.

çuṣka, adj., desséché, sec. — ÇUṢ.

çūdra, m., homme hors caste, de 4e caste, abhorrée et méprisée.

çūnya, adj., vide : *çūnya-* (290, 11) « sans... »

çūra, m., guerrier, héros.

çūrpa, m., nt., corbeille, van (125, 10).

çūla, m., nt., pique, broche, douleur cuisante (le cp. en 15 doit représenter le tétanos).

çṛṅga, nt., corne.

çeṣa, m., reste; cp., qui reste (227, 3). — ÇIṢ.

çoka, m., chagrin, affliction. — ÇUC.

çocis, nt. (n° 132, 2), splendeur, lumière. — ÇUC.

çobhana, adj., beau, splendide (375, 23). — ÇUBH.

çauca, nt., pureté (376). Cf. *çuci*, et n° 87.

çmaçāna, nt., cimetière (163, 11).

çmaçru, nt., poil de barbe (125, 16).

çyena, m., grand rapace, aigle, faucon.

ÇRAM, vb., pr. *çrāmyati* et *çramati çramate*, pf. *çaçrāma*, vbl *çrānta* (218, 12) : être las.

çrama, m., fatigue (218, 12). — ÇRAM.

çrāddha, nt., repas de famille en oblation aux et commémoration des morts (218, 11).

[1] Le texte 400 peut aussi s'entendre dans ce sens; et, en ce cas, il s'agit des larmes.

ÇRI, vb., pr. *çrayati çrayate*, pf. *çiçrāya çiçriye*, fut. *çrayiṣyati* (*-ate*), vbl *çrita*, inf. *çrayitum*, pass. *çrīyate*, etc. : se rapporter à; s'appuyer sur (46, 11); résider dans; s'attacher à, etc.

ā- : vbl, abrité par (227, 2), cherchant protection chez [Râma, 181, 20]; gér. indécl., par le moyen de (353, 17), à raison de (313, 24).

ud-, élever en l'air : *ucchrita*, haut.

çrī, f. : splendeur, beauté; bonheur, fortune; majesté (à la fin d'un cp. désignant un roi, 354); charme, agrément, etc., etc. — ÇRI.

ÇRU, vb., pr. *çṛṇoti çṛṇute* (n° 212, ppe act. *çṛṇvant*), pf. *çuçrāva çuçruve*, fut. *çroṣyati* (*-ate*) et *çrotā*, vbl *çruta*, inf. *çrotum*, gér. indécl. *çrutvā*, pass. *çrūyate*, désidér. *çuçrūṣati* (*-ate*, sg. 1 *çuçrūṣāmi çuçrūṣe* «j'obéis»), etc., entendre; caus. *çrāvayati* (*-ate*), faire entendre, aviser.

anu-, entendre à la suite (218, 2).

ā-, prêter l'oreille, écouter [acc.].

sam- : comprendre; promettre (362, 9).

çruti, f., les livres saints (125, 4), parce que la transmission ne s'en faisait que par voie orale. — ÇRU.

çreyas, çreṣṭha, cf. n° 144, 3.

çreṣṭhin, m. (cf. n° 144, 3°), syndic d'une corporation de marchands (354).

çrauta, adj., cf. n°s 87 et 125, 4.

çloka, m., genre de stance (n°s 16 et 29).

çvan, m. (f. *çunī*, cf. n° 130, 4), chien.

1 çvas, adv., demain.

2 ÇVAS, vb., pr. *çvasiti* (n° 206) et *çvasati* (*-ate*), pf. *çaçvāsa*, fut. *çvasiṣyati*, vbl *çvasita* et *çvasta*, inf. *çvasitum*, etc. : souffler; caus. *çvāsayati*, donner du souffle.

ā-, caus. (353, 12), cf. *vi-* + caus.

pra-ud-, respirer violemment, soupirer (245, 6).

vi- : avoir confiance (290, 20); caus., gagner la confiance de [acc.], rassurer, etc. (gér. indécl. 290, 1).

çveta, adj., blanc (n° 108).

çvetaketu, m., n. pr. du disciple (400).

sa, démonstratif et article, n° 153, 1.
sa-, préf., pourvu de, y compris, etc. (n° 180, 3).
saṃyat, f., rencontre, combat. — I.
saṃrakṣaṇa, nt., défense. — RAKṢ.
saṃlapana, nt., causerie. — LAP.
saṃvatsara, m., année. Cf. n° 71.
saṃvāda, m., entretien. — VAD.
saṃvāhana, nt., friction (396). — VAH.
saṃvedana, nt., fait de ressentir, d'éprouver, relation, affaire relative à (361). — 1 VID.
saṃvyavahāra, m. : pl., affaires (354). — HAR.
saṃçaya, m., doute (163, 10). — ÇĪ.
saṃçraya, m., point d'appui, appartenance, relations, demeure, etc. (313, 22). — ÇRI.
saṃsāra, m., le cours de la vie, le passage incessant d'une vie à une autre par l'effet de la métempsycose (138, 9). — SAR.
saṃskāra, m., funérailles (74). — KAR.
saṃhāra, m., rassemblement. — HAR.
sakala, adj., tout entier (245, 3).
sakāça, m., présence : acc., en présence de (252, 17).
sakṛt, adv., une fois : nos 179, et 180, 3.
sakthi, nt. (décl. sur *akṣi*), cuisse.
sakhi, m. (f. *sakhī*, 362, 12, « compagne »), compagnon, ami. Hétéroclite : sg. N. *sakhā*, A. *sakhāyam*, I. *sakhyā*, D. *sakhye*, Ab.-G. *sakhyur* (cf. *pati* et n° 135), L. *sakhyau*, V. *sakhe*; du. N. *sakhāyau*; pl. N. *sakhāyas*, A. *sakhīn*; et tous les autres cas sur th. *sakhi*-.
saṃkalpa, m., résolution, force de volonté : *jāta*- —, qui sait ce qu'il veut et le veut bien (362, 8). — KALP.
saṃkrama, m., pont, escalier, moyen d'accès (218, 10). — KRAM.
saṃkṣaya, m., destruction totale. — KṢI.
saṃkṣepa, résumé (abl. adv. 354). — KṢIP.
saṃgati, f. (313, 22), saṃgama, m. (313, 30), rencontre, concert. — GAM.
SAJ, vb., pr. *sajati*, pendre, être attaché : vbl *sakta*, attaché à, qui aime [loc.].
sajja, adj., prêt, tout disposé (361).

saṃjīvana, adj. (f. -ī), qui fait vivre ou revivre, de résurrection (74). — JĪV.

saṃjñā, f., désignation : d'où *saṃjñita* (vbl d'un dénomin.), désigné par, portant le nom de (15). — JÑĀ.

sattva, nt., fermeté, courage. Cf. *sant*.

satya : adj., existant, vrai ; nt. advb., en vérité (150, 10); nt., existence, vérité (138, 12), bonne œuvre, mission (375, 14), l'essence, la seule existence véritable (400). Cf. *sant*.

1. SAD, vb., pr. *sīdati sīdate* (n° 222), impf. *asīdat*, pf. *sasāda* (pl. *sedur*), fut. *satsyati*, vbl *sanna* (n° 185, 3) : s'asseoir, être assis; caus. *sādayati*, faire asseoir, poser.

ā- : s'asseoir auprès de; vbl, rapproché de, voisin de (n° 141, 2), loc. adv. *āsanne* « près de » (192, 17); caus. (*āsāditavant*, 290, 16, *āsādya* gér. indécl., etc.), s'approcher de, occuper, atteindre, arriver à [acc.], etc.

vi-, vbl, ému, troublé (377).

2 -sad, cp. (46, 3), qui s'assied, assis.

sadana, nt., siège, trône (58, 4°). — SAD.

sadas, nt. : endroit où l'on se repose; en liturgie, un hangar où se célèbrent certains rites (138, 2). — SAD.

sadā, adv., toujours. Cp. *sadā-*, qui a ou est toujours...

sadṛça, adj. : pareil, tel (361); de même caste, condition, etc. (150, 7). — DARÇ.

sanātha, adj. : qui a un protecteur, un appui (cf. *nātha*); pourvu de [instrum.].

sant (ppe pr. de AS, « étant ») : adj., bon (375, 25), ferme, courageux (cf. *sattva*); f. [épouse] fidèle, vertueuse (*satītva* 376); nt., l'être par excellence, l'Être métaphysique (400).

saṃtati, f., continuité, (302, 1) continuation de la série des existences, vie. — TAN.

saṃdeça, m., commission, message (353, 22). — DIÇ.

saṃdeha, m., perplexité, doute (15). — DIH.

saṃdhāna, nt., alliance, liaison (313, 19). — DHĀ.

saṃdhi, m. : jonction, liaison, articulation, point de contact (15); juxtaposition euphonique des mots (23), etc. — DHĀ.

sam, préf., avec (n° 94), ensemble.

sama, adj. : semblable, égal [instrum.]; plane, aplani; correct (376); nt. adv., avec (376); cp., nt. adv., pareillement, comme (245, 6).

samaya, m., rencontre, conjoncture, occasion, condition, cas (361). — I.

samāsa, m., liaison, fusion, composition grammaticale (cf. nos 364 sqq.). — 2 AS.

samidh, f., combustible, bûche. — IDH.

samīpa : adj., proche, voisin; nt., approche, présence (313, 32, *tat-* « en sa présence »). — ĀP.

samudra, m., mer (181, 19). Cf. *udaka*.

saṃprati, adv., maintenant, à présent (377).

saṃbandha, m., liaison, affection, goût pour, propension vers (354). — BANDH.

saṃbhrama, m., forte émotion (398). — BHRAM.

saṃmukha, adj. (cf. *mukha*) : face à face (252, 11); tourné vers, (nt. adv., 272, 4, *ātmanaḥ* — « à soi »), favorable (397).

samyañc, adj. (m. *samyaṅ*, f. *samīcī*, nt. *samyak*, cf. n° 129, 3) : concordant; correct, exact; nt. adv., bien (245, 4).

samrāj, m., roi souverain.

SAR, vb., pr. *sisarti* (nos 51 et 207) et *sarati sarate*, pf. *sasāra sasre*, fut. *sariṣyati*, vbl *sṛta*, inf. *sartum*, etc. : couler; aller d'un mouvement égal [rapide ou lent].

upa-, s'approcher, s'avancer (354).

pra-, caus., faire avancer, avancer (377).

saramā, f., n. pr. d'une semi-déesse (125, 3).

saras, nt., bassin, pièce d'eau. — SAR.

sarasvatī, f. (« la riche en eau », cf. *saras*, et n° 131, 1) : n. pr. d'une rivière célèbre et divinisée dès l'époque védique; n. pr., déesse de l'éloquence (15).

SARJ, vb., pr. *sṛjati sṛjate* (n° 222, 2), pf. *sasarja sasṛje*, fut. *srakṣyati* (*-ate*), aor. *asrākṣīt*, vbl. *sṛṣṭa*, inf. *sraṣṭum*, pass. *sṛjyate*, caus. *sarjayati* (*-ate*), etc. : lâcher; lancer au loin; émettre de sa propre substance (400), engendrer.

vi-, : donner libre cours à [acc.]; caus., renvoyer, congédier (353, 33).

SARP, vb., pr. *sarpati sarpate*, etc. : ramper.

sarpa, m., serpent (15, etc.).

sarpin, adj., rampant, lent.

sarpis, nt. (n° 132, 2), beurre, graisse.

sarva, adj. (n° 154), tout ; m. pl. *sarve*, tous.

salila, nt., fluide, flot, eau (218, 5).

sasya, nt., céréale, grains (376).

SAH, vb., pr. *sahati sahate*, fut. *sakṣyati* (*-ate*), vbl *soḍha*, inf. *soḍhum* (n° 63, 4° b), pass. *sahyate*, caus. *sāhayati*, etc. : maîtriser ; soutenir ; être en mesure de [inf.].

ud- (362, 8), pouvoir, se résoudre à.

saha, prép., avec (cf. n° 94) : d'où *sahacara* (f. *-ī*, cf. CAR), compagnon, serviteur (396).

sahas, nt., puissance, force, violence ; instrum. adv. (354), subitement. — SAH.

sahāya, m., compagnon, ami (327, 28). Cf. *saha*.

sahya, adj. (gér. décl. de SAH), supportable (377).

SĀ, vb., pr. *syati* (cf. n°s 84 et 222, 2), pf. *sasau*, vbl *sita*, pass. *sīyate*, etc. : lier, nouer.

sāgara, m., la mer (341, 21, etc.).

sādana, nt., demeure, séjour (15). — SAD.

sādhu, adj. : droit ; bon, honnête, loyal (181, 18) ; propice ; nt. adv., bien, à propos (252, 2), bien ! (exclamation, 361).

sāman, nt., mélodie, partie chantée du rituel (compilées dans un des Védas, n° 46, 8).

sāmarthya, nt. (*sam*, *artha*, et n° 87), capacité : abl. adv. (397), de toute sa force.

sāmnā, instrum. adv., de bon cœur (341, 23).

sāṃprata, adj., actuel (cf. *saṃprati*, et n° 87) ; nt. adv. = *saṃprati* (327, 36).

sāmya, nt., ressemblance, égalité (181, 15). Cf. *sama*, et n° 87.

sāra, m., nt., intérieur, essence, etc. (361, 364).

sārasa, m., grue (163, 3). Cf. *saras*, et n° 87.

sārtha, m., caravane, (396) troupe.

sārdha, adj., . . . et demi (cf. *sa-* et *ardha*) ; nt. adv., *sārdham*, avec (n° 94).

sāhāyya, nt., acte d'ami, bon office, assistance (353, 20). Cf. *sahāya*, et n° 87.

siṃha, m. (f. -ī), lion. Cf. n° 24, 9.

SIC, vb., pr. *siñcati siñcate* (n° 222, 2), pf. *siṣeca siṣice* (n° 51), fut. *sekṣyati* (-*ate*), aor. *asicat*, vbl *sikta*, inf. *sektum*, pass. *sicyate*, caus. *secayati*, etc. : verser, répandre.

ni-, vbl, versé dans (163, 3).

1 SIDH, vb., pr. *sedhati sedhate*, pf. *siṣedha*, vbl *siddha*, etc. : repousser, chasser.

ni-, caus. (341, 16), empêcher, entraver.

2 SIDH, vb., pr. *sidhyati sidhyate* (n° 224), fut. *setsyati* (-*ate*), vbl *siddha* (n° 61) : réussir, prospérer (139, 23); guérir (intransitif, 397).

sindhu, f. (n° 116), fleuve, rivière.

simisimā, onomatopée du frisson, de l'attaque de nerfs : d'où vb. dénom. 398.

SU, vb., pr. *sunoti sunute* (n° 212), vbl *suta*, pass. *sūyate*, etc. : pressurer [le sôma].

su-, préf., bon, bien, facile (opposé de *dus*-, n° 370).

sukumāra, adj., tendre, délicat (362, 13).

sukṛta, nt. (sens spécial, 353, 25). — KAR.

sukṛti, f., bonne conduite, morale. — KAR.

sukha : adj. (qui a un bon moyen, cf. *duḥkha*), facile, commode, agréable; nt., facilité (instrum. adv., facilement), bonheur, etc.

sukhin, adj. (n° 130, 6), heureux (376).

suta, m. (vbl de SŪ), fils (341, 30).

sudīna, adj. (de *dīna*, «abattu, triste»), nt. adv., d'un ton fort lamentable (245, 7).

subhaga, adj. : bienheureux; (au voc., terme de politesse) aimable, cher (376).

sura, m., dieu[1] (375, 25, et 376).

surā, f., liqueur spiritueuse, sorte de bière (c'est un péché d'en boire, 252, 14).

[1] Ce mot curieux est refait sur *asura* plus ancien, où l'*a* initial a été pris par étymologie populaire pour un *a*- de négation. V. ces mots.

suvarṇa : adj., qui a une belle couleur; nt., or; m., 11 1/2 grammes d'or (363).

susvāda, adj., qui a bon goût (376).

suhṛd, m., ami de cœur, ami (227, 7).

SŪ, vb., pr. *sauti sūte* (n° 204), *sūyati* (*-ate*, n° 224) et *savati*, pf. *suṣāva suṣuve* (n° 51), fut. *soṣyati* (*-ate*) et *saviṣyati* (*-ate*), vbl *sūta* et *suta*, etc. : enfanter, engendrer.

pra- (227, 18), même sens.

sūkara, m. (f. -ī), pourceau, porc.

sūkta, nt. (=*su-ukta*), hymne [du Véda].

sūkṣma, adj., mince, fin, subtil.

sūtra, nt. : fil; fil conducteur; manuel mnémotechnique de liturgie, grammaire, philosophie, etc. Cf. n° 125, 4, pour la distinction des Sûtras liturgiques du culte public et du culte domestique (dit aussi *gṛhya-*).

sūnu, m. (n° 116), fils. — SŪ.

sūrya, m., dieu védique du soleil, soleil.

sṛkvinī, f., le coin de la bouche (397).

sṛgāla, m. (f. -ī), chacal.

senā, f., troupe combattante, armée.

SEV, vb., pr. *sevati sevate*, pf. *siṣeva* (*-e*), fut. *seviṣyati*, vbl *sevita*, inf. *sevitum*, pass. *sevyate*, caus. *sevayati*, etc. : habiter, séjourner [loc., acc., 161, 5]; visiter, fréquenter, veiller sur, aimer, (397) caresser.

ni- [acc. 74], rester dans, garder.

sainika, sainya, m., soldat; pl. *sainikās*, troupes. Cf. *senā*, et n° 87.

sodara, adj. (=*sa-udara*), m., frère : d'où *sodarya* (227, 18), fraternel, [frère ou parent] naturel.

soma, m., la plante qui fournit la liqueur des sacrifices solennels védiques, et la liqueur même qu'on en extrait par pressurage. — SU.

sautrāmaṇī, f., nom d'un office du culte védique (139, 19).

saumanasya, nt. (cf. *su-manas*, et n° 87), bienveillance, affection (376).

saumya, adj., relatif au sôma (n° 87); (voc.) mon cher enfant (le maître au disciple, 400).

SKAND, vb., pr. *skandati skandate*, pf. n° 234, fut. *skantsyati*, vbl *skanna*, etc. : sauter.

skandha, m., épaule (15).

SKAR, vb., variante de KAR (avec *pari-* et *sam-*).

SKHAL, vb., pr. *skhalati*, etc. : trébucher, défaillir (15).

stana, m., sein (363); du., *stanau*.

stabaka, m., nt., touffe de fleurs (377).

STAR, vb., pr. *stṛṇoti stṛṇute* (n° 212) et *stṛṇāti stṛṇīte* (n° 215), pf. *tastāra tastare* (n° 234, 2°), fut. *stariṣyati* (*-ate*), vbl *stṛta* et *stīrṇa* (n° 185), pass. *stīryate*, etc. : joncher; coucher à terre, renverser; vaincre.

STU, vb., pr. *stauti stute* (n° 204), pf. *tuṣṭāva tuṣṭuve* (nos 51 et 234), fut. *stoṣyati* (*-ate*), aor. *astauṣīt*, vbl *stuta*, inf. *stotum*, pass. *stūyate*, etc. : louer, chanter les louanges de.

stoka, (m., goutte), adj., menu, petit, insignifiant, si peu que rien (353, 20).

stotra, nt., stoma, m., louange [adressée aux dieux], et la forme que revêtent dans la liturgie ces louanges [chantées]. — STU.

strī, f., femme (150, 2, *uttamā* « noble »).

-stha, cp., adj., qui se tient sur, qui est dans, etc. (cf. n° 218, 1). — STHĀ, et n° 374, 2.

STHĀ, vb., pr. *tiṣṭhati tiṣṭhate* (nos 51 et 211), pf. *tasthau tasthe*, fut. *sthāsyati* (*-ate*) et *sthātā*, aor. *asthāt* et *asthiṣi* (moy.), vbl *sthita* (n° 84), inf. *sthātum*, gér. indécl. *sthitvā* et *-sthāya* (n° 188), etc. : se tenir debout; se tenir, être dans [situation qconque=loc.]; rester (353, 5), rester dans (loc., cf. 353, 18): caus. *sthāpayati*, établir, asseoir fermement.

anu-: accomplir, exécuter (361); *tathānuṣṭhite* (272, 16), loc. absolu, « cela fait ».

ava-, rester (353, 11), être présent, assister.

ud-[1] : se lever [une personne, un astre, etc.]; sortir de, se désister de, renoncer à [abl., 290, 13].

upa-, se tenir auprès de, prendre une attitude suppliante ou respectueuse (362, 1).

pra- (se lever vers l'avant), partir (341, 1).

sam-, rester ensemble, se trouver dans (354).

[1] Dans cette juxtaposition, l's initial de la racine disparaît : inf. *utthātum*, etc.

sthāna, nt., place, endroit (74); loc. adv. *sthāne*, à propos, (cp.) en lieu de, à la place de, en guise de, etc. (353, 14).

sthālī, f., écuelle, pot de terre.

sthira, adj., ferme, courageux, calme (398). — STHĀ.

SNĀ, vb., pr. *snāti*, fut. *snāsyati*, vbl *snāta* : se baigner; caus. *snāpayati*, baigner, et cf. *nāpita*.

sneha, m., attachement, affection (245, 12, etc.).

SPARÇ, vb., pr. *spṛçati spṛçate* (n° 222, 2), pf. *paspṛçe* (n° 234), fut. *sprakṣyati*, vbl *spṛṣṭa*, inf. *spraṣṭum*, pass. *spṛçyate*, caus. *sparçayati*, etc. : toucher (363, 376).

sam-, vbl, imprégné de (397).

sma (enclitique), particule qui a pour fonction éventuelle d'accompagner un présent qui équivaut à un passé narratif (218, 4, etc.).

SMAR, vb., pr. *smarati smarate*, pf. *sasmāra*, vbl *smṛta*, pass. *smaryate*, etc. : se souvenir de [acc.]; caus. *smārayati* (*-ate*) et *smarayati*, faire souvenir, rappeler [2 acc., 354].

vi-, oublier [acc., gén.].

smaraṇa, nt., souvenir (272, 21). — SMAR.

smārta, adj., n° 125, 4. Cf. *smṛti*, et n° 87.

SMI, vb., pr. *smayati smayate*, pf. *sismāya sismiye*, vbl *smita*, gér. indécl. *smitvā* et *-smitya* (n° 188) : sourire; admirer.

vi-, s'étonner, être ému d'admiration.

smṛti, f., la tradition confiée à la mémoire [en opposition aux livres saints, 125, 4]. — SMAR.

SRU, vb., pr. *sravati sravate*, pf. *susrāva susruve*, fut. *sraviṣyati*, vbl *sruta*, etc. : couler; caus. *srāvayati*, faire couler.

upa-, couler vers [acc.].

pari-, entourer [acc.] en coulant.

sva, sien (nos 154 et 171) : m., vassal, membre de la famille, etc.; nt., fortune, biens.

svagatam, nt. adv. (scénique, 354), à part (ne pas confondre avec *svāgatam*).

SVAP, vb., pr. *svapiti* (n° 206) et *svapati* (*-ate*), pf. *suṣvāpa* (n° 51, pl. *suṣupur*), fut. *svapsyati* (*-ate*), vbl *supta* (110, 7; « endormi »), inf. *svaptum*, etc. : dormir; caus. *svāpayati*, endormir, calmer.

svapna, m.; sommeil; songe; loc. *svapne* (313, 32), en rêve. — SVAP.

svayam (invariable), soi-même (n° 169).

svara, m., ton, voix (353), chant (376).

svarga : adj., qui va, qui conduit au ciel suprême (*svar*); m. (avec ou sans *loka*, 163, 5, et 218, 10), le ciel, en tant que séjour perpétuel de béatitude des hommes vertueux.

svalpa, adj. (= *su-alpa*), tout petit.

svasar, f., sœur (n° 135, 2).

svasti, f., (cf. *su*- et 1 AS), bien-être, bonheur : nt., exclamation de bon souhait.

svāgata, adj. (= *su-ā-gata*, sous GAM), bienvenu : nt., exclamation de bienvenue (354).

svādu, adj. (*svādīyas svādiṣṭha* 144), doux, agréable aux sens.

svāsthya, nt. (de *sva-stha*, et n° 87), jouissance paisible, tranquillité, paix.

SVID, vb., pr. *svedate* (antéclassique) et *svidyati svidyate*, vbl *svinna*, etc. : suer (400).

sveda, m., sueur, transpiration (15). — SVID.

ha (enclitique), certes : très souvent explétif, cheville de fin de vers (362, 6).

haṃsa, m., oie, cygne, flamant.

hataka, m., maudit (injure, n° 354, et cf. n° 383, « coquin de... »). — HAN.

1 HAN, vb., pr. *hanti hate* (n° 205), imp. *jahi* (n° 311), pf. *jaghāna jaghne* (n° 234), fut. *haniṣyati* (-*ate*) et *haṃsyáti*, vbl *hata* (n° 82), inf. *hantum*, gér. indécl. *hatvā* et -*hatya* (n° 188), pass. *hanyate*, désidér. *jighāṃsati*, caus. *ghātayati*, etc. : frapper; donner un choc violent; tuer.

apa-, repousser, mettre en fuite (192, 8).

abhi-ā-, frapper, blesser, abattre (400).

2 -han, cp., adj., qui tue, qui tua (n° 129, 2).

hanu, f., mâchoire (cf. n° 116).

hanta (interjection), eh bien! allons!

HAR, vb., pr. *harati* (pl. *haranti*, 138, 14, et impf. *aharat*,

163, 3) *harate*, pf. *jahāra jahre*, fut. *hariṣyati* (*-ate*) et *hartā*, vbl *hṛta*, inf. *hartum*, gér. indécl. *hṛtvā* et *-hṛtya* (n° 188), pass. *hriyate*, caus. *hārayati*, etc. : prendre, enlever, ravir.

apa-, emporter, voler (74).

ā-, apporter, procurer, servir (163, 3).

upa-ni-ā-, faire les présents d'usage à [dat. (192, 13), gén., etc.].

vi-ā- : articuler, prononcer, parler, dire (290, 9); adresser la parole à [acc., 375, 18].

pari-, éviter, se garder de [acc., 363].

upa-sam-, retirer, refuser à [loc., 192, 20].

hara, adj., qui enlève, détruit (361). — HAR.

haraṇa, nt., enlèvement, rapine : « [qui est de force] à lui prendre [tout son avoir] », 341, 21. — HAR.

hariçcandra, n. pr. m. (n° 244, 2).

HARṢ, vb., pr. *hṛṣyati hṛṣyate*, pf. *jaharṣa jahṛṣe* (n° 234, 2°), vbl *hṛṣita* et *hṛṣṭa*, etc. : être joyeux, s'exalter; *pra-* (397), même sens.

harṣa, m., joie, exaltation. — HARṢ.

halā, interjection d'appel (398).

havis, nt., oblation, libation (n° 132, 2). — HU.

HAS, vb., pr. *hasati hasate*, pf. *jahāsa jahase*, fut. *hasiṣyati*, vbl *hasita*, pass. *hasyate*, etc. : rire; rire, sourire [à qqun], faire bon accueil; rire [de qqun], se moquer, railler (313, 6); *vi-* (302, 3), même sens.

hasta, m., main : d'où adj. *hastya* (181, 13).

HĀ, vb., pr. *jahāti* (n° 207), pf. *jahau*, fut. *hāsyati* (*-ate*), aor. *ajījahat*, vbl *hīna* et *hāta*, pass. *hīyate*, etc. : laisser, quitter (400); pass., être en défaut (218, 1); vbl, manquant (363).

hāni, f., cessation (376). — HĀ.

hāsin, adj., qui rit, sourit (375, 14). — HAS.

hāsya, nt. (gér. décl. de HAS), plaisanterie (302, 13).

1 hi (enclitique, souvent explétif en versification) : puisque, car; certes, en vérité (cf. n° 31, 4).

2 HI, vb., pr. *hinoti* (n° 212), pf. *jighāya*, fut. *heṣyati*, vbl *hita*, pass. *hīyate*, etc. : exciter, aiguillonner, instiguer.

HIMS, vb. (cf. n° 352), pr. *hinasti* (n° 216) et *hiṃsati hiṃsate*, fut. *hiṃsiṣyati*, vbl *hiṃsita*, etc. : endommager, faire du tort à [acc.].

prati-, user de représailles envers [acc.].

hikkā, f., sanglot, hoquet (15).

hita, adj. (vbl de DHĀ) : placé, posé; assigné; approprié; convenable, bon, utile, agréable, etc.

hima : m., froidure, hiver; nt., neige.

himakara, m., lune (cf. n° 376, stance 3).

himālaya, n. pr. m. (« séjour de la neige »).

hiraṇmaya, adj. (110, 5) = *hiraṇya-maya*.

hiraṇya, nt., or (métal).

hirā, f., veine, artère (du corps).

HĪ, vb., variante de HĀ ou HI. V. ces mots.

HU, vb., pr. *juhoti juhute* (n° 212), pf. *juhāva juhuve*, fut. *hoṣyati*, vbl *huta*, inf. *hotum*, pass. *hūyate*, etc. : verser, offrir en libation.

hutavaha (cf. HU et VAH, « celui qui charrie [vers les dieux] les libations »), m., feu (245, 6).

HŪ, vb., variante de HVĀ. V. ce mot.

hṛcchaya, m. (cf. ÇĪ, « qui gît au cœur »), désir, amour (375, 14).

hṛd, nt., cœur (15). Cf. *hṛdaya*.

hṛdaya, nt. : supplée, aux trois nombres, le nomin.-acc. de *hṛd* inusité.

he, exclamation introduisant un vocatif (n° 99).

heti, m., f., arme de trait, javelot. — HI.

hetu, m., agent, cause. — HI.

hemanta, m. (cf. *hima*), hiver.

hotar, m., prêtre officiant qui récite [ne chante pas] les stances du Rig-Véda prescrites pour une cérémonie (cf. n° 301, 8).

hyas, adv., hier.

hrada, m., pièce d'eau, étang (327, 6).

hrasva, adj. : court, écourté; bref (150, 8).

HVĀ, vb., pr. *hvayati hvayate* (n° 224), pf. *juhāva juhve* (n° 234), fut. *hvayiṣyati*, vbl. *hūta*, inf. *hvayitum*, pass. *hūyate*, etc. : appeler; invoquer solennellement (cf. *hotar*).

ā-, appeler, interpeller (313, 14, etc.).

II. FRANÇAIS-SANSCRIT.

N. B. — Ce lexique n'est qu'un simple vocabulaire : on cherchera au lexique précédent tous les détails grammaticaux, syntactiques, étymologiques, etc., relatifs aux mots visés, et indispensables pour la correction des exercices. — Les pronoms et les numéraux ne sont, en principe, point relevés.

Les autres et très rares mots omis à dessein sont de ceux que l'élève doit savoir former par lui-même : soit, par exemple, un adjectif d'appartenance, ou un verbe actif à traduire par le causatif d'un autre verbe.

Abandonner. — *tyaj*, *pari-tyaj*, *hā*, *pari-hā*, *pra-vi-hā*.

Abeille. — *bhramara*, *madhupa*, *dvirepha*, *saraghā*, *ali*.

Aboi. — *nardana*, *bhaṣaṇa*.

Abondant. — *bhūri*, *bhūyas*, *vipula*, *mahant*.

Aborder. — *prati-i*, *prati-gam*; *upa-yā*.

Abréger. — *sam-har*.

Accueillir. — *pari-grabh*, *prati-grabh*, *upa-grabh*.

Acheter. — *krī* [à qqun = abl. ou gén.].

Admirable. — *vismāpana*.

Adonner (s'). — *car* [acc.], *vart* moy. [instr.]. Adonné, *utthita* [loc.].

Affaire. — *kārya*.

Affermi. — *saṃdhṛta* [instr.], *āçrita* [loc.].

Affligé. — *dīna*, *çokavant*.

Affoler. — *muh* caus. Affolé, *saṃmohita*.

Agréable. — *susvāda*, *svādu*; *yukta* [gén., loc.].

Agréer. — *juṣ*.

Aigle. — *çyena*.

Aigu. — *tigma*, *tīkṣṇa*.

Aile. — *pattra*, *pakṣa*.

Aimable. — *cāru*.

Ainsi. — *tathā*, *evam*.

Air. — *ākāça* (sans pl.).

Ajouter. — *vi-ava-dhā*.

Aliment. — *anna*, *bhakṣya*, *bhojana*.

Aller. — *i*, *gam*, *gā*, *yā*, *ar*.

Alors. — *atha*, *tadā*, *tarhi*. Cf. n° 159.

Âme. — *ātman*.

Amener. — *ā-nī* (226, 16), *pra-nī* (326, 1).

Ami. — *sakhi* (f. *sakhī*), *praṇayin*, *suhṛd*, *mitra* nt.

Amulette. — *maṇi.*
Âne. — *gardabha*, *rāsabha.*
Anneau. — *aṅgulīyaka.*
Année. — *saṃvatsara*, *varṣa*, *abda* m., *samā*, *çarad* (poét.). D'une —, *saṃvatsarīṇa.* De cent —, *çatavarṣa*, *çataçārada*, adj.
Annoncer. — *ni-vid* caus. [à qqun = dat., gén. ou loc.].
Apprendre. — *vi-dhā*, *upa-diç.*
Appuyer (s'). — *ā-çri* moy., *upa-çri* moy.
Arbre. — *vṛkṣa*, *taru*, *druma*, *pādapa.* Grand —, *vanaspati.*
Arbuste. — *vṛkṣaka.*
Arc (armé d'un). — *dhanuṣmant.*
Argent. — *rajata.* Pièce d'—, *rūpeya*, *mudrā* f.
Argile. — *mṛd.*
Arme. — *āyudha.*
Armée. — *senā*, *bala*, *cakra*, *camū.*
Arriver. — *anu-pra-i*, *abhi-i*, *ā-gam.*
Ascète. — *muni*, *tapasvin*, *vratacārin.*
Asseoir (s'). — *ās*, *sad*, *upa-viç*, *ni-viç.* — auprès de [qqun = acc.], *upa-sad*, *upa-ās.*
Assis (être). — *ās*, *sad.*
Assister. — *ā-bhū*, *upa-sthā.*
Astronome. — *jyotiṣa.*
Attacher. — *sam-nah*, *sam-bandh.* Attaché, *pratibaddha* [loc.].
Atteindre. — *aç*, *āp*, *pra-āp*, *ā-pad*, *pra-pad.*
Atteler. — *yuj*, *pra-yuj* moy. Attelé, *yukta.*
Attention (donner son). — *ā-dar*, *sādaram* (adv.) ou *avahita* (adj.) *cit* caus. [acc.].
Attirer. — *upa-ni-pat* caus., *sam-ā-yā* caus., *ā-karṣ.*
Aujourd'hui, *adya.* D'—, *adyatana* (f. -ī).
Auprès de. — *āsanne* [gén.]. — SAD.
Aurore. — *uṣas.*
Aussi. — *api*, *api ca.*
Austère. — *tapasvin.*
Austérité. — *tapas.*
Autel. — *vedi*, *vedī.*
Automne. — *çarad.*
Autre. — *anyatara* (139, 26).
Avare. — *kadarya.*
Avec. — *saha*, *samam*, *sārdham*, *sam-* (n° 94).
Avis. — *upadeça.*

Baigner. — *abhi-plu*, *ā-plu* caus.
Barbier. — *nāpita.*
Bas. — Le plus —, *avama.* En —, *adhas.* A voix —, *upāṃçu.*
Bâton. — *daṇḍa.*
Battre (se). — *yudh.*
Beau. — *surūpa*, *rūpin*, *vapuṣmant*, *çrīmant.*

Beaucoup. — *bahu*, *ati-*, *atīva*. — de, *bahu* ou *bhūyas* adj.
Bec. — *cañcu* f., *tuṇḍa* m.
Berger. — *gopa*.
Bestiaux. — *paçu* pl.
Beurre. — *ghṛta*, *sarpis*.
Bien, subst. — *sukṛta*.
Bien, adv. — *samyak*. — des = beaucoup de.
Bien-être. — *svasti*, *bhūti*, *svāsthya*.
Bienveillant. — *sumanas*.
Bipède. — *dvipad*.
Blâmer. — *garh*.
Blanc. — *arjuna* (f. *-ī*), *çveta*, *sita*, *dhavala*.
Blesser. — *kṣan*, *vyadh*.
Blessure. — *vraṇa*, *kṣati*.
Bœuf. — *go*, *ukṣan*.
Boire. — *pā*, *ni-pā*.
Bois. — *dāru*, *kāṣṭha*. Menu —, *kāṣṭhakhaṇḍa*.
Boisseau. — *khārī*, *pūrṇapātra*.
Boisson. — *pīti*.
Bon. — *sant*; *bhadra*, *sukṛta*; *hita*, *yukta*. Cpar. et superl., n° 144, 3°.
Bonheur. — *sukha*, *bhaga*, *bhūti*, *svasti*.
Bord. — *prānta*, *tīra*.
Bouche. — *mukha*, *āsya*.
Boue. — *paṅka*.
Bouger. — *cal*, *vip*.
Bout. — *koṭi*, *anta*.
Brahmane[1]. — *brahman*.
Branche. — *çākhā*.
Brandir. — *vip* caus., *pra-cal* caus.
Bras. — *bāhu*, *bhuja* m.
Brebis. — *avi*, *avikā*.
Briser. — *bhañj*, *nis-bhañj*, *parā-çar*.
Brousse. — *kakṣa* m.[2].
Broyer. — *piṣ*, *mard*.
Bruit. — *ghoṣa*, *svara*.
Brûler. — *jval*, *du*; *dah*, *sam-dah*, *uṣ*.
Buffle. — *mahiṣa*.

Cacher. — *guh*. Se —; *ātmānam* —, *ni-lī*.
Calice. — *koça*, *garbha*.
Car. — *hi*, *vai*.
Caractère. — *bhāva*, *çīla*.
Cardinal (point). — *diç*, *pradiç*.
Cause. — *hetu*. A — de cela, *tasmāt*.
Célèbre. — *çruta*, *viçruta*, *vikhyāta*.
Céleste. — *divya*.
Celui qui. — *ya-s*.
Cendre. — *bhasman*, *bhūti* f.
Certain. — *eka*; *kaç cid*, etc.; pl. *eke*, etc.
Certes. — *khalu*, *vai*.
Chacal. — *sṛgāla*.

[1] Ne pas confondre avec «brâhmane». V. ces mots.
[2] Un autre mot, mais tout moderne, est *jaṅgala*, anglicisé et européanisé en «jungle».

Chacun. — *ekaika*. — de deux, *ekatara*.
Chagrin. — *çoka*.
Chair. — *māṃsa*.
Champ. — *kṣetra*.
Chanson. — *saṃgītaka* nt.
Chanter. — *gar*, *gā*, *ud-gā*.
Chantre [liturgique]. — *udgātar*, *sāmaga*, *chandoga*.
Chapelain. — *purohita*.
Char. — *ratha*.
Charge. — *bhāra*.
Chariot. — *anas*.
Charron. — *rathakṛt*, *rathakāra*.
Chasseur. — *lubdhaka*, *mṛgayu*, *mṛgahan*.
Chatoyant. — *vividhaçocis*.
Chaud. — *gharma*, *pratāpin*, *tapasvant*.
Chaudron. — *caru*.
Chauffer. — *tap*.
Chemin. — *mārga*, *panthan*.
Cher. — *priya* [à qqun = gén., loc. ou dat.]. Mon —, *bhadra*, *subhaga*.
Chercher. — *anu-iṣ*. — à, *yat* [inf.].
Cheval. — *açva*.
Cheveux. — *keça* sg.
Cheville. — *çaṅku*.
Chèvre. — *ajā*.
Chien. — *çvan*, *kukkura*.
Choisir. — *var*, *ā-var*.
Chose. — *vastu*.
Ciel. — *dyu*; *svarga*.
Cœur. — *hṛd*, *hṛdaya*.
Colère. — *kopa*, *krodha*.
Colombe. — *kapota*.
Combattre. — *yudh*. (244, 6) — *parasparam*.
Combler. — *par*.
Comestible. — *ādya*, *bhakṣya*.
Comme. — *iva*, *yathā*, *yāvat*, *-vat* (n° 159, 5°).
Compagnon. — *sakhi*.
Compatissant. — *dayālu*, *dayāvant*, *karuṇāpara* [envers qqun = loc. ou gén.].
Concordance. — *samyaktva*.
Conduire. — *ā-nī*, *pra-nī*.
Conduite. — *vṛtta*, *vṛtti*.
Confiance. — *viçvāsa*, *viçrambha* [en = gén. ou loc.].
Connaisseur. — *vettar*.
Connaître. — *jñā*.
Conquérir. — *ji*, *saṃ-ji*.
Conseil. — *upadeça*.
Consolider. — *ud-sthā* caus., *prati-sthā* caus.
Consommer. — *bhuj*.
Constant. — *nitya*.
Consumer. — *dah*, *sam-dah*.
Contentement. — *tuṣṭi*, *çānti*, *svāsthya*.
Contracter. — *sam-as*.
Contraire. — *pratikūla*. Au —, *paraṃ tu*.
Contrariété. — *duḥkha*, *kṛcchra*, *pratikūlatā*.
Convenable. — *yukta*. Voir aussi sous *yuj*.

Corne. — *çṛṅga.*

Corps. — *deha, çarīra, kayam.*; *tanū.*

Corriger (se). — *tyaj.*

Couler. — *sru.*

Couleur. — *varṇa.*

Coupe. — *kalaça, camasa.*

Couper. — *chid, ava-chid, kart, nis-kart.*

Courage. — *sattva.*

Courber. — *nam.*

Courir. — *dru, vi-ava-dru.*

Courtisane. — *veçyā, puṃçcalī, paṇyastrī.*

Couvrir. — *var, ā-var, sam-ā-var,* et caus.

Craindre. — *bhī, pra-bhī.*

Crainte. — *bhaya.*

Créature. — *bhūta, prajā, prāṇin.*

Creuser. — *khan.* Creusé, *khāta.*

Creux. — *koṭara.*

Croire. — *man* (nº 92).

Croître. — *vardh, pra-ruh.*

Cruche. — *kumbha.*

Cueillir. — *grabh.*

Cuire. — *pac.* Cuit, *pakta.*

Danger. — *durita, durga, bhaya, saṃçaya.*

Davantage. — *bhūyas.*

De. — = parmi, *madhye.* — [matière], *-maya.*

Debout (être). — *sthā, prati-sthā.*

Défaut. — *doṣa.*

Défectueux. — *ūna.* Devient —, — *bhavati*, ou *ūnībhavati* (nº 360).

Délivrer. — *muc, vi-muc.*

Demain. — *çvas.*

Demander. — *praç.*

Demeurer. — *vas, prati-vas, ni-vas, sam-vas.*

Démon. — *rākṣasa, rakṣas* nt.; *asura.*

Dent. — *dant.*

Déposer. — *ni-dhā.*

Depuis. — *ā* [abl.], ou *-prabhṛti* (nº 386).

Derechef. — *punar, bhūyo 'pi.*

Dernier. — *carama, paçcima, uttama.*

Désir. — *kāma* (et «objet du —»), *manoratha, hṛcchaya.*

Désirer. — *iṣ*, et dénom. de *kāma.*

Désormais. — *tatprabhṛti.*

Dessécher (se). — *çuṣ.*

Destin. — *bhāgadheya* nt. (*bhāga*); *vidhi.*

Détruire. — *kṣi.*

Dette. — *ṛṇa.*

Deux. — *dva* du. Tous —, *ubha* du.

Devant. — *puras* [abl., gén.].

Devenir. — *bhū.*

Dévoré. — *grasita.*

Diamant. — *vajra.*

Dieu. — *deva, sura.*

Difficulté. — *duḥkha.*

Dire. — *ah*, *brū*, *vac*, *vad*, *bhaṇ*, *bhāṣ*, *lap*, *kathay*, etc. — [à qqun], les précédents avec préfixe (*abhi*, *prati*), ou simplem. *ah*, *bhaṇ*, etc., ou *abhi-dhā*, *ā-khyā*, etc.

Divinité. — *devatā*.

Doigt. — *aṅguli* (et -*ī*). — indicateur, *pradeçinī*.

Dommage (subir). — *riṣ*.

Don. — *dāna*.

Donc. — *tad*, *tasmāt*, *tena hi*.

Donner. — *dā*, *pra-dā*, *pra-yam*. — en échange, *prati-dā*. Donnant, *dada(n)t*. Donné, *datta*.

Dormir. — *svap*.

Douleur. — *kleça*, *vedanā*.

Doux. — *svādu*, *susvāda*.

Droit. — *dakṣiṇa*.

Dur. — *dāruṇa*, *dṛḍha*.

Eau. — *udaka*, *jala*, *salila*, *vāri*, *payas*, *toya* nt., *ap*.

Écarter. — *parā-as*, *nis-as*; *parā-pat* caus.

Éclaboussure. — *vipruṣ*.

Éclairer. — *ruc* caus.

Éclat. — *çocis*, *çrī*, *tejas*, *prabhā*, *rocana*.

Écouter. — *ā-çru*.

Écrire. — *likh*, *abhi-likh*.

Écuelle. — *sthālī*.

Effet (en). — *satyam*, *satyena*.

Efforcer (s'). — *ud-yam*, *yat* [inf., ppe pr.].

Effort. — *yatna*, *udyama*.

Égal. — *tulya*, *sama*.

Eh bien. — *hanta*, *nu*.

Éléphant. — *gaja*, *nāga*, *dvipa*, *hastin*, *dantin*.

Élève. — *çiṣya*.

Élever (s'). — *ud-i*, *ud-gam*, *ud-yā*, *ud-sthā*, *ruh*.

Embûches (dresser des). — *druh*, *abhi-druh* [dat., acc.].

Emporter. — *ud-har*, *apa-bhar*, *nis-vah*.

Enfant. — *bāla*, *bālaka*.

Enfer. — *naraka*.

Enfermer. — *api-var*, *ā-var*, *sam-rudh*, *ni-bandh*, *sthā* caus.

Enfoncement. — *kevaṭa*.

Enfouir. — *ni-khan*.

Enfuir (s'). — *apa-tras*, *vi-ava-dru*, *sam-ud-vij*.

Engendrer. — *jan*.

Ennemi. — *çatru*, *ari*, *ripu*, *vairin*, *para*, *sapatna*, *amitra* m.

Enorgueilli. — *garvita*.

Énorme. — *vipula*, *viçāla*, *atimātra*, *mahābala*.

Enseigner. — *adhi-i* caus.

Ensemble. — *samam*.

Ensuite. — *tatas*, *ataḥ param*, *paçcāt*.

Entendre. — *çru*, *anu-çru*, *upa-çru*, *pari-çru*. Entendant, *çrṇvant*.

Entier. — *sarva*, *kṛtsna*.

Entrailles. — *antra*, *āntra*.

Entre. — *antarā*. Entre soi, *parasparam*.
Entrer. — *viç*, *pra-viç*.
Entretien. — *saṃvāda*.
Envers. — *prati*.
Envoler (s'). — *nis-pat*, *ud-pat*, *sam-ud-pat*.
Épouse. — *jāyā*, *bhāryā*, *priyā*, *patnī*, *vadhū*, *kalatra* nt., *dārās* m. pl.
Époux. — *bhartar*, *pati*, *priya*, *ramaṇa*.
Éprouver. — *anu-bhū*.
Errer. — *car*, *pari-car*.
Erreur (par). — *mithyā*.
Esclave. — *dāsa*.
Espace. — *ākāça*, *kha* nt.
Estimer. — *man*.
Estomac. — *udara*, *jaṭhara*.
Et. — *ca*; *atha*.
Étable. — *goṣṭha*, *mandurā*.
Été. — *grīṣma*.
Étendre. — *tan*, *vi-tan*.
Étoile. — *tārā*, *jyotis*.
Étonnement. — *vismaya*.
Être, vb. — *as*, *bhū*, *vid* pass., *vart* moy.
Être, subst. — *bhūta*, *prajā*, *prāṇin*.
Étudier. — *adhi-i*.
Examiner. — *pari-ci*, *vi-lok*.
Excès. — *atiçaya*. En —, *adhika*, *atimātra*.
Exempt. — *rahita*, *virahin*.
Expiation. — *niṣkṛti*, *prāyaçcitta*.
Exploit. — *vīrya*.
Extérieur. — *bāhya*.
Extrême. — *parama*.

Fabriquer. — *takṣ*, *kar*.
Face. — *mukha*. En —, *sammukha* adj.
Fâcher (se). — *kup*, *krudh*.
Facile. — *sukara*. Facilement, *sukhena*.
Façon. — Cf. n° 179, 1.
Façonner. — *takṣ*.
Faible. — *durbala*.
Faim. — *kṣudh*, *kṣudhā*.
Faire. — *kar*.
Fausseté. — *asatyatā*.
Faute. — *doṣa*, *enas*.
Fauve (bête). — *mṛga*.
Femme. — *strī*, *nārī*, *janī*, *jani*, *yoṣit*.
Fer. — *ayas*, *loha* nt.
Feu. — *agni*, *vahni*, *hutavaha*, *hutāçana*, *anala* m., *pāvaka* m.
Fidèle. — *sant*, *satya*, *anuvrata*, *bhakta*.
Figuier géant. — *udumbara*.
Fil. — *sūtra*.
Filer. — *kart*.
Filet. — *jāla*.
Fille. — *putrī*, *duhitar*. Jeune —, *kanyā*.
Fils. — *putra*, *sūnu*, *suta*, *ātmaja*. Qui a un —, *putrin*.
Filtre. — *pavitra*.
Fin (à la). — *cirāt*.
Fixé. — *nirdiṣṭa*.

Fixer [au sol]. — *mi*.
Flamant. — *haṃsa*.
Flamme. — *jvala*, *jvalā*.
Flèche. — *çara*, *çaru*, *iṣu* m. f., *bāṇa* m.
Fléchir. — *añc*.
Fleur. — *puṣpa*, (nt. aussi) *kusuma* ou *prasūna*. Fleurs : les mêmes au pl., ou pl. *sumanasas* f. sans sg.
Fleuri. — *supuṣpita*.
Fleuve. — *sindhu*, *nadī*, *sravantī*, *sarit* f.
Flot. — *dhārā*.
Fois. — Cf. n° 179, 1.
Force. — *bala*, *çakti*.
Forêt. — *vana*, *araṇya*.
Formidable. — *bhīma*.
Formule. — sacrée, *mantra*, *brahman*. — sacrificatoire, *yajus*.
Fort. — *balin*, *balavant*.
Forteresse. — *pur*, *durga*.
Fosse. — *garta*, *kevaṭa*.
Fou. — *mūḍha*, *mūrkha*.
Foudre. — *vidyut*. Le — d'Indra, *vajra*. Armé du —, *vajrin*.
Fourmi. — *pipīlika*, *vamrī*.
Frais (printemps). — *çiçira*.
Franchir. — *tar*, *sam-tar*.
Frapper. — *han*, *ā-han*.
Frein. — *khalīna*.
Frère. — *bhrātar*, *sodara*, *sahodara*; *sadṛça*, *sama*.
Frissonner. — *kamp*, *vip*.
Froid. — *çīta*, *çītala*.
Fruit. — *phala*. Portant —, nos 130 (6), 131 (1) et 180 (3).
Fuite (mettre en) = s'enfuir caus.
Fumée. — *dhūma*.
Futur. — *bhaviṣyant*.

Gagner. — *āp*, *aç*, *vid*.
Garder. — *rakṣ*. — le silence, *maunin bhū* ou *maunam sam-ā-car*. — un vœu, *vratena* ou *vrate sthā*.
Gardien. — *rakṣitar*.
Gazelle. — *mṛga*, *hariṇa*.
Genou. — *jānu*.
Gens. — *jana* pl.
Gésir. — *çī*. Gisant : *çayāna*; *stṛta*.
Gloire. — *çravas*, *yaças*, *çrī*.
Goût. — *rasa*, *svādana*.
Grain, graine. — *taṇḍula*, *kaṇa*.
Grand. — *mahant*. Le — Indra, *mahendra*.
Grandir. — *vardh*, *ruh*.
Gras. — *pīvan*.
Grave = lourd.
Gravir. — *ā-ruh*.
Grêle. — *karakā* f., *varṣopala* (cf. pierre).
Grenouille. — *maṇḍūka*.
Gros. — *vipula*.
Guérisseur. — *bhiṣaj*, *subhiṣaj*.

Habitant. — *paura*.
Hache. — *paraçu*.
Haïr. — *dviṣ*.

Hâter (se). — *tvar.*

Haut. — *ucchrita, ucca.* Le plus —, *uttama, upama.* A — voix, *uccais.*

Héros. — *vīra, çūra.*

Heureux. — *bhagavant, sukhin, sukhabhāj.*

Hiver. — *hemanta.*

Hommage. — *namas.*

Homme. — *nar, nara, jana, mānava, puruṣa, martya.* — (mâle) *puṃs, vīra.*

Honorer. — *man,* ou dénom. de *pūjā,* sg. 3 *pūjayati,* vbl *pūjita.*

Hutte. — *çālā.*

Hymne. — *sūkta.*

I. — *ikāra.*

Ici. — *iha, itas; atra.*

Ignorant. — *avidvas,* etc.

In- (nég.). — *a-, an-, nis-.*

Incendie. — *dāva.*

Inerte. — *alasa.*

Infaillible. — *asaṃçaya.*

Infécond. — *niṣphala.*

Iniquité. — *adharma.*

Injuste. — *adharmiṣṭha.*

Inondation. — *ogha, augha.*

Inquiet. — *bhīta.*

Insensé. — *abuddhi, mūḍha, mūrkha.*

Insolent. — *garhāpara.*

Instant. — *kṣaṇa, muhūrta, muhūrtaka.*

Instantanément. — *sahasā.*

Insulter. — *pari-garh, ni-kar, ava-man.*

Intelligence. — *buddhi, mati.*

Intention. — *manas.*

Intérieur (à l'). — *antar.*

Intervertir. — *vi-pari-har.*

Invincible. — *astṛta.*

Invocation. — *nivid.*

Irradier. — *dyut* caus., *ruc* caus., *bhrāj* caus.

Irrésolu. — *aniçcaya.*

Jaillir. — *ud-sar, pari-sru.* Jailli, *utsṛṣṭa.*

Jalousie. — *īrṣyā.*

Jamais. — *kadā cit,* etc. (cf. nº 153, 3).

Jambe. — *jaṅghā.*

Jante. — *nemi.*

Joie. — *harṣa, moda.*

Jouer. — *krīḍ, dīv.*

Joug. — *yuga.*

Jouir. — *bhuj, prati-bhuj.*

Jour. — *dyu, ahar, dina, divasa; tithi.*

Joyau. — *ratna, maṇi.*

Jusque. — *api.* — à, *ā,* ou le cas suivi de *api.*

Justice. — *dharma.*

Là. — *atra; tatra; amutra.*

Labourer. — *karṣ.*

Lâcher. — *sarj, ud-sarj, vi-sarj; tyaj.*

Laine. — *ūrṇa, ūrṇā.*

Lait. — *kṣīra*, *dugdha*, *payas* nt.
Lancer. — *as*, *pari-as*, *pra-as*, *pra-kṣip*, *vi-sarj*, *pari-pat* caus.
Lasser (se). — *çram*.
Leçon. — *adhyāya*.
Légende. — *itihāsa*.
Léger. — *laghu*. Plus —, *laghutara* (109, 12).
Lentement, *çanais*. Plus —, *çanaistarām*.
Libation. — *havis*. Faire —, *hu*.
Lien. — *pāça*, *bandhana*.
Lier. — *bandh*, *nah*.
Lieu. — *sthāna*, *adhiṣṭhāna*.
Lièvre. — *çaça*, *çaçaka*.
Lion. — *siṃha*, *keçin*, *mṛgādhipa*.
Livre. — *pustaka*.
Loi. — *dharma*.
Loin. — *dūra*.
Long. — *dīrgha*.
Lotus. — *padma*, nt. *paṅkaja*, *saroja*, etc.
Louange chantée. — *stoma*, *stotra*, *sāman*.
Louer. — *stu*. Loué, *stuta*.
Loup. — *vṛka*.
Lourd. — *guru*. Plus —, *gurutara*.
Lueur = éclat.
Lunaire (jour). — *tithi*.
Lune. — *candramas*, *candra*, *indu* m., *çaçin*, *çaçāṅka*, *mṛgāṅka*, *mṛgadhara*, *çītāṃçu*, *himakara*. Nouvelle —, *amāvāsyā*. Pleine —, *paurṇamāsī*.

Mâcher. — *khād*.
Mâchoire. — *hanu*.
Main. — *hasta*, *pāṇi*.
Mais. — *tu*, *paraṃ tu*.
Maison. — *gṛha*, *çālā*, *vāstu*, *bhavana*, *sadman* nt.
Maître = précepteur.
Maître (seigneur). — *pati*, *īça*, *īçvara*, *bhartar*, *svāmin*.
Mal. — *pāpa*, *duṣṭa*.
Malade. — *ātura*.
Maléfice. — *abhicārika*.
Malheureux. — *dīna*, *duḥkhita*, *duḥkhin*.
Mânes. — *pitar* pl.
Manger. — *ad*, *aç*, *bhakṣ*, *bhuj*, *ā-har*, *abhi-ava-har*.
Manière. — Cf. n° 159, 4°.
Marchand. — *vaṇij*.
Marcher. — *car*, *pra-car*, *vraj*. Qui —, *carant*.
Mare. — *taḍāga*, *saras*, *padminī*.
Marque. — *lakṣaṇa*.
Matin (invocation du). — *prātaranuvāka*.
Mauvais. — *pāpa*; *duṣṭa*; *kaṣṭa*.
Médire de. — *pari-garh*, *ava-vad* [acc.], *durvādam kar*.
Méfiance. — *çaṅkā*. Cf. aussi le vb. *çvas*.
Membre. — *aṅga*, *gātra*.
Même, *api*; *eva* (cf. n° 110, 2-3). Le —, *eka*, *sama*. De —, *evam*. A —, instrum.

Mendiant. — *daridra*, *arthin*, *bhikṣu*.
Mener. — *aj*; *nī*; *vah*.
Mer. — *samudra*, *sāgara*, *jaladhi* m.
Mère. — *mātar*, *ambā*, *ambālā*, *jananī*.
Mériter. — *arh*.
Merveille. — *āçcarya*.
Messager. — *cāra*, *dūta*.
Mesure. — *mātrā*, *māna* nt.
Mesurer. — *mā*, *ni-mā*, *pari-mā*, *pra-mā*, *vi-mā*.
Mètre. — *chandas*.
Meurtrier. — *-han* (cf. n° 129, 2).
Miel. — *madhu*.
Milieu. — *madhya*.
Million. — Cf. n° 176, 2, et la note sous 182, 11.
Ministre. — *bhṛtya*, *amātya*, *puruṣa*.
Mois. — *māsa*.
Moisson. — *sasya*.
Monde. — *loka*.
Monnaie. — *rūpeya*, *mudrā*.
Mont, montagne. — *parvata*, *çaila*, *giri*, *mahīdhara*, *mahībhṛt*.
Montée. — *ārohaṇa*.
Monter. — *ruh*, *ā-ruh*.
Montrer. — *darç* caus.
Morale. — *suvṛtti* f., *nīti* f.
Mordre. — *daṃç*, *ā-daṃç*.
Mort, subst. — *mṛtyu*.
Mort, adj. — *mṛta*, *preta*.
Mortel. — *martya*; *jīvanāçana*, *jīvanāçin*.
Mortier. — *ulūkhala*.
Motte. — *loṣṭa*.
Mouche. — *makṣikā*.
Moucheté. — *pṛçni*, *pṛṣant*, *vividhavarṇa*.
Mourir. — *mar*; *naç*.
Mouton. — *avi*, *avika*.
Moyen. — *upāya*.
Moyeu. — *nābhi*.
Mulet. — *açvatara*.
Mûr. — *caya*.
Mûr. — *pakva*.

Navire. — *nau*, *jalayāna*.
Ne... pas. — *na*, *naiva*. Ne... que, *eva*.
Né. — *jāta*. Deux fois —, *dvija* (172, 18).
Neige. — *hima*. Neigeux, cf. n° 131, 1 (*-vant*).
Neuf. — *nava*, *navīyas*. Ou bien : faire —, *navīkar*, cf. n° 360.
Ni. — *na ca*, *no* (pragṛhya).
Nid. — *nīḍa*.
Noir. — *kṛṣṇa*, *asita*, *rāma*, *çyāma*, *çyāva*, *nīla*.
Nom. — *nāmadheya* nt., *nāman*, *saṃjñā*.
Nombreux. — *bahu*, *bhūri*, *bhūyas*.
Nombril. — *nābhi*.
Nommer (se). — Cf. n°s 92-93, et sous *cakṣ*.
Non. — *na*, *naiva*.

Nord. — Cf. *uttara* et dér. Du —, *uttaratas*.

Nourricier. — *annada*, *annavant*, *jīvabhṛt*.

Nourriture. — *anna*.

Novice. — *brahmacārin*.

Noyer. — *plu* caus., *sam-plu* caus.; *sam-ā-plu*.

Nu. — *nagna*.

Nuage, nuée. — *nabhas*, *abhra* nt., *megha*, *parjanya*, *jalada*, *toyada*, *payoda* m.

Nuit. — *rātri*, *rātrī*, *rajanī*, *niçā*.

Nuque. — *grīvā* pl.

Obéir. — *çru* désidér.

Objet. — *āspada*.

Obstacle. — *antarāya* m., *nivāra* m.

Occidental. — *pratyañc*.

Œil. — *akṣi*, *cakṣus*, *locana*, *nayana*, *netra*.

Œuvre. — *apas*, *karman*.

Office. — *adhikāra*, *apas* (véd.), *karman*.

Officiant. — *ṛtvij*.

Offrir. — *pra-yam*.

Oindre. — *añj*, *lip*. Oint, *akta*, *lipta*.

Oiseau. — *pakṣin*, *khaga*, *çakuna*, *çakuni*, *patatrin*.

Ombre. — *chāyā*.

Omettre. — *ati-i*.

Onguent. — *añjana*, *añji*.

Oppresser. — *bādh*.

Or. — *atha*; *ha*, *vai*.

Or. — *hiraṇya*, *suvarṇa*, *jātarūpa*, *hāṭaka*, *tapanīya*, *kanaka*. D' —, *hiraṇmaya*.

Ordonner. — *kalp* caus., *sam-kalp* caus. Mal ordonné, *dus-* + *kalp* vbl, ou *doṣavant*, etc.

Orge. — *yava*.

Orgueil. — *garva*.

Ornement. — *alaṃkāra*, *bhūṣaṇa*, *ābharaṇa*.

Os. — *asthi*.

Oser. — *dharṣ* (inf.).

Ou. — *vā*; *athavā*.

Oublier. — *vi-smar*.

Ouï. — *çruta* (1).

Ours. — *ṛkṣa*.

Ouvrir. — *apa-var*, *vi-var*, *udghaṭ* caus.

Pacte. — *saṃdhāna*. Faire un —, — *kar*, ou bien *sam-vid* tout court.

Paix. — *kṣema*, *svāsthya*.

Palais. — *prāsāda*.

Parc. — *pramadavana*, *udyāna*, *ārāma* m.

Parce que. — *yasmāt*, *yad*.

Pareil. — *sama*, *sadṛça*.

Parent. — *bandhu*. Les [deux] —, *pitar* du., *guru* du.

Parfum. — *gandha*, *ghrāṇa*.

(1) De rac. ÇRU, et dès lors former de même «v.», connu», et autres verbaux.

Parler. — *vac*, etc., comme « dire »; (326, 8) *vācā car*.

Parmi. — *madhye* (gén.), ou bien le gén. tout court.

Parole. — *vacas*, *vacana*; *ukti*; *vāda*, etc.

Partie. — *bhāga*.

Partir. — *apa-gam*, *pra-sthā*. A — de = depuis.

Parure. — *ābharaṇa*, *bhūṣaṇa*; *maṇi*.

Parvenir. — *gam*, *abhi-ā-i*, *sam-ā-yā*, *ā-viç*, etc. Parvenu, *gata*.

Pas. — *krama* m., *vikramaṇa* nt.

Passer. — *ati-car*.

Passion. — *rāga*; *anurāga*.

Patte = pied.

Pâturage. — *yavasa*.

Pays. — *deça*. Un autre —, *deçāntara*, *videça*.

Paysan. — *vaiçya*.

Péché. — *enas*.

Pensée. — *dhī*, *manas*, *citta*, *citti*; *cintā*.

Penser. — *cit*, *cint*, *man*, *man* désidér.

Pente. — *āroha* m.

Percer. — *vyadh*, *prati-vyadh*, *ni-vyadh*, *sam-vyadh*.

Perdition. — *vināça*.

Père. — *pitar*, *tāta*.

Perfide. — *asatya*, *duṣṭa*, *durātman*, *durmanas*.

Perle. — *mauktika*, *ratna*.

Personne. — *jana*; [nég.] *na ko 'pi*, etc. (n° 153, 3).

Perte. — *vināça*.

Pesant. — *atiguru*.

Petit. — *alpa*, *svalpa*, *kṣudra*, *sūkṣma*; *stoka*; *tanu*, *aṇu*; [subst.] *çiçu*, *çāva*.

Peuple. — *viç*, *jāna* pl.

Peur (avoir). — *bhī*.

Phase. — *ṛtu*.

Phrase. — *pada*.

Pièce. — *khaṇḍa*, ou bien cf. n° 179, 2.

Pied. — *pad*, *pāda*, *caraṇa* nt.

Piège. — *pāça*.

Pierre. — *çilā*, *pāṣāṇa*, *upala* m.; — à pressurer, *grāvan*.

Pilon. — *musala*.

Pitoyable. — *sudīna*.

Place. — *sthāna*, *pada*.

Plaine. — *sama* nt.

Plaire. — *ruc*, *pra-ruc*.

Plante. — *oṣadhi*, *oṣadhī*, *vīrudh* f.

Planter. — *mi*, *vi-mi*.

Plat. — *sama*.

Plein. — *pūrṇa*, *sampūrṇa*.

Pleurer. — *rud*, *pra-rud*.

Pleuvoir. — *varṣ*.

Pluie. — *varṣa*, *vṛṣṭi*.

Plus. — Cf. n°s 141 sqq. — de, *bhūyas* [sg., pl.]. De —, *api*, *api ca*.

Poil. — *loman*.

Pointe. — *açri* f., *çalya* m., *tejana* nt.

Poison. — *viṣa.*
Poisson. — *matsya*, *mīna.*
Pollen. — *reṇu*, *rajas* nt.
Porter. — *bhar*; *vah.*
Poteau. — *yūpa*, *svaru.*
Pourceau. — *sūkara.*
Pourquoi? — *kim.*
Pourtant. — *tathāpi.*
Pourvoir. — *yuj* act. ou caus. Pourvu [de = instr. ou cp.], *yukta*, *upeta*, *sahita*, *upapanna*, *samanvita*, *sanātha*, etc. Cf. aussi n°s 130, 6, 131, 1, et 180, 3.
Pourvu que. — *yady eva.*
Pousse. — *aṃçu.*
Pouvoir. — *çak*, *ud-sah.*
Précepte. — *çāstra.*
Précepteur — *ācārya*, *guru*, *upādhyāya.*
Précieux. — *arghya.*
Premier. — Cf. n°s 178 et 386. Jeune —, n° 107, 3.
Prendre. — *labh*, *ā-bhar*, *ā-vah*, *ā-dā*, etc.
Prescrire. — *pra-diç*, *ā-diç*, *vi-ā-diç*, *anu-çās.*
Présent. — *dāna.*
Pressurer. — *su.* Qui — le sôma, *somasut.*
Prêtre. — *vipra*, *dvija*, *brāhmaṇa*, *dvijāti*, *dvijanman.* — officiant, *ṛtvij.* — récitant, *hotar.* — servant, *adhvaryu.*
Prière. — *āçis*, *mantra.*
Prince : = seigneur, *rājanya*, *kṣatriya*; = roi, *rājan*, etc.
Printemps. — *vasanta.*
Prix : = récompense, *dhana*, *jaya*; = valeur, *argha* m.
Procurer (se). — *vid*, *āp*, *aç*, *kar* moy.
Proférer. — *vac*, *vad*, *nis-vac*, *pra-vac*, *pra-vad*, etc.
Profitable. — *arthavant*, *sārtha.* Non —, *vyartha.*
Profond. — *gambhīra.*
Promettre. — *prati-jñā*, *pari-çru*, *sam-çru.*
Prononcer. — *vad*, *pra-vad.*
Prospérer. — *ardh*, *rādh*, *puṣ*, (*sādh*), *sidh.*
Prudent. — *buddhimant*, *prajña*, *dhīra*, *paṭu.*
Puberté (cérémonie de l'âge de), *godāna.*
Puis. — *tatas*, *tataç ca.*
Puiser. — *grabh.*
Puissant. — *ugra*, *mahant.*
Pur. — *çuci*; *viçuddha.*

Quadrupède. — *catuṣpad.*
Que. — *yathā*, *yad.*
Quel? — *ka.* Quelconque, n° 153, 3.
Quelquefois. — *kadāpi*, etc. (n° 153, 3), *anekaças.*
Queue. — *puccha.*
Qui? — *ka.* Quiconque, *ya*, et cf. n° 153, 3.
Quinzaine. — *pakṣa.*

Quitter. — *tyaj*.
Quoique. — *yady api*.

R, consonne. — *repha*.
Ṛ, voyelle. — *ṛkāra*.
Racheter. — *nis-krī*.
Racine. — *mūla*.
Raillerie. — *upahāsa*.
Raison. — *manas*, *buddhi*.
Rapide. — *druta*, *çīghra*, *kṣipra*, *āçu*.
Rayon : — de roue, *ara*; — lumineux, *raçmi*, *aṃçu*, *arka* m., *kiraṇa* m.
Re-. — *punar*.
Réalité (en). — *satyena*.
Rebuter (se). — *bhī*, *pra-viram* (abl.); *vi-çram* [devant = ayant éprouvé].
Recevoir. — *ā-dā* moy., *labh*. Recevant, *labhant* (poét.), *labhamāna*.
Récitation. — *uktha*, *çastrā*.
Réciter. — *vac*, *çaṃs*, *anu-brū*.
Reconnaissant. — *kṛtajña*.
Reconnaître. — *prati-abhi-jñā*, *pra-vi-ci*.
Recueillir. — *labh*, *grabh*.
Redoutable. — *ugra*, *bhīma*.
Regard. — *dṛṣṭi*.
Regarder. — *cakṣ*, *abhi-cakṣ*, *pra-īkṣ*, *lok*, etc.
Région. — *diç*; *deça*.
Régulièrement. — *samyak*.
Reine. — *rājñī*; *devī*.
Réjouir (se). — *nand*, *mud*, *harṣ*.
Remarquer. — *prati-cakṣ*.
Remède. — *bheṣaja*.
Remplir. — *par*, *sam-par*.
Remporter [un prix]. — *ji*.
Renard. — *lopāça*.
Rencontre. — *saṃgamana*. Aller à la —, *prati-i*.
Rêne. — *raçmi*, *raçanā*.
Renoncer [à]. — *tyaj*, *pṛṣṭhatas kar* [acc.], *ud-sthā* [abl.].
Répéter : — ce qu'on a dit soi-même, *punar vac*, etc.; — ce qu'a dit un autre, *anu-vac*.
Répondre. — *prati-ah*, *prati-vad*, etc. Cf. « dire ».
Résolution. — *niçcaya*.
Resplendir. — *bhrāj*.
Reste. — *çeṣa*, *ucchiṣṭa*.
Rester. — *sthā*, *ava-sthā*.
Retirer (se). — *apa-sar*. S'étant retiré, *apagata*.
Rêve. — *svapna*.
Révélé. — *nivedita*.
Richesse [concret]. — *rai*, *rayi* m., *dhana*, *vitta*, *vasu*, *draviṇa* nt.
Riz. — *vrīhi*.
Robuste. — *ugra*, *balin*, *balavant*, *dāruṇa*.
Roi. — (*rāj*), *rājan*, *nṛpa*, *nṛpati*, *adhipa*, *adhipati*, *pārthiva*, etc.; *īçvara*, *deva*, etc.
Roseau. — *nala*.
Roue. — *cakra*.
Rouge. — *rohita*, *lohita*, *rakta*, *aruṇa*, *çoṇa*.

Route = chemin.
Royaume. — *rāṣṭra.*
Rugissement. — *nardana.*
Ruine. — *vināça.*

Sable. — *sikatā, vālukā* pl.
Sacrifice. — *yajña.*
Sacrifier. — *yaj* [une victime = instr., à un dieu = acc.].
Sage. — *dhīmant, dhīra, matimant, prajña.*
Sage [mythique]. — *ṛṣi.*
Sain et sauf. — *ariṣṭa.*
Saisir. — *grabh, pari-grabh, sam-ni-grabh.*
Saison. — *ṛtu.*
Salaire [des prêtres]. — *dakṣiṇā.*
Salutaire. — *sārtha.*
Sanglier. — *varāha.*
Sans. — *vinā.*
Santal. — *candana.*
Sauvage. — *dasyu.*
Savant. — *vidvas, vettar, kovida, paṇḍita.*
Saveur. — *rasa.*
Savoir. — *vid, jñā.*
Science. — *vidyā*; *veda.*
Sec. — *çuṣka.*
Secourir. — *upa-kar* (gén.).
Semblable. — *sama, sadṛça, savarṇa.*
Semer. — *vap*, et caus.
Sentir. — *anu-bhū.*
Serpent. — *sarpa, ahi, nāga, uraga, pannaga.*
Seulement. — *kevalam.*

Si, conj. — *yadi, cet.*
Si, adv. — Cf. *tāvant* adj.
Sien. — *sva, nija.*
Silence. — *mauna.* En —, *tūṣṇīm* acc. adv.
Singe. — *kapi, vānara, markaṭa, çākhāmṛga.*
Sœur. — *svasar, bhaginī.*
Soi-même. — *ātman.*
Soin. — *ādara.*
Soit que. — *yadi vā.*
Sol. — *bhūmi, bhūmitala.*
Soldat. — *sainya.*
Soleil. — *āditya, sūrya, ravi, bhānu, savitar, bhāskara, dinakara.*
Solide. — *dhīra, dṛḍha, dāruṇa, acala.*
Sombre. — *tamasa.*
Sommeil. — *svapna, nidrā.*
Sommet. — *agra, sānu* nt.
Sortir. — *nis-i, nis-gam, vi-nis-gam, nis-gā, nis-yā, vi-nis-yā*, etc.
Sot. — *mūrkha, mūḍha.*
Souci. — *ādhī* (cf. *dhī*).
Souffler. — *çvas, ni-çvas, pra-ud-çvas.*
Souris. — *mūṣaka*, etc.
Souvent. — *anekaças, bahuças, muhur muhur.*
Souveraineté. — *kṣatra, rājya, aiçvarya.*
Subsistance. — *jīvana.*
Sud. — *dakṣiṇā diç*, etc. Cf. aussi Nord.

Suite (dans la). — *ataḥ param*, *paçcāt*, *tatas*.
Suivre. — *anu-i*, *anu-yā*, etc. Suivi, *anvita*, *samanvita*.
Sujets. — *prajās* pl.
Supérieur = plus haut; ou *jyāyas*, ou *adhika*.
Supportable. — *sahya*.
Suprême. — *parama*.
Sûr. — *dhruva*, *abhaya*.
Surélevé. — *atyucchrita*.
Syllabe. — *akṣara*. Qui croît de 4 en 4 —, *caturuttara* adj.

Tamis. — *pavitra*.
Tandis que. — *yāvat*.
Tant. — *tāvat*. — que, *yāvat*.
Tapir (se). — *ni-lī*.
Tarder. — *cira* dénom. Qui ne — pas, *acira*.
Taureau. — *vṛṣabha*, *vṛṣan*, *ukṣan*.
Tel. — *tadvant*, *tathā*.
Tempérance. — *dama*.
Tempête. — *vātyā*.
Tenir (se). — *sthā*. Qui — sur son char, *rathastha*.
Terre. — *bhū*, *bhūmi*, *pṛthivī*, *urvī*, *mahī*, *dharā*, *dharaṇī*, etc. — = sol. V. ce mot.
Tête. — *çiras*, *mūrdhan*, *mastaka*, *mauli* m. En —, *agre*.
Tigre. — *vyāghra*, *çārdūla*.
Timide. — *kātara*, *bhīru*.
Tissu. — *paṭa*.
Tomber. — *pat*, *ava-pat*. Tombé, *avapatita*.
Tort (faire). — *apa-kar* [gén., acc.], *hiṃs* [acc.].
Tortue. — *kūrma*.
Toujours. — *sadā*, *nityam*.
Tour [à son]. — *prati-* préf., ou *punar*.
Tourner. — *vart*.
Tout. — *viçva* (véd.), *sarva*; *kevala*.
Tout à l'heure. — *tatkṣaṇam*, *kṣaṇamātreṇa*, *sahasā*.
Tradition. — *smṛti*.
Traîner. — *vah*, *pra-vah*.
Traité. — *çāstra*. — théologique, *brāhmaṇa*.
Travers (en). — *tiryak*.
Traverser = franchir.
Trembler. — *kamp*, *ud-kamp*, *tras*.
Trésor. — *koça*, *nidhi*.
Tristesse. — *çoka*.
Trône. — *siṃhāsana*.
Trou. — *chidra*; *bila*.
Troupeau. — *yūtha*.
Trouver. — *vid*. Se —, *vid* pass., *vart* moy.
Tuer. — *han*, *vadh*, *vi-ā-pad* caus. Tué, *hata*.
Tumulte. — *ghoṣa*, *kolāhala* m., nt.

Un. — *eka*; *kaç cid*, etc.; nos 153 (3), 154 et 174.

L'— l'autre, n° 380. — jour, *anyadā*.

Unité. — *ekatva*.

Univers. — *sarvam idam* (n° 156, 1), *jagat*.

Vache. — *go*, *dhenu*.

Vain (en). — *vṛthā*.

Vaincre. — *ji*, *pari-ji*. Vaincu, *jita*, *parā-jita*, *vaçīkṛta* (n° 360).

Vaquer à. — *kar*, *ā-dar*.

Vase. — *kumbha*.

Veau. — *vatsa*, *vatsaka*.

Veille. — *jāgara*, *jāgarā*.

Veiller. — *budh*, *gar*.

Veine. — *hirā*, *sirā*.

Vendre. — *vi-paṇ*.

Vénéneux. — *viṣavant* (f. *-vatī*).

Venin. — *viṣa*.

Venir. — *ā-i*, *ā-gam*, *ā-gā*, *ā-yā*. Qui est venu, *eyivas* > *eyuṣ*, *ājaganvas* > *ājagmuṣ*. Qui viendra, *aiṣyant*, *āgamiṣyant*.

Vent. — *vāta*, *vāyu*, *māruta*, *anila* m.

Véracité. — *satyavadana*.

Vérité. — *satya*. En —, *satyam*, *satyena*.

Verser. — *sic*, *ā-sic*, *ni-sic*, *sam-ni-sic*.

Vertueux. — *sant*; *guṇin*; *dharmavant*; *suçīla*.

Vêtir. — *vas* caus.

Victoire. — *jaya*. Désireux de —, *jigīṣu* (n° 351).

Victorieux. — *jiṣṇu*.

Vide. — *çūnya*.

Vie. — *jīva*, *āyus*.

Vieux. — *vṛddha*, *pravayas*.

Vif. — *rucira*, *rociṣṇu*.

Vigueur. — *bala*, *ojas*.

Village. — *grāma*.

Ville. — (*pur*), (*purī* f.), *pura* nt., *nagara*.

Visible. — *dṛçya*, *dṛṣṭa*.

Vite = rapidement.

Vivant. — *jīva*, *jīvant*, *prāṇin*.

Vivre. — *jīv*.

Voiler. — *ā-var*, *sam-ā-var*, et caus. Voilé, *āvṛta*.

Vœu. — *vrata*.

Voir. — *darç*, *paç*, *cakṣ*.

Voisin. — *āsanna*.

Voix. — *vāc*.

Voler. — *pat*.

Voleur. — *cora*, *caura*.

Volonté (à). — *kāmam*.

Vouloir. — *iṣ*, (*ā-iṣ*), *vaç*, (251, 1) *adhi-iṣ*.

Vrai. — *ṛta*, *satya*. Vraiment, *satyena*.

FIN.

BIBLIOTHÈQUE NATIONALE R.F. IMPRIMÉS

PUBLICATIONS
DE
L'ÉCOLE FRANÇAISE D'EXTRÊME-ORIENT.

I

NUMISMATIQUE ANNAMITE,

par le capitaine Désiré LACROIX.

Un volume in-8° et un atlas de médailles.................. 25 fr.

II

NOUVELLES RECHERCHES SUR LES CHAMS,

par Antoine CABATON.

Un volume in-8°, figures et planches.................. 10 fr.

III

LA PHONÉTIQUE ANNAMITE
(DIALECTE DU HAUT-ANNAM),

par L. CADIÈRE,
de la Société des Missions étrangères à Paris.

Un volume in-8°.................. 7 fr. 50

SÉRIE IN-FOLIO.

ATLAS ARCHÉOLOGIQUE DE L'INDO-CHINE,
MONUMENTS DU CHAMPA ET DU CAMBODGE,

par le capitaine E. LUNET DE LAJONQUIÈRE.

Un volume in-folio, avec cartes, cartonné.................. 12 fr.

BIBLIOTHÈQUE
DE L'ÉCOLE FRANÇAISE D'EXTRÊME-ORIENT

I

ÉLÉMENTS DE SANSCRIT CLASSIQUE

par Victor HENRY,
professeur à l'Université de Paris.

Un volume in-8°

www.ingramcontent.com/pod-product-compliance
Lightning Source LLC
Chambersburg PA
CBHW071848020726
47502CB00003B/655